P9-ANY-534

© Andy Newman

**Gregory Maguire** es el autor bestseller de *Confessions of an Ugly Stepsister, Lost, Mirror Mirror, Son of a Witch* y *Wicked: Memorias de una Bruja Mala*, en la cual se basa el musical de Broadway, también llamado *Wicked* y apremiado con el prestigioso Tony Award. Maguire ha dado charlas sobre arte y cultura en el Isabella Stewart Gardner Museum, el DeCordova Museum y en conferencias alrededor del mundo, y de vez en cuando es reseñador del *New York Times Book Review*. Vive con su familia cerca de Boston, Massachusetts.

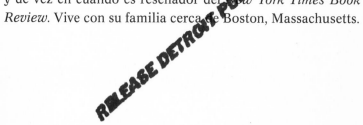

MAY CO

# Hijo de bruja

Gregory Maguire

# Hijo de bruja

## Gregory Maguire

Traducción de Claudia Conde

rayo | Planeta
www.harpercollins.com

Este libro fue publicado originalmente en inglés en el año 2005 por HarperCollins Publishers. La traducción al español fue originalmente publicada en el año 2008 en España por Editorial Planeta, S. A.

PRIMERA EDICIÓN RAYO, 2008

Library of Congress ha catalogado la edición en inglés.

ISBN: 978-0-06-162668-5

08   09   10   11   12   DT/RRD   10   9   8   7   6   5   4   3   2   1

MAY    2009

L. Frank Baum dedicó su segunda novela de Oz, *La maravillosa tierra de Oz* (1904), a los actores David C. Montgomery y Fred A. Stone, que habían interpretado al Hombre de Hojalata y al Espantapájaros en la primera versión teatral de *El mago de Oz*.

En ese mismo espíritu, *Hijo de bruja* va dedicado al elenco y al equipo creativo del musical *Wicked*, estrenado en Broadway en octubre de 2003, la víspera de Halloween.

A Winnie Holzman y Stephen Schwartz, ante todo, por su visión; a Wayne Cilento, Susan Hilferty, Eugene Lee, Joe Mantello, Stephen Oremus, Kenneth Posner, Marc Platt y sus compañeros, por hacer realidad esa visión, y entre toda la estupenda compañía, muy especialmente a Kristin Chenoweth *(Galinda/Glinda)*, Joel Grey *(el Mago)* e Idina Menzel *(Elphaba)*, por insuflar vida en esa realidad.

No me preocupa que la poesía de los pueblos democráticos resulte tímida o demasiado prosaica. Me inquieta mucho más que [...] acabe por pintar comarcas enteramente imaginarias.

ALEXIS DE TOCQUEVILLE,
*De la democracia en América*, 1835-1840


Todas las vacas son como el resto de las vacas y todos los tigres, como el resto de los tigres. ¿Qué demonios ha pasado con los seres humanos?

HARRY MULISCH, *Siegfried*, 2001

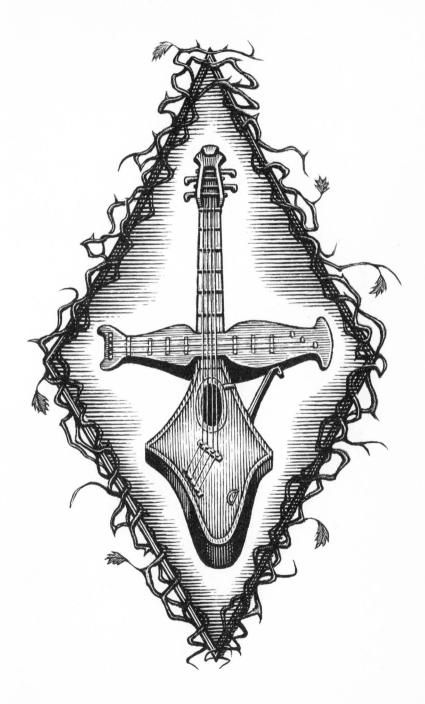

# LA CASA DE SANTA GLINDA

## 1

De modo que los rumores de crueldad arbitraria no eran meros rumores. A mediodía descubrieron los cadáveres de tres mujeres jóvenes, sorprendidas en alguna misión de conversión que al parecer se había torcido. Las mónacas novicias habían sido ahorcadas con sus propios rosarios y ya no tenían cara.

Finalmente conmocionada, Oatsie Manglehand se plegó a las demandas de sus clientes y pidió a los carreteros que hicieran un alto el tiempo suficiente para cavar unas tumbas poco profundas, mientras los caballos saciaban la sed. Después, la caravana prosiguió la marcha a través del páramo cubierto de matorrales, conocido como Las Decepciones, a causa de las numerosas granjas abandonadas aquí y allá.

Viajando de noche, se aseguraban al menos de no ser un blanco fácil, pero tenían tantas probabilidades de meterse en problemas como de eludirlos. En cualquier caso, el grupo de Oatsie estaba inquieto. ¿Deberían haber pasado la noche acurrucados, atentos a los cascos de los caballos y las lanzas? Habría sido una prueba demasiado dura para todos. Oatsie se consolaba pensando que, mientras la caravana estuviera en movimiento, ella podía ir sentada delante, con los ojos bien abiertos, fuera del alcance de las quejas, las recriminaciones y el desasosiego.

Así pues, desde su posición elevada, Oatsie fue la primera en divisar la hondonada. El aguacero caído al anochecer había formado un riachuelo que fluía junto a la senda, en torno a un montículo de piel lacado por el agua y la luz de la luna. Una isla de carne humana, se temió Oatsie.

«Debería desviarme antes de que los otros se den cuenta –pensó–. ¿Cuántos más podrán soportar? No hay nada que yo pueda hacer por esa alma humana. Tardaríamos como mínimo una hora en cavar otra tumba, más el tiempo de las oraciones. Y sólo serviría para poner nerviosos a los clientes, que ya están obsesionados con el valor de su propia mortalidad.»

Sobre el regazo del horizonte oscilaba la cabeza de una luna chacala, así llamada porque una vez por generación, aproximadamente, los jirones de un naufragio celestial convergían detrás de la luna creciente de comienzos del otoño, creando un efecto tétrico que confería a la luna la apariencia de tener frente y hocico. A medida que la luna se redondeaba con el transcurso de las semanas, el animal hambriento se convertía en cazador victorioso, de protuberantes mejillas.

La visión era siempre temible, pero esa noche la luna chacala amedrentó aún más a Oatsie Manglehand. «No pares por la próxima víctima. Atraviesa Las Decepciones y deposita a estos clientes en la puerta de la Ciudad Esmeralda.» Pero Oatsie no cedió a la superstición. «Has de temer a los chacales auténticos –se dijo–, y no a las inquietudes ni a los portentos de la noche.»

Aun así, la luz de la constelación aliviaba parcialmente la ceguera a los colores que se instala por la noche. El cuerpo yacente era pálido, casi luminoso. Oatsie podría haber desviado la caravana de la Senda Herbácea y dar un amplio rodeo en torno al cadáver antes de que los demás lo vieran, pero el declive de sus hombros, el ángulo antinatural que formaban sus piernas… La luna chacala le hizo ver una figura demasiado clara, demasiado humana para dejarla de lado.

—¡Nubb! —le ladró a su ayudante—. ¡Detén la marcha! Pararemos en formación en el flanco de esa cuesta. Hay otra víctima allí, en la hondonada.

Hubo gritos de alarma a medida que la noticia se fue difundiendo hacia atrás y nuevos murmullos de amotinamiento: ¿por qué tenían que parar? ¿Acaso estaban obligados a ser testigos de cada nueva atrocidad? Oatsie no escuchó. Tiró de las riendas de su tronco de caballos, para detenerlos, y se apeó con cautela. Fue andando pesadamente, con la mano apoyada en la cadera dolorida, hasta situarse a un par de metros del cadáver.

Boca abajo y con los genitales ocultos, parecía un hombre joven. Aún conservaba unos cuantos jirones anudados a las muñecas y una de sus botas yacía a cierta distancia, pero por lo demás estaba desnudo y no había indicios de su ropa.

Curioso: ni rastro de sus asesinos. Tampoco habían visto ninguna señal en torno a los cadáveres de las mónacas, pero aquél había sido un terreno más pedregoso, en tiempo más seco. Oatsie no vio ningún signo de lucha, aunque en el barro de la hondonada habría sido normal esperar que hubiera… algo. El cadáver no estaba ensangrentado y aún no había empezado a descomponerse. El asesinato era reciente, quizá de esa misma noche, quizá de tan sólo una hora antes.

—Nubb, levantémoslo para ver si le han arrancado la cara —dijo ella.

—No hay sangre —observó Nubb.

—Quizá se la llevó el aguacero. Ahora ármate de valor.

Se situaron a ambos lados del cadáver y se mordieron los labios. Ella miró a Nubb, como diciendo: «Es sólo uno más, no es el último. Hagámoslo de una vez, compañero.»

Oatsie señaló el cuerpo con la cabeza. Uno, dos, ¡arriba!

Lo levantaron. La cabeza había caído en una cavidad natural de la piedra, diez o doce centímetros más arriba de la hondonada donde se había encharcado la lluvia. La cara estaba intacta, por así decirlo, porque aún seguía allí, aunque muy magullada.

—¿Cómo habrá llegado aquí? —dijo Nubb—. ¿Por qué no le habrán arrancado la cara?

Oatsie se limitó a menear la cabeza. Se puso en cuclillas. Los viajeros se habían adelantado y se estaban congregando en la cuesta, tras ella. Supuso que habrían recogido piedras y que estarían dispuestos a matarla si insistía en dar sepultura al muerto.

La luna chacala subió un poco más en el cielo, como si intentara asomarse al interior de la hondonada. ¡La inagotable curiosidad celeste!

—No vamos a cavar otra tumba. —Así habló el más ruidoso de sus clientes, un rico mercader del norte del Vinkus—. Ni la de este desdichado, ni la tuya, Oatsie Manglehand. No lo haremos. Lo dejaremos solo y sin sepultura, o lo dejaremos sin sepultura y con tu cadáver por compañía.

—No será preciso que hagamos ni lo uno ni lo otro —dijo Oatsie, suspirando—. Sea quien sea este pobre diablo, no necesita ninguna tumba, porque aún no está muerto.


# 2

Más adelante, cuando los viajeros se reunieron con sus socios y familiares en la Ciudad Esmeralda —en cafés, salones y tabernas—, oyeron más murmuraciones sobre las hostilidades que habían logrado eludir. Florecieron los rumores. Cuarenta, sesenta, un centenar de muertos, resultado de las escaramuzas entre scrows y yunamatas. Bárbaros todos ellos que merecían matarse entre sí, pero no a nosotros.

Los rumores podían ser erróneos, desde luego, pero nunca carecían de interés. Doscientos muertos. O el doble. Fosas comunes que aparecerían en cualquier momento.

Pero el lujo de la seguridad les llegó más tarde. Primero, la caravana de la Senda Herbácea tuvo que reanudar su lento recorrido de caracol a través de Las Decepciones. La diversidad geográfica, las colinas, las montañas, los valles y los bosques que volvían tan memorable, tan entrañable el resto de Oz, no abundaban en esa región. Allí no había más que páramos, llanuras y más páramos, grises como pulpa de papel de periódico.

La perspectiva de atravesarlos era desalentadora, y la idea de tener que cargar con un inválido no la mejoraba. Los clientes de Oatsie Manglehand habían pagado buen dinero contante y sonante por sus servicios. Algunos procedían de la lejana Ugabu y otros se habían unido al grupo en las estribaciones orientales de los Grandes Kells, pero todos consideraban que la seguridad de su viaje debía ser la única preocupación de Oatsie.

Ella les recordó que no tenían derecho a voto. Nunca les había asegurado que fueran a viajar sin ser molestados por forajidos. De hecho, su contrato la eximía de toda responsabilidad en caso de que cualquiera de sus clientes resultara muerto durante el trayecto a manos de otro pasajero, de un polizonte, de un viajero recogido en el camino o de un nativo. Oatsie había prometido dirigir la caravana de la manera más segura que le fuera posible, basándose en su conocimiento del terreno y de sus pobladores. Eso era todo. Nada más. Con ese fin, había elegido una nueva ruta destinada a eludir los puntos calientes del conflicto intertribal, y hasta ese momento todo había ido bien. ¿O no?

Cargaron al herido.

Pese a su bravuconería, Oatsie era muy sensible a los temores de sus clientes, y se alegraba de llevar consigo al joven inconsciente: su presencia distraía a los viajeros, cuyo resentimiento no afectaba al joven.

Le preparó una cama al fondo del tercer carromato, tras requisar a sus clientes la ropa de invierno más abrigada. Lo metió en el interior de un capullo. Allí languideció el joven día y noche, no tanto febril como falto de fiebre, una condición igualmente inquietante. Después de un día entero de intentarlo, Nubb consiguió dejar caer entre sus labios la punta de varias cucharaditas de aguardiente, y Oatsie creyó ver que el muchacho relajaba de otra manera los músculos.

No podía afirmarlo con certeza. No era médico.

Pero de una cosa estaba segura. Con la llegada del joven, había cambiado el estado de ánimo en la caravana de la Senda Herbácea. ¿Por qué? Tal vez porque, si el pobre diablo había sido vapuleado hasta casi perder la vida y aun así había sobrevivido, podía haber esperanza para todos ellos. Bastaba pensar una cosa: ¡no le habían arrancado la cara! La gente se tranquilizó. El zumbido nasal de las oraciones en torno a la hoguera del campamento, a la hora de la cena, cedió el paso a un ánimo más sereno. Volvieron las canciones, a buena hora.

Lo conseguiremos. Merecemos conseguirlo. Nos ha sido concedido el privilegio de la vida, ¿lo veis? Hemos sido salvados. Ha de ser por algo. Las espaldas se irguieron y los ojos se humedecieron y brillaron, en un rapto de gratitud hacia el plan del Dios Innominado.

Transcurrida otra semana, rodearon los jalones de piedra que marcaban el giro cerrado hacia el norte, dejando atrás Las Decepciones y el mayor peligro de emboscada.

En ese mes de traeverano, el viento agitaba las hebras de pelorroble en el bosque que crecía entre los lagos. Las ardillas desparramaban nueces sobre las capotas de piel de escarco de los carromatos. El aire también era más acuoso, aunque los dos lagos quedaban fuera de la vista, detrás de varios kilómetros de bosques a ambos lados del camino.

A medida que el bosque de pelorroble se fue haciendo menos denso y la caravana alcanzó los médanos Pizarrosos, el sombreado entorno y los sencillos muros de un antiguo asentamiento se solidificaron en medio de unos campos del color de las nueces. Era la primera construcción de piedra que veían en seis semanas. Pese a sus abruptos y airosos gabletes y la estrechez de las construcciones exteriores, pese a sus defensas  almenadas, ninguna otra visión —ni siquiera la imagen de la Ciudad Esmeralda— habría sido mejor acogida en ese momento.

—¡El convento de Santa Glinda! —murmuraron—. ¡Cuánta santidad irradia!

Las mónacas que lo habitaban se dividían en distintos rangos. Algunas hacían votos de silencio y vivían enclaustradas. Otras hacían votos de complacencia. Se complacían enseñando, cuidando a los enfermos y atendiendo una posada para los viajeros que realizaban el trayecto entre los Kells meridionales y la Ciudad Esmeralda. Así pues, las puertas de madera labrada se abrieron de par en par cuando la caravana de la Senda Herbácea se detuvo ante el edificio. El comité de recepción, una cuadrilla de tres mónacas de mediana edad con cuellos almidonados y dientes cariados, esperaba en formación marcial.

Las mónacas saludaron a Oatsie con gélida cortesía. Toda mujer soltera que hubiera encontrado la manera de vivir sola, apartada de la comunidad femenina, les inspiraba suspicacia. Aun así, le ofrecieron su tradicional lavado de cara con agua de roselecho dulce, mientras una cuarta mónaca oculta detrás de un biombo interpretaba un himno de bienvenida con escaso talento. Cuando se rompieron varias cuerdas del arpa, resonó un juramento muy poco monacal.

A los viajeros no les importó. Estaban casi en el paraíso, pensando por adelantado en ¡camas!... ¡y una comida caliente!... ¡y vino!... ¡y un público obligado a escucharlos y dispuesto a estremecerse de emoción con las historias de su viaje!

En este último aspecto, sin embargo, las mónacas no estuvieron a la altura de las expectativas, pues de inmediato su atención se centró en el herido. Lo llevaron bajo los pórticos y se apresuraron a ir en busca de una camilla para transportarlo a la enfermería, en la planta alta.

Cuando las mónacas se disponían a trasladar al joven a sus dependencias, acertó a pasar por allí la superiora, recién acabadas sus devociones matinales. Saludó a Oatsie Manglehand con una mínima inclinación de la cabeza y miró por un momento al joven herido. Después hizo un gesto con las manos: lleváoslo.

—Lo conocemos —le dijo a Oatsie—. A ése lo conocemos.

—¿Ah, sí? —dijo Oatsie.

—Si mi memoria no ha empezado a fallarme —prosiguió la mónaca superiora—, tú también deberías conocerlo. Te lo llevaste de aquí hace años. ¿Quince, o quizá veinte? A mi edad, no percibo el paso del tiempo como debería.

—Hace veinte años no sería más que un niño, un bebé —dijo Oatsie—. Nunca me he llevado un bebé de ningún convento.

—Puede que no fuera un bebé. Pero aun así te lo llevaste. Viajaba con una novicia desagradable que pasó varios años sirviendo en el hospicio. Ibas a guiarlos hasta la plaza fuerte de los arjikis: Kiamo Ko.

—¿Iba con Elphaba?

—Ahora lo recuerdas, ya lo veo.

—La Malvada Bruja del Oeste...

—Algunos la llamaban así —resopló la mónaca superiora—, pero yo no. Aquí su nombre era hermana Santa Aelphaba, pero yo casi nunca la llamaba de ninguna manera. Parecía estar bajo un voto de silencio, un voto privado. No necesitaba que nadie le hablara.

—¿Reconoce al muchacho ahora por cómo era entonces? —preguntó Oatsie—. ¿Ha vuelto a verlo alguna vez?

—No, pero nunca olvido una cara.

Oatsie arqueó las cejas.

–He visto muy pocas –explicó la mónaca superiora–. No hablemos más. Voy a llamar a la hermana Doctora para que examine al muchacho.

–¿Cómo se llamaba?

La mónaca superiora se marchó sin responder.

Al anochecer, mientras los clientes de Oatsie bebían algo fuerte antes de acostarse, la segunda generación de rumores echó a rodar. El hombre-niño era el confesor del Emperador. Era un delincuente con intereses en el negocio del sexo. Hablaba con la voz de un Colimbo. Salvo una costilla, el hombre-niño tenía rotos todos los huesos del cuerpo.

Muchos de los rumores eran contradictorios, lo que hacía que el conjunto resultara tanto más entretenido.

## 3

Era una época difícil. Corrían tiempos difíciles para Oz desde hacía una temporada (desde siempre, decían los estudiantes hastiados de la vida). La mónaca superiora, demasiado cansada para conversar, se retiró a su habitación y se aposentó en una mecedora. En un ambiente más severo de lo que sus colegas más jóvenes podrían haber tolerado, se mecía un poco y pensaba con toda la coherencia de que era capaz. (Tenía la costumbre, para prevenir el comienzo de la imprecisión mental, de repasar de vez en cuando una hebra de historia.)

La Bruja (como la llamaban) había vivido en el enclaustramiento del convento hacía una década y media. Era imposible olvidarlo. Hasta donde llegaban los conocimientos de la mónaca superiora, ninguna otra persona había nacido nunca en Oz con la piel tan verde como las hojas tiernas de las lilas. Pero Elphaba se había mantenido encerrada en su mundo, aceptando sin queja todas las tareas que le encomendaban. Había vivido allí... ¿cuánto tiempo? ¿Cinco, seis, siete años? Después, la mónaca superiora había contratado a Oatsie Manglehand para que devolviera a la novicia de labios sellados al mundo civil. El niño se le había sumado, sin que ella lo aceptara amorosamente ni lo rechazara.

¿Cómo se llamaba y de dónde habría salido? ¿Sería un golfillo abandonado por una de las cáfilas de gitanos que rebuscaban setas diminutas entre las raíces de los pelorrobles? La superiora no recordaba la procedencia del muchacho. Alguna mónaca más joven lo sabría.

Elphaba se había marchado. Se había ido a Kiamo Ko, para cocerse al fuego lento del castigo que ella misma se había impuesto. De vez en cuando, la mónaca superiora escuchaba las confesiones de las hermanas; pero durante su estancia en el convento, Elphaba nunca le había pedido que la recibiera. De eso estaba completamente segura. Aunque la naturaleza de los pecados de Elphaba había despertado un vivo interés en la aburrida comunidad de mónacas, la novicia nunca había satisfecho su curiosidad.

A retazos (las noticias se filtraban incluso hasta en un lugar apartado como ése), las mónacas se enteraron de la lenta transformación de Elphaba en Bruja, a fuerza de decisiones precipitadas e imprevistos lazos familiares. (Era hermana de Nessarose, la Malvada Bruja del Este, como la llamaban algunos. ¡Por el amor del Dios Innominado! ¿Quién lo habría imaginado?)

La mónaca superiora suspiró, reprochándose el placer que le causaba recordar su desprecio por aquella época. ¡Cómo había saltado y aplaudido, abandonando sus oraciones, al oír que el largo reinado del Mago de Oz había llegado a su fin y que el viejo y despiadado canalla había desaparecido entre las nubes, transportado por un globo de aire caliente que anunciaba un desconocido tónico comercial! Después vino el repentino ascenso al poder de lady Chuffrey, de soltera Glinda de los Arduennas de las Tierras Altas, una especie de primera ministra provisional, instalada en el cargo hasta que las cosas se resolvieran. (Políticamente hablando, había surgido de la nada; tenía dinero a espuertas y bastante clase, pero ¿quién habría imaginado que el vacío dejado por el Mago succionaría hacia el Palacio a una dama de la buena sociedad con debilidad por los trajes de lentejuelas?)

—La elección no fue del todo funesta. —La mónaca superiora empezó a reflexionar en voz alta, para mantener ordenados sus pensamientos−. Y lo digo sin necesidad de atribuir el mérito a nuestra santa Glinda, en cuyo honor probablemente fue bautizada lady Chuffrey. O quizá ella misma se cambió el pueblerino *Galinda* por *Glinda*, la versión más sofisticada del nombre de la santa. Buena decisión.

Glinda, como llegó a ser conocida (¡sólo por su nombre, como un animalito doméstico, como un perrito faldero!), consiguió gobernar de forma abierta y transparente durante un tiempo, y mucho de lo que antes había salido mal, al menos en el clima de secretismo impuesto por el Mago, había podido corregirse. Hubo una campaña de vacunación, muy prudente. Se inauguraron escuelas para las niñas trabajadoras de los aserraderos, nada menos. Buenos proyectos, aunque costosos, que desde la perspectiva de una vieja mónaca de clausura habían parecido generosos e inteligentes. Pero ¿qué perspectiva era ésa?

Después, Glinda se había retirado de la política. Con su eterno espíritu de diletante, se había aburrido de gobernar −o eso supuso la gente− y se había entregado con redoblado interés al coleccionismo de muebles en miniatura. Aunque en honor a la verdad, era posible que la hubieran depuesto. Durante un tiempo, la reemplazó un gobernante títere, un auténtico mentecato que se hacía llamar Espantapájaros. Corrieron rumores de que no era un verdadero Espantapájaros, ni menos aún el Espantapájaros que había acompañado a Dorothy, la Visitante. Era un simple vagabundo sin empleo, disfrazado para engañar a las masas. Probablemente, al final de cada semana recibía su paga por la puerta trasera. Pero ¿de manos de quién? ¿De la camarilla de Glinda? ¿De sus enemigos? ¿De los grandes banqueros del Gillikin industrial? ¡Quién sabe! A su debido tiempo, fue derrocado por el último incordio, el siguiente cabeza hueca, un hombre inane que apestaba a gloria: el sagrado Emperador.

Los muchos años transcurridos desde la época en que Elphaba surcaba el cielo montada en su indómita escoba habían sido tranquilos... en apariencia. Algunas atrocidades habían cesado, y eso era bueno. Otras las habían reemplazado. Algunas enfermedades se habían aliviado y otras comenzaban a arraigar. Había algo que agitaba a los scrows y a los yunamatas en el oeste, algo tan feroz que algunos miembros de una de las tribus, o quizá de ambas, respondían atacando a terceros neutrales.

Neutrales como las jóvenes mónacas misioneras, enviadas por las obsequiosas arpías que dirigían la casa central en la Ciudad Esmeralda. ¡Esas viejas serviles! Eran capaces de matarse a cacareos, si su Emperador se lo pedía. Sus emisarias, esas tiernas muchachas inocentes, habían hecho un alto en el convento de Santa Glinda, buscando un plato de comida y unas palabras de ánimo. ¿Dónde estarían sus caras?, se preguntó la mónaca superiora. Esperaba no volver a verlas nunca, ni en sueños, ni en un paquete traído por el servicio de correos.

Se estaba quedando dormida en la mecedora. Se levantó, gimiendo por el dolor en las articulaciones, e intentó cerrar los postigos. Uno de ellos se atascaba y tuvo que dejarlo como estaba. Había pensado pedir que vinieran a verlo esa tarde, pero con la llegada de la caravana se le había olvidado.

Visitó el excusado que tenía para su uso personal y se puso el basto camisón que vestía por la noche. Cuando se tumbó en el colchón de crin de caballo, lo hizo con la esperanza de conciliar rápidamente el sueño. Había sido un día agotador.

La luna chacala la miraba por la ventana. La mónaca superiora volvió la cabeza para eludir su mirada, una costumbre popular que le habían inculcado siete u ocho décadas antes y que conservaba intacta.

Sus pensamientos se dirigieron brevemente a aquella época en los montes Pertha de Gillikin, un tiempo más nítido y maravilloso en la memoria que cualquier momento de la época presente. ¡El sabor de las hojas de frutaperlo! ¡El agua en el techo del carromato de su padre cuando llegaban las lluvias! Las lluvias eran mucho más frecuentes en su juventud. La nieve olía a cosas diferentes. Todas las cosas olían. Fuera o no maravilloso su olor, era maravilloso que olieran. Ahora casi no le funcionaba la nariz.

Recitó una o dos oraciones.

Liir. Así se llamaba el chico: Liir.

Rezó para recordarlo cuando llegara el momento de despertarse.

# 4

A la mañana siguiente, antes de reunir a su grupo para acometer el tramo final hasta la Ciudad Esmeralda, Oatsie Manglehand acudió con Nubb a una pequeña y sobria sala, donde ambos iban a encontrarse con la mónaca superiora, la hermana Doctora y la hermana Boticaria.

Cuando la mónaca superiora se sentó, los otros también se sentaron. Cuando ella se abstuvo de beber el té de la mañana, los otros también se abstuvieron.

—Si queremos ayudar a ese joven, tenemos que compartir todo lo que sabemos —empezó la mónaca superiora—. He oído toda clase de rumores. El informe de la hermana Doctora, por favor.

La hermana Doctora, una mujer corpulenta de dudosas credenciales pero de experiencia contrastada en el diagnóstico, no era optimista en cuanto al pronóstico del herido.

—No parece haber sufrido mucho por la intemperie. Supongo que lo dieron por muerto y lo abandonaron poco antes de que lo encontraran ustedes.

Oatsie no dijo nada al respecto. No quería empezar contradiciendo a una profesional, aunque pensaba que la hermana Doctora se equivocaba.

La hermana Doctora prosiguió:

—Es un hombre destrozado, literalmente. No me corresponde adivinar cómo ha podido quedar tan malherido, pero he de decir que nunca he visto nada semejante a su estado. Tiene una pierna rota por varios puntos y esguinces en las dos muñecas. Tiene un omóplato, varias costillas y cuatro dedos fracturados. También se ha roto tres huesos del pie izquierdo. Pero no hay ninguna fractura expuesta. La piel está intacta y, aparentemente, no ha perdido sangre.

«O quizá el aguacero se la ha llevado», pensó Oatsie, pero no dijo nada.

La hermana Doctora hizo una mueca, frotándose la nuca.

—He pasado tanto tiempo componiéndole los huesos que sólo he podido hacer un examen sumario de los órganos internos. Respira superficialmente y con dificultad. La mucosidad que expulsa por la nariz es amarilla y sanguinolenta, lo que indica trastornos respiratorios. La hermana Boticaria tiene ideas propias al respecto…

—Para empezar con el asunto del flujo nasal… —comenzó la hermana Boticaria, quizá con excesivo entusiasmo, pero la hermana Doctora la interrumpió.

—La hermana Boticaria podrá hablar dentro de un momento. Sus… conjeturas no me merecen ningún comentario.

—¿Cómo está el corazón? —preguntó la mónaca superiora, sin prestar atención al viejo y molesto conflicto.

—Funciona —gruñó la hermana Doctora, como si no diera crédito a su propia respuesta.

—¿Los intestinos?

—«Vacilantes» sería la palabra. Sospecho que le ha estallado el bazo o algo similar, y puede que haya amenaza de septicemia. Las extremidades y algunas de las contusiones tienen un color raro que no me gusta nada.

—¿Qué color es ése? —preguntó la mónaca superiora.

La hermana Doctora arrugó los labios.

—No sé, estoy agotada. Como saben, hemos trabajado toda la noche sin descansar. Pero diría que los cardenales tienen cierto matiz verde, rodeados de un margen amarillo ciruela.

—Signo de hemorragia interna, al parecer… O quizá de alguna enfermedad. ¿O tal vez de otra cosa?

—Puede que esté en coma o en estado de muerte cerebral. No tengo forma de saberlo. Aunque el corazón está bien, la piel tiene mal color, de modo que la circulación debe de estar fallando. Los pulmones están gravemente comprometidos, pero en este momento no podría decir si lo están a causa de una enfermedad preexistente o de algún aspecto de sus desventuras.

—En conclusión… —dijo la mónaca superiora, con un amplio gesto de la mano.

—Morirá esta noche o quizá mañana por la mañana —respondió la hermana Doctora.

—Podemos rezar para que se haga un milagro —dijo Nubb.

Oatsie resopló.

—La hermana Boticaria se ocupará del tratamiento —replicó la hermana Doctora, haciéndolo sonar como si pensara que los rezos habrían sido una vía de acción más sensata.

—Usted puede rezar para que se obre un milagro —dijo la hermana Boticaria—. Yo tengo otras cosas que hacer.

—¿Tienes algo que añadir, hermana Boticaria? —dijo la mónaca superiora.

La hermana Boticaria se deslizó las gafas por la nariz, se las quitó, les echó el aliento y las limpió con el borde del delantal. Era munchkin y hacía gala de la pasión por la higiene típica de las granjeras munchkins, lo cual no era mala cualidad para alguien de su oficio.

—Todo es muy misterioso —repuso—. Hemos procurado ofrecerle toda la comodidad que la situación permite y la caridad que nuestra misión exige. Con cinta adhesiva le hemos entablillado las extremidades. Si vive, quizá recupere en cierta medida la función motora.

—¿Qué significa eso? —preguntó Oatsie—. Hable claro, para los ignorantes como yo.

—Quizá consiga sentarse y mover las manos, si los nervios no se han retraído hasta quién sabe dónde. Quizá pueda andar, a su modo; es poco probable, pero como digo, intentamos lo máximo. Lo que más me preocupa son las secreciones de las mucosas. De la nariz, sobre todo, pero también del resto de los orificios: los oídos, los ojos, el ano y el pene.

—Tengo entendido que has tenido ocasión de hacer algunas observaciones iniciales en el laboratorio —apuntó la mónaca superiora.

—En efecto. Sólo un comienzo. No he encontrado nada definitivo, nada que no haya visto antes, ya sea durante mi estancia aquí en el convento o en mi anterior cargo de auxiliar de la enfermera jefa en el Hospicio de Incurables de la Ciudad Esmeralda.

La hermana Doctora levantó la vista al cielo. La hermana Boticaria nunca perdía la oportunidad de hacer públicos sus méritos.

—¿Podrías aventurar una hipótesis? —preguntó la mónaca superiora.

—Sería precipitado.

Incluso sentada, la hermana Boticaria era más baja que las otras mónacas, de modo que para mirar por el rabillo del ojo a su reprobadora colega tuvo que levantar la barbilla, lo que le confirió una expresión más combativa quizá de lo que ella pretendía.

—Me pregunto si ese hombre, sea quien sea, procederá de algún lugar situado a gran altitud. El flujo mucoso podría obedecer al colapso sistémico de la función arterial, a causa de un cambio repentino en la presión atmosférica. No es un síntoma que yo haya visto antes, pero los Páramos son terreno muy bajo, en comparación con las cumbres más altas de los Grandes Kells.

Por la forma en que la hermana Doctora soltó por lo bajo un «hum, sí», quedó claro para todos lo que pensaba de la hipótesis de su colega. Después, enderezó la espalda, como para indicarle a la hermana Boticaria que abreviara. La mayor longitud de su columna le otorgaba altura respecto a su compañera, y a ella le gustaba utilizar ese detalle en beneficio propio.

La mónaca superiora intervino:

—¿Coincides con la hermana Doctora respecto a la inminencia de la muerte?

La hermana Boticaria hizo un leve gesto de desdén. Ninguna de las dos disfrutaba dando la razón a la otra, pero no podía hacer otra cosa, de  modo que asintió.

—Quizá queden cosas por averiguar —añadió en seguida—. Cuanto más tiempo resista, más oportunidades tendremos de estudiar su naturaleza.

—No estudiaréis nada de su naturaleza que no esté directamente relacionado con el alivio de los males que lo afligen —dijo con suavidad la mónaca superiora.

—¡Pero madre! Es mi responsabilidad como boticaria. Con el tiempo, el síndrome que lo está matando podría afectar a otras personas, y ésta es una oportunidad para aprender. Darle la espalda sería despreciar una revelación.

—He formulado mi punto de vista al respecto y espero que sea acatado. Ahora, decidme las dos, ¿hay algo que podamos hacer por él que no estemos haciendo?

—Avisar a la familia —dijo la hermana Doctora.

La mónaca superiora asintió y se frotó los ojos. Finalmente, se llevó a los labios un platillo de té y, sin un instante de vacilación, los otros la imitaron.

—Propongo entonces que una de las hermanas toque algo de música para él —dijo a modo de conclusión—. Si sólo podemos aliviarle el tránsito a la muerte, hagamos cuanto esté a nuestro alcance.

—Preferiblemente, que no sea la misma hermana que ayer estaba torturando el arpa cuando llegamos —masculló Oatsie Manglehand.

—¿Algo que añadir, Oatsie? —preguntó la mónaca superiora—. Quiero decir, ¿algo más, aparte de tu crítica musical?

—Sólo una cosa —respondió la guía de caravanas, decidida a no pedir disculpas por contradecirlas—. La hermana Doctora sostiene que el hombre fue atacado por unos bandoleros, que lo habrían abandonado moribundo poco antes de que nosotros lo encontráramos. Pero ¡amigas mías!, allí donde lo encontramos, el terreno es llano como un pan sin levadura.

—No lo entiendo —dijo la mónaca superiora.

—El muchacho debió de pasar allí más tiempo de lo que cree la hermana Doctora, porque de lo contrario yo habría visto marcharse a los bandidos. No tenían ningún sitio donde esconderse. Allí no hay árboles y la noche era clara. Podía ver a kilómetros a la redonda.

—Un misterio, en efecto.

—¿Usan ustedes la magia en sus servicios religiosos?

—Oatsie Manglehand —dijo con voz cansada la mónaca superiora—, somos una comunidad de mónacas unionistas. ¡Vaya pregunta tan absurda!

Cerró los ojos y se frotó la frente con los viejos dedos retorcidos. Por detrás de su venerable figura, la hermana Doctora y la hermana Boticaria asintieron silenciosamente a la pregunta de Oatsie: «Sí, la usamos. Usamos lo poco que sabemos, cuando es necesario.»

La mónaca superiora prosiguió.

—Antes de quedarme dormida anoche, recordé su nombre. Se llamaba Liir. Se marchó del convento con la hermana Santa Aelphaba... o Elphaba, supongo que debo decir, ya que nunca tomó los hábitos. ¿Recuerdas al chico, hermana Doctora?

—Yo acababa de llegar cuando Elphaba ya se disponía a marcharse —respondió la hermana Doctora—. Recuerdo poco a Elphaba Thropp. No me caía bien. Su talante huraño y su silencio me parecían más hostiles que piadosos. Pero a los muchos golfillos que en algún momento han aparecido abandonados en los alrededores del convento los recuerdo aún menos. Los niños no me interesan, a menos que estén enfermos de gravedad. ¿Padecía alguna enfermedad grave?

—La padece ahora —dijo la mónaca superiora—. Y si su mente todavía es capaz de soñar, supongo que en alguna parte, ahí dentro, sigue siendo un niño.

—Muy sentimental, madre superiora —dijo la mónaca Doctora.

—Yo lo recuerdo, ahora que menciona su nombre —intervino Oatsie Manglehand—. No muy bien, evidentemente. En los mejores años, hago tres o cuatro viajes, y estamos hablando de hace doce, quince, o quizá dieciocho años, ¿verdad? He acomodado unos cuantos niños sobre el equipaje de mis caravanas y también he enterrado a algunos a la vera del camino. Pero él era un chico callado e inseguro. Seguía a Elphaba como una sombra, como si ella fuera su madre. ¿Lo era?

—Oh, dudoso, muy dudoso —respondió la hermana Doctora.

—Ahí tenemos el matiz verde de sus contusiones —les recordó la hermana Boticaria.

—Yo me sonrojo cuando me avergüenzo, hermana Boticaria, pero eso no significa que sea pariente de un rábano —dijo la mónaca superiora—. Tendremos que preguntar por ahí. La mayoría de las hermanas de más edad, que podrían recordar a Elphaba, han muerto, y las otras han entrado en la segunda infancia. Pero la hermana Cocinera, si no ha estado trincándose el vino de guisar (o quizá más aún si lo ha estado haciendo), seguramente sabrá algo. Siempre distrae un poco de comida para los pilluelos que merodean por el patio de las cocinas, y probablemente recordará de dónde venía el chico.

»Hasta entonces —dijo, levantándose para dar a entender que la reunión había terminado—, trataremos a Liir lo mejor que podamos, ya sea el retoño de una bruja o el hijo abandonado de una gitana. Poco importa la cuna en el lecho de muerte, ¿no creéis? Ahora el mundo es su vientre materno, desde el cual nacerá a la Otra Vida.

Volvió hacia Oatsie Manglehand sus ojos llorosos. La guía de caravanas comprendió que la mónaca superiora aguardaba con esperanza su propia liberación de este mundo, para nacer en el siguiente. Oatsie aceptó el contacto de las frías manos de la anciana sobre la frente, consciente de que su gesto implicaba una bendición, un perdón... quizá una despedida.

–El viento sopla con fuerza –dijo–. Si salimos ahora y el río no está muy crecido en el vado cercano, alcanzaremos la otra ribera del Gillikin antes de que caiga la noche.

–Que el Dios Innominado os conceda un rápido progreso –murmuró la mónaca superiora, aunque tenía la mirada vuelta hacia adentro, como si ya estuviera enfrascada en el siguiente problema. De hecho, lo estaba.

Oatsie no había terminado aún de atarse los cordones de las botas, cuando oyó que la superiora decía a sus colegas:

–Ahora tendréis que ayudarme a subir la escalera, hermanas, porque pienso ir a visitar a nuestro inválido.

–Es una vieja dura de pelar –le susurró Oatsie a Nubb.

–Larguémonos –dijo él–. No quiero quedarme bajo el mismo techo que el hijo de una bruja, aunque sea un techo sagrado.

# 5

El convento, cuyas secciones más antiguas databan de varios cientos de años atrás, estaba dispuesto en torno a un claustro, como era habitual. La versión local del austero estilo mértico (achatadas columnas de piedra y esquinas de ladrillos sin encalar) delataba la precipitación con que había sido preciso levantar construcciones defensivas.

En lo alto de un exceso de escaleras, la enfermería constaba de un despacho embutido en un armario, donde la hermana Doctora guardaba sus notas y sus manuales. En un trastero debajo de un socarrén, la hermana Boticaria conservaba varias alacenas de roble llenas de ungüentos, reconstituyentes, purgantes y renegantes. (Al ser pequeña, como lo eran aún muchos munchkins, podía trabajar de pie en un espacio demasiado reducido para su colega, que por ese motivo se había quedado con el despacho, lo cual era causa de lamentaciones incesantes.)

La enfermería comunicaba también con dos salas relativamente grandes. La de la derecha era para los enfermos pobres de la comarca, mientras que la de la izquierda se reservaba para las mónacas aquejadas de alguna enfermedad. Del otro lado de esta última sala, detrás de una puerta robusta, se extendía un espacio de forma extraña: la coronación de una torre esquinera. En su interior había, por tanto, una habitación redonda de estrechas ventanas altas, orientadas en tres direcciones. La sala no tenía paredes ni techo propiamente dichos, sino una serie de vigas inclinadas que convergían en lo alto del espacio cónico. Un paciente que estuviera en la cama podía levantar la vista y ver cómo los tablones del cielo raso atravesaban las vigas. Había murciélagos, pero eran más limpios que la mayoría de los pacientes, por lo que nadie los perseguía.

«Es lo más parecido a estar dentro del sombrero de una bruja», pensó la mónaca superiora mientras hacía una pausa para recobrar el aliento. Después, apartó la cortina y entró.

Liir (si es que de verdad era él, y ella estaba bastante segura de que lo era) yacía en la cama alta, más como un cadáver que como un enfermo.

—¿No le habéis puesto almohada? —preguntó la mónaca superiora en un susurro.

—Por el cuello

—Ya veo.

En realidad, no había mucho que ver. Las extremidades entablilladas estaban envueltas en anchas vendas de gasa. Tenía el torso atado a la cama y la cabeza descubierta, con el pelo oscuro lavado con aceite y hierbas. Los ojos, tras las ranuras de las vendas, estaban cerrados, y las pestañas eran largas y espesas.

—No lo habrán chamuscado, ¿no? Lo habéis vendado como a los quemados.

—La piel necesita cuidados, a causa de las heridas. Por eso no hemos podido inmovilizarlo del todo.

No, supongo que no», pensó la mónaca superiora.

Sus ojos ya no eran los de antes. Se inclinó hacia adelante y miró de cerca las rayas donde los párpados superiores de Liir se encontraban con los inferiores.

Después levantó la mano izquierda del joven y le estudió las uñas. Tenía la piel fría y húmeda, como la corteza del queso fabricado con leche de escarco del valle. Las uñas estaban agrietadas.

—Levantadle el taparrabos.

La hermana Doctora y la hermana Boticaria intercambiaron una mirada y obedecieron.

La mónaca superiora tenía pocos motivos para ser una experta en anatomía masculina, pero no dio señales de aprecio ni de repulsión. Apartó suavemente el miembro, a un lado y a otro, y levantó los testículos.

—Tendría que haber traído las gafas de leer —murmuró.

Necesitó ayuda para dejarlo todo tal como lo había encontrado.

—Muy bien —dijo—, arregladlo.

Las mónacas lo hicieron.

—Hermana Doctora —dijo la mónaca superiora—, hermana Boticaria, no os pediré que le aflojéis las ataduras para enseñarme las contusiones que referís, pues confío en vuestra perspicacia. Sin embargo, debo señalar aquí, y lo haré formalmente en el Diario de la Casa, que no veo ningún signo de verdor en su piel. No toleraré ningún rumor allá abajo respecto a que estemos albergando ninguna clase de… aberración. Si habéis incurrido en la indiscreción de insinuar algo así a vuestras hermanas, reparad el daño cuanto antes. ¿Lo habéis entendido?

Sin esperar respuesta, se volvió hacia el enfermo.

Era difícil evaluar el estado de un hombre que presentaba la fláccida compostura de un cadáver. No hay frente noble cuando está muerta; ya no tiene necesidad de serlo. El chico parecía todo lo cerca de la muerte que se puede estar sin perder una lejana esperanza de recuperación, pero la sensación que le transmitía a la mónaca superiora no era de serenidad ni de inquietud.

Era un hombre joven, con las formas agradables de la juventud; al menos eso se notaba a pesar de los vendajes. «Los jóvenes también sufren y mueren, y a veces su muerte es un acto de clemencia», pensó la mónaca superiora. La invadió entonces un regocijo indecoroso y egoísta por haber vivido una vida larga y extraña, que aún no había terminado. Estaba mejor de salud que ese pobre muchacho atormentado.

–¿Se encuentra bien, madre superiora? –preguntó la hermana Doctora.

–Sólo ha sido un temblor, por la mala digestión, nada más.

No podía explicarlo de otra manera. Se volvió para marcharse. Todavía le faltaba hablar con la hermana Cocinera y ocuparse de otros acuciantes asuntos de la jornada. Mientras la hermana Boticaria arreglaba las sábanas y la hermana Doctora se abalanzaba sobre el herido para tomarle el pulso, la mónaca superiora suspiró.

–Haremos lo que debamos y solamente lo que debamos –les recordó.

Las hermanas se situaron en posición de firmes.

–Sí, madre superiora.

«Ni sereno, ni inquieto –volvió a pensar–. Es como si su espíritu no estuviera aquí. Su cuerpo no está muerto, pero su espíritu no está aquí. ¿Cómo es posible?

»¡Blasfemia! Y además, error científico», se reconvino mientras se alejaba tan rápidamente como sus piernas artríticas se lo permitían.


# 6

Hacía mucho tiempo que la mónaca superiora había renunciado a supervisar a la hermana Cocinera, entre otras cosas porque le interesaban poco los placeres de la mesa, pues tenía el estómago estragado por demasiadas décadas de comida deplorable, servida bajo una pésima gestión de las cocinas. El único apetito que conservaba, después de tantos años, era el relacionado con el alimento del espíritu.

Así pues, cuando se detuvo en el umbral de las cocinas del convento, la mónaca superiora experimentó una leve sensación de náuseas.

Por el lugar donde estaba situado el convento (sobre el camino de vuelta del País de los Quadlings), la casa solía recibir un goteo de jovencitas quadlings consideradas demasiado bastas o rebeldes para casarse, o demasiado obtusas para desempeñar una profesión como la de maestra, institutriz o nodriza. A veces sus familias iban a buscarlas, pero era más frecuente que se escaparan. En cualquier caso, cuando abandonaban el convento, tenían más años y estaban mejor alimentadas que cuando se habían marchado de sus casas.

Aun así, mientras permanecían allí, formaban una población aceptablemente dócil y eran buenas pinches de cocina. Mientras buscaba a la hermana Cocinera, la mónaca superiora pensó en mandar quizá a una chica quadling al piso de arriba, para que le hiciera compañía al conveleciente.

—¿Hermana Cocinera? —llamó la mónaca superiora, pero tenía ronca la voz—. ¿Hermana Cocinera?

No hubo respuesta. La mónaca superiora se adentró en las cocinas. Varias chicas trabajaban calladas en un rincón soleado, amasando con las rodillas desnudas grandes y correosos cojines de masa de pan. Era una costumbre campesina muy mal vista, pero la mónaca superiora pasó junto a las novicias como si no lo hubiera notado, porque no se sentía con fuerzas para castigarlas.

En lo alto de una escalera de mano, la hermana Licor aplicaba un cuarto de vuelta a cada una de las botellas de cristal morado llenas de aguardiente de sabreselva, mientras canturreaba para sus adentros y se balanceaba en su peldaño.

—¡Dios bendito! —murmuró la mónaca superiora, sin detenerse.

La promesa del almuerzo era una afrenta en la despensa: pan, raíz de mohosiflor, medallones de queso envejecido de escarco y aceitunas azules blandas, de las que rechazaban hasta los asnos. «No es tan difícil mantener la mente concentrada en temas elevados, cuando eso es lo que comes a diario», observó la mónaca superiora.

La puerta exterior estaba abierta. Más allá de la despensa, en el huerto amurallado, las retorcidas ramas de los frutaperlos se estremecían con el viento. La mónaca superiora atravesó el huerto, en parte para recibir un aliento de aire fresco y en parte para contemplar los severos colores otoñales de las hojas de los frutaperlos, que abarcaban todos los matices, desde el rosa granito hasta un lila desvaído.

En la hierba esmeralda, cerca del pozo, unas novicias se habían sentado sobre sus delantales. Habían sacado a tomar el aire a una de las viejas paralíticas que iban en silla de ruedas y, amablemente, le habían cubierto las rodillas con una manta de cuadros. La anciana mónaca (que por su aspecto parecía aún más vieja que la superiora o, en todo caso, más enfermiza) se había puesto el chal sobre la frente, a modo de pantalla, para protegerse los ojos del sol de la mañana. Dos de las novicias desgranaban vainas de frutaperlo, mientras la tercera tocaba un instrumento, una especie de cítara o salterio, con cuerdas de tripa tensadas a lo largo de dos ejes perpendiculares entre sí. El efecto de sus pulsaciones y deslizamientos era más vibrante que melódico. Tal vez el artefacto estaba desafinado, o la intérprete carecía de talento, o quizá era una modalidad foránea de hacer música. Sin embargo, las otras novicias no parecían molestas, e incluso se hubiese dicho que disfrutaban con los zumbidos.

Al ver que se acercaba la mónaca superiora, se pusieron en pie de un salto, esparciendo por la hierba su trabajo. Las tres jóvenes eran quadlings.

—Chicas, por favor —dijo la mónaca superiora—, volved a vuestra labor.

Y en seguida añadió con deferencia:

—Salud, madre.

La mónaca mayor hizo un gesto de asentimiento, pero no levantó la vista. Tenía los ojos fijos en los dedos de la joven que tocaba el instrumento.

—Esperaba encontrar a la hermana Cocinera —dijo la mónaca superiora.

—Está en el sótano de los champiñones, recogiendo setas para la sopa. ¿Quiere que vaya a buscarla? —preguntó una de las novicias.

—No —replicó la mónaca superiora, mirándolas una a una—. ¿Sois todas novicias de primer año?

—¡Chis, silencio! —dijo la vieja.

A la mónaca superiora no le gustaba que la mandaran callar.

—¿Habéis tomado ya los votos?

—¡Chis! ¡Ya viene!

—Madre, tengo trabajo que … —dijo la mónaca superiora.

La vieja en silla de ruedas levantó la mano arrugada. No tenía dibujo en las yemas de los dedos, ni línea de la vida en la mano derecha; no había identidad, ni historia, ni nada que leer, como si una llama punitiva hubiera calcinado esa mano, purificándola de toda individualidad.

Sólo una mónaca podía tener una mano como ésa.

—¿A quién se refiere, madre Yackle? —preguntó la mónaca superiora.

La vieja no respondió ni levantó la vista, pero apuntó al cielo con un dedo torcido y nudoso. La mónaca superiora se volvió. Abundaban las fábulas y las leyendas sobre visitantes caídos del cielo, en los textos sagrados y en las profecías que enardecían al populacho. No era fácil ignorar el cielo.

Pero no era el cielo lo que indicaba la madre Yackle, sino uno de los árboles. De sus ramas cayó una ondulante cascada, como una pila de abanicos de fiesta que se deslizara desde lo alto de un aparador. Una dispersión de plumas insolentes, de un rojo parpadeante. Un ojo dorado engarzado en un cráneo piriforme.

¡Un pfénix carmesí! Macho, a juzgar por su plumaje. Se rumoreaba que la caza había empujado a la especie al borde de la extinción. Las últimas colonias conocidas de pfénix vivían en el extremo sur de Oz, donde las acuosas extensiones de las ciénagas por fin comenzaban a secarse y donde había todavía una franja de selva que cerraba el paso a los viajeros, pese a no tener más de doce kilómetros de ancho. ¿Sería esa ave un ejemplar desviado de su curso por el viento, o trastornado quizá por la enfermedad?

El pfénix se posó en el centro del instrumento musical que la tercera novicia estaba tocando. La joven levantó la vista alarmada, pues hasta entonces no había atendido más que a su música. El pfénix arqueó el cuello y fijó sus ojos dorados, primero uno y después el otro, en la mónaca superiora.

—Si busca a la que tiene talento —dijo el pfénix, o mejor dicho el Pfénix, puesto que hablaba—, es ésta. Llevo una hora observándola y no presta atención a nada más que a su música.

Las mujeres no respondieron. Las Aves parlantes no eran raras, pero normalmente no se molestaban en hablar con los humanos. ¡Qué espécimen era ese Pfénix! La reja que formaban las plumas de la cola se abría hacia los lados, como en los pavos reales, pero los Pfénix también podían desplegar con facilidad las plumas de camuflaje, estrechamente enroscadas, que se abrían en un globo erizado, una especie de cámara privada hecha de delicadas y discretas frondas semejantes a helechos. Un Pfénix macho adulto, volando con todas sus plumas desplegadas, podía parecer un vibrante globo de luz surcando el aire.

—¿Conoces al joven que han traído? —le preguntó la mónaca superiora, dominando la sensación de maravillado asombro que la embargaba.

—No conozco a ningún joven. No tengo trato con los de tu especie. Soy un Pfénix Rojo —añadió, como si fuera posible que ellas no lo hubiesen advertido ya.

La mónaca superiora desaprobaba la soberbia en todas sus formas. Se volvió hacia la joven música.

—¿Cómo te llamas?

La muchacha levantó la vista, pero no respondió. No tenía la cara tan rubicunda como algunos quadlings; era menos rojiza y más parda. Su forma era agradable y proporcionada como el contorno de una nuez de pelorroble: frente ancha, pómulos marcados, mejillas redondeadas de bebé y barbilla pequeña pero firme. La mónaca superiora, que nunca prestaba atención al aspecto de sus novicias, se sorprendió.

Era demasiado guapa para ser mónaca, por lo que probablemente sería idiota.

—No habla mucho —dijo una de las novicias.

—Lleva tres semanas aquí —añadió la otra—. Susurra sus oraciones en un dialecto que no entendemos. Creemos que no puede hablar en voz alta.

—El Dios Innominado la oye de todos modos. ¿De dónde eres, pequeña?

—La hermana Cocinera lo sabrá —dijo la primera novicia.

—De pie, muchacha, de pie —ordenó la mónaca superiora—. Te ha elegido un Pfénix Rojo. ¿De modo que no hablas mucho, pero entiendes nuestra lengua? ¡Justo lo que necesito!

Le ofreció la mano a la joven, que se puso de pie con reticencia. El Pfénix Rojo se sentó en la hierba y empezó a despiojarse.

—¿Pido que te traigan un cuenco con agua aromática o alguna otra cosa? ¿Hay algo que nuestra caridad pueda ofrecerte? —preguntó la mónaca superiora—. No solemos recibir visitas de los de tu especie. De hecho, creo que nunca nos han visitado.

—Sólo estoy de paso —dijo el Pfénix Rojo—. Hay un congreso en el oeste. Pero la música me ha hecho bajar.

—¿Te gusta la música?

—Si me gustara la música, no habría bajado. La muchacha no toca muy bien, ¿no crees? No, no me gusta la música. Interfiere con mis sistemas de orientación. Simplemente, he sentido curiosidad de volver a ver un instrumento como ése. Al oírla tocar, me vino a la mente otra época en que vi uno de ésos, hace mucho tiempo; casi lo había olvidado. Pero te agradezco la gentileza. No necesito nada, excepto descansar un poco.

El Pfénix Rojo miró a la joven música, que permanecía tímidamente de pie, con su falda gris clara de novicia.

—Ésa sí que es un enigma —dijo el Pfénix Rojo.

—¡Ya lo tengo! —gritó la hermana Cocinera, apareciendo por detrás con una red, y era cierto que lo tenía.

El Pfénix Rojo chilló y se retorció, al tiempo que todos los ojos de su plumaje se contorsionaban. El grito fue espantoso.

—¡Pfénix al horno! —exclamó la hermana Cocinera—. ¡Tengo la receta perfecta!

—Suéltalo —ordenó la madre Yackle.

No le correspondía hablar y eso irritó a la mónaca superiora. Sabía que la hermana estaría pensando: «¡Pfénix al horno, con unas nueces de mantequilla, un poco de mostaza de estragón y patatitas tiernas asadas en la misma bandeja!»

—Suéltalo —repitió la mónaca superiora, con más severidad que la madre Yackle.

—¿Qué? —exclamó la hermana Cocinera—. Llevo quince minutos arrastrándome detrás de este pájaro y, cuando a pesar de mi lumbago consigo atraparlo, ¿me pide que lo suelte?

—No cuestiones mi autoridad.

—Sólo cuestiono su sentido común, madre —dijo con voz grave la hermana Cocinera. Volvió la red del revés y el Pfénix Rojo salió catapultado del huerto, maldiciendo.

—Iba camino de un congreso —dijo la madre Yackle.

—¡Basta! —intervino la mónaca superiora—. Ya está bien. Hermana Cocinera, ¿quién es esta novicia? ¿De dónde ha venido?

A la hermana Cocinera aún le rechinaban los dientes de contrariedad por la ocasión perdida.

—Se llama Candela —murmuró—. La ha dejado aquí un primo suyo, gitano, para que la cuidemos. Dijo que volvería al cabo de un año y que, si para entonces no se había hecho mónaca, se la llevaría; pero yo le dije que nos la quedábamos. No nos da problemas porque no puede chismorrear con las otras chicas, y además, sabe preparar un jugo de tuétano muy bueno. La he puesto ha trabajar con la hermana Salsa para el asado del día de fiesta.

—¿Puedes prescindir de ella?

—Pregúnteme mejor si puedo prescindir de un Pfénix Rojo, porque la respuesta es «no».

—No comemos Animales —dijo la mónaca superiora—. Ya sé que los tiempos han cambiado, pero así lo establece nuestra carta fundacional. No comemos nada que pueda contestarnos, hermana Cocinera, y si descubro que has estado matando Animales a mis espaldas...

—Me costará mucho prescindir de ella —respondió la hermana Cocinera, mirando a la joven música—, pero si al irse se lleva ese domingon del demonio, me daré por satisfecha.

—¿De modo que es un domingon? Había leído al respecto, pero nunca había visto ninguno. Ven, pequeña, y tráete el domingon.

La mónaca superiora le indicó con un gesto que la acompañara, con la sonrisa más tierna que sus viejos labios retorcidos pudieron conjurar. La chica se levantó y cogió de la mano a la mónaca superiora con una soltura sin afectaciones. Las otras dejaron ir una risita. Sí, en efecto, debía de ser débil mental.

—En realidad, hermana Cocinera, venía para preguntarte si recuerdas a una novicia que hace tiempo tuvimos con nosotras... aquella chica verde tan extraña, Elphaba.

—Eso fue antes de que yo llegara —respondió con sequedad la hermana Cocinera, y se marchó.

La madre Yackle se rascó la nariz y bostezó.

El Pfénix Rojo gritaba en el cielo, volando en círculos alrededor de las torres del convento, finalmente a salvo y listo para recuperar la capacidad de ser agraviado. Era como un coágulo de sangre flotando sobre la enfermería.

—¿Has dicho que hay un chico en la casa? —preguntó la madre Yackle, dejando que se le resbalara el chal y alzando hacia la mónaca superiora los ojos legañosos y cubiertos de costras lechosas—. ¿Ha traído la escoba?

## 7

La mónaca superiora iba a necesitar un largo descanso después del almuerzo, lo sabía. ¡Todas esas escaleras! Una penitencia segura para las articulaciones. Pero hizo un esfuerzo y Candela le ofreció un brazo voluntarioso sin que ella se lo pidiera, lo cual era señal de que la muchacha no era irremisiblemente tonta.

El sol estaba suficientemente alto en el cielo para que la habitación se hubiera calentado un poco y empezara a sumirse en las sombras del mediodía. El muchacho yacía como antes, sin mover un músculo, envuelto en una serenidad antinatural. La hermana Boticaria y la hermana Doctora habían acercado sus pequeñas tareas, para estar junto a él mientras trabajaban; la primera molía hierbas en un mortero, mientras la segunda anotaba síntomas en un libro rayado. La hermana Doctora estaba sentada a un lado de la cama y la hermana Boticaria, al otro.

—¿Conocéis a esta novicia? —preguntó la mónaca superiora.

Las hermanas no lo admitieron ni lo negaron.

—Es una chica del huerto, que toca un instrumento llamado domingon. Yo nunca había visto ninguno, pero los conocía de oídas. Al parecer, Candela tiene cierto talento para la música, y quizá pueda desarrollarlo en las largas horas que pasará velando a Liir. Candela, te presento a la hermana Doctora y a la hermana Boticaria. Seguramente ya las habrás visto en el refectorio o en la capilla.

Las mónacas que desempeñaban profesiones liberales no estaban obligadas a hacer reverencias al saludar, pero al ver que Candela tampoco se inclinaba, la hermana Boticaria —quizá por nerviosismo social— dio una especie de respingo que pudo querer decir muchas cosas diferentes.

La superiora se dirigió a las mónacas mayores:

—Hay asuntos más acuciantes que debéis atender, aparte de la observación incesante de nuestro nuevo huésped. Tengo otro encargo para vosotras.

—¡Madre superiora! Nada más lejos de mi intención que cuestionar su buen juicio, pero debo recordarle, con toda lealtad y respeto, que si bien usted gobierna el espíritu de esta casa, yo respondo por la salud de las almas individuales que en ella habitan.

—En cuanto a los tratamientos que sean menester... —empezó la hermana Boticaria, pero la mónaca superiora levantó la mano.

—No atenderé a objeciones. Candela parece un poco simple, pero puede sentarse aquí y velar al chico. Entiende mis instrucciones. En cuanto él abra la boca, os avisará. Mientras tanto, podrá practicar sus escalas y quizá llegue a tocar con más habilidad. Si el muchacho va a morir, al menos que muera reconfortado por el peculiar zumbido de su instrumento. Es mi deseo y ya lo he expresado.

Después, la mónaca superiora juntó delante de la cara las dos manos ahuecadas, en un gesto arcaico y formal que significaba «así sea», o bien, según la expresión facial del hablante, «cierra el pico».

Aun así, la hermana Boticaria protestó.

—Conozco bien a esta chica y sé que no tiene luces suficientes ni para guarecerse de la lluvia cuando cae un aguacero. Comete usted un error tremendo...

—Por una vez, la hermana Boticaria no se equivoca —intervino la hermana Doctora—. Si comenzara a supurar alguna herida o surgiera alguna complicación...

—Tengo otra misión para vosotras —dijo la mónaca superiora—. Vuestra insistencia en torcer mi voluntad me ha convencido. Sois las indicadas para el próximo trabajo.

Las hermanas interrumpieron sus quejas, ofendidas y curiosas a la vez.

—Todavía no os he contado lo que he sabido acerca de las tres misioneras procedentes de la Ciudad Esmeralda que pararon aquí hace unos días —dijo la mónaca superiora—. Cayeron en una emboscada y las mataron a las tres. Les arrancaron las caras, me temo. Alguien tendrá que averiguar quién lo hizo y por qué.

Se volvió para marcharse.

—Terminad vuestras pociones, reforzad de inmediato vuestros conjuros de prevención de males, al menos para que duren hasta la hora de la cena, y venid conmigo. En lugar de almorzar, me echaré y dormiré un momento, y nos reuniremos en mi sectorium cuando las oraciones del mediodía hayan terminado.

La mónaca no conocía el oficio de las hermanas. ¿Cómo sabía entonces que solían usar varios conjuros ilícitos? Quizá por eso era la mónaca superiora, supusieron ellas. No sabía de medicina, pero conocía a las mujeres.

No les quedaba más opción que obedecer. Mientras avanzaba ligeramente adelantada, la mónaca superiora no pudo reprimir una leve sonrisa. Las hermanas de la enfermería eran gente buena y honesta. Pero eran curiosas, tenían una curiosidad de todos los demonios, como el resto de la casa. Y cualquiera que fuera el mal que estaba atormentando a Liir, por dentro o por fuera, el muchacho sanaría o empeoraría más confortablemente si no lo sofocaban las atenciones de un par de mónacas de mediana edad.

La superiora hizo una pausa para recuperar el aliento. Las escaleras eran el mismo demonio. Las dos hermanas permanecieron respetuosamente inmóviles, mientras ella jadeaba. «¡Ah, la fuerza de voluntad de las mujeres! —pensó—. La de estas dos y la mía también. He tomado la horrenda decisión de ponerlas en peligro. Si hay alguien capaz de cumplir esta misión, son ellas. Rezo por su seguridad.

»Pero ¿por qué tengo que arriesgar la vida de mis queridas hermanas? Porque mis colegas de la casa central se atreven a enviar jóvenes misioneras inexpertas a las tierras salvajes, sin nadie que las guíe. No hay para ellas una Oatsie Manglehand, sino únicamente fe, inocencia y la valentía que nace de la estupidez. ¡Maldita sea la Ciudad Esmeralda por apoyarse en nosotros! ¡Malditas sean esas… esas *alfombrillas de baño* de la casa central, por dejarse pisotear y ceder a la influencia del gobierno!»

No formuló ninguna disculpa interior por el juramento. Consideraba que se había ganado el derecho a maldecir de vez en cuando en su fuero interno, siempre que estuviera justificado hacerlo.

# 8

Candela casi no miraba a Liir. Sentada en una silla con asiento de enea, frotaba las cuerdas superiores del instrumento con las yemas encallecidas de los dedos de la mano derecha. Una leve vibración armónica, casi inaudible, zumbaba en las cuerdas inferiores: una sensación en el aire, más que un sonido.

La luz variaba en mareas inciertas, a medida que unas nubes demasiado sutiles para ser percibidas lavaban la extensión del cielo. La habitación se enfrió ligeramente.

Candela dejó que los dedos subieran por los trastes. Era una intérprete hábil, más de lo que creían las hermanas de la cocina; hábil, y además con talento. A ese domingon le faltaba una pieza vital y no podía hacerlo repicar, ni rezongar, ni llorar como a ella le hubiese gustado. Sin embargo, para mantener despiertos los dedos, Candela arrancaba mustias frases incompletas del doble mástil del domingon. Lo que tocaba no tenía el poder de reconfortar a nadie y ella lo sabía, pero aun así seguía deshilando en el aire los largos sonidos imponderables. Había visto al Pfénix Rojo en el cielo. Su música lo había hecho bajar. Podía conseguirlo de nuevo, y otras muchas cosas además.

# LEJOS

## 1

El domingon siguió sonando, y aunque en su estado Liir no podía oírlo, el instrumento obraba sus efectos.

Por esa época vivía en un castillo llamado Kiamo Ko, pero no había presenciado la muerte de la Bruja.

La Bruja lo había encerrado en la cocina, con Nana y aquel León histérico. Pero Nana, haciendo gala de un riqueza de recursos sorprendente en una chiflada como ella, había insertado el mango de una sartén de hierro para un solo huevo en la madera podrida de una de las jambas de la puerta. Al comprender lo que se proponía, Liir y el León empezaron a tirar de las bisagras, hasta que la puerta cayó pesadamente hacia adentro.

Chistery, el Mono Nival de la Bruja, salió lanzado delante de ellos escaleras arriba, hacia los aposentos de la Bruja en lo alto de la torre. Pero Dorothy ya venía bajando, con la cara gomosa de lágrimas y la escoba tremendamente quemada apestando en las manos.

—Se ha ido —sollozó la chiquilla, y el corazón de Liir voló hacia ella, porque ¿qué corazón habría reaccionado de otra forma?

Liir se sentó en el mismo peldaño y uno de sus brazos serpenteó sobre los hombros de ella. Tenía catorce años. El primer flechazo debía de ser una sensación extraña en cualquier circunstancia, ya lo suponía, pero aquella situación era extrema. Nunca había visto a dos personas haciéndose arrumacos. ¡Y ella era una santa venida de la Otra Tierra, por todos los cielos!

La niña no conseguía controlar su estado de nervios, de modo que a Liir le llevó un buen rato comprender lo que estaba balbuciendo. La Bruja ya no estaba, había muerto: su recuerdo más antiguo, su bestia negra, su tiíta, su carcelera, su sabia protectora... su madre, según decían los demás, aunque no había ninguna prueba al respecto, y ella nunca le había dado una respuesta cuando se lo había preguntado.

Muerta, muerta y desaparecida. Tras hacer su propia inspección, Nana no lo había dejado salir al parapeto para mirar.

—El espectáculo volvería ciegos a los piadosos —murmuró la anciana—, de modo que me alegro de ser una vieja pecadora. Y tú no eres más que un niño tonto. Ni sueñes con subir, Liir.

Se guardó la llave en el bolsillo y empezó a cloquear de una manera muy poco habitual en ella, una especie de oración fúnebre de su infancia rural:

—Dulce Lurlina, madre misericordiosa, mortaja de los asesinados, abrigo de los desaparecidos...

La religiosidad pagana de Nana le resultaba poco convincente a Liir. Pero ¿con qué fundamento podía decirlo? Cuando se había marchado del convento unionista todavía era demasiado pequeño para haber asimilado los principios de la fe que sustentaban la vida monástica. Desde la actitud distanciada de un adolescente escéptico, el unionismo le parecía un matorral de contradicciones. Caridad para todos, pero intolerancia para los infieles. La pobreza dignificaba, pero los obispos tenían que ser más ricos que nadie. El Dios Innominado había creado el mundo, que era bueno, pero había encarcelado en su interior al ser humano, al que atormentaba con una sexualidad explosiva de la que debía protegerse a toda costa.

El lurlinismo no era mucho más sensato, a juzgar por lo que contaba Nana: una desordenada serie de episodios levemente eróticos en los que Lurlina seducía al mundo de Oz para traerlo a la existencia. En su fuero interno, Liir consideraba el lurlinismo una completa estupidez; pero como era más bonito, le resultaba más fácil recordarlo.

Quizá no tenía sensibilidad para la religión. La fe parecía ser una especie de lenguaje, cuya enrevesada sintaxis había que oír desde la cuna, pues de lo contrario se volvía incomprensible. Sin embargo, en ese momento deseó tener fe, aunque fuera un jirón de cualquier clase de fe, porque Elphaba había muerto, y no le parecía correcto seguir actuando como si el mundo no hubiese experimentado un cambio mayor que el chasquido de una ramita al romperse en un árbol.

La Bruja se agitó en la mente del muchacho y el primer recuerdo brutal fue tan repentino y tenaz como el aguijonazo de una abeja. Le estaba gritando:

—¿Los soldados del Mago han secuestrado a toda la familia y te han dejado a ti? ¿Tal vez por ser un inútil? Pero aun así, ¿tú los has seguido y ellos han conseguido eludirte? ¡Pero qué inútil puedes llegar a ser!

Incluso entonces, Liir se había dado cuenta de que no era tanto que ella estuviera enfadada con él como asustada por lo sucedido en su ausencia a los otros habitantes del castillo. Incluso entonces, había advertido el alivio de la Bruja al comprobar que él se había salvado gracias a su insignificancia. Incluso entonces, le había dolido el reproche: «Inútil.»

—Me quedo con la escoba —dijo finalmente Liir—. La enterraremos con ella.

—La necesito para demostrar que está muerta —replicó Dorothy—. ¿Qué otra cosa podría servirme?

—Entonces la llevaré yo —dijo él.

—¿Vendrás conmigo?

Liir miró a su alrededor. El patio del castillo estaba más silencioso que nunca. Los cuervos de la Bruja habían muerto, al igual que sus lobos y sus abejas. Los monos alados estaban acurrucados encima de la leñera, paralizados de dolor. Con los arjikis del poblado de Red Windmill, ladera abajo, o los que habitaban en las casitas dispersas a sotavento de la montaña, Liir tenía poco contacto.

Así pues, no había nada que lo retuviera en Kiamo Ko, excepto Nana. Y vieja como estaba, pronto recaería en su habitual neblina de sordera y ensimismamiento. En una semana se le olvidaría que la Bruja había muerto. Además, ni siquiera en sus mejores tiempos había conocido la procedencia de Liir, ni había parecido importarle nunca, de modo que no le resultó difícil dejarla.

—Iré contigo —dijo—, sí, y llevaré la escoba.

Como ya era tarde para partir, comenzaron a buscar cosas que hacer. Liir dio de comer a los monos. Dorothy intentó preparar una cena para Nana, que lloraba diciendo que no tenía apetito, aunque al final se comió toda su porción, y también la del León.

Después de fregar los platos, Dorothy se acomodó junto al acogedor cuello del León, en parte para calmarlo a él, pero también para reconfortarse. Liir subió a la habitación de la Bruja y estuvo mirando. Parecía ya como si ella nunca hubiera vivido allí.

Pensó en la Grimería, el desconcertante libro de magia. Nunca había podido leerlo. Lo dejó en el mismo sitio donde lo había puesto la Bruja por última vez. Daba igual. Ningún Mono Volador conseguiría farfullar ningún conjuro leyéndolo, y Nana estaba demasiado mal de la vista para descifrar un texto tan extraño y embrollado. De todos modos, pesaba demasiado para cargar con él.

«Los libros tienen vida propia —pensó Liir—. Ya se cuidará él solo.»

Cuando ya se volvía para marcharse, vio la capa negra de Elphaba. Estaba raída por el uso, con los bordes deshilachados y el cuello apolillado, pero seguía siendo gruesa y abrigada, y el tiempo se estaba volviendo cada vez más frío. Se la puso sobre los hombros flacos. Le quedaba enorme, de modo que se enrolló los extremos en los antebrazos. Supuso que parecería un murciélago pequeño y tonto, con las alas excesivamente grandes. Pero no le importó.

El horizonte estaba escarchado de salpicaduras verdosas, como si innumerables hogueras de tribus distantes hubiesen adivinado ya la noticia y ardieran en homenaje a Elphaba, antes de que se pusiera el sol del día de su muerte.

Liir sintió su olor en el cuello de la capa y lloró por primera vez.


No se molestó en despedirse de Chistery. El Mono Volador más querido de la Bruja tendría que arreglárselas solo. ¿Para qué le había enseñado ella a hablar, si no era para que la llorara cuando ya no estuviera?

Por el camino, el León y esa cosa pequeña y ladradora, *Totó*, se quedaron rezagados, junto a los otros dos que habían esperado a Dorothy fuera del castillo, el Espantapájaros y el Hombre de Hojalata, que a Liir le daban idéntica grima. El viento era brutal y las vetas de nubes se acumulaban al este. Si Liir no se equivocaba, no tardaría en caer la lluvia.

Dorothy hacía preguntas superficiales, pero su principal preocupación era que Liir le asegurara que no se perderían. ¿Cómo iba a saber él si se desviaban o no del buen camino?, le preguntó a la niña. Hacía siete u ocho años que había salido del convento con Elphaba y, desde entonces, nunca se había alejado de los alrededores de Kiamo Ko. Dorothy tenía mucha más experiencia reciente que él del ancho mundo.

—Sí, bueno, en realidad, el último trecho lo hice en brazos de los monos voladores —dijo ella nerviosamente—, y no puede decirse que tuviera la serenidad de ánimo suficiente como para fijarme en las particularidades del terreno. Aun así, vamos cuesta abajo, y eso tiene que estar bien.

—Viniendo de Kiamo Ko, todo es cuesta abajo —replicó Liir.

—Me gusta tu confianza —dijo ella—. Háblame de ti, entonces.

Liir suponía que sus recuerdos de infancia serían como los de cualquiera: imprecisos, sugestionables y mayormente desprovistos de emociones. No recordaba momentos decisivos (quizá no hubiera ninguno), pero conservaba la sensación de las cosas: los rayos del sol que penetraban oblicuos por las ventanas con parteluz de la planta alta del convento y que unían a las mónacas silenciosas con sus sombras calladas en el suelo de piedra; el aroma de la crema de espárragos con un chorrito de jarabe de arce; el olor de la nieve en el aire... De alguna manera, Liir había estado unido a Elphaba; recordaba que lo dejaban jugar con su patito roto de madera en la misma habitación donde ella hilaba la lana.

—¿Era tu madre? —le preguntó Dorothy—. Si lo era, siento muchísimo haberla matado. Quiero decir que lo siento de todos modos, pero más todavía si era pariente tuya.

La franqueza de la chica era desconcertante, y Liir no estaba habituado a algo así. La Bruja nunca le había ocultado sus emociones, pero tampoco se las había explicado, y en muchos sentidos, vivir con ella había sido como compartir habitación con un animalito doméstico de mal carácter.

Intentó ser honesto, pero había demasiadas cosas que no sabía.

—Desde el principio estuve con ella —dijo—. No sé cómo fui a parar al convento, cuando era pequeño. Nadie me lo contó nunca y la Bruja no quería hablar al respecto. Recuerdo a otras mujeres de aquella época: la hermana Alacena, la hermana Huerto y también algunas de las más alegres, las novicias, que conservaban sus nombres: la hermana Santa Graycia, la hermana Linnet... Pero cuando llegó el momento de que Elphaba partiera, prepararon también mi pequeño hato de ropa, me subieron a un carromato y nos unimos a una caravana que atravesaba los Kells, haciendo varias paradas, hasta llegar a Kiamo Ko.

—Es un sitio terriblemente apartado —dijo Dorothy, contemplando a su alrededor las despobladas laderas cubiertas de pinos comunes y cacharreros, los deslizamientos de pedriza y las matas de espliego de las montañas, que ya habían dejado de florecer.

—Ella quería apartarse, y además, allí había vivido Fiyero.

—¿Tu padre?

Liir dudaba tanto de su paternidad como de la maternidad de Elphaba.

—Sé que Fiyero fue importante para ella, para la Bruja —respondió—, pero no por qué razón. No lo conocí. ¿Crees que la Bruja me habría abierto su corazón?

—No puedo imaginarme nada acerca de la Bruja. ¿Quién podría?

Él no quiso seguir hablando. La muerte era demasiado reciente; la conmoción inicial comenzaba a disiparse, y lo que emergía en su lugar era rabia.

—En líneas generales, la idea es marchar al suroeste y torcer después al este, por el paso de Kumbricia —dijo—. Es lo que he aprendido de Oatsie Manglehand, escuchándola cuando viene dirigiendo sus caravanas. Hay tribus por todas partes.

—Nosotros no vimos a nadie durante kilómetros —replicó Dorothy.

—Ellos os vieron a vosotros —dijo Liir—. Tuvieron que veros. Es su trabajo.

—Han hecho mal en espiarnos. Somos muy amigables —repuso ella, asumiendo una expresión agresivamente cordial. Cualquier espía que la hubiera estado mirando habría hecho lo posible por permanecer oculto.

Al poco tiempo empezó a llover, y él se alegró, porque la lluvia puso punto final a su conversación, que para entonces era sólo cháchara. Fue un fuerte aguacero, con goterones grandes como guijarros. No se veía ninguna cabaña de pastores, ni un simple saliente rocoso en la pared de la montaña para refugiarse debajo. Así pues, en lugar de sentarse en el barro y dejar que la lluvia les calara hasta la ropa interior, siguieron caminando.

Flaqueó sin embargo su confianza en cuanto a la justeza del rumbo elegido, sobre todo cuando las cumbres quedaron ocultas por la lluvia y desaparecieron las referencias del terreno.

—Liir, no me fío de tu sentido de la orientación —dijo con gentileza el Hombre de Hojalata.

—¡Nick Chopper! ¡No tienes corazón!

—¡Ja, ja y doble ja! Y tú eres huérfana —replicó él—. ¿Nadie se ha parado a pensar que me voy a oxidar con este chubasco? ¡No, nadie!

—Deja de quejarte. No soporto los conflictos —dijo el León—. Cantemos una canción.

—¡No! —respondieron todos a coro.

—¿Qué piensas hacer cuando seas valiente, suponiendo que el Mago te conceda tu deseo? —preguntó el Espantapájaros, para cambiar de tema.

—Invertir en Bolsa, ingresar en una compañía ambulante de cómicos... ¿Cómo puedo saberlo? —dijo el León—. En cualquier caso, me largaré por mi cuenta y encontraré mejores compañeros que vosotros. Más simpáticos.

—¿Y tú? —le preguntó el Espantapájaros al Hombre de Hojalata.

—¿Quieres saber qué haré yo cuando tenga corazón? —replicó éste con desdén—. Dejar que me lo roben, supongo.

Siguieron andando. Liir pensaba que no le correspondía a él continuar la conversación, puesto que no había estado presente en la audiencia inicial de sus compañeros con el Mago. Sin embargo, al ver que nadie más hablaba, dijo:

—Es tu turno, Espantapájaros. ¿Qué harás tú con tu cerebro?

—Lo estoy pensando —respondió el otro, y ya no dijo nada más.

—*¡Totó!* —gritó de pronto Dorothy—. ¿Dónde está *Totó*?

—Se ha apartado para hacer sus necesidades —respondió el León—. Entre nosotros, ya iba siendo hora de que aprendiera a hacerlo en privado. Ya sé que lo adoráis, pero todo tiene un límite.

—¡Se habrá perdido! —exclamó Dorothy—. Sería incapaz de salir solo de una caja de galletas. No es muy listo, no sé si lo habréis notado.

Tras un momento de respetuoso silencio, el Hombre de Hojalata replicó:

—Creo que todos lo hemos notado.

—Detesto abundar en lo obvio, Dorothy —añadió el Espantapájaros—, pero te habrías ahorrado un montón de problemas si en lugar de ser tan rácana hubieras comprado una correa.

—¡Ahí está! —gritó ella, al llegar a un pequeño montículo.

El atolondrado animalito estaba terminando de evacuar al pie de lo que parecía ser un antiguo santuario erigido por los viajeros en honor a Lurlina. Una erosionada imagen de la diosa pagana contemplaba la tormenta con ojos ciegos. La estatua era de tamaño natural, siempre que aceptemos que las diosas tienen las mismas dimensiones que las mujeres humanas. La estructura, poco más que un cobertizo destinado a proteger a la imagen de los elementos, no ofrecía espacio suficiente para que los viajeros se resguardaran del temporal. Sin embargo, al cabo de un momento, Liir concibió la idea de subirse a los hombros del León y tender la enorme capa negra sobre el techo del santuario. Después, utilizando a modo de puntal los restos chamuscados de la escoba de la Bruja, montó una tienda negra, bajo la cual pudieron acurrucarse todos. La melena del León apestaba, pero al menos los viajeros pudieron guarecerse de lo peor de la lluvia.

—Esta capa es más grande de lo que parece —dijo Dorothy—, y no deja pasar el agua.

—Quizá la Bruja la volvió impermeable con un hechizo. No le gustaba el agua —señaló Liir.

—Eso he oído —replicó Dorothy.

—¿A quién puede gustarle el agua? —añadió el Hombre de Hojalata, con las articulaciones chirriando.

—Háblame más de ella —prosiguió Dorothy.

Liir no la complació. La niña le parecía simpática y agradable, ¡pero hacía tanto tiempo que él no tenía nada parecido a unos amigos de su edad! Cuando había llegado a Kiamo Ko con Elphaba, los tres hijos de Fiyero lo habían admitido en su pequeño grupo, pero sin demasiado interés, casi con indiferencia. Nor, la niña, había sido la única que realmente había jugado alguna vez con él, y si bien Liir había significado para ella poco más que el perro para Dorothy (un ser al que mandar y regañar), lo cierto es que lo había tratado con amabilidad. Aquella primera Natividad de Lurlina, le dio la cola de su ratoncito de pan de jengibre, porque nadie había pensado en hacer un ratoncito para él.

¿Y aparte de ella? No, no había tenido a nadie con quien jugar, desde que Irji, la niña y el resto de la familia real (los parientes vivos de Fiyero) habían sido secuestrados por las tropas del Mago acantonadas en Red Windmill. Sí, él había salido con temerario arrojo en su persecución, pero se le escaparon. Tuvo que volver a Kiamo Ko y aguantar los gritos. Después, la Bruja le prohibió que volviera a confraternizar con el comandante Cherrystone de la Fuerza Galerna, o que hiciera amigos entre los granujillas piojosos de Red Windmill.

Así pues, Liir había llevado una vida solitaria. Podría haber sido peor. Comía a diario e iba vestido con ropa más o menos abrigada. Tenía tareas que hacer y la compañía de los monos, que prácticamente no hablaban, pero al menos no se marchaban ostentosamente cada vez que él se sentaba cerca. ¿Se suponía que una infancia tenía que ser mucho más que eso? Mientras lo ensayaba mentalmente para contárselo a Dorothy, le pareció poco y pobre, de modo que suprimió la mayor parte.

En los últimos tiempos, la Bruja se había vuelto más irritable que de costumbre y se quejaba de no poder conciliar el sueño. Nana (la niñera que había cuidado a la Bruja de pequeña y, antes que a ella, a su madre) tenía más de ochenta años y era casi incapaz de mantener una conversación coherente. Así pues, Liir se había visto obligado a hablar solo, y había descubierto que era un interlocutor muy poco interesante.

La curiosidad de Dorothy le parecía plana, quizá artificial. No conseguía determinar si la niña realmente sentía curiosidad por su vida o por la Bruja, o si simplemente preguntaba por llenar el tiempo. Tal vez sólo quería armarse de valor, oyendo el sonido de su propia voz. Liir recelaba. Fuera o no el hijo de la Bruja, quizá había heredado de Elphaba, por el contacto con ella, una leve sensación de paranoia, como si todo el mundo anduviera buscando un retazo vital de información, por el que nadie quisiera preguntar directamente.

Se puso nervioso, levantó los ojos al cielo e intentó buscar la manera de cambiar de tema. No quería hablar de su infancia en el convento, ni de su pubertad en Kiamo Ko. Había perdido a su familia y se había convertido en una especie de intruso en el grupo de Dorothy, que además debía guiarlos por el cruel terreno sin ningún conocimiento. Únicamente quería concentrarse en el trabajo.

Se alegró, por tanto, cuando el León se sobresaltó y dijo:

—¿Qué ha sido eso?

—Es la noche, que empieza a caer —respondió el Hombre de Hojalata.

—La noche, cuando cae, ¿hace un ruido como si se estuviera acabando el mundo? —protestó el León—. Antes no lo hacía. ¡Chis, todos vosotros! Eso no ha sido un trueno. ¿Qué ha sido? ¡Callaos, os digo!

—Aquí el único que habla eres tú —observó el Hombre de Hojalata.

—¡Silencio!

Guardaron silencio.

El diluvio producía una sinfonía. Un trasfondo de susurros (el chubasco a cierta distancia) acompañaba a las redondas voces solistas de las gotas de lluvia: plop, plop, plop; o quizá, como pensó Liir, de la tiíta Bruja, Elphaba Thropp: *Thropp, Thropp, Thropp.*

—¿Os habéis fijado alguna vez que la lluvia suena como un domingon? —preguntó el Espantapájaros.

El León se llevó la pata a la boca:

—Chitón.

La mueca en su cara era cualquier cosa menos temible; parecía un niño grande con un pijama de león.

Entonces oyeron lo mismo que él oía y, antes de que pudieran hacer nada al respecto, una piedra junto a la base de la estatua de Lurlina se desplazó a un lado. De debajo de la tierra, asomó la pata de un animal. ¿Un tejón, un castor? Una criatura marrón, con bigotes y expresión sensata. Una especie de grit de montaña, más pequeño que su primo del valle.

—¡Qué coraje! ¡Venir aquí a empañar el recuerdo de Lurlina con vuestra cháchara! —dijo el Grit de Montaña. La papada le sonaba a golpeteo de alforjas cuando hablaba.

—¡Coraje! —repitió el León—. Ya me gustaría a mí.

—Solamente nos estamos guareciendo de la tormenta —dijo Dorothy—. ¿Nos das tu permiso para quedarnos?

El Grit desnudó una impresionante colección de incisivos y caninos.

—¿A ti qué más te da? —intervino Liir—. No te estamos molestando.

El Grit miró a su alrededor, como si estuviera considerando la posibilidad de atacarlos a todos de una vez para vencerlos cuanto antes. Aparentemente, decidió que no.

—Mis excavaciones, por llamarlas de algún modo —dijo por fin—, están justo aquí debajo. Vosotros sois grandes y pesados, y vais a demoler las paredes de mi vivienda.

—Mal sitio para construir —señaló el Hombre de Hojalata, a quien no podían intimidar los dientes de un Grit de Montaña—. Una ofensa para Lurlina, a decir verdad.

—Quizá, pero mis excavaciones son muy profundas, y si todo acaba derrumbándose y os hundís, moriréis de hambre allá abajo, y el hedor de vuestros cadáveres en descomposición no será en absoluto agradable para el espíritu de Lurlina, por muy amante de la naturaleza que digan que es.

—La tormenta no puede durar para siempre —repuso Dorothy.

El Grit avanzó un poco.

—Probablemente he contraído la rabia, ¿sabéis? Os lo advierto: muerdo primero y pregunto después.

Suspirando, el León abandonó la improvisada tienda. Fuera, el diluvio se abatió sobre él como el agua de una fuente cayendo tumultuosa sobre la escultura de un león.

—No vamos a dejar que ningún roedor grandullón venga a echarnos cuando hay tormenta –dijo Liir–. Si me muerdes, yo te muerdo y te devuelvo la rabia. ¡Fuera de aquí!

–Tenéis un toldo muy amplio –dijo el Grit arrugando la cara–. Mis ojos ya no son lo que eran. ¿Qué es en realidad?

–Una capa –respondió Liir–, pero a ti no te importa.

–¡Es la capa de la Bruja! –exclamó el Grit–. No puedo creerlo. ¿De dónde la habéis sacado?

–La cogí yo –respondió Liir.

–Eres un tonto. La Bruja te cortará la cabeza antes de que caiga la noche.

–Ha muerto –dijo Dorothy, con afectado orgullo.

Con los ojos casi desorbitados, el Grit acercó la cara a Dorothy, que se estremeció y se apartó de él. No era un ejemplar particularmente bien parecido, ni siquiera para su especie.

–¿Ha muerto la Bruja? ¿Es cierto eso?

Todos asintieron, cada uno de ellos.

–¡Oh, qué impresión! –El Grit se llevó las patas a la boca y empezó a mordisqueárselas–. ¡Qué impresión! ¿La Bruja ha muerto?

Le respondió el mismo viento, como el discanto de una vasta polifonía:

–¡*La Bruja ha muerto!*

–Fuera de aquí –dijo el Grit, en un tono más frío–. Seguid vuestro camino.

–Pensé que te alegrarías –dijo Dorothy.

La respuesta fue reprobadora y tajante:

–La teníamos en considerable estima. Siempre ha habido Animales dispuestos a marchar a su lado, hasta las mismas puertas de la Ciudad Esmeralda, si ella hubiese creído en los ejércitos, si hubiese dado la voz. No encontraréis refugio entre nosotros.

–Era amiga mía –replicó Liir–. No nos confundas con unos asesinos.

–Un lechuguino como tú no podría ser amigo ni siquiera de su capa, no hablemos ya de la Bruja.

Y volviéndose hacia Dorothy, añadió:

–Ya podéis marcharos de aquí, la señorita Bravucona y sus cómplices, antes de que pida ayuda para daros vuestro merecido. –El Grit olisqueó el aire, como esperando encontrar pruebas de lo que acababan de decirle en el olor de un mundo transformado–. La Bruja ha muerto. No puede ser. ¡Ay, cuando se entere la princesa Nastoya! ¡Ay, cuando se entere el Mago!

Perdido en sus reflexiones, se volvió y levantó la vista hacia la estatua de Lurlina.

—¡Guíanos! —exclamó—. ¡Habla, por una vez!

Un trueno retumbó a escasa distancia y todos se estremecieron, excepto el Grit.

—¡Di algo en un lenguaje que podamos entender! —aclaró.

Pero ni la tormenta ni Lurlina, dentro de su poder, lo complacieron, y al cabo de un momento lo peor del aguacero había pasado y la tempestad se fue a atronar a otra parte.

El Grit prosiguió:

—No hay razón para que tienda la mano a mis enemigos, pero aquí estáis. Puede que seáis perversos, pero sois jóvenes, al menos algunos de vosotros, y quizá aprendáis a arrepentiros. Me han dicho que los batallones del Mago están acampados a orillas del río Vinkus. Id en busca de las fuerzas del Mago y ellas os protegerán. Es el consejo que os brindo.

—¿Dices que el ejército del Mago nos protegerá? —exclamó Liir—. ¡El Mago de Oz es una amenaza!

—¡Claro que lo es! Es un déspota, un tirano, llamadlo como queráis. El jefe supremo. Pero vosotros lo habéis ayudado en su campaña para barrer la resistencia del oeste del reino. La noticia se difundirá rápidamente, amigos míos. —Cada vez que decía «amigos», la palabra sonaba menos amistosa—. Buscad protección donde podáis. Cuando corra por estos montes la voz de que Elphaba Thropp ha muerto, tendréis dificultades. No respondo por lo que pueda sucederos. Ya habéis oído mi consejo. Hacedme caso.

—No pienso entregarme a ningún batallón del ejército del Mago —replicó Liir—. Si hay tropas al este, mantendremos nuestro plan de hacer un viraje al oeste y probar suerte en el paso de Kumbricia. El camino será más largo, pero más seguro.

—Quizá debamos ponernos ya en camino —sugirió Dorothy, nerviosa.

—Haréis bien en seguir el viaje —convino el Grit de Montaña—. No me uniré a ninguna horda que pretenda atacaros, pero tampoco mentiré a mis amigos con respecto a lo que acabo de averiguar. Las nubes se están retirando. Si teníais intención de bajar por la senda que describe una curva cerrada en la ladera occidental del pico Tirador, la habéis dejado atrás. Tendréis que volver sobre vuestros pasos. No llegaréis al valle del río antes del anochecer. Buscad refugio bajo un sauce negro; encontraréis un bosquecillo donde el sendero se nivela con el terreno y da un rodeo en torno a una ciénaga de montaña. Allí estaréis a salvo.

—Gracias —dijo Dorothy, con grave seriedad.

—No seas tonta —replicó Liir—. ¿Por qué le das las gracias?

—Tú —le espetó el Grit al León— eres un renegado. Deberías avergonzarte. Si yo fuera tú, tendría mucho más cuidado que tus amigos. A los Animales no nos gustan los traidores. Si de verdad fueras un León, lo sabrías bien.

—¡Yo no he hecho nada! —exclamó el León—. ¡Me encerraron en la cocina!

La cola se le arqueó ocho o diez veces.


El Grit mantuvo su palabra y los delató. A la mañana siguiente, antes de que los viajeros terminaran de lavarse, una patrulla de scrows apareció al borde del bosquecillo de sauces negros. Semidesnudos y montados a pelo en sus corceles de un blanco violáceo, los scrows parecían centauros salvajes en la niebla. Sin decir palabra, pero con cara de muy pocos amigos, se apostaron alrededor del bosquecillo, donde los viajeros quedaron acorralados. Los intentos de negociar fueron vanos, porque no había entre ellos ningún idioma en común.

¡Las lenguas de Oz! Liir nunca se había parado a pensarlo. La lengua paterna siempre le había parecido universal: hasta Dorothy la hablaba sin giros peculiares ni especial dificultad. Era cierto, sí, que el dialecto de los clanes de las montañas, los arjikis, se caracterizaba por unas vocales rugidas a media garganta, pero a Liir nunca le había llamado la atención la diferencia, porque no le impedía entender perfectamente a los arjikis.

¿Por qué, entonces, el aislado Grit de Montaña hablaba el idioma común con meridiana claridad, mientras que los scrows se mantenían fieles a una lengua que sólo ellos entendían?

Hasta el final, la Bruja había seguido tratando de enseñar a hablar a los monos alados, como si ser capaces de testificar pudiera salvarles algún día la vida. ¡Cuántas cosas encerradas en el lenguaje! La lengua misma de los conjuros... ¡Sobre todo los conjuros, que son una manera de ordenar los sonidos para hacer que la realidad cambie, o que revele lo que esconde y oculte lo que muestra!

Liir deseó tener talento para el lenguaje, ser capaz de formular sortilegios, tal como Elphaba había aprendido a hacer, con esfuerzo y creciente dominio, porque entonces habría congelado a los scrows y habría escapado sano y salvo con sus compañeros. Pero él no llegaba a tanto, ni a ninguna otra cosa.

Los miembros de la patrulla scrow les arrojaron unos fardos que contenían una repugnante carne seca y maíz ahumado. Era evidente que Dorothy y sus acompañantes tenían que quedarse allí esperando. Un día y medio después, llegó la autoridad suprema de los scrows, viajando en una lenta caravana que con considerable cautela recorrió la senda que bajaba por esa vertiente occidental del pico Tirador.

En la comitiva había un intérprete, de modo que Liir se encontró solicitando una audiencia con Su Alteza, detrás de las raídas cortinas del palanquín. No era hábil como negociador.

—Lo único que pido es... hum... marcharnos de prisa —dijo—. Mi amiga Dorothy quiere llegar sin más contratiempos a la Ciudad Esmeralda, porque tiene una cita con el Mago. Después, tiene intención de viajar lejos, a alguna parte.

«Y yo iré con ella», pensó añadir por un momento, pero no lo hizo. «¿Me aceptará? Y si no me acepta, ¿qué voy a hacer?»

El intérprete era un viejo caballero scrow de aspecto nudoso, que pese a su indumentaria tribal se había formado en los medios universitarios de Shiz.

—Muy bien —dijo—, no veo razón para esperar más. Al fin y al cabo, será provechoso para todos. Solamente concedan a Su Alteza un momento para arreglarse. Cuando esté lista, se lo haremos saber.

—En el lugar de donde vengo —dijo Dorothy—, no nos caen muy bien las testas coronadas. ¿Quién es esa Alteza?

El intérprete se marchó sin contestar.

—¡Qué grosero! —dijo Dorothy—. ¿Quién es, después de todo, esa Alteza? ¿No será esa Ozma de la que todos hablan tanto?

—La última Ozma desapareció hace muchos años —explicó Liir—. La secuestraron siendo niña, cuando el Mago llegó al poder. Nana cree que está hechizada, en una especie de trance, y que no envejecerá ni un solo día hasta que la liberen del encantamiento, como una princesa de cuento de hadas. Cuando así sea, se alzará y aplastará a los poderosos en su mundo de lujos y devolverá la monarquía al lugar que le corresponde. Pero la tiíta Bruja siempre se burlaba de todo eso. Decía que probablemente la niña murió asesinada hace mucho tiempo y que los restos de Ozma Tippetarius serán hallados algún día en las profundidades del osario del Palacio, junto a los de sus antepasados, si es que alguna vez permiten que alguien baje a husmear por allí.

—Yo creo en Ozma —dijo el Espantapájaros con firmeza.

«Pedazo de tonto sin cerebro», pensó Liir, pero no dijo nada.

La corte de los scrows no los hizo esperar mucho. Cuando el sol llegó al cenit, unos asistentes desplegaron una alfombra verde con el orillo ondulado y distribuyeron alrededor unos cuantos cojines informes, rancios de moho.

—Permanezcan de pie, hasta que Su Alteza se siente —les indicó el intérprete, mientras ordenaba en una especie de cuadrícula los pocos pelos que conservaba en la bóveda pálida de la cabeza—. Después, también ustedes se podrán sentar.

Seis lacayos ayudaron a la princesa a bajar del carromato. Los músculos le servían de bien poco para mantener erguida la mole de su cuerpo, y la cara enorme y floja le caía en retorcidos pliegues de piel colgante. A cada paso, hacía una mueca de dolor. Era una anciana, una monolítica y arcaica matrona scrow, que fácilmente superaba en tamaño a sus seis criados juntos, como una abeja reina entre zánganos.

Tenía la cara veteada de manchas verdes y moradas, como una especie de pintura ceremonial. El aroma a agua de lirios y vetiver, aunque agradable, no conseguía enmascarar del todo un hedor animal.

—Princesa Nastoya —dijo el intérprete, en lengua ozana claramente comprensible—, le presento a Dorothy Gale, de procedencia desconocida, y a sus acompañantes: un León, un Espantapájaros, un caballero con traje de hojalata y el chico del que os han hablado.

A continuación, repitió el parlamento en scrow, indicando así cómo se desarrollaría la entrevista.

—¿Cómo está usted? —dijo Dorothy, con una reverencia.

Los lacayos ayudaron a la princesa Nastoya a tumbarse en el suelo para que pudiera ver a sus interlocutores reclinada de lado. Tenía el espinazo extraordinariamente largo, como si le sobraran vértebras. Los criados le pusieron un cojín amarillo bajo las rodillas y otro más debajo del codo, y levantaron una pequeña montaña de almohadones detrás de su espalda, para que no se desplomara hacia atrás.

El intérprete se embarcó en una florida semblanza biográfica, pero la princesa lo interrumpió. Su voz era grave y vibrante, como si en sus conductos nasales hubiera espacio suficiente para guardar melones.

—Estoy desgarrada por la incredulidad —dijo la princesa, traducida por el intérprete—. Solamente sabía que la Bruja había enviado a unos Cuervos a pedir ayuda. Pero antes de llegar hasta mí, fueron atacados y devorados por una horda de rocs nocturnos.

—¿Cómo sabe lo de los Cuervos —preguntó Liir—, si fueron devorados por rocs?

—Los rocs nocturnos son bestias sin habla —dijo la princesa—, pero fue testigo del ataque una Águila Gris, que vigila cierta zona por encargo mío. El Águila consiguió ahuyentar a los rocs de uno de los Cuervos y éste le pasó el mensaje de la Bruja antes de morir. El Águila me transmitió el mensaje a mí, mientras yo clausuraba una reunión con varios de los clanes meridionales de los arjikis.

—Tendría que haber avisado a la Bruja de esa reunión —dijo Liir—. Después de todo, ella se consideraba una especie de arjiki honoraria.

—No pienso recibir lecciones de estrategia ni de protocolo —replicó la princesa—. Además, yo la invité, pero no sé si mi invitación llegó a sus manos. Me han dicho que el dolor por la muerte de su hermana la tenía distraída de sus asuntos.

—Al final... estaba un poco... inestable —admitió Liir—. No sé muy bien si podría haber hecho algo por ustedes, o si se habría molestado en hacerlo. A decir verdad, era un poco ermitaña. Rehuía la compañía de los demás.

«Incluso la mía», recordó.

—Tenía argumentos para convencerla, si hubiera conseguido que me prestara atención —afirmó la princesa—. No era ninguna tonta. Cuando los ministros de la Ciudad Esmeralda llevaron a la ruina con sus impuestos al País de los Munchkins, el granero de Oz, ella comprendió la necesidad de que el territorio rompiera las amarras y formara un Estado independiente. También nosotros, los del oeste, haremos lo mismo si nos obligan. Mis intentos de crear una alianza con los yunamatas han sido infructuosos, y los arjikis pueden quedarse con su bendito aislamiento, si eso es lo que quieren esos tercos montañeses, pero nosotros, los scrows, no nos quedaremos tranquilos viendo cómo saquean nuestras praderas. El Mago está concentrando un ejército en la vertiente oriental de los Kells. Sé muy bien cómo actúa, ¿lo entiendes, pequeño lebrel?

La princesa gimió.

—Ella podría habernos ayudado —prosiguió—, pero ya es tarde. Por el informe de un Grit de Montaña, he sabido que esa peculiar mujer, Alphaba, ha muerto.

El intérprete pronunció mal su nombre.

—El-phaba —lo corrigió Liir.

—¿Está entre nosotros el asesino? —preguntó la princesa.

—Fue un accidente —dijo Dorothy—. No era mi intención.

Se llevó a la boca la punta de una de sus coletas y empezó a mordisquearla.

—La difunta era un ser extraño —comentó la princesa—. Solamente la vi una vez, pero me impresionó su fuerza interior. No parecía que fuera a morir.

—¿Acaso alguien lo parece? —dijo Dorothy.

—Habla por ti —masculló el León—. Yo muero un poco todos los días, sobre todo cuando hay caras hostiles a mi alrededor.

A través del intérprete, la princesa prosiguió su discurso.

—Estáis en grave peligro y una de vuestras amenazas soy yo misma. Tal como yo lo veo, habéis matado a la Bruja, habéis robado sus pertenencias y, lo que es peor, lo habéis hecho en connivencia con el Mago.

Liir protestó, tartamudeando por la contrariedad:

—¡En connivencia con el Mago, no!

—Bueno, es verdad que el Mago me pidió que la matara —reconoció Dorothy—. No sirve de nada lamentarse por lo que ya ha pasado. Me lo pidió y no voy a mentir al respecto. Pero yo no tenía intención de hacerlo. Sólo quería que me perdonara por haber matado accidentalmente a su hermana. Pero ahí estaba el cubo de agua, ¿y cómo iba yo a saber? Lo que quiero decir es que en Kansas no tenemos brujas. Nunca había oído nada parecido.

—Se equivoca de principio a fin, princesa Nastoya —la interrumpió Liir—. Le ruego que me escuche. Yo he vivido siempre con la Bruja. No ha habido ningún robo. Soy su pariente más cercano.

—¿Cómo es eso?

Liir no pudo responder. La princesa insistió.

—¿Puedes demostrarlo?

El muchacho se encogió de hombros. No tenía la piel verde, como Elphaba, ni del tono ocre almizclado de los hijos y la viuda de Fiyero. De hecho, pensándolo bien, tenía cierta palidez enfermiza que le impedía ser un espécimen convincente de cualquier grupo humano.

—No importa —dijo la princesa—. Yo no te mataría. Oh, no, no lo haría. Pero hay otros que sí, y me pregunto si podría impedírselo. No tenemos ninguna influencia sobre los arjikis, como ha quedado claro tras el fracaso de mi reciente campaña.

—¿Por qué iban a molestarse las tropas del Mago en ir contra nosotros? —preguntó Liir—. La Bruja está muerta y la casa real de los arjikis, la estirpe de Fiyero, ha sido exterminada.

—¿También la hija? —preguntó la princesa.

Liir se quedó boquiabierto.

—¿Se refiere a Nor? ¿Ha oído algo al respecto? ¿Qué puede decirme?

—Tengo oídos y orejas grandes —respondió la princesa, pero siguió adelante con su tema—. ¿Podéis demostrar que la Bruja ha muerto?

—¿Quiere que la resucitemos? —replicó Liir con sorna—. Si eso es lo que va a pedirnos, puede matarnos ahora mismo.

La princesa indicó que deseaba ponerse de pie.

—Es el cuello... Me cruje bajo el peso de demasiadas reflexiones —explicó.

Para ayudarla a levantarse, hicieron falta nueve hombres, que después le llevaron un par de bastones enjoyados, gruesos como los postes de una escalera. Se inclinó hacia adelante y miró a Liir a los ojos.

—No servirías para negociar un tratado, cachorro —dijo—, pero imagino que te estarás preguntando para qué puedo necesitarte.

Dejó que el chal cubierto de espejitos se le deslizara por los hombros, y tres peinetas negras de marfil se estrellaron contra el suelo, cayendo de la enmarañada mata de espeso pelo blanco. El aire se volvió totalmente estancado y pegajoso, cargado con la sensación de una presencia. La princesa cerró los ojos y comenzó a modular un zumbido, mientras su cabellera se recogía sobre sí misma y se convertía en una masa lustrosa y resbaladiza, que se le deslizó por la espalda y acabó convertida en un blanco ovillo en el suelo. La informe túnica de guepelina de algodón se agitó en las caderas y por un momento pareció remodelarse en forma de peplo o de polisón, pero finalmente cayó al suelo serpenteando.

Hasta el momento, Liir no había visto nunca a una mujer desnuda, joven o vieja, sólo a la pequeña Nor en día de baño, pequeña y flaca en la tina de cobre, cuando tenía cuatro o cinco años. El efecto de una princesa desnuda fue impresionante: el plateado dibujo del vello en el pubis, los pliegues de carne cayendo unos sobre otros y los pechos aplastados por el tiempo y la gravedad.

—¡Santo cielo! —murmuró Dorothy, como si pensara que estaba presenciando exactamente lo contrario.

Si eso había sido magia, aún quedaban sortilegios. La nariz de la princesa se estaba alargando y desenrollando, mientras la piel de sus mejillas del color del hormigón se estiraba y engrosaba hiperbólicamente. Sus ojos, que habían sido poco más que un par de hendiduras entre las arrugas de la cara, perdieron la forma ovoide y se redondearon como canicas. Una red de finas cerdas le brotó de la frente y la cabeza, así como de las mejillas, el mentón y la nariz espectacularmente antagónica. Y también de las orejas, que eran grandes y más que grandes.

Era una cabeza más o menos de Elefanta, plantada sobre un cuerpo que no era de Elefanta.

—Quizá debería habéroslo advertido antes —dijo—. Creo que he impresionado a la niña.

Dorothy estaba haciendo arcadas, con la boca tapada por el delantal, y el perrillo parecía haberse desmayado después de sufrir un ataque de nervios.

—Sin embargo —prosiguió la anciana—, a estas alturas de mi vida, ya no necesito prestar atención a  los detalles protocolarios.

Liir no se atrevía a hablar.

—Soy una Elefanta —reveló la princesa Nastoya—. Desde las matanzas de Animales ordenadas por el Mago, durante todos estos años, me he estado ocultando bajo forma humana. Los scrows me admiran por mi longevidad y por lo que ellos consideran sabiduría. A cambio de su protección y de un hogar en las Praderas Milenarias, he cumplido mi papel de soberana. Pero últimamente, muchachito, ya no puedo deshacerme del disfraz con la misma facilidad que antes. Aunque los Elefantes dicen ser inmortales, creo que me estoy muriendo. No debo morir con esta forma híbrida. He de morir como Elefanta. Pero necesito ayuda.

—¿Cómo puedo ayudarla? —preguntó Liir. «¡Como si yo pudiera hacer algo!», añadió para sus adentros.

—No lo sé —contestó la princesa Nastoya—. Una vez le dije a Elphaba Thropp que, si necesitaba ayuda, sólo tendría que llamarme y yo pondría todos mis recursos a su servicio. Nunca pensé que sucedería lo contrario, que algún día tendría que recurrir a ella para que pusiera a mi disposición su conocimiento de los Animales y su habilidad natural para los conjuros y los encantamientos. Pero ya veo que me he decidido demasiado tarde, porque tu amiga ha matado a mi última esperanza.

—Dorothy no tenía por qué saberlo —dijo Liir.

—Todos los asesinatos, del tipo que sean, acaban con alguna esperanza.

—Sinceramente, es repugnante —le susurró el León al Hombre de Hojalata—. Ahora mismo, mientras hablo, tengo el estómago revuelto.

—No tengo talento para los hechizos —dijo Liir—, si es eso lo que me está pidiendo.

—¿Cómo lo sabes? —preguntó la princesa—. ¿Lo has intentado? ¿Has estudiado?

—No soy buen estudiante y, además, tampoco me interesa mucho.

La enorme trompa se levantó en el aire como surgida de la nada y agarró a Liir por la barbilla con la punta, diestra como una mano. La Elefanta parecía capaz de aplastarle el cráneo, empezando por la mandíbula.

—Procura interesarte —dijo—. Encuentra el interés que te falta o encuentra ayuda. Si no quieres que te maten por los crímenes cometidos contra Elphaba (y eso aún podría suceder), busca y encuentra en algún lugar o en alguna persona los conocimientos necesarios para ayudarme. ¿Había un libro, una Grimería? ¿Tenía Elphaba colaboradores? No me importa cuánto tiempo necesites, pero vuelve. No puedo morir así y no lo haré. Al final, todos los disfraces deben caer.

—Me confunde con otra persona —dijo él—, alguien con habilidades, alguien que yo no conozco.

—No te lo estoy pidiendo —replicó la princesa—. Te lo estoy ordenando. Soy una compañera de Elphaba.

Soltó la barbilla de Liir y le propinó un trompetazo en la cara. El muchacho sintió que los ojos se le cocían dentro del cráneo y que la fuerza del soplido casi le arrancaba los pelos del flequillo.

—Si eres pariente de la Bruja, como dices ser —prosiguió la princesa—, sabrás qué hacer. Ella siempre salía adelante.

—Bueno, no siempre —la corrigió Dorothy, intentando ayudar—, como en este momento resulta tristemente evidente.

—Te pagaré —dijo finalmente la princesa, dirigiéndose únicamente a Liir—. Mantendré los oídos pegados al suelo, por si oigo algo de tu amiga secuestrada, la cachorra de Fiyero. Nor. ¿Se llamaba Nor? Vuelve con una solución y te diré lo que haya averiguado entretanto.

Incapaz de hablar, Liir tendió las manos, con las palmas hacia arriba, en un gesto que ni siquiera él entendía. ¿Aceptaba la tarea? ¿Aducía incapacidad para desempeñarla? Poco importaba. Para la princesa, la entrevista había terminado. Volvió la colosal cabeza de

Elefanta, que se tambaleaba sobre un espinazo demasiado humano, y una docena de scrows corrieron a apuntalarla. Le echaron una capa sobre las nalgas kilométricas, como para protegerla de alguna clase de ignominia, que de todos modos jamás podría haber caído sobre ella. Incluso siendo una criatura híbrida, atrapada en un conjuro que comenzaba a fallar, era demasiado singular para que pudiera alcanzarla la vergüenza.

—No se ha quedado con ninguno de nosotros como rehén –dijo el León, casi delirando–. Estaba convencido de que iba a elegirme a mí, pero no podría haberlo superado.

—Ha confiado en nosotros –replicó Liir.

Se embarcaron entonces en una rutina de penosas marchas, día tras día, bajo cielos de nubes deshilachadas y luz quebradiza. Para evitar al ejército del Mago, no se apartaban de la base occidental de los Grandes Kells, donde las abruptas laderas de las montañas emergían en algunos puntos directamente de la pradera, con la nitidez de una troje levantándose del suelo llano de una granja. Casi se podría haber marcado con lápiz el sitio exacto donde acababa la llanura y comenzaba la cuesta.

Descansaban donde podían. Al menos no era mala época del año para viajar por el campo. Bordearon las Praderas Milenarias, como hormigas siguiendo en fila india el contorno de una alfombra de hierba. Al cabo de varias semanas, llegaron a la verde ladera que subía hasta el desfiladero conocido como paso de Kumbricia, un fértil valle a cierta altitud que ofrecía el camino más corto para atravesar los Kells centrales.

Liir lo recordaba vagamente de muchos años atrás. El aire era denso y húmedo, y en el suelo había manchas dispersas de vegetación medio podrida. Si la princesa Nastoya no había podido asegurarse el apoyo de las tribus yunamatas para una alianza contra el Mago, era posible que tampoco pudiera hacer cumplir su promesa de protección en el territorio de esas tribus. Pero los yunamatas no se dejaron ver, como era su costumbre.

Del otro lado, cuesta abajo en dirección al río Vinkus y finalmente a la Ciudad Esmeralda, el mundo parecía frío y doliente. El año avanzaba. Las granjas dispersas al pie de los montes eran precarias y casi ruinosas, con la paja de la techumbre llena de moho y los huertos casi desnudos. Si sus habitantes les daban pan, lo hacían con gesto hosco. Nadie les ofrecía su casa para dormir, ni nada parecido a un colchón. Un rincón en un establo y una manta costrosa, llena de excrementos secos de paloma, era lo máximo a lo que podían aspirar los viajeros. Aun así, exhaustos por la marcha, dormían profundamente y sin sueños.

Liir no pensaba en los días o las semanas que faltaban para llegar a la Ciudad Esmeralda, sino en las horas que debía marchar a diario antes de sumirse otra vez en la seguridad del sueño, o ni siquiera en el sueño, sino en algo mejor: una gozosa aniquilación. Sólo así podía olvidar el furtivo palpitar de su corazón, que no dejaba de repetirle: «Tú, tú, tú.» Allí conservaba, contra su voluntad, la idea de Elphaba, dolorosamente apretada contra unas membranas tan recónditas que hasta entonces no había conocido su existencia. «Yo te odiaba. Tú me abandonaste. Por eso ahora te odio aún más que antes.»

Los Kells fueron perdiendo altura y la llanura cubierta de maleza extendió ante ellos sus yermos roquedales. Los bosques de pelorroble empezaron primero por orlar el horizonte y pasaron después a acecharlos con el aliento de sus ramas y el ruido del viento entre sus hojas. Nada de eso se registraba en el ánimo de Liir sin que él ansiara decir: «¡Mira, es el mundo que tanto detestabas y que dejaste atrás! ¡Qué extraño es! ¡Ahora lo entiendo!»

Pero no podía decirlo. Apenas podía pensarlo, porque Dorothy no dejaba de parlotear acerca de la tiíta Em, el tío Henry y una serie de jornaleros completamente prescindibles. «Elphaba —pensó Liir—. Elphaba —sintió en el pecho—. Elphaba. El mundo sin ti.

»¿Qué voy a hacer?»


Los Kells les habían parecido limpios, concebidos por un hábil ojo arquitectónico y levantados con confianza. A primera vista y en contraste, la Ciudad Esmeralda parecía orgánica, como una metástasis de formas de vida en mutua competencia. Liir nunca había visto ningún poblado más grande que un caserío y quedó perplejo por la forma en que la ciudad se ceñía al horizonte. Perplejo e intimidado.

—No te asustes —le dijo Dorothy, cogiéndolo de la mano—. Imagina que son miles de granjas, una encima de otra.

—¿Y esa idea no te asusta?

—Aquí voy a encontrarme —declaró el Hombre de Hojalata.

—Aquí voy a perderme —dijo el León.

—Intentemos simplemente mezclarnos con la gente —propuso Dorothy—. Actuad con naturalidad.

—¡Para eso sí que tendremos que actuar! —replicó el Hombre de Hojalata, entrechocando las pantorrillas para enfatizar su comentario.

—Venid todos —dijo el Espantapájaros—. Estamos de suerte —añadió, señalando una variopinta compañía de cómicos ambulantes que anunciaba un tonto espectáculo nuevo, montado básicamente con títeres.

Los titiriteros estaban divirtiendo a los guardias y, en la confusión, los renegados del camino de Baldosas Amarillas y Liir lograron introducirse furtivamente en la ciudad, sin ser detectados, por la puerta del Oeste. Desde allí, desembocaron en una amplia plaza. A juzgar por el hedor a estiércol de escarco, la explanada hacía las veces de corral para las bestias de carga, mientras se descargaban las mercancías y se rellenaban los albaranes. A su alrededor había almacenes con sencillas fachadas de granito y unos osos (o quizá fueran Osos, bestias capaces de hablar, aunque en ese momento guardaran silencio) que transportaban sacos de grano y cajones de hortalizas.

—¡Vamos! —aullaban los capataces.

Algunos eran munchkins, la tercera parte de altos que sus trabajadores, y con sus látigos levantaban salpicaduras dispersas que parecían de lluvia roja.

—Aquí somos carne de látigo, nada más que carne de látigo —gimió el León—. Ya sé que no soy el único, pero me siento tan *expuesto*.

—Tiene razón. Venid, desaparezcamos por ese callejón —dijo Liir.

—Esperaba un poco más de alboroto —señaló Dorothy—. Después de todo, nos guste o no, la Bruja ha muerto y lo normal sería que se hubiera corrido la voz. —Se pellizcó la nariz con una mano, mientras tapaba la de *Totó* con la otra—. En Kansas tenemos gallineros menos malolientes.

Recorrieron distritos comerciales a través de anchos bulevares flanqueados por hileras de cipreses moribundos, algunos de los cuales estaban astillados, medio talados por la leña que pudieran ofrecer. Muchos espacios abiertos, en torno a fuentes conmemorativas de victoriosas campañas militares, estaban ocupados por viviendas improvisadas, algunas de cartón y otras de lona encerada sobre una estructura de alambre. Los cazos desprendían el hedor de la cena. Del pico roto de una fuente caían todavía unas gotas: era un urinario público.

—¡Puaj! —dijo Dorothy—. En mi visita anterior, no pasé por esta zona.

—Te acompañaría un guía —supuso Liir.

Ella asintió.

Al paso de los viajeros, la gente de los bulevares se escondía detrás de los chales sujetos con chinchetas que tapaban sus puertas, o disimulaba la cara detrás de hojas de periódicos viejos.

—Se diría que tenemos la lepra —dijo Liir.

—Quizá vamos demasiado limpios —replicó Dorothy— y por eso se avergüenzan al vernos.

Liir no creía que fuera para tanto la limpieza de Dorothy, pero la mirada de la niña era luminosa y su paso firme, y quizá esas cosas contaban más que la higiene.

—Tal vez están habituados a las acciones policiales contra ellos y no saben muy bien a qué lado representamos —sugirió Liir.

—¡Qué absurdo! —exclamó el Hombre de Hojalata—. Míranos: un hombre de paja, un hombre de lata, un León con un lazo en la melena como si fuera un caniche, una niña, un chico y un perrito malhumorado. ¿Cómo íbamos a ser nosotros las fuerzas del orden? Somos demasiado…

—¿Singulares? —propuso Dorothy.

—¿Visibles? —preguntó el León.

—¿Fabulosos? —propuso el Hombre de Hojalata.

—¿Ridículos? —dijo Liir.

—Todo eso a la vez —decidió el Espantapájaros. Pero los indigentes no parecieron convencidos y siguieron eludiendo a los peculiares viajeros.

Cuando llegaron a la enorme plaza que se extendía delante del palacio del Mago, Liir quiso quedarse atrás. La Bruja había despreciado al soberano de Oz. ¿Cómo iba Liir a presentarse ante él?

—No seas miedica —le dijo el León—. Conmigo ya tenemos suficiente para todos.

—No es miedo —replicó Liir, aunque en parte lo era.

También era rabia, lo notaba. ¡Qué amplia, qué flexible era la rabia! La sentía a la vez por la Bruja, que había muerto y lo había dejado, y por el Mago, que había orquestado su muerte. ¿Entonces por qué no sentía nada por Dorothy, excepto un creciente cansancio? Quizá también albergaba una rabia vehemente y secreta hacia ella, pero si era así, estaría muy bien disimulada. Si arremetía contra Dorothy, ¿qué le quedaría en el mundo? ¿Quién le quedaría? Prácticamente nadie. Prácticamente nada de nada.

—No podemos quedarnos esperando a que te decidas —dijo Dorothy—. Serías un tonto si dejaras pasar esta ocasión. Después de todo, el Mago puede concederte tu mayor deseo. Es lo que sabe hacer mejor.

De pronto, Liir recordó una conversación con Elphaba:

«—¿Qué querrías, Liir, si el Mago pudiera concederte lo que pidieras?»

«—Un padre.»

—Es como Santa Claus.

Los ojos de Dorothy relucían de entusiasmo apostólico.

—No te entiendo.

—¡Santa Claus! ¡El viejecito gordo y alegre! ¡El más mágico de todos! Viene a tu casa todos los años por Navidad y, si te has portado bien, te deja golosinas en un calcetín, y si no, carbón. Como en Kansas no siempre nos sobra el carbón, una vez me llenó el calcetín de estiércol. Lloré como una loca, pero el tío Henry me dijo que era mi castigo por cantar demasiado fuerte en el corral de los cerdos. Me dijo que asustaba a los gorrinos y que ahí tenía la prueba.

—¿El Mago de Oz te llenó de estiércol los calcetines?

—¡No! Escucha y deja de hacer el idiota. Lo que yo digo es que el Mago es *como* Santa Claus: una persona caritativa. Ven y pídele lo que necesites. ¿Qué te detiene? ¿Acaso tienes algo mejor que hacer?

Él se tambaleó un poco. Si el Mago estaba repartiendo recompensas, ¿por qué no iba Liir a merecerse una? Se había quedado huérfano. No era necesario que dijese quién era, ni de dónde venía.

—Te debe mucho —lo tranquilizó Dorothy en tono solemne—. Sin tu ayuda, no habríamos vuelto vivos, con esos espeluznantes *yunamierdas* ocultos por el camino y esa repulsiva Elefanta monstruosa, reina de los scrows. Casi me da un ataque de nervios.

—Puede que vaya con vosotros —dijo el chico.

«—¿Qué querrías, Liir, si el Mago pudiera concederte lo que pidieras?»

«—Un padre.»

El Mago no podía darle un padre ni una madre, pero tal vez pudiera darle noticias de Nor, ahora que la princesa Nastoya había despertado en él la esperanza de que quizá aún estuviera viva. O puede que el Mago hubiera conseguido hacerse de alguna manera con la Grimería perdida. Con ella, Liir podía buscar la manera de ayudar a la princesa a quitarse el disfraz. En cualquier caso, el solo hecho de acercarse a una persona de tanto poder como el fabuloso Mago de Oz sería para Liir una novedad y a la vez un logro. Era el retoño de una mujer sola, y apenas conocía el mundo de los hombres.

—Bueno, si vas a venir, ven, porque nosotros ya nos vamos —dijo Dorothy.

Liir escondió la capa de la Bruja bajo un jarrón ornamental, en un rincón del desierto café donde llevaban un rato sentados, y salió con ellos.

La estrategia de Dorothy para ser atendida por los oficiales adecuados en las puertas del Palacio fue bastante simple.

—Soy Dorothy —les dijo—. Ya saben, esa Dorothy.

Los guardias quedaron boquiabiertos. Los ministros fueron convocados y se hicieron preparativos para celebrar audiencia al instante.

—Tú no puedes pasar —le dijo el secretario de audiencias a Liir—. No figuras en el contrato original.

—Pero he venido a pedirle ayuda al Mago —replicó él.

—Esfúmate.

Dorothy se encogió de hombros, compuso una sonrisa excesivamente ancha y se alisó el delantal.

—No te preocupes, Liir. No tardaremos más de una hora. Con sólo presentarnos, estoy convencida de que el Mago nos concederá todos nuestros deseos. Nos encontraremos en ese mismo café, esta noche, y pensaremos qué hacer para celebrarlo, antes de que yo me vaya.

—¿Estás segura de que quieres irte? —preguntó Liir.

—Claro que sí —contestó ella secamente—. Esta audiencia es la salida. ¿Por qué crees que me presto a esta indignidad? Yo no pedí matar a la Bruja, pero ahora que lo he hecho, voy a reclamar mi recompensa si tengo oportunidad de hacerlo.

El chico se mordió el labio.

—¿Me dejas que vaya contigo?

—No estarías a gusto en Kansas. Casi nadie lo está. Además, se supone que todavía tienes que deshacer el hechizo de ese fenómeno de feria elefantino. ¿Tengo iguales las coletas?

Lo besó con una indiferencia hiriente y después, llena de estúpida confianza, dio media vuelta y se marchó a toda prisa detrás de sus amigos. Las solemnes puertas se cerraron de un golpe tras ellos.

Liir volvió al café. Se gastó casi todo el dinero que tenía, esperando con creciente horror y esperanza vacilante. Dorothy no regresó. Nunca más volvió a verla.

No había sido gran cosa, esa Dorothy: un poco mojigata y bastante orgullosa de esa inocente caridad suya. Su gentileza, que al principio lo había impresionado, había llegado a parecerle un poco barata, por así decirlo. Después de todo, ella también le había puesto aceite al Hombre de Hojalata; había tranquilizado al León cobarde, y había analizado las diferencias entre el patrón oro y el patrón plata de las divisas extranjeras con el Espantapájaros, que pese a su falta de cerebro parecía capaz de seguir toda la conversación. También le hacía mimos a ese perrillo apestoso que tenía. A la luz de todo eso, su amabilidad hacia Liir sólo parecía una buena obra más.

Aun así, la niña había sido valiente y, paso a paso, poniendo un pie delante del otro, había recorrido todo el camino de ida y vuelta al Vinkus. Cuando las campanas empezaron a doblar en toda la ciudad y Liir finalmente reunió el valor suficiente para preguntar por qué doblaban, nadie mencionó a Dorothy.

–Han depuesto al Mago –le dijeron–. La Malvada Bruja ha muerto, pero aun así han depuesto al Mago. Dicen que han traído a una bruja buena para que gobierne Oz, de momento.

–¿Y Dorothy? –preguntó Liir–. ¿Qué ha pasado con Dorothy?

–¿Qué Dorothy? –le contestaron.

El culto a Dorothy aún no había empezado a arraigar.


Una vez, varios años antes, en uno de los establos de Kiamo Ko, Liir había estado jugando con Nor y sus hermanos. Los hijos de Fiyero y de su esposa, Sarima, eran muy traviesos y lo habían convencido para que se sentara en el extremo de un tablón, que ellos pensaban hacer pivotar sobre un montón de paja que había varios metros más abajo. ¡Podría saltar sin hacerse daño! Le aseguraron que sería divertido. Y probablemente lo habría sido, de no haber sido porque uno de ellos (probablemente Manek) saltó del otro extremo del tablón antes de que él pudiera acomodarse bien en su sitio. Temeroso de estrellarse contra el suelo de piedra del establo, Liir se apartó bruscamente y aterrizó sobre el borde de un carro. El tablón estuvo a punto de matarlo al caer.

A Liir se le cortó la respiración y durante un minuto o dos no consiguió reponerse. Sentía los pulmones y el corazón protestando dentro del pecho y pensó que se estaba muriendo. Irji y Nor lo miraban asomados por el borde del altillo, y él, tendido de espaldas en el suelo e intentando en vano respirar, había contemplado sus caras, deformadas por la risa y por una expresión de leve inquietud.

Lo que Liir recordaba de esa situación, la más próxima a la muerte que había experimentado en su corta vida, era el aspecto tan sumamente similar a un tapiz de esas últimas impresiones del mundo: el modo en que la luz que iluminaba por detrás las coronillas de Irji y Nor parecía formada por segmentos de aletas superpuestas que enlazaban las brillantes expresiones de sus amigos con las vigas del techo, las telarañas, los huecos dejados por los nudos en la madera, las cuerdas enrolladas y las plumas que flotaban en el aire. «Todo de una pieza, todo de una pieza –pensó–. ¿Cómo es que nunca lo había visto? Y ahora moriré y nunca más volveré a verlo.»

Pero después no murió, sino que vivió. La respiración le volvió violentamente a su sitio; él gimió, el tórax le hizo mucho daño, y todas las cosas a su alrededor se astillaron en elementos inconexos. Pese a la furia que sentía contra Manek por haberle gastado una broma de tan pésimo gusto, lo afligía sobre todo el hecho de haber perdido su momento de revelación. El mundo encajaba consigo mismo; todas sus piezas estaban relacionadas entre sí. En el fondo, no había contradicciones. Complejidad, sí, pero no contradicción. Sólo interconexiones.

Mucho después, agachado bajo el portal de una carnicería cerrada en la Ciudad Esmeralda, cuando hacía tan poco tiempo que había conocido a Dorothy y ella ya había desaparecido, recordó el incidente en el establo de Kiamo Ko. «No hay solución para este lío –pensó–. Cada bocanada de aire que inhalamos, una y otra vez, es un despertar a la inconexión.»

Se balanceó con suficiente fuerza como para que le salieran cardenales color ciruela en los hombros. Si se los apretaba, le dolían, y se los apretaba para que le dolieran.

No tenía adónde ir, ni nada que hacer. Día y noche, vagabundeaba como los otros restos de basura humana que flotaban a la deriva por la corriente de los bulevares, robando a los tenderos, pidiendo limosna y haciendo sus necesidades en público, sin preocuparse por la decencia o la higiene.

Todas las noches volvía al café, por si sus aprensiones habían sido infundadas y Dorothy cumplía finalmente su promesa de regresar, al menos para despedirse. Fue una suerte que lo hiciera, porque al quinto día Liir estaba pasando las páginas de los periódicos, por ver si encontraba migajas de bizcocho, cuando sintió que le daban un golpecito en el hombro. Se volvió, casi esperando que el dueño del café hubiera llamado a la policía, como había amenazado hacer. Pero en lugar de eso, se encontró al Espantapájaros.

—Todavía estás aquí —dijo el Espantapájaros—. No sé por qué, pero ya lo suponía.

—¿Dónde está ella?

—Se ha ido, ya lo sabes —suspiró el Espantapájaros—. Ya sabías que se iría. Era una visitante y no una de nosotros. Los que son como ella no pueden quedarse.

—¿Cómo lo sabes? Quizá baste con invitarlos.

Por toda respuesta, el Espantapájaros asumió una actitud de afectada superioridad.

—Van a cambiar mucho las cosas en muy poco tiempo —dijo—. Confío en que será para bien, pero entretanto esto podría ponerse feo. Pensé que convenía hacértelo saber. Yo en tu lugar me iría de la ciudad.

—Nadie me busca —dijo Liir con sorna—. Nadie se molestaría en venir por mí. Nadie sabe quién soy, ni siquiera yo. ¿Quieres decir que corro peligro solamente porque alguien ha dicho medio en broma que la Bruja era mi madre?

—No, no quiero decir eso —replicó el Espantapájaros—. No sé si alguien de aquí sabe o le importa si la Bruja tuvo hijos o quiénes puedan ser. Sólo digo que hay rumores de que van a limpiar esta zona de la ciudad.

Enderezó la espalda (había estado cojeando, algo poco frecuente en un Espantapájaros) y señaló con la torpe mano enguantada el bulevar de los Indigentes, donde los habitantes de la noche se paseaban borrachos. Una pequeña muchedumbre se había reunido en torno a una pareja de adolescentes semidesnudos, que estaban haciendo sus cochinadas directamente en el suelo. La horda de desharrapados les arrojaba trozos de fruta y los animaba. En otra parte, unas botellas vacías de cerveza se estrellaron contra las piedras del pavimento. Un bebé lloraba lastimosamente.

—¿Qué está pasando? —preguntó Liir.

—El Mago se ha marchado, Dorothy se ha ido y ha sido preciso importunar a lady Glinda Chuffrey, de soltera Glinda de los Arduennas de las Tierras Altas, para que venga a supervisar al gobierno hasta que sea posible organizar algo más permanente.

—¡Glinda! He oído hablar de ella. La Bruja la mencionaba a veces. Supongo que lo hará bien, ¿no?

—Para hacer las cosas bien, para limpiar una casa, hace falta una escoba fuerte y resistente —replicó el Espantapájaros—. Y a propósito de escobas...

El Espantapájaros miró primero a un lado y después al otro. Los chicos del suelo, que jadeaban y se bamboleaban en los estertores de la lujuria, tenían completamente acaparada la atención de la muchedumbre. El Espantapájaros se rebuscó en el cinturón y, con las dos manos, sacó de dentro una estaca. No, era un palo, el palo de una escoba. La escoba de la Bruja. ¡Ajá! ¡Por eso cojeaba!

Se la dio a Liir.

—No la quiso nadie —dijo—. Nadie la necesitaba para nada. Ya ha cumplido su cometido y la iban a tirar.

Liir la aceptó con resignación: otra cosa más para llevar a la casa que ya no tenía.

—¿Qué has querido decir con eso de que esto va a ponerse feo? ¿No te parece que las cosas ya están bastante feas por aquí?

—Bueno, supongo que para la ceremonia de toma de posesión de Glinda habrá que sacar de aquí a los vagabundos. Eso para empezar. Glinda es muy pulcra y le gusta ver pulcritud a su alrededor.

—De pronto, parece como si supieras un montón de cosas. ¿Te funciona bien el cerebro?

—Se rumorea que en poco tiempo lady Glinda dimitirá y dejará a un sabio Espantapájaros en su lugar —dijo el Espantapájaros, con una voz que el orgullo (o quizá el sarcasmo) hacía sonar extraña—. Lo hará cuando haya puesto en orden los asuntos del Mago. Y hay quien piensa que no tardaremos en encontrar en alguna cueva a Ozma, la niña encantada, ahora que se ha ido el Mago. Puede que parezca cínico o desesperado de mi parte, pero ¿qué sé yo de gobernar? He tenido acceso a más información en los últimos días que en toda mi vida anterior.

—¿Un sabio Espantapájaros en el trono? ¿Tú? —dijo Liir, incrédulo—. Lo siento, no he querido decir que...

—Yo —respondió el Espantapájaros—, o algún otro como yo. A decir verdad, para los humanos, todos los Espantapájaros somos iguales, lo cual resulta extraño, porque somos mucho más individuales que ellos. Sin embargo, estamos hechos a su imagen y semejanza, por lo que sólo se ven a sí mismos cuando nos miran, y supongo que un espejo es tan bueno como cualquier otro.

—¿Quieres ser rey, ahora que eres tan listo?

—Ahora que soy tan listo, tengo suficientes luces para no revelar lo que quiero —respondió el Espantapájaros—. Deberíamos marcharnos de aquí, ¿sabes?

Liir se echó la pesada capa por los hombros y cogió la espada chamuscada.

—¿Alguna idea?

—Solamente marcharnos de aquí. ¡El ambiente es tan indecente! —El Espantapájaros señaló al gentío—. Eres demasiado joven para esto.

—Tú eres más joven que yo —replicó Liir.

—Yo nací viejo —dijo el Espantapájaros—. Así me hicieron.

—Yo no sé cómo me hicieron —repuso el muchacho—. Es parte de mi problema.

Atravesaron un estrecho canal, hacia una calle más tranquila, y se sentaron a descansar en una plataforma donde había varias hileras de barcazas amarradas para la noche. El humo de los fogones flotaba en el aire junto con el olor a judías cocidas y patatas estofadas.

—Echo de menos a Dorothy —dijo Liir.

El Espantapájaros replicó:

—A quien echas de menos es a la Bruja, ¿verdad?

—La odiaba demasiado para echarla de menos.

—Eso es lo que piensas.

—Piensa tú tus pensamientos, que yo pensaré los míos. —La suposición lo había indignado—. ¿Qué sabes tú de la Bruja? De la tiíta Bruja, de Elphaba Thropp. Ella era mi… ¡Era mi bruja!

El Espantapájaros no le prestaba atención.

—Escucha, ya empieza —dijo, levantando una mano.

Los sonidos del bulevar de los Indigentes habían cambiado. Una percusión de cascos de caballos, de cientos de cascos, atronaba en la aire, junto con gritos dispersos que se convertían en alaridos.

—He esperado demasiado —dijo el Espantapájaros, antes de empujar a Liir a la barcaza más cercana.

Un viejo barbudo y manco se volvió hacia ellos y levantó una sartén caliente contra el Espantapájaros, pero éste la desvió con la mano enguantada y el hombre tropezó y cayó al agua nauseabunda.

—Suelta amarras y aléjate del muelle —dijo el Espantapájaros—. Todo el barrio estará en llamas para la hora del postre.


## 2


Candela apartó el domingon. Tenía los dedos hinchados, con largos verdugones rojos. Había trabajado mucho. La respiración del joven —lo llamaban Liir, ¿no?— era superficial, pero regular. Ni siquiera había movido un músculo durante las horas que Candela había estado tocando para él.

Oyó un ruido en la puerta y se volvió. Esperaba ver a la mónaca superiora, pero era la gruñona jefa de los peroles, la hermana Cocinera.

—Sé de una que se ha agenciado un trabajo fantástico, en el que puede pasarse el día entero sentada —dijo la hermana Cocinera, sin verdadero resentimiento, porque sólo tenía ojos para el herido.

Aún no había caído la noche del primer día y las mónacas del convento de Santa Glinda no podían reprimir la curiosidad.

—¿No es muy guapo, no?

Candela produjo un suave sonido con la garganta, una especie de ronroneo. ¿Una objeción? La hermana Cocinera no hubiese sabido decirlo con certeza. Sabía que Candela era capaz de seguir instrucciones, de modo que entre las limitaciones de la chica, fueran cuales fuesen, no figuraban la sordera ni el desconocimiento del idioma. Simplemente, no hablaba; sólo emitía una especie de melaza gutural.

La hermana Cocinera arrugó la nariz, como considerando los méritos de una pieza de carne para el asado del día de fiesta. Una cortina de gasa casi transparente proyectaba sombras de color lavanda sobre el cuerpo semidesnudo del muchacho. El cubrecama era de trama apretada, para servir de abrigo, pero lo bastante ligero como para apartarlo con facilidad cuando hicieran falta cuidados médicos.

A medida que fue anocheciendo, los hematomas bajo la piel de la cara adquirieron el aspecto de medallones, o quizá de colonias subcutáneas de sanguijuelas.

—Vine para ver si estabas bien —dijo por fin la hermana Cocinera, cuando hubo mirado a gusto. Después se volvió hacia Candela—. Toma. Todas tenemos que poner nuestro granito de arena.

Del bolsillo del delantal se sacó una larga fronda roja, orlada de etéreos encajes de esparraguera. Candela se sobresaltó y el sonido que emitió su garganta fue de clara repulsión.

—No te inquietes, la ofrenda ha sido voluntaria —dijo la hermana Cocinera—. Yo estaba sola en el patio, picando cordicebollas, cuando apareció de nuevo el Pfénix Rojo. Estaba destrozado. Algo lo había atacado y herido. Sangraba por la garganta y no podía hablar.

Candela se encogió de hombros, se golpeó el pecho con la mano y se volvió.

—Ya sabes que la hermana Doctora y la hermana Boticaria detestan atender Animales —dijo la hermana Cocinera—, pero da lo mismo, porque no podrían haber hecho nada, aunque hubiesen tenido orden de atenderlos. Partieron después del almuerzo. La mónaca superiora les encargó una especie de investigación relacionada con las novicias de la Ciudad Esmeralda que acabaron con las caras arrancadas. ¿Qué podía hacer yo entonces?

Candela tendió la mano y tocó la pluma del Pfénix.

La hermana Cocinera prosiguió:

—Cuando volvió, estaba medio muerto. Él mismo se arrancó la pluma axial y vino hacia mí llevándola en el pico. Los Cisnes cantan cuando mueren y los Pfénix también lo hacen, pero éste no pudo. Así que, por favor, toca algo por él. Hazlo por respeto, porque esta noche cenamos pechuga de Pfénix.

La hermana Cocinera hundió las dos manos en los bolsillos del delantal.

—Es pechuga de Pfénix, pero la he troceado en dados muy pequeños, para que parezca pollo, y a nuestra vieja y querida madre Condena-Primero-y-Piensa-Después no le dé un ataque de histeria. No olvides bajar cuando oigas la campana de la cena. Aquí no solemos servir Pfénix muy a menudo, sea o no Animal.

Esperó un momento, mirando cómo Candela sujetaba la pluma roja, que medía más de medio metro y conservaba aún parte de su flexibilidad vital.

—¿Y bien? —dijo la hermana Cocinera—. No puedo quedarme aquí todo el día. Toca una elegía para el Pfénix que no consiguió llegar a su convención, o a la reunión de ex alumnos, o adondequiera que fuera. Le interesaba tu música, lo vi. Honra su memoria, aceptando su regalo.

Candela intentó recordar cómo era el domingon cuando lo tocaba el que lo había fabricado. Ella se había sentido desfallecer de emoción por la música, el amor o ambas cosas, y quizá, en su éxtasis, había pasado por alto algún aspecto de la construcción del instrumento. Quizá tenía una pluma de pfénix, que el maestro habría retirado; después de todo, las plumas de pfénix no eran fáciles de encontrar. ¡Y de pronto tenía una pluma de Pfénix, entregada además voluntariamente! ¡Quién sabía lo que aprendería a tocar ahora!

Se inclinó hacia abajo y apoyó el cálamo de la pluma en la muesca que había en un extremo de la caja de resonancia inferior del domingon. Encajaba a la perfección, como si el domingon estuviera hecho para recibir exactamente esa pluma. Candela la acható suavemente. Había un pasador en el extremo opuesto del cuerpo del instrumento, un diente de cuero en una bisagra de muelle, que se cerró con fuerza, sujetando el extremo de la pluma.

Entonces Candela hizo girar las clavijas, prestando atención a calibraciones tonales demasiado sutiles para que la hermana Cocinera las distinguiera. Al cabo de un rato, agitó las dos manos en dirección a la mónaca: «¡Fuera! ¡Fuera!»

—¡Desagradecidos, los dos sois unos desagradecidos! —dijo la hermana Cocinera.

Mientras bajaba la escalera, oyó las primeras notas de un instrumento exquisito tocado por una virtuosa, y la música la transportó tan bruscamente a su época escolar (cuando era una lagartija nerviosa en la Academia Femenina de la Señora Teastane y no la vaca en que se había convertido con los años), que tuvo que apoyarse contra la pared. Tenía trece años y estaba sufriendo sus primeras menstruaciones. Al alba, cuando regresaba de una visita a los fríos lavabos del tercer piso, había visto un pfénix rojo posado en el tejado de la casa del maestro. Los árboles parecían etéreos, cargados de brotes recién germinados e iluminados por la primera luz de la mañana, y el ave era como un ornamento de esmalte rojo sobre un cálido fondo de piedra, una pincelada inmerecida de belleza, totalmente inesperada. Le había alegrado el corazón. La hermana Cocinera siguió bajando la escalera, hacia las cocinas del convento, reconfortada una vez más por aquella imagen largamente olvidada, aunque quizá también por la expectativa de una comida suculenta y deliciosa esa misma noche.

# SUDESCALERAS

## 1

La mónaca superiora se impuso la tarea de visitar a diario la enfermería. No le gustaba lo que veía. El joven no hacía ningún progreso discernible; peor aún, transpiraba un sudor amarillento que recordaba a la trementina, y su piel resultaba fría al tacto. Pero todavía respiraba.

—Puedes enjugarle el sudor cuando veas que está empapado —le dijo a Candela, enseñándole cómo hacerlo. La chica parecía reacia a tocar al joven que tenía a su cargo, pero obedeció.

La sagrada intuición no formaba parte del talento administrativo de la mónaca superiora, o al menos así lo creía ella, que procuraba guiarse por el sentido común. Pensaba que si el Dios Innominado le había dado un cerebro, era para usarlo, y no para ignorarlo como si fuera una trampa del demonio. La claridad de pensamiento le había servido para elevarse a sí misma y también a los demás, siempre que había podido.

Sin embargo, había sido la intuición, casi tanto como la caridad, lo que la había impulsado a recurrir a la joven música. Esa Candela le parecía perfecta: reservada, incluso por su propio temperamento, y cada vez más hábil con su instrumento.

A la mónaca superiora no le inquietaba en exceso que la desgracia sobrevenida a Liir (fuera lo que fuese lo que había causado esos cardenales y esos huesos rotos) fuera a afligir también a su pareja de investigadoras. Las jóvenes misioneras de la casa central de la Ciudad

Esmeralda cuyas caras habían sido arrancadas, y el propio muchacho, estaban poseídos por el delicioso encanto de la juventud, la maravillosa ignorancia de la juventud respecto a su propia gracia efímera. No podía decirse lo mismo de la hermana Doctora ni de la hermana Boticaria. Tras largos años de dedicación y trabajo intenso, la primera se había marchitado y la segunda se había vuelto pálida y fofa. Jamás atraerían la atención de los que buscaban perjudicar a los dueños de una belleza inocente. Además, su formación médica había desarrollado en ellas una aguda capacidad de observación. Nadie sabría protegerse mejor que ellas dos.

Aunque estaba cada vez más sorda, la mónaca superiora advirtió que la música del reparado domingon se las arreglaba para llegar hasta ella. Sus suaves frases llenaban todo el convento. La hermana Hilodelino dijo que era una música elegíaca, que Candela estaba empujando al muchacho hacia el sueño eterno y que debería tocar algo más animado. Todas las demás le respondieron que «¡chitón!». El edificio entero había caído bajo una especie de sortilegio. Todas ansiaban ver lo que iba a suceder, pero la música las volvía pacientes.

La hermana Veradetumba planchó una mortaja nueva y rellenó una jarra con óleos de signar, para que todo estuviera preparado.


Sin embargo, Candela era más observadora de lo que creía la mónaca superiora. Se daba cuenta de que la respiración de Liir respondía a la música que ella tocaba. El muchacho atravesaba períodos de respiración regular, como sumido en un sueño razonablemente apacible, seguidos de agitados jadeos superficiales.

Devuelto a la gloria por la pluma del Pfénix, el domingon respondía a los dedos de Candela, con matices armónicos que perduraban en el aire y se complementaban entre sí. Cuando el enfermo parecía demasiado inquieto, ella lo serenaba con frases largas y replegadas, aunque temía que un exceso en ese sentido le hiciera exhalar su último aliento, que dejara de respirar y muriera. Así pues, lo animaba con comentarios en *pizzicato* y respuestas graves punteadas con el pulgar, para despertar sus pulmones y animar su corazón.

Lo estaba guiando, lo notaba, sólo que no sabía dónde estaba.

Liir estaba en la barcaza robada, navegando con el Espantapájaros por uno de los canales de la Ciudad Esmeralda. Habían pasado una o dos semanas desde la muerte de la Bruja. Atrás dejaban problemas e iban hacia la oscuridad, pero las ventanas de las mansiones que bordeaban el canal (un piso más arriba del nivel de la calle, por encima de los establos fortificados y los macizos portales) proyectaban trapezoides de luz dorada sobre el agua nauseabunda. Liir y el Espantapájaros entraban y salían sin cesar de sus respectivos campos visuales.

—¿Qué vas a hacer? —preguntó el Espantapájaros—. ¿Adónde irás?

—No tengo adónde ir —dijo Liir—. No pienso volver a Kiamo Ko. ¿Para qué? Allí sólo está la vieja Nana.

—¿No tienes ninguna obligación con ella?

—¿Ahora me lo preguntas? En una palabra, no. Chistery se bastará para cuidarla.

—¿El Mono de las Nieves? Sí, supongo que sí… Bueno, la historia de Dorothy ha terminado. No volveremos a verle la cara.

—Eso espero —dijo Liir—. ¡Mira que marcharse así, como llevada por las hadas, sin siquiera despedirse decentemente!

—Su partida fue precipitada —convino el Espantapájaros—. Glinda hizo los preparativos a toda prisa.

Las luces de una fiesta. Velas dispuestas sobre una balaustrada. Música escapando por las puertas abiertas: frases agitadas, comentarios y respuestas de algún instrumento con múltiples voces o de muchos instrumentos sonando muy cerca unos de otros. ¡Inquietante!

El Espantapájaros habló:

—No te aferres a Dorothy. Por ese camino no hallarás más que sufrimiento. Lo perdido perdido está.

—¡Qué sabio eres, ahora que te han rellenado la cabeza de sesos! El Mago ha tenido una atención con todos, menos conmigo. Todos tenéis adónde ir.

—No esperes que yo te dé un mapa, Liir. Búscalo por ti mismo. ¿Qué me dices de tu amiga? De Nor. La princesa Nastoya parecía creer que aún podía estar viva. Quizá consigas encontrarla.

—Antes será mejor que aprenda un oficio para mantenerme, o que observe a los carteristas practicar el suyo. ¡Claro que me gustaría encontrar a Nor! ¡También me gustaría volar! Pero si nadie me ayuda, no creo que sea muy probable.

—Yo no puedo ayudarte mucho.

—Ya. ¡Demasiados contactos en las altas esferas, demasiada amistad con los peces gordos!

—Tengo mis propios planes y compromisos que mantener. Pienso largarme de aquí en cuanto pueda.

—Creía que esa Glinda te había escogido para un puesto clave en el gobierno. Es lo que dicen en la calle, que es donde consigo las noticias y el resto de la basura.

—Lady Glinda no confía en mí. He oído que piensa gobernar durante unos seis meses, para después dimitir y nombrar en su lugar a un hombre de paja. ¿A cuál? Bueno, como ya he reconocido antes, da lo mismo un espantapájaros que otro. ¿Crees que alguien notaría la diferencia? Cuando a un espantapájaros se lo lleva una galerna, el granjero simplemente pone otro en su lugar. El trabajo es lo importante, no quién lo haga.

—Eso mismo solían decir en el convento —dijo Liir—. Si una mónaca muere y se va a la Otra Vida, otra mónaca ocupa su lugar. Es como cuando cambias el cristal roto de una ventana. Lo importante es el trabajo, no la persona que lo hace.

—Pues yo no pienso revelar mis planes —repuso el Espantapájaros—, pero no voy a quedarme mucho tiempo más en la Ciudad Esmeralda. Sólo eso puedo decirte. Hoy eres una celebridad y mañana te ves metido en un calabozo.

Siguieron reflexionando al respecto mientras se acercaban a una presa. A partir de ahí, un sistema de esclusas escalonadas hacía bajar bruscamente el nivel del agua, hasta hacer desaparecer el canal bajo la reja de una muralla. Arriba, miembros de la Guardia Armada de la Ciudad Esmeralda fumaban alrededor de un brasero.

—Evitemos llamar su atención —dio el Espantapájaros.

—¿Qué hay del otro lado, para que tengan que vigilar tanto el canal? —susurró Liir, mientras los dos consideraban la situación.

—No estoy seguro. No podría decirlo, pero quizá sea Sudescaleras.

—¿Sudescaleras? ¿Qué es eso?

El Espantapájaros hizo una mueca en la penumbra.

—La cárcel de alta seguridad para el centro del país. ¿Es que no sabes nada? Yo sólo llevo aquí una semana y ya lo sé.

—¿Para qué vigilan la reja del canal?

—¡Quién sabe! Quizá temen un asalto para liberar Sudescaleras. Me han dicho que muchos Animales que desempeñaban trabajos intelectuales acabaron aquí con los años, mezclados con asesinos, pederastas, violadores y agitadores políticos.

—¿Por qué no abren las puertas, ahora que el Mago se ha ido?

—¿Quieres que los asesinos y los violadores vuelvan a pasearse por las calles?

—No, no. Pero los disidentes...

El Espantapájaros frunció el ceño.

—¡Iluso! ¿Quién va a asumir a estas alturas la responsabilidad de decidir quién es quién? Es mucho más urgente para ellos mejorar en lo posible su fortuna personal.

—No voy a discutírtelo, y apuesto a que los Animales encarcelados piensan lo mismo que tú. ¿Sabes si planean algo? ¿O preferirán mantenerse discretamente a la espera, hasta ver cómo se desarrollan los acontecimientos?

—Mira, te he sacado sano y salvo del bulevar de los Indigentes, justo antes de que cayeras en una redada, de modo que ahora no voy a llevarte a Sudescaleras para que compruebes la situación de los Animales. Demos media vuelta.

El Espantapájaros hizo retroceder la barcaza, hasta que hubo suficiente espacio para hacer un viraje en redondo. El trayecto los hizo pasar otra vez bajo las balaustradas de la mansión donde se celebraba un baile de disfraces. Las risas eran más desvergonzadas, estridentes incluso, y la música sonaba más metálica que antes.

—Hay mucho que festejar en estos días, para los de la cuerda adecuada —comentó el Espantapájaros—. Buenas noticias. Quizá organicen otra fiesta de la Victoria.

—¿Para celebrar que se ha ido el Mago?

—Para celebrar la muerte de la Bruja —respondió el Espantapájaros, con expresión impasible—. ¡Oh, no, Oz bendito, es la casa de Glinda! —Agachó cuanto pudo la cabeza—. ¡Liir!

—A mí no me conoce —dijo el muchacho, mientras retrocedía a cuatro patas por la barcaza hasta la popa cuadrada, donde había una pequeña plataforma elevada para el embarque de las mercancías. Estirando el cuello, pudo ver a una mujer con las caderas apoyadas en la balaustrada de piedra labrada del balcón. La luz del salón de baile caía sobre su dorada cabellera, recogida en lo alto de la cabeza en una burbujeante masa de rizos que sujetaba una tiara de diamantes. No podía ver si era joven o vieja, ni tampoco su expresión, porque tenía vuelta la cara. Era esbelta y de carne firme, pero tenía los hombros caídos. ¿Por pena o desesperación? ¿Por aburrimiento? La mujer se apoyó un pañuelo en la nariz.

Liir no dijo nada, ni la llamó. ¿Qué le importaba a él lady Glinda Chuffrey? La tiíta Bruja sólo la mencionaba de pasada, a veces con rencoroso respeto, pero más a menudo con desaprobación. Mientras la miraba, un eco lejano resonó sobre las aguas del canal, un sonido que fue como si un íntimo y humoso alud de música acompañara la barcaza, como contrapunto al pandemónium de la fiesta.

Lady Glinda se volvió, se agarró a la baranda con ambas manos y se asomó por encima de la balaustrada, mientras la embarcación se deslizaba bajo un puente peatonal.

—¡Mierda! —susurró el Espantapájaros, apoyando todo el peso de su cuerpo contra la pértiga para mantener la barcaza en la sombra—. ¡Nos ha visto!

—¿Quién anda ahí? —llamó Glinda—. ¿Quién es? Me ha parecido…

Liir hubiese querido responder, pero el Espantapájaros le tapó la boca con la mano enguantada. El chico se debatió, intentó apartar a codazos al Espantapájaros, pero no tuvo fuerza suficiente para soltarse antes de que Glinda meneara la cabeza en un gesto de incredulidad, se arreglara las hombreras del vestido de fiesta y volviera a sus asuntos.

—¿Qué mosca te ha picado? —exclamó Liir con indignación en cuanto el Espantapájaros lo soltó.

—¿Qué mosca te ha picado a ti? —replicó el Espantapájaros—. Estoy tratando de actuar con discreción para ayudarte, ¿y tú vas y llamas a los jefes de Estado para que se enteren?

—¡Yo no la he llamado!

—Entonces debe de tener un sexto sentido, porque se ha vuelto y te ha visto.

—Ella no sabe quién soy. ¡Ni siquiera sabe que existo!

—Y procuremos que siga sin saberlo.

## 2

La animosidad imperante entre la hermana Doctora y la hermana Boticaria cedió en cuanto cayó la noche de su primer día fuera del convento de Santa Glinda. Las dos mujeres levantaron la estructura de finas costillas de escarco, ajustaron encima la lona impermeable y se acurrucaron juntas bajo una manta. Cuando los lobos del bosque de pelorroble comenzaron a aullar su réquiem nocturno, las mónacas recitaron sus oraciones en tan desfigurada mescolanza de sílabas y sollozos que, si el Dios Innominado hubiese tenido la amabilidad de escucharlas, habría llegado sin más a la conclusión de que sus dos emisarias se veían afectadas por un repentino ataque de glosolalia.

—La mónaca superiora no ha visto peligro alguno en enviarnos a una misión de exploración, aunque haga tan poco que les arrancaron las caras a aquellas tres jóvenes misioneras —dijo la hermana Boticaria a la mañana siguiente, que amaneció húmeda y sin viento—. Confío en ella en todo, hasta en los más pequeños detalles —añadió con orgullo y en tono escasamente convincente.

—Nuestra misión está clara —dijo la hermana Doctora—, independientemente de que sea peligrosa o no. Tenemos que hacer un esfuerzo por comunicarnos con las tribus scrows, si podemos localizarlas, y sobre todo con los yunamatas. Debemos investigar la desgracia que sobrevino a las misioneras. Con la convicción de nuestra fe en el Dios Innominado, ningún mal caerá sobre nosotras.

—¿Quieres decir que las misioneras corrían más peligro porque su fe era débil? —preguntó la hermana Boticaria.

La hermana Doctora apretó los labios mientras doblaba la lona.

—La cobardía, como bien ha dicho la mónaca superiora, no nos servirá de nada en esta misión.

La hermana Boticaria suavizó su expresión.

—La cobardía es un atributo de dudoso valor. Sin embargo, yo lo poseo a espuertas; por eso mismo, espero aprender a utilizarlo en mi beneficio, si es preciso, en esta aventura. Todos los dones, incluidos la cobardía y el desprecio por una misma, proceden del Dios Innominado.

Las mulas dejaban caer sus pesados cascos sobre el sendero, siguiendo el camino entre filas de delgados árboles, con ramas casi desnudas de hojas. Había muy poca cubierta.

—Quizá la mónaca superiora decidió enviarnos a nosotras porque considera que estamos más capacitadas para socorrernos mutuamente —dijo la hermana Doctora—, desde el punto de vista médico, si nos atacan.

—Eso será si sobrevivimos. En cualquier caso, no me cabe la menor duda de que nuestros conocimientos nos serán de gran ayuda en este páramo. Después de todo, yo hablo un dialecto del yuma occidental.

—Sí, cuando has bebido una copita de más del licor de la estación.

Las dos rieron la broma y continuaron en amistoso silencio, hasta que la hermana Boticaria no pudo aguantar más.

—Ahora Liir es responsabilidad de Candela. ¡Qué muchacha tan rara! ¿Qué podrá darle ella a Liir que nosotras no?

—No seas tonta. Puede darle juventud y encanto, si logra que le preste atención. Puede darle una razón para vivir, y eso es algo que ni tú ni yo podemos ofrecerle. Si el chico abriera los ojos después de mucho tiempo en coma y nos viera a ti o a mí, lo más seguro es que se decidiera por la muerte.

La hermana Boticaria no murmuró ningún asentimiento. Estaba bastante orgullosa de su aspecto físico, o al menos de su cara, porque por desgracia su figura se había vuelto bastante abultada.

—Tal vez —dijo, desviando el tema—, Candela tenga un talento natural que la mónaca superiora ha podido intuir.

—¿Qué clase de talento? —La hermana Doctora se deslizó en la montura y se volvió para mirar a su colega—. ¿No te referirás al talento para la magia? Eso está terminantemente prohibido dentro de la orden.

—¡Vamos, qué dices! Sabes perfectamente que lo usamos cuando hace falta, aunque no seamos muy hábiles. Corren tiempos difíciles, no es preciso que te lo recuerde. Quizá la mónaca superiora piensa que es necesario ese talento para que el chico se recupere.

Enderezando la espalda, la hermana Doctora expresó su escasa disposición a formular suposiciones sobre los motivos que pudiera tener la mónaca superiora. La hermana Boticaria lamentó haber sacado el tema.

—Bueno —prosiguió con falsa jovialidad—, no conozco bien a Candela de ninguna de las dos maneras. Tanto si tiene talento natural para la magia como sensatez natural, ambas cosas serían una novedad para mí.

—Lo que no tiene es talento para la música —resopló la hermana Doctora—. Pero recuerdo bien el día que llegó. Yo estaba en la cocina, aplicando una sutura a una de las novicias. Me volví a pedir agua y ahí estaba esa Candela, con el domingon raquítico colgado del hombro como una ballesta. La vieja loca de la madre Yackle la tenía cogida de la mano, como si acabara de crearla con la gelatina de los pies de ternera. «El gitano quadling, su tío, nos la deja», dijo la madre Yackle.

—La madre Yackle no habla desde hace años.

—Por eso recuerdo ese momento con tanta claridad.

—¿Viste al tío quadling?

—Salí a la ventana y lo vi atravesando con bastante prisa el huerto de las cocinas. Lo llamé, porque hay procedimientos para el ingreso de una novicia y ésa no era manera de hacerlo. Pero no se detuvo; simplemente volvió la cabeza y dijo por encima del hombro que volvería al cabo de un año, si aún vivía. Es raro ver quadlings tan al norte en estos tiempos. Supongo que la pobre chica se sentirá bastante sola.

—Pues sí. Aquí nadie habla quadling.

—Creo que el idioma se llama qua'ati. ¿Entonces Candela es muda o es sólo que no tiene con quien hablar su lengua materna?

—No lo sé.

Quizá el silencio y la contención de Candela hubieran inspirado a la mónaca superiora para elegirla como la persona que debía velar a Liir. Las mónacas comenzaron a lamentar su tendencia a gritarse y enzarzarse en interminables discusiones. Pensando en sus ruidosos defectos, se sumieron en el silencio.

A lo largo de los días siguientes, se cruzaron con una buena cantidad de ardillas azules, garcetas calvas y desagradables hormigas. Las garcetas se quedaban en los matorrales y casi nunca levantaban vuelo, mientras que las hormigas preferían las mantas de las hermanas. Sólo al cuarto día, al anochecer, las mónacas encontraron un Animal, un Búfalo de Agua solitario y pagano, de pie en el agua poco profunda de una ensenanda de Restwater, el lago más extenso de Oz.

—¡Oh, no! —gimió el Búfalo de Agua al verlas acercarse—. ¡Otra vez las voces misioneras viajando de dos en dos! ¡No, otra vez no! Yo mismo entierro mi estiércol; hablo solamente cuando me hablan, y me paso la lengua por las rodillas cincuenta veces por noche, justo antes de dormirme. ¿Qué más tengo que hacer para apaciguar a los hados? ¡No quiero que me conviertan! ¿Podéis entenderlo? Bueno, de acuerdo, hacedlo, pero rápido. Os advierto que para la noche habré recaído. No lo puedo evitar. ¿No estaré ya demasiado perdido para que os preocupéis por mí?

Las miró con melancolía y a la vez con esperanza.

—No venimos a convertir a nadie —dijo la hermana Boticaria—. No tenemos tiempo.

—¿A quién le importas tú? Si es por nosotras, puedes irte al infierno —dijo la hermana Doctora, intentando parecer animada. Casualmente, su enfoque resultó ser el más adecuado, porque el Búfalo empezó a sonreír.

—Casi todos los que vienen de la misma dirección que vosotras suelen tener planes para mi alma inmortal —dijo el Búfalo de Agua—. Antes me preocupaba por mi pellejo. Pensaba que el alma era algo privado, pero ahora parece ser que te la pueden colonizar contra tu voluntad, si no te andas con cuidado.

—En realidad, somos mónacas —reconoció la hermana Boticaria.

El Búfalo de Agua hizo una mueca de desagrado.

—¡No! ¡Decidme que no es cierto! ¡Sois estrellas del glamour, espejos de la moda, como bien puede apreciar cualquiera que pose la vista sobre vosotras!

—No seas tan remilgado —replicó secamente la hermana Doctora—. Esta ropa es perfectamente respetable para ir de viaje.

—Eso depende del lugar adonde queráis ir —entonó el Búfalo de Agua.

—Mira, nosotras podemos evangelizar como la que más, si eso es lo que quieres.

—¡Lo siento, lo siento! —exclamó él—. Me portaré bien. ¿Qué buscáis?

Se lo dijeron. El Búfalo de Agua no sabía nada de los ataques a las jóvenes mónacas, ni de las caras arrancadas, ni había oído hablar nunca de Liir, ni de su desgracia. Pero había visto batallones aéreos de criaturas adiestradas, volando a tanta altura que no pudo distinguirlas.

—Hay algo que no encaja —dijo—. Sé que ha habido un intento de convocar un Congreso de Aves en el oeste, pero últimamente he visto muy pocas aves con el coraje necesario para volar a una altura más o menos decente.

—De momento, no podemos patrullar el cielo —replicó la hermana Doctora—. Necesitamos encontrar a los scrows o a los yunamatas.

—Los scrows casi nunca llegan tan al este, pero hay una pequeña banda de yunamatas que quizá encontraréis, si aún no se han ido. Venían del paso de Kumbricia. Me los encontré esta mañana, cuando se estaban bañando. No nos hicimos mucho caso. Como no tienen nada que ver con el Dios Innominado, ellos no me molestan a mí, ni yo a ellos. Limpiaron sus tótems y se lavaron el pelo, y una de las mujeres parió un niño bajo el agua. Cuando llega el momento de parir, son como ranas. Hicieron circular una pipa para celebrar el nacimiento, pasaron alrededor de una hora adormilados al sol y después recogieron sus cosas y se marcharon. Parecían dirigirse al suroeste. Serían unas pocas docenas, no más.

—Si los ves, anúnciales nuestra llegada —dijo la hermana Doctora.

—¡Sí, qué alegría! ¡Estarán encantados! —replicó el Búfalo de Agua, arrastrando con sorna las palabras—. Si queréis encontrarlos, cariños míos, os aconsejo que no les anunciéis vuestra llegada.

Las hermanas siguieron adelante, pero antes de perder de vista al Búfalo de Agua, la hermana Boticaria se volvió y le gritó:

—¡Se nos ha olvidado preguntarte el nombre!

—Sólo los Animales de las clases más instruidas tienen nombre —respondió alegremente el Búfalo de Agua—, y hace al menos treinta años que no se ve un solo Animal intelectual a todo lo largo y ancho de Oz. Si no tengo nombre, nadie puede señalarme como potencial converso, ¿no creéis?

Un instante después, cuando ya estaba fuera de la vista de las mónacas, su voz resonó débilmente:

—Pero en caso de que tuvierais que localizarme, supongo que respondería al nombre de Buff...

—¡Extraña criatura! —dijo la hermana Boticaria poco después.

—Ha sobrevivido en libertad, aun siendo un Animal parlante —le recordó la hermana Doctora—. No debe de haber sido fácil. Tras el destierro del Mago, los Animales no han demostrado el menor entusiasmo por la reasimilación. Nadie podría culparlos, después de todo lo que han pasado.

—Pero parece ser que a éste lo han estado acosando los fanáticos.

—Así es. Bueno, supongo que el Emperador es un hombre devoto y desea que todos sus súbditos disfruten de los beneficios de la fe.


Cayó otra noche y los lobos aullaron más ferozmente que nunca. El alba pareció henchida de una arcana voluntad propia, con una luz pálida que se filtraba a través del cáñamo gris de las nubes. Las mónacas se adentraron en Las Decepciones, y a continuación, con la facilidad de un juego de kanakas, se encontraron con un grupo de yunamatas absortos en el trabajo invernal de trenzar juncos.

—¡Salve! —dijo la hermana Boticaria en lengua yuma—. ¿O habré dicho «¡salte!» por error? ¡Hola! ¡Yuju, yunamatas! Venimos en son de paz.

—¿Qué les estás diciendo? —dijo la hermana Doctora—. Parecen desconcertados.

—Me estoy dirigiendo a sus dioses tribales —dijo la hermana Boticaria, que después siguió hablando en yuma—. Yo buena. Yo buena. Buena persona humana mujer. Buena cosa. ¿Dónde está la biblioteca?

En su nerviosismo, era lo único que recordaba.

—Parecen divertidos —dijo la hermana Doctora.

—Es respeto —replicó la hermana Boticaria.

Pero la diversión era mejor que la hostilidad, de modo que se tranquilizó y empezó a recordar mejor el idioma.

Los yunamatas eran conocidos por rehuir la compañía de los demás. Pueblo nómada, esa tribu del Vinkus no era una cultura de jinetes como los scrows. Se movían a pie, con rapidez y poca impedimenta. Unas pocas bestias de carga les bastaban para transportar todas sus pertenencias. Por lo general buscaban refugio en el paso de Kumbricia o en las laderas boscosas de los Kells, al sur de allí. ¿Qué estarían haciendo en campo abierto?

A la hermana Doctora no le gustaba rebajarse a veterinaria, pero creía oler en ellos cierta tendencia Animal, como si todos los yunamatas tuvieran entre sus antepasados a una Rana gigantesca y dócil, mucho, mucho tiempo atrás. No tenían nada parecido a membranas entre los dedos de las manos, ni largas lenguas retráctiles, no, nada de eso. Eran humanos de pies a cabeza, pero de una manera anfibia, con piel coriácea, extremidades ridículamente flacas y labios finos que parecían retraerse dentro de la boca.

Cualquier observador se habría reído de su estupidez. Se habría reído y a continuación habría caído hecho pedazos, porque cuando se enfadaban podían ser enemigos formidables. Los yunamatas eran hábiles con los cuchillos. Por lo general, usaban sus aserrados instrumentos (mortíferas hojas curvas engastadas en mangos de la más dura caoba) para construir los nidos en los árboles donde pasaban la noche, pero esos mismos cuchillos podían descuartizar un cerdo o destripar a un canónigo con idéntica eficacia.

La hermana Boticaria se dispuso a convencer a los yunamatas de que las mónacas no se proponían traicionar al clan, ni se proponían convertir a nadie, por si previamente hubiesen sido señalados, lo mismo que el Búfalo de Agua, como población pendiente de conversión. Ellos la escuchaban en bloque, sin que ninguno destacara entre los demás como portavoz. Hablaban por turnos, en frases breves y bien enunciadas. La hermana Boticaria se esforzaba por traducir a su colega los comentarios con el mayor cuidado, y ella misma se cuestionaba lo que había entendido, cada vez que tenía alguna duda. No quería dar su aprobación al martirologio humano sólo por haber olvidado alguna sutileza de la gramática yuma. ¿Había o no en lengua yuma un pluscuamperfecto del subjuntivo en modo retraccional?

—Te estás alargando mucho —dijo la hermana Doctora al cabo de una hora, más o menos.

—Estoy haciendo mi trabajo e intentando ver si nos invitan a cenar —replicó la hermana Boticaria—. Déjame en paz.

—Espero que no sean abstemios. Siento que empiezo a acatarrarme.

Cuando finalmente la conversación terminó y los yunamatas se retiraron para preparar la cena, la hermana Doctora dijo:

—¿Y bien? Por tu expresión complaciente, deduzco que no han ido a afilar los machetes para arrancarnos la cara. Pero me gustaría oírlo expresado con todas las letras, para mayor tranquilidad.

—Son muy retorcidos para hablar. Saben lo de las caras arrancadas: ellos mismos han visto indicios, pero acusan a los scrows. Los scrows tienen una monarquía tradicional y su reina es una anciana llamada Nastoya, cuya salud no ha hecho más que empeorar en los últimos diez años. Para cumplir la misión que nos han asignado, deberíamos buscar a esa princesa Nastoya y reprenderla por sus infracciones. Los yunamatas insisten en que los scrows deben de actuar en connivencia con el Emperador.

—¡Ridículo! Si los scrows estuvieran en connivencia con el Emperador, ¿les arrancarían la cara a sus emisarias? ¿O acaso mienten los yunamatas?

—Míralos. ¿Los crees capaces de mentir?

—No seas blanda. ¡Claro que los creo capaces! Incluso el gato que más ronronea puede matar un pájaro entre ronquido y ronquido.

—Supongo que les creo, porque reconocen su inclinación a la venganza —dijo la hermana Boticaria—. Pero también me han dicho que estamos en época de chacala y que, por precaución y respeto a la luna, han hecho votos de amabilidad. Los bebés nacidos bajo la luna chacala se consideran afortunados. Y los que nacen junto al lago Restwater, más aún.

—¿Estás segura de haber entendido bien? En todo Oz, la época de chacala se considera peligrosa.

—Quizá sea algo semejante a un rito propiciatorio —dijo la hermana Boticaria—. Mencionaron a la Vieja Viuda, una especie de divinidad que recolecta almas. Me recordó un poco a Kumbricia. ¿Recuerdas a Kumbricia, de cuando estudiaste en la escuela las tradiciones populares antiguas? ¿La fuente de toda ponzoña y malicia?

—Le volví la espalda a todo eso cuando ingresé en un convento unionista —repuso la hermana Doctora—. Me sorprende que recuerdes esa clase de pamplinas.

—No sé si cenaremos o no —dijo la hermana Boticaria, encogiéndose de hombros—, pero ¡mira!, parece que nos traen una especie de pipa.

Una delegación de yunamatas se dirigía hacia ellas con una pipa colectiva.

—Un hábito deplorable —replicó la hermana Doctora con sequedad, pero decidida a hacer cuanto pudiera por ser sociable y tolerar costumbres tan bárbaras, porque así lo imponía la cortesía.


# 3


Nadie en el convento, ni siquiera Candela, sabía lo suficiente de instrumentos musicales como para apreciar el domingon que había traído a su llegada. Lo había fabricado con madera curada un maestro de los Kells quadlings, y Candela lo había oído sonar por primera vez en una festividad estival. El maestro mismo lo había tocado con los dedos, con un arco de violín y hasta con un emulancio de vidrio que guardaba bajo el mentón, entre la barba, cuando no lo estaba utilizando. Finalmente, Candela había recordado que el domingon llevaba inserta una pluma, aunque en aquel momento la había tomado por un adorno, un ornamento muy logrado, sí, pero ornamento al fin y al cabo.

Creyéndose enamorada del maestro, se había metido con él en la cama antes de que anocheciera, pero al cabo de unos días comprendió que en realidad estaba enamorada de su música, de lo que oía en su música: una persuasión, una invitación a recordar y a revelar. Quizá porque su voz era débil y aguda, era incapaz de proyectarla, y pensó que tal vez sería más gratificante tocar música que hablar. Atormentó sin piedad a su tío para convencerlo de que volviera sobre sus pasos y le comprara el domingon. Se sorprendió mucho cuando él por fin accedió.

Candela no era débil mental, ni mucho menos, pero su fragilidad física había hecho de ella una persona quieta. Atendía a las campanas de las iglesias cuando repicaban, tratando de traducirlas; observaba el modo en que las pieles de cebolla caían sobre una mesa, y examinaba los anillos concéntricos de suciedad dejados por los ácaros de la cebolla en el interior brillante y húmedo del bulbo. Todas las cosas hablaban, y no le correspondía a ella considerar el mérito, ni tampoco el significado de su mensaje, sino únicamente ser testigo de su existencia.

Era, por tanto, una persona más tranquila que la mayoría, porque nunca escaseaban los mensajes que el mundo se dirigía a sí mismo. Ella se limitaba a escuchar.

Llevaba una semana tocando el domingon hasta hacerse daño en los dedos, observando y prestando oídos al lenguaje de la recuperación de Liir. No era inusual su temprana experiencia con los hombres. Los quadlings no daban mucha importancia al recato en materia sexual. La experiencia carnal no la había marcado, ni tampoco le había interesado demasiado. En el mejor de los casos, le había servido para aprender algunas cosas sobre el cuerpo humano, sus vacilaciones y sus reservas, así como sobre la fuente de sus deseos.

En la enfermería, mientras sus ojos se desplazaban del instrumento al inválido, sintió que estaba averiguando algo nuevo. ¿Sería un lenguaje menor de señales olfativas, un arcano patrón de temblores oculares, o quizá un jeroglífico grabado en las gotas de sudor del muchacho? No lo sabía. Aun así, estaba segura de que, si bien el cuerpo de Liir parecía invariable en temperatura, comportamiento y color, el joven estaba atravesando una fase crítica que lo llevaría a despertar del todo o a morir al instante, sin término medio.

No sabía si debía ir en busca de la mónaca superiora o quedarse en su puesto. Si se marchaba, si dejaba el domingon en el suelo aunque sólo fuera durante los veinte minutos que le llevaría encontrar a la mónaca superiora y pedirle consejo, temía perder para siempre a Liir. Estuviera donde estuviese, estaba perdido, y la música del instrumento de Candela era su única esperanza de regresar.

Así pues, Candela se quedó sentada y tocó hasta que le sangraron los dedos, en ondulaciones de vals, como si no pasara nada malo. El azul del cielo se fue desvaneciendo hasta que lo atravesaron los alfileres de las estrellas; entonces salió la luna chacala y fue avanzando laboriosamente, hasta que pudo asomarse por la ventana y observar por sí misma. Observar, y también escuchar, mientras Candela conducía a Liir con la música, por sus recuerdos.

—Ella tiene que estar allí —dijo Liir.

—¿Quién? ¿Dónde? ¿Te refieres a Elphaba? —preguntó el Espantapájaros.

—Claro que no. Me refiero a Nor, la niña que conocí. Quizá sea mi hermanastra, si es cierto que la Bruja era mi madre y Fiyero mi padre, como suponen algunos.

—¿En Sudescaleras? ¿Una niña?

—¿Puedes decirme por qué no?

El Espantapájaros no respondió. «Tal vez considere que alguien tan insignificante para el Mago de Oz (nada más que una niña) no pudo haber merecido la prisión —pensó Liir—. Quizá crea que igualmente pudieron matarla o abandonarla en la calle, para que vagara hasta morir de hambre. ¿Cuánto hace que se la llevaron de Kiamo Ko? ¿Dos años? ¿Tres? Pero la princesa Nastoya ha dado a entender que quizá Nor haya sobrevivido…»

Habían recorrido los canales hasta encontrar un lugar donde amarrar la barcaza, debajo de unos árboles medio podridos, al lado de una taberna.

—No puedo quedarme contigo mucho tiempo más —dijo el Espantapájaros—. Sólo he venido para darte la escoba de la Bruja, desearte lo mejor y protegerte de la redada en el bulevar de los Indigentes. Tengo que seguir mi camino. Me gustaría llevarte sano y salvo al otro lado de las puertas de esta ciudad turbulenta. Lo haría, si me dejaras.

—No pienso irme —replicó Liir—, no sin Nor, o sin averiguar qué le ha sucedido.

Estaban en una encrucijada, sin voluntad para moverse, desconsolados.

—Mira —dijo Liir, señalando una pintada garabateada en letras angulosas y desordenadas en la pared lateral de la taberna.

«LOS FINALES SON FINALES, AUNQUE SEAN FELICES», decía.

—Has hecho tu parte, has cumplido lo prometido a Dorothy. Ya tengo la escoba, pero no voy a dejar que nadie me aparte para protegerme. ¿Con qué propósito? ¡Demonios, yo no tengo final feliz! Ni siquiera he tenido un principio feliz. La Bruja ha muerto, Dorothy se ha ido y la vieja princesa Nastoya me ha pedido ayuda. ¡Como si yo pudiera ayudarla! ¡Sólo porque Elphaba lo habría hecho!

—No es preciso que cumplas ninguna promesa hecha por Elphaba. Si no eres su hijo, no tienes ninguna obligación.

—Es que también está Nor. Considéralo una promesa que me he hecho a mí mismo.

El Espantapájaros apoyó la cabeza en las manos.

—El Hombre de Hojalata se ha marchado para cultivar el arte de cuidar al prójimo. El trabajo ideal para él, pobre desgraciado. El León padece una grave depresión; la cobardía era su único rasgo distintivo, y ahora es penosamente normal. Me temo que ninguno de los dos podría serte de gran ayuda. Deberías salir de aquí mientras puedas. Empieza de nuevo.

—¿Empezar de nuevo? ¡Si no he empezado nunca! Además, no necesito salir. Necesito entrar.

El Espantapájaros se apoyó una mano sobre el corazón y sacudió la cabeza.

—En Sudescaleras —añadió Liir.

—Ya te había entendido —dijo el Espantapájaros—. No soy tonto. Ya no.

—Eres la persona que necesito conservar a mi lado…

El Espantapájaros lo interrumpió con una brusquedad que quizá fuera bienintencionada.

—No te molestes en buscarme, porque no me encontrarás. Resérvate para alguien a quien puedas reconocer. No estoy en tu historia, Liir. Después de esto, no.

Así pues, se despidieron sin demasiados aspavientos o alboroto. La amistad que los unía no era mayor ni más prometedora que la figura de una escoba chamuscada, la que Liir agitaba sin ganas mientras el Espantapájaros se alejaba hasta perderse de vista, de una vez para siempre.

El chico permaneció sentado en la barcaza que subía y bajaba en el agua, escuchando el ruido de la risa que se derramaba por las ventanas abiertas de la taberna. Olía a cerveza y a vómito, y también a orina vieja salpicada contra la pared. La luna era invisible detrás de las nubes. El sonido de un intento de vals, seductor y ligero, quedó flotando sobre el agua nauseabunda del canal y el chico que allí estaba desolado.

A la mañana siguiente, Liir se presentó en la entrada de servicio de la mansión por la que había pasado la noche anterior.

—No regalamos las sobras, ni necesitamos ningún carbonero más, de modo que vas a largarte de aquí antes de que te ayude con una bota en el trasero —le dijo el lacayo.

—Por favor, señor, no busco comida ni trabajo.

El criado hizo una mueca desdeñosa.

—¡Sabandija aduladora! ¡Si vuelves a llamarme «señor», te parto la cara!

Liir no lo entendió.

—No ha sido mi intención faltarle al respeto. Sólo quiero saber cómo conseguir que me reciba lady Glinda.

Al lacayo se le congeló el gesto de desprecio en la cara, tanto que Liir llegó a pensar que sólo un buen puntapié podría haberlo destrabado; pero cuando el hombre soltó una sonora carcajada, su voz sonó menos hostil.

—¡Oh, de modo que eres débil mental! ¡Perdona, no lo había notado! Escúchame bien: nada menos que el marqués de Tenmeadows, el mismísimo lord Avaric, ha tenido que marcharse sin ser recibido por la señora, porque ella tiene las manos llenas con todo lo que está pasando en el palacio del Mago. Que ahora es el palacio del Pueblo. O debería serlo. O lo será. ¿Qué quieres? ¿Arrojarte en sus brazos y llamarla «madre»? Eso ya lo han intentado más pilluelos de los que podrías meter en una barcaza y ahogar en Kellswater. ¡Ahora, largo de aquí!

—Sea cual sea la madre que no tengo, seguramente no es ella.

Liir levantó la escoba y la agitó frente a la cara del lacayo.

—¿Qué es eso?

—Dile a lady Glinda que hay un chico en la puerta trasera con la escoba de la Bruja; dile que me la dio Dorothy. No me importa cuánto tardes. Esperaré.

—¿Esa cosa? Eso es el cadáver de una escoba. Ni siquiera sirve para hacer fuego.

—Ha pasado por muchas vicisitudes; por eso mismo se ve que es la auténtica.

—Eres el incordio más testarudo que he visto. No puedo estarme aquí todo el día de palique. Te diré lo que vamos a hacer: si haces magia con esa escoba, veré qué puedo hacer por ti.

—No sé hacer magia. Además, no es una varita mágica; es una escoba, barre.

—Si barres con eso, dejarás marcas de carbón en el suelo y me tocará limpiarlas a mí. ¡Largo de aquí ahora mismo! ¡Vete!

Liir levantó otra vez la escoba y la inclinó hacia adelante. El lacayo retrocedió, como temiendo que le cayera carbonilla en la librea. Advirtiéndolo, Liir se dijo que quizá mereciera la pena quedarse cerca de la casa, a la espera de lo que pudiera suceder.

Su intuición resultó acertada. El criado no resistió la tentación de chismorrear sobre su conversación con Liir. Poco antes del mediodía, salió el ama de llaves, recogiéndose las cintas del delantal y limpiándose unas migas de pan de la comisura de los labios.

—¡Por todas las perdices, todavía estás ahí! ¡Qué bien! —farfulló—. ¡Al lacayo le han retirado un mes de sueldo por tonto! ¡Ven aquí, que Su Arrogancia quiere verte cuanto antes! ¡Qué mal hueles! ¿No te has lavado? Mira, muchacho, ahí tienes la bomba de agua. Frótate los sobacos mugrientos y quítate la roña de la cara. La dueña de casa es lady Glinda, no una porquera cualquiera. ¡Y date prisa, porque te está esperando!

Lo hicieron pasar a un saloncito de ambiente femenino, con instrucciones de portarse bien y no tocar nada.

Pero podía mirar, y así lo hizo. Nunca hasta entonces había visto una silla tapizada. Nunca había visto dos sillas idénticas, colocadas una frente a otra. Había cojines por todas partes, flores frescas y relucientes burbujas de cristal sobre pequeños pedestales. Supuso que sería una colección de bolas conmemorativas. ¿Con qué propósito?

Un fuego de maderas aromáticas ardía en la delicada chimenea. ¿Por qué encender un fuego de día en una casa tan bien construida, cuando la gente de fuera no tenía un brasero donde calentarse las manos, ni menos aún donde ablandar los bloques de melaza coagulada para la cena?

Fue hacia la ventana, para abrirla y dejar que entrara el aire. Daba sobre el canal por donde habían pasado el Espantapájaros y él la noche anterior. Desde esa altura, podía ver los tejados de las mansiones elegantes: palacetes o candidatos a palacios. Detrás de las chimeneas, más allá de los jardines de las terrazas, de las cúpulas, las espiras y las bóvedas, se erguían otros dos edificios mucho más grandes: el abovedado palacio del Mago, justo en el centro de la ciudad, y a la derecha, las abruptas murallas de piedra azul de la cárcel llamada Sudescaleras.

Era como mirar la ilustración de un libro, aunque él no había visto muchos libros: sólo la Grimería, y de lejos. Allí, las líneas de los tejados parecían un centenar de colinas artificiales, dispuestas aquí y allá para deleitar la vista con una infinita variedad de profundidad y perspectiva.

Bajo cada techo, una historia, del mismo modo que hay una historia detrás de cada frente.

Apenas podía creer que hubiera reunido valor suficiente para presentarse allí, pero no se le había ocurrido ninguna otra cosa que pudiera hacer. La princesa Nastoya le había prometido, a cambio de su ayuda, estar atenta a las noticias de Nor. Pero ¿para qué hacerlo al revés? La princesa tendría que preocuparse por recibir las noticias de la Ciudad Esmeralda para saber algo de Nor, pero él ya estaba allí. ¡Que la princesa buscara sola el alivio a sus problemas! Liir tenía toda la ciudad ante sí. Se proponía ser directo y pedir lo que quería, con sus propias condiciones.

—¡Lady Glinda! —anunció una voz masculina.

Cuando Liir se volvió, aún estaban cerrando la puerta tras ella, y lady Glinda avanzaba en su dirección.

Era como ver aproximarse un árbol cargado de decoraciones festivas, que anduviera de puntillas sobre unos zapatitos enjoyados. Lady Glinda era la persona más ostentosa en cuanto al vestir que Liir hubiera visto nunca. Estuvo a punto de dar un respingo al verla, pero se tranquilizó, pensando que había sido amiga de Elphaba.

—Hola, ¿qué tal? —estaba diciendo ella, con la vocecita de una flauta soprano que soplara burbujas de jabón.

Glinda inclinó la cabeza. ¿Sería un gesto propio de la clase alta, como una genuflexión? ¿Debía él hacer lo propio? Permaneció erguido.

—¿Liir, verdad?

—Sí, señora.

Nunca había llamado «señora» a nadie. ¿De dónde le habría salido?

—Me han dicho que te llamas Liir. Pensé que quizá lo había entendido mal. Por favor, siéntat... —Mirando el estado en que se encontraba la ropa del chico, Glinda cambió de parecer—. ¿Me permites que me siente? No descanso bien últimamente. Demasiada tensión.

—Desde luego.

Liir comprendió que debía permanecer de pie, pero se acercó un poco más. Tras acomodarse cautelosamente en una *chaise-longue* de franjas verde menta, Glinda se apuntaló la zona lumbar con un cojín cilíndrico y se reclinó, levantando de vez en cuando un tobillo. Quizá fuera un tic.

—Me han dicho que tienes algo que enseñarme, una especie de talismán. Lo traes envuelto en esa funda. Una escoba, una escoba de bruja. ¿Es la escoba auténtica? ¿La escoba de la Malvada Bruja del Oeste?

—Yo no la llamaba así —replicó él.

—¿Cómo la conseguiste? Lo último que supe de esa escoba es que Dorothy Gale la llevaba por todo el Palacio como una especie de trofeo, enarbolándola para que todo el mundo la viera.

—Me han dicho que se ha ido —dijo Liir.

—Así es.

El tono era de convincente autoridad. Cansado, dolido, convincente.

—¿Se ha ido de la misma manera que Ozma? ¿Desaparecida? ¿Eliminada?

—Se ha ido y ya está —respondió Glinda—. ¡Quién sabe! Quizá la propia Ozma regrese algún día, aunque yo no la esperaría de pie.

—¿Y puede que también regrese Dorothy? ¿O se ha ido demasiado lejos?

—Haces preguntas descaradas a una señora que acabas de conocer —dijo Glinda, mirándolo fijamente—, y no has contestado las mías. ¿Cómo has conseguido la escoba de Elphaba... quiero decir, de la Bruja?

—Conmigo puede llamarla Elphaba.

Liir desenvolvió la escoba y la levantó para que Glinda la viera.

Glinda no la miró. Estaba contemplando absorta la capa de la Bruja. Se incorporó con esfuerzo y alargó la mano para tocar el dobladillo.

—La reconocería en cualquier parte. Es la capa de Elphaba. ¿Cómo la conseguiste? ¡Responde, ladronzuelo, bribón, o haré que te encierren en Sudescaleras!

—Me parece bien, ya que de todos modos allí me dirijo. Sí, es su capa. ¿Por qué no iba a serlo? La cogí cuando me marché de su castillo. Soy su...

No pudo decir «hijo». No lo sabía con certeza.

—Soy su ayudante. Vine del castillo con Dorothy. Cuando la Bruja se derritió, lo único que quedó fue la escoba. El Espantapájaros me la devolvió tras la desaparición de Dorothy. Nadie más la quería.

—Es un palo quemado. Arrójala al fuego.

—No.

Glinda tendió una mano y Liir la cogió. La mujer quería ayuda para levantarse.

—Déjame que te mire a los ojos, jovencito. ¿Quién eres? ¿Cómo llegaste a Kiamo Ko?

—No lo sé, ésa es la verdad. Pero serví a la Bruja, traje a Dorothy sana y salva a la Ciudad Esmeralda, y necesito su ayuda.

—¿Necesitas mi ayuda? ¿Qué quieres? ¿Pan, dinero, una identidad falsa que te sirva para escabullirte entre las grietas? Dime qué necesitas, explícame por qué debería yo ayudarte y veré qué puedo hacer. Por la memoria de Elphaba. Tú la conociste. —Volvió a inclinar la cabeza, pero esta vez hacia arriba, para evitar que la repentina humedad de los ojos se le derramara sobre las pestañas postizas cuidadosamente coloreadas—. ¡Tú conociste a mi Elphie!

Liir no pensaba caer en lamentaciones baratas.

—Quiero averiguar qué ha pasado con una chica secuestrada hace unos años por los hombres del Mago. Vivía en Kiamo Ko cuando llegamos.

—¿Tú y quién más?

—La Bruja y yo…

—La Bruja y tú. —Las manos de Glinda buscaron con avidez la capa y frotaron el dobladillo, como si fueran hojas de tomillo o de hisopo—. ¿Qué chica es ésa?

—Se llama Nor. Es hija de Fiyero, el difunto príncipe de los arjikis, y de su esposa Sarima, también secuestrada ese mismo día. Usted conoció a Fiyero.

—Conocí a Fiyero. —Estaba claro que Glinda no quería hablar de él—. ¿Por qué debería molestarme en ayudarte?

—Nor era hija suya. Era mi… —Tampoco consiguió decir «hermanastra». No lo sabía con certeza—. Era mi amiga.

Glinda tendió la mano, cogió la escoba chamuscada y la rodeó con los brazos.

—Sé lo que significa tener amigos.

—Los amigos tienen hijos —prosiguió Liir con cautela—. Cuando uno no puede ayudar a sus amigos, a veces puede ayudar a sus hijos. ¿Usted tiene hijos?

—No. Lord Chuffrey no ha tenido esa inclinación. —Lo pensó mejor—. Lo que quiero decir es que es muy mayor. Mayor y dueño de una gran fortuna. Tiene otros intereses.

Empezó a desplazarse entre las mesillas del salón.

—No sé por qué se habrán llevado a esa niña que mencionas, ni entiendo por qué ha de estar aún con vida, si es que era una molestia tan grande.

—Todo el mundo sabe que el Mago se ha ido. ¿Es necesario que sigan en la cárcel sus enemigos? ¿Por qué no soltarla, si aún está viva?

Bajo las faldas de Glinda se oyó un frufrú de tules almidonados.

—¿Cómo sé que dices la verdad? —dijo ella por fin—. Corren tiempos de traición. Hasta ahora, había pasado toda mi vida adulta en los salones y los palcos de los teatros, y no en estrecha comunión con codiciosos y corruptos... *ministros* —pareció que escupía esa palabra—. ¡Insectos! ¡Y yo que creía que las chicas de la escuela eran retorcidas! Aquí, cada expresión impasible esconde una desmesurada ambición de... de poder, supongo. Y cualquiera de los miembros de mi gabinete, todos ellos supuestamente leales, podrían haberte enviado a ti, con una historia especialmente inventada para cogerme por el cuello. Necesito más pruebas de que eres quien dices ser. Quizá esa capa que llevas no sea la de Elphaba. Tal vez mi dolor hace que vea lo que me gustaría ver. Quizá esa escoba no es la suya. Cuéntame más cosas, Liir. ¿Cómo se ha quemado tanto su escoba?

—No estoy seguro. En realidad, yo no la vi morir. Sólo sé lo que Nana, Dorothy y los otros me dijeron. Yo estaba encerrado en el piso de abajo. Pero la escoba se quemó, es todo lo que sé.

—¡Cualquiera podría contar una mentira como ésa! —exclamó Glinda—. ¡Cualquiera podría quemar una escoba e inventarse una historia al respecto! —Se golpeó el pecho con el puño cerrado y de pronto echó a correr por el salón, derribando a su paso una mesa pequeña y haciendo añicos varias figuritas de porcelana. Arrojó la escoba al fuego—. ¿Ves? ¡Yo también puedo hacerlo! ¡No tiene nada de particular!

—Coja la escoba y quémela —replicó él—. Coja la capa y quémela también, o hágase con ella un cilicio y llévela puesta debajo de sus elegantes vestidos de fiesta. Me da igual. Si me dice cómo llegar hasta Nor y me indica la forma de sacarla de donde está, le daré lo que quiera. Volveré y la serviré como serví a la Bruja. No tengo ningún otro plan para el resto de mi vida, una vez que encuentre una respuesta para el problema de Nor.

Glinda se derrumbó sobre la silla más próxima y estalló en llanto. Necesitaba que viniera un hombre, la estrechara en sus brazos y le ofreciera un hombro donde llorar. Liir no era un hombre, y sus hombros no estaban hechos para que llorara sobre ellos una dama de alta cuna. El muchacho se quedó a su lado como un tonto, retorciéndose las manos y desviando la mirada.

–¡Mira, Glinda, mira!

En su exaltación, el chico olvidó el tratamiento formal.

Ella levantó la vista y se volvió hacia donde él señalaba.

El fuego aún danzaba y silbaba. Por algún capricho de la física, el tiro de la chimenea zumbaba evocando una antigua melodía popular, como si hubiera alguien en el tejado tocando un instrumento. La música no sólo era consoladora –también lo era–, sino apremiante: «Mirad –decía la música–, mirad.» La escoba yacía sobre un leño envuelto en llamas de color calabaza y blanco pálido, pero estaba intacta.

–¡Oz bendito! –exclamó Glinda–. ¡Liir, cógela! ¡Sácala de ahí!

–¡Me quemaré las manos!

–No te quemarás. –Glinda gorjeó unas sílabas en un idioma que Liir no entendió–. Es uno de los pocos hechizos que realmente he conseguido dominar; me resultaba muy útil cuando mi marido me pedía que le pasara las tostadas humeantes, aquellas mañanas en que consideraba mi deber conyugal prepararle el desayuno. ¡Adelante! Cógela y tráela.

Liir así lo hizo, y Glinda tenía razón. La escoba no sólo había dejado de quemarse, sino que ni siquiera estaba caliente al tacto.

–Una escoba quemada que ya está harta y se niega a quemarse aún más... Guárdala –dijo Glinda–. No debería haber dudado de ti. Seas quien seas y sea como sea que la hayas conseguido, ésta es la escoba de la Bruja. Tengo que confiar en que dices la verdad.

Se encogió de hombros y trató de sonreír, pero el llanto estuvo a punto de entrecortar sus palabras:

–¡Elphie sabría qué hacer!

–Dígame lo que usted sabe –dijo él, tan suavemente como pudo.

–No tengo acceso al registro de reclusos de la Academia de Sudescaleras, que es el lugar donde tu... Nor... probablemente estará, si no la han matado ya. Ni siquiera estoy segura de que alguien lleve un registro. Pero sé de una persona que al menos podrá hacerte entrar. No sé si conseguirás encontrar a Nor o sacarla de allí, ni siquiera sé si podrás salir. Pero puedo presentarte a esa persona. Lo haré por la memoria de Elphaba.

—¿Quién puede ayudarme? ¿Un amigo suyo?

—No es un amigo mío, sino un desconsolado miembro de la familia de la Bruja: la persona que tenía un parentesco más cercano con la llorada Elphaba Thropp, la Malvada Bruja del Oeste...

—¡Pero yo creía que la hermana de Elphaba había muerto! —dijo Liir—. ¿No es cierto que a Nessarose la mató con su torpeza la casa de Dorothy?

—Sí, así fue. Pero ¿no lo sabías? ¿Elphaba no te lo dijo? También tenía un hermano. Un hermano menor, llamado Caparazón.

## 4

Cuando volvieron en sí, la hermana Doctora y la hermana Boticaria se alegraron al comprobar que aún estaban en posesión de sus caras. En cambio, las mulas se habían esfumado, lo mismo que las provisiones y sus anfitriones.

—¿Qué es ese runrún que siento en la cabeza? —dijo la hermana Doctora, después de vomitar entre unos helechos.

—Me siento como si la luna chacala hubiera andado olisqueando por aquí de la manera más indecorosa. —La hermana Boticaria se compuso la ropa—. Deben de ser los efectos de esa pipa ceremonial.

—Por eso los yunamatas nunca han construido una ciudad, ni han inventado el algebraresco, ni han acatado nunca la autoridad del Mago.

—Con una pipa que te tumba de esa forma, ¿quién necesita ciudades o emperadores?

Ambas deambularon en la opresiva luz del día.

—Supongo que deberíamos pensar en lo que estamos haciendo —dijo la hermana Doctora.

—Sí. Si los yunamatas están en lo cierto, entonces los scrows deben de ser los responsables de los arrancamientos, de modo que nos arriesgamos a meternos en aguas aún más agitadas, si nos topamos con ellos.

—Es nuestra misión, ¿no crees?

—Hum.

Tenían dos posibilidades: adentrarse en las estribaciones de los Kells y dar a conocer su presencia a los scrows, o regresar y anunciar que habían fracasado. Sin hablarlo más, siguieron adelante. El deber pesaba en ellas más que el miedo.

Las mónacas sabían que sus habilidades profesionales (ser atentas, devotas, concretas en sus atenciones y espirituales en sus deseos) no las habían preparado para hacer de enviadas del gobierno. Aun así, puesto que su convento servía de etapa para los que actuaban en el escenario del mundo, las buenas hermanas estaban convencidas de que su amplitud de miras era igual o superior a la de cualquier alma enclaustrada.

Sin embargo, la hermana Doctora y la hermana Boticaria no estaban preparadas para las vastas dimensiones del campamento de los scrows, cuando lo encontraron. Calcularon que tendría un millar de habitantes, quizá mil quinientos, y una virtual zoografía de tipos físicos. Los nómadas agrupaban las tiendas según sus oficios.

Algunas castas se ocupaban de los animales, ante todo de un enorme rebaño de ovejas recogidas en los prados, de camino a los corrales para los partos de finales del invierno. Otras se especializaban en confeccionar suntuosos tapices y alfombras con la lana de esas mismas ovejas. Un contingente de jóvenes de expresión feroz, con finas barbas negras y afiladas, parecía ser un cuerpo de funcionarios, corriendo de aquí para allá con instrucciones, correcciones, evaluaciones y revisiones. Los hombres y las mujeres más viejos (algunos viejísimos) se dedicaban al cuidado de los niños con asombrosa gentileza y gran eficacia.

En medio del bullicio se erguía una tienda en forma de pagoda, a cuyo alrededor una multitud de urnas de latón despedía un aroma a frambuesa con corazón de almizcle. Las mónacas no tardaron en comprender que los sahumerios no eran votivos, sino simplemente prácticos, ya que el olor de la pagoda de la princesa, más que olor, era un hedor nauseabundo.

Tras ser alimentadas con un caldo cargado de pimienta que les despejó a la vez los senos nasales y el cerebro, las mónacas tuvieron ocasión de rezar y arreglarse un poco. Ya casi había anochecido cuando fueron conducidas a una tienda para entrevistarse con una especie de embajador.

—Tomen asiento, por favor —les dijo él, sentándose a su vez.

Era un hombre corpulento, a las puertas de la vejez. Uno de sus ojos vagaba, como hechizado por una visión interior que no acababa de apreciar. Tenía la piel del color del whisky añejo.

—Esperamos que estén cómodas. Dentro de lo que cabe.

Las mónacas asintieron. Su aparición había sido recibida sin alarma aparente, y las habían acogido con respeto.

—Bien, bien —dijo él—. Incluso en estos tiempos difíciles, cuando el Emperador hostiga a los paganos con la fuerza de su sagrado mazo para tratar de convertirnos, mantenemos con orgullo nuestras costumbres. La hospitalidad es una de nuestras principales tradiciones. Mi nombre es Shem Ottokos.

—Lord Ottokos, habla usted muy bien —aventuró la hermana Doctora.

—Para ser scrow, querrá decir —replicó él, sin ofenderse—. Tengo un título de la Universidad de Shiz, de la época en que las universidades eran más universales. Estudié lenguas antiguas y modernas.

—¿Pensaba ser traductor?

—Pensaba y pienso muy poco. Ahora soy el principal intérprete de Su Alteza. Supongo que se habrán aventurado ustedes en nuestros territorios tribales para ser recibidas por la princesa, ¿no es así?

Si bien las mónacas creían que las tierras de los scrows se encontraban mucho más al oeste, del otro lado de los Grandes Kells, no tenían intención de discutir

—Sí, así es —dijo la hermana Doctora—. Tenemos que completar una misión. Estamos investigando la causa y la autoría de la reciente racha de arrancamientos. Si a la princesa le pareciera bien concedernos una audiencia, podríamos aclarar nuestras dudas y seguir nuestro camino prácticamente de inmediato. ¿Querrá recibirnos la princesa?

Sin responder, el hombre se puso de pie y movió rápidamente ambas manos, en un gesto que las mónacas interpretaron como «vengan conmigo». Lo siguieron desde su tienda hacia el pabellón real, en el centro del campamento.

—Está mal de salud desde hace más años de los que nadie puede recordar –dijo lord Ottokos mientras caminaban–. Tiene poca energía para la charla huera y no me molestaré en traducir cualquier cosa que pueda molestarla. Les sugiero que concentren todo lo que quieran decirle en diez minutos, no más. Cuando me levante para marcharme, también lo harán ustedes…

—Deberíamos haber traído algún tributo… –murmuró la hermana Boticaria.

—¡Hermana! –exclamó secamente la hermana Doctora–. ¡Somos mónacas de la Casa de Santa Glinda! ¡No rendimos pleitesía a ninguna princesa extranjera!

—Me refería a un pastel o una novela divertida… –explicó la hermana Boticaria con expresión infeliz.

—Ella no necesita pasteles ni novelas –dijo lord Ottokos–. Con todo el respeto debido a nuestra princesa, les recomiendo que respiren por la boca. No se considera impertinente taparse la nariz con la manga en su presencia. Intenten, sin embargo, no hacer arcadas; a Su Alteza le molestan.

Las mónacas intercambiaron una mirada.

El interior del pabellón era húmedo y oscuro, incluso frío. Ocho o diez pesados cofres de piedra con tapas perforadas exhalaban cortinas de humedad que quedaban colgando en el aire, casi visibles. «Hielo –pensó la hermana Doctora–. Han traído hielo desde las cumbres de los Kells, donde dura todo el año. El frío sirve para atemperar el olor a podrido. Debe de ser un gran esfuerzo, porque el hielo pesa mucho y las cumbres de los Kells son inhóspitas… Quizá por eso están tan lejos de su territorio habitual en esta época del año: para acceder más fácilmente a los glaciares por la vertiente oriental de los Kells, donde la pendiente es más gradual…»

La hermana Boticaria, cuyos ojos se habían adaptado más aprisa a la oscuridad, le pellizcó el codo a la hermana Doctora y le señaló una colosal montaña de apestosa ropa sucia sobre una mesita baja. La montaña se estaba moviendo hacia un lado y abriendo los ojos.

—Alteza, permítame que le presente a las hermanas Humilde y Más-Humilde-Aún —dijo lord Ottokos, antes de recordar que tenía que hablar en su lengua—. Señoras, la princesa Nastoya las saluda.

La princesa no había hecho nada de eso. No había pronunciado una sola palabra, ni había parpadeado siquiera.

Lord Ottokos prosiguió:

—La princesa se interesa por la salud de ustedes; la considera suficientemente robusta, pues de lo contrario no estarían aquí, y las felicita por su coraje. ¿Tienen noticias de Liir?

Las mónacas se miraron, pero en la penumbra del pabellón era casi imposible verse las expresiones.

—¿Liir? —dijo la hermana Boticaria con voz tenue.

Empezaba a necesitar la manga, como le había sugerido el intérprete.

—El chico que negaba ser el hijo de Elphaba. ¿No es por eso por lo que están ustedes aquí? Para hablarnos de Liir, ¿verdad? ¿Dónde está?

—¡Es increíble! Jamás habría… —empezó a decir la hermana Boticaria.

Pero la hermana Doctora la interrumpió:

—Hemos venido a averiguar la razón de que los scrows estén arrancando las caras a los viajeros indefensos.

Lord Ottokos hizo una mueca con la boca, que quizá era de diversión o tal vez de inquietud. Resultaba difícil decirlo.

—Lo repetiré. ¿Tienen noticias de Liir? —dijo.

—Si no va a traducirle a su princesa lo que decimos, ¿es necesario que mantengamos aquí esta conversación? —dijo la hermana Doctora.

—Mi buena hermana —comenzó lord Ottokos, cerrando brevemente los ojos, como si experimentara un espasmo—, la princesa Nastoya recibe a los visitantes solamente una vez cada muchas semanas. No desperdicien su tiempo. Está esperando oír lo que puedan decirle.

—¡Hemos visto a Liir, lo hemos visto! —exclamó la hermana Boticaria, incapaz de seguir controlándose—. Lo encontraron bastante cerca de aquí, hace unos días, y lo llevaron a nuestro convento para que se recuperara, en caso de que sea posible su recuperación.

—¡Hermana! —exclamó secamente la hermana Doctora.

La hermana Boticaria le dedicó a su colega una mirada que vagamente parecía decir: «Déjalo ya.»

Lord Ottokos se volvió y le habló a la princesa Nastoya, que por primera vez se movió, o mejor dicho, movió por primera vez la cara, porque por debajo de la ropa grasienta el cuerpo no había dejado de estirarse, retorcerse y crujir lentamente. Se le ensancharon los ojos y unos glóbulos de lágrimas del color de la tinta se le acumularon en los pliegues bajo la nariz. Era una mujer terriblemente atormentada. Cuando habló, su voz fue grave y corriente, la voz de una lavandera, sin ninguna sonoridad. Dijo sólo unas pocas sílabas, pero el idioma de los scrows debía de encerrar mucho significado en la pronunciación y la entonación.

—Perdonad que no me levante —comenzó la traducción lord Ottokos—. Estoy muy mal; soy un ser antinaturalmente partido en dos, a causa de unas decisiones tomadas hace mucho tiempo, cuando el Mago de Oz empezó a aplicar su política contra los Animales pensantes. Ahora, parte de mi naturaleza está casi muerta y la otra se aferra a la vida, esperando recibir ayuda.

—Yo tengo formación en cirugía, y mi colega, en aplicaciones de...

Lord Ottokos siguió hablando, por encima de la hermana Doctora:

—Le he encomendado al joven Liir una tarea y llevo diez años aguardando su regreso. Diez años son una década para una mujer, un lapso que marca la diferencia entre doncella y matrona, entre matrona y vieja, entre vieja y arpía; pero para una Elefanta, no son más que un suspiro. Un suspiro largo y de aliento nauseabundo, pero sólo un suspiro. Conozco la lealtad de los Animales y la inconstancia de los hombres; pero como Liir era tal vez un retoño de Elphaba, deposité en él mi confianza todos estos años, con la esperanza de que descubriera o inventara una solución para mi dilema. He sido paciente, los Elefantes lo somos. Y ahora venís vosotras a decirme que lo habéis encontrado. Tenéis mi bendición, hijas mías. ¿Volverá por fin?

—No se encuentra bien —dijo la hermana Doctora.

—No se encontraba bien —la corrigió la hermana Boticaria—. Quizá haya mejorado. Hemos estado viajando, de modo que no podemos informar acerca de su estado actual.

—¿Por qué no viene?

—Le ha sucedido algo —dijo la hermana Doctora—. No sabemos qué. Quizá lo que atacó a nuestras hermanas mónacas también lo atacó a él. Está sumido en un extraño sueño del que quizá no despierte. Si supiéramos qué lo ha dejado así, tal vez podríamos encontrar una manera mejor de tratarlo. ¡Lord Ottokos, hágale mi pregunta! —exclamó la hermana de pronto—. Le aseguro que es pertinente.

Lord Ottokos le hizo caso esta vez y susurró algo a la princesa Nastoya.

Ésta fue la respuesta:

—Nosotros no arrancamos las caras a las mónacas, ni a los ratones, ni a las ovejas. No tratamos a los demás como nos han tratado a nosotros. Tenéis que buscar a los yunamatas, esos bárbaros, y preguntarles a ellos por qué se han vuelto contra los viajeros.

—No son los yunamatas —dijo la hermana Doctora, y al decirlo por primera vez en voz alta, se convenció de que así era; hasta entonces, había albergado dudas—. No harían algo así. ¿Cómo puede usted saber si su pueblo no estará olvidando sus tradiciones, agobiado por el peso del dolor que le inspira su estado?

—Mi pueblo, como tú lo llamas, no es mi pueblo —dijo la princesa Nastoya—. Hace años me honraron convirtiéndome en su princesa y ni siquiera en mi decadencia me permiten abdicar. Son una nación que ha llevado la caridad más allá de lo que sería posible incluso en el seno de vuestra orden religiosa. Si por lealtad hacia mí están dispuestos a dejarse gobernar por una princesa que es parcialmente un cadáver, ¿cómo iban a levantar la mano contra unos viajeros indefensos?

—Las jóvenes mónacas que se adentraron por estos parajes iban en misión de conversión —reconoció la hermana Doctora—. Por lo que sabemos, venían enviadas por el propio Emperador.

—Ninguno de nosotros admira la intransigencia del Emperador. Pero la intención de convertir no es razón para matar a unas personas y profanar sus cuerpos. Los asesinos que buscáis no están entre los scrows. No perdáis tiempo considerando el asunto. Han sido los yunamatas o han sido otros. O tal vez otra cosa. Quizá haya sido una enfermedad.

—Ninguna enfermedad hace que se te caiga la cara —aseguró la hermana Boticaria.

—Si sabéis tanto, quizá podríais decirme qué enfermedad padezco —replicó la princesa Nastoya.

—Tendríamos que explorar a Su Alteza —dijo la hermana Doctora.

—¡Ya basta! —la interrumpió lord Ottokos—. No pienso traducir una idea tan disparatada. La princesa las ha despedido. Pueden irse.

Pero la princesa siguió hablando por encima de su intérprete, y él se vio obligado a escuchar. El hombre inclinó la cabeza y prosiguió:

—Vuelve a preguntar (y son muy pocas las palabras que le quedan en esta vida como para preguntarlo por tercera vez): ¿dónde está ese chico, Liir?

—Ya no es un chico. Les hemos dicho lo que sabemos. —La hermana Boticaria se tapó la nariz con la manga; por su oficio, conocía demasiado bien el olor de la putrefacción—. Se encuentra en estado comatoso, a unos seis u ocho días de viaje de aquí, quizá más cerca de la Ciudad Esmeralda de lo que a ustedes les gustaría aventurarse.

Lord Ottokos respondió secamente:

—No somos imbéciles. Sabemos dónde está su cuerpo; ustedes nos lo han dicho. Ésa no es la pregunta.

Las mónacas parpadearon.

—¿Dónde está? —repitió lord Ottokos—. ¿Dónde está él?

—No sabemos dónde está —respondió la hermana Boticaria—. Nuestro talento no llega a tanto.

La princesa Nastoya estaba temblando. Acudieron varias doncellas a retirarle los chales empapados en sudor y otros fluidos corporales.

—Permítanme que las ayude —dijo de pronto la hermana Boticaria.

—No se atreva —replicó lord Ottokos.

—Claro que me atrevo. ¿Qué va a hacer, mandar que me arranquen la cara? Hermana Doctora, consiga una jofaina con agua y alguna esencia cítrica: limón, limoncillo, frutiperejil, cualquier cosa... Y un poco de vinagre, reducido como de costumbre.

Entonces la princesa Nastoya empezó a llorar pesadas lágrimas de mala raíz, que cayeron como brasas sobre las manos desnudas de la hermana Boticaria. Pero ella no interrumpió su tarea.

—¿Qué ha dicho ahora, en ese murmullo grave? —le preguntó a lord Ottokos, que escupía maldiciones y se mesaba la barba, entre rabioso e incrédulo.

Finalmente, el intérprete se avino a responder a la mujer excéntrica y desobediente.

—Ha dicho que ojalá le arrancaran la cara —dijo por fin.

—No podemos —respondió la hermana Boticaria—. A causa de los votos de amabilidad y todo eso. Pero podemos conseguir que se sienta más cómoda. ¡Hermana Doctora, esa almohada! ¡La cabeza! ¡Cuidado con el cuello! ¡Menudo peso para la columna! ¿Dónde está ese vinagre reducido que he pedido?


# 5


Por un momento, para descansar las manos, Candela dejó el domingon. La caja de resonancia hizo un ruido hueco. La cavidad era una especie de vientre materno —pensó ella—; ¡qué inefables secretos nacían en su interior!

Candela no era una persona dada a la reflexión, pero estaba cansada. Por un momento, se permitió rememorar su llegada al convento, más o menos un mes antes. La que llamaban madre Yackle estaba dormitando al sol en un banco y levantó sobresaltada la cabeza al sentir que ella se acercaba. Después estiró una mano marchita, mientras la observaba con expresión astuta, severa y resignada. Resignada. Así se había sentido Candela en ese momento. Su tío la había engañado para ir al convento; no quería tenerla más tiempo consigo.

—Tal como vas, no tardarás en quedarte preñada, si es que no lo estás ya, y yo no puedo llevar conmigo por los caminos a una niña, y menos aún al bebé que le nazca a una niña.

Parecía como si le hubiese comprado el domingon a su fabricante para negociar con ella. «Si te quedas un año en el convento, el instrumento es tuyo. Haz con él lo que quieras y yo volveré a buscarte a su debido tiempo. Ya no queda mucho para nosotros en nuestras ciénagas natales, pero el norte sería la ruina para ti. Te escupirían, se burlarían de tu parsimonia, se reirían de tu vocecita. Quédate aquí y recuérdame, esté donde esté.»

Esa clase de recuerdo requería una habilidad diferente, pero ahora Candela estaba atendiendo a otra persona y su tío significaba muy poco para ella.

Cogió la mano de Liir entre las suyas. Humedad fría. ¿Estaba perdiendo color? ¿O sería solamente que el sol se estaba ocultando y la luna chacala salía más tarde que en días anteriores? Las sombras se alargaron y adquirieron un tono castaño. En comparación, la piel del muchacho parecía desteñida, como un hueso viejo blanqueado al sol.

Candela volvió a coger su instrumento y apoyó el canto del puente menor justo sobre el borde de la cama del enfermo. Discurriendo por la gama de los agudos, sus dedos trenzaron una danza contrapuntística en el registro más alto, a menos de veinte centímetros del oído derecho del joven.

¿Dónde estaría?


Lady Glinda le dijo a Liir:

—Ya veo que no tienes intención de separarte de ese palo chamuscado, pero si intentas presentarte en un espacio público llevándolo al hombro como un arcabuz, te tomarán por tonto, o cuando menos llamarás la atención. Creo que lo que necesitas es algo más parecido al camuflaje.

Hizo una pausa para mirarse en un espejo convenientemente colocado en el hueco de la escalera. Después, mientras se ajustaba la tiara de diario, reconoció:

—Debo decir que el camuflaje no es un efecto que yo haya intentado dominar nunca. Aun así, haremos lo que podamos.

Liir la siguió, bajando los peldaños de mármol de la escalinata central. La casa se había vuelto silenciosa.

—¡Santo cielo, todo el mundo sale a fumar en cuanto vuelvo la espalda! —dijo ella—. ¿Dónde estaban las cocinas? ¿Por aquí?

Se metió sin querer en un trastero y después abrió la puerta de un armario, donde dos de los miembros de la servidumbre estaban entregados a ejercicios mutuamente recreativos.

—Perdón —dijo ella, antes de cerrar la puerta y atrancarla.

»Antes o después, tendrán que aporrear la puerta para salir, y seguramente uno de los dos le está siendo infiel a alguien. Muy diverti-do. Pero ¿dónde estará la cocina?

—¿Hace poco que se ha mudado? —preguntó Liir.

—No seas tonto. Lord Chuffrey ya tenía esta casa mucho antes de que nos casáramos. Pero yo no cocino, si a eso te refieres. No cocino nada, aparte de las tostadas que te mencioné antes, y eso lo hago en la sala del desayuno. ¡Ah, aquí estamos!

Un medio tramo de escaleras de piedra bajaba hacia una caver-nosa cocina encalada. Una docena de criados, sentados en torno a la mesa, estaban tan enfrascados en la conversación que no la oyeron llegar.

—¡Lady Glinda! —exclamó un limpiabotas, y todos se pusieron en pie de un salto con expresión culpable.

—¡Me alegro de ser reconocida en mi propia casa! —dijo Glinda—. Detesto interrumpir lo que probablemente serán planes bienintencio-nados para matarnos a todos en nuestras camas, pero espero que no os importe. ¿Puedo hacerle un pequeño encargo a alguno de vosotros que tenga un minuto libre?

Se esfumaron todos, excepto el ama de llaves y el lacayo.

—Es más o menos del tamaño del limpiabotas —dijo Glinda, seña-lando a Liir—. Dadle un uniforme con los colores de la Casa de Chuf-frey, buscadle calzado decente y conseguidle un estuche de cuero con una tira para colgar, ya sabéis, una de esas cosas largas y cilíndricas donde los invitados de lord Chuffrey llevan las flechas cuando van a cazar al campo. Seguramente allí cabrá esa escoba roñosa, o al me-nos, eso creo.

—Me perdonará usted, lady Glinda —dijo el lacayo—, pero no te-nemos esa clase de estuches en la casa de la ciudad. Están todos en Mockbeggar Hall.

—¿Tengo que pensarlo yo todo? ¿Acaso no tenemos amigos? ¿No tenemos vecinos que nos presten cosas? ¿Ya no quedan comercios que atiendan al público? ¿Es preciso que me arrastre yo misma has-ta el mercado, con un saco de monedas entre los dientes?

El lacayo se marchó a toda prisa. El ama de llaves frunció la boca, como si fuera a expresar su opinión.

—No digas nada. No hables. La contratación es sólo temporal

—dijo lady Glinda—. Sólo por un día, para serte franca. Ahora dale de comer al chico; hace semanas que no prueba una comida caliente, lo noto. Y cuando esté equipado tal como he pedido, mándalo de vuelta al saloncito amarillo.

Lady Glinda subió la escalera murmurando, incrédula: «¡Cocinas!», y dejando allí a Liir.

—Muy bien, quítate esos harapos de mendigo y lávate allí, en el cuarto de la caldera. No permitiré que manches las libreas de Su Flatulencia con las manazas sucias —dijo el ama de llaves—. Te serviré algo de comer, y ¡agradécelo!, porque saldrá de nuestras reservas de aquí abajo, y en la casa de lord Chuffrey no nos caen nada bien los advenedizos famélicos.

—¿Adónde vamos? —preguntó, mirando por la ventana del carruaje.

—Vuelve a meter la cabeza. Los criados no miran con la boca abierta por la ventana de los coches.

¡Qué extraño era estar un metro y medio por encima de la calle! No era una experiencia a la que estuviera acostumbrado. El vehículo dio un bandazo bajo unos arcos de piedra, paró para dejar pasar a un escuadrón de caballería en uniforme de gala, pasó junto a una hilera de mercaderes y aceleró por el bulevar de los Indigentes. Libre de su población de indeseables, la avenida revelaba signos de su elegancia original, aunque las filas paralelas de árboles estaban algo maltrechas. Parecía como si el terreno se estuviera usando para maniobras militares.

¿Adónde se habrían ido todos los vagabundos?

—¿Adónde vamos?

—Al Palacio —dijo Glinda—, donde mantendrás la cabeza baja y la boca cerrada. ¿Estás asustado?

Parecía una pregunta demasiado personal para que una mujer se la hiciera a un niño. Quizá ella lo notó y por eso siguió hablando:

—Yo lo estaba, la primera vez que vine. Fue con Elphaba. Éramos mayores que tú ahora, pero sólo unos pocos años, y en muchos aspectos éramos más ingenuas. Bueno, al  menos yo lo era. Y estaba aterrorizada. ¡El maravilloso Mago de Oz! Casi se me disuelve el estómago en sus propios ácidos.

—¿Qué sucedió?

—¿Qué sucedió? —repitió ella, volviendo la pregunta hacia sí misma, examinándola—. Sucedió lo que es historia, supongo. Vimos al Mago y nos separamos: Elphaba se sumió en la oscuridad de la resistencia, por así decirlo, mientras que yo... en su momento, recibí los focos de la popularidad. —Suspiró—. Con las mejores intenciones y éxito limitado.

—¿Y ahora? —preguntó él, no porque estuviera interesado, sino porque no quería volver a ser el tema de la conversación.

—Ahora tengo la llave —dijo ella—. Ahora, de momento, se supone que tengo que sustituir a los poderosos en sus tronos. No sirvo para nada más.

—¿Merecen los poderosos esos tronos?

—Es una pregunta digna de Elphaba, que en tu compungida boquita infantil suena ridícula, y como solía suceder con la mayoría de sus cavilaciones de ser superior, no tiene respuesta fácil. ¿Cómo voy a saberlo?

Glinda suspiró.

—Te he dicho que te sientes apoyado en el respaldo. Sí, estoy nerviosa. Con el tiempo descubrirás que la mayoría de la gente lo está. Simplemente, aprenden a disimularlo mejor, y a veces, si son sensatos, ponen su angustia al servicio del bien público. Quizá cuando estoy temblando de nervios presto más atención. Yo no quería el duro trabajo del gobierno, ¿sabes? Todos dicen que tengo que hacer limpieza. ¡Limpieza! Lo dicen como si alguna vez hubiese limpiado algo. ¿Para qué están los sirvientes?, les digo. ¿De adorno?

En cierto modo, hablaba para sí misma, pero también estaba intentando animarlo. Liir volvió la cabeza, desconcertado por la amabilidad de Glinda, y se dedicó a observar, desde un ángulo aceptable, cómo desfilaban por su campo visual los edificios cercanos al Palacio. Había un ministerio colosal, cubierto de bajorrelieves de mármol que representaban a varias Ozmas históricas en poses características. Parecían a la vez venerables y absurdas, y las palomas de la Ciudad Esmeralda no les demostraban ningún respeto.

—Pero ¿por qué vamos al palacio del Mago?

—Ahora es el palacio del Pueblo —dijo Glinda con sorna—, aunque no tengo ni la más remota idea de lo que piensa hacer el pueblo con su palacio. —Se mordisqueó una uña—. Hay una entrada secreta a Sudescaleras desde el Palacio. Es lógico, tiene que haberla. Es la forma de hacer desaparecer instantáneamente a cualquier advenedizo traidor descubierto en el patio de armas. Sin embargo, a los delincuentes comunes condenados a prisión los bajan en una jaula al pozo que hay dentro de esos tremendos bastiones. Sudescaleras está casi toda ella bajo tierra, ¿lo sabías? Es la cárcel más segura de Oz. Ninguno de los que bajan a esa jaula salen por el mismo medio.

—¿Cómo salen?

—Metidos en ataúdes de pino.

Glinda se aplicó detrás de las orejas un sobrecito aromático, perfumado con aceite de clavo y raíz de palosanto. Cuando uno de los sirvientes del Palacio abrió la puerta de su carruaje, lady Glinda había adquirido un porte mucho más real. Levantó la barbilla y le entregaron un cetro enjoyado para la mano derecha. Sus ojos relucieron con un brillo acerado que Liir no había advertido hasta entonces.

—Lady Glinda —murmuraban todos.

Ella se dignó contestar con un levísimo gesto de aquiescencia, casi para indicar solamente que no estaba sorda, y siguió adelante.

Liir la siguió, con una sensación más próxima al terror que cualquiera que hubiese experimentado antes. Estaba convencido de que iban a llevárselo para apalearlo, antes de que pudiera empezar a protestar siquiera. Pero, por lo visto, el radio de influencia de lady Glinda se extendía un par de metros detrás de ella, porque nadie cuestionó la presencia del muchacho, que logró llegar al umbral del Palacio sin que nadie esgrimiera ninguna objeción.

El lugar era un laberinto y Liir no tardó en perder la orientación. Acompañados por un sirviente del Palacio, Glinda y él pasaron como una brisa por majestuosas escalinatas, pasillos abovedados, cámaras ceremoniales y salas de reuniones. Después de una o dos escaleras más y otros dos o tres pasillos, atravesaron de un extremo a otro una lúgubre sala alargada, donde docenas de funcionarios doblaban el espinazo sobre largas mesas, sentados en taburetes. En su nerviosa abyección, salpicaban tinta en todas direcciones, aunque no sobre Glinda y su celestial vestido azul.

Detrás de un muro con una ventana interior, perfecta para controlar a los trabajadores, había una oficina con una mesa de escritorio y varias sillas. Un hombre elegante, absorto en la lectura de un boletín, se balanceaba sobre las patas traseras de una silla, con las botas de gala apoyadas sobre la mesa y el sable hincado en la tierra del tiesto de un helecho.

—¡Comandante —dijo lady Glinda—, estamos aquí! Demuestre un poco de respeto o al menos intente fingirlo.

El oficial se puso en pie de un salto con ostentosa rapidez. Liir parpadeó y abrió la boca.

—¡Comandante Cherrystone! —exclamó.

—¿Se conocen? —dijo Glinda—. ¡Qué curioso!

—En este momento no caigo… —dijo el comandante, arrugando la frente.

—En Kiamo Ko —explicó Liir—. Usted era el jefe de la Fuerza Galerna acantonada en Red Windmill. Fueron sus hombres los que secuestraron a Sarima, la viuda de Fiyero, y a sus hermanas e hijos.

El comandante Cherrystone sonrió amablemente y le tendió la mano a Liir.

—¿Secuestrarlos? Los pusimos bajo protección, por su propio bien. ¿Cómo iban a conocer ellos la depravación de la Bruja a la que daban cobijo?

—¿Y cómo de bien los protegieron? —dijo Liir.

—¡Oh, el chico ha escupido! —dijo el comandante Cherrystone, limpiándose la manga—. Me gusta, muchacho, pero ¡por favor!, éste es mi mejor uniforme de gala.

Su actitud era ecuánime y no parecía ofendido.

Liir le echó una mirada feroz a Glinda.

—¿Me ha traído aquí, con él? ¿Me ha traicionado, entregándome al responsable del secuestro de Nor?

—Las recriminaciones no nos conducirán a ninguna parte —dijo lady Glinda—. Además, ¿cómo iba yo a saberlo? Considéralo un caso

de justicia poética: ahora él tendrá que ayudarte. Porque yo lo digo.
—Se volvió hacia Cherrystone—. Mire, comandante, ya lo he explicado todo. ¿Ha recibido mi nota? El chico quiere ver a la hija de Fiyero, si es que aún está viva. Como oficial y alcaide de la prisión, podrá hacer los arreglos necesarios, ¿no es así?

—Es una institución con apetito propio, una cárcel —dijo el comandante Cherrystone, en tono más bien aprobador, o eso le pareció a Liir—. No puedo decir que te recuerde, muchacho, pero en mi trabajo he tenido muchos destinos. Y en ninguno de ellos he conocido a nadie que quisiera entrar voluntariamente en Sudescaleras. Entiéndelo: nadie te promete que vayas a salir. Vivo o muerto. Quizá sea tu tumba.

—Me llamo Liir —dijo el chico, intentando levantar la barbilla como había visto hacer a Glinda—. Nos conocemos, claro que sí. Usted me gustaba, parecía decente.

—Intentaba ser decente, dentro de lo razonable —replicó el oficial—. En cualquier caso, tenía pocas opciones, si quería ganarme la confianza de aquel pequeño clan de chiflados de Kiamo Ko.

—¿Qué fue de Sarima? —preguntó Liir—. La viuda de Fiyero.

—Todos mueren. Sólo es cuestión de dónde y cómo, no hay más.

—¡Oh, discusiones, discusiones! ¡Por favor, qué dolor de cabeza! —exclamó Glinda—. Me siento como si estuviera de nuevo en Shiz. ¡Los torneos de debates! ¡Qué jaqueca! Necesito un tónico. ¿Va a hacer lo que le he dicho, comandante?

—No estaría aquí, si no me lo hubiera pedido —respondió él—. ¿Listo, muchacho?

—Estoy listo —dijo Liir, antes de volverse hacia Glinda—. ¿Tengo que quitarme esta ropa elegante?

—¿Qué? ¿Y entrar desnudo en Sudescaleras? No te lo aconsejaría —dijo el comandante Cherrystone.

Glinda zanjó el tema con un gesto y a continuación se llevó la mano a la boca y se mordió los nudillos. Era difícil saber si sus primorosos gestos eran estudiados o innatos.

—Oh, oh —consiguió articular—. No sé si volveré a verte... ¡y me recuerdas tanto a ella!

—Yo no tengo el talento de Elphaba —dijo Liir simplemente—. No merezco que nadie llore por mí, créame.

—Su poder era sólo una parte —replicó Glinda—. Ella era valiente y tú también lo eres.

—La valentía se puede aprender —dijo el chico, intentando consolarla.

—La valentía puede ser estúpida —repuso el comandante Cherrystone—. Créanme.

El muchacho no se adelantó para tocar a Glinda o darle un beso. En Kiamo Ko, la única besucona era Nana, y Liir no figuraba entre sus preferidos. Así pues, se limitó a decir:

—Bien, adiós, entonces. Y no se preocupe. Tendré cuidado.

Se miraron mutuamente. Si pasaba un minuto más, Liir perdería el ánimo y haría eso tan vergonzoso que el lacayo había predicho. Dejaría que la vida de Nor fuera al encuentro de su destino, sin intervenir, a cambio de que alguien le hiciera de madre. ¡El cielo sabía lo poco que Elphaba había desempeñado ese papel! Y allí estaba Glinda, conteniendo las lágrimas o algo así.

Ella lo miró, casi como si estuviera pensando lo mismo. Pero el momento pasó.

—Haz tu trabajo —le dijo Glinda—. Ve con Oz. Y no olvides tu escoba.

—La escoba de la Bruja —dijo Liir.

—Tu escoba —lo corrigió ella.

# 6

De pronto hizo más frío en la habitación. Estaba cayendo la noche y la grupa del viento sugería el invierno que se avecinaba. Candela se levantó para cerrar los postigos. La luna chacala había alcanzado su máxima autocomplacencia; pronto la constelación se desvanecería y sus componentes volverían a sus órbitas más corrientes y solitarias.

Cerró la mayor parte de las ventanas por primera vez, pero hubo una que no pudo cerrar del todo, porque una cuerda de hiedra con el tallo grueso como un brazo humano había crecido por una esquina. Candela cogió una sábana y la colgó lo mejor que pudo, para frenar el frío.

Cuando regresó junto a Liir, se asustó. Le puso una mano sobre la frente. El joven tenía la piel aún más fría y la presión sanguínea parecía estar bajando.

Ella no estaba hecha para un trabajo tan serio. Depositó su instrumento en el suelo, decidida a salir corriendo para llamar a la hermana Cocinera o a la mónaca superiora. Encontró bloqueada la salida.

Había alguien de pie en la puerta, con un velo ocultándole las facciones. Candela retrocedió, sobresaltada.

Cayó el velo. No era más que la anciana mónaca de mente confusa, la más vieja del lugar a la que llamaban madre Yackle. ¿Qué estaba haciendo allí?

—No puedes irte —dijo la madre Yackle—. No hay nadie más en la casa que pueda hacer lo que hay que hacer.

Candela cogió el domingon y lo enarboló amenazante. Más rápidamente de lo que nadie hubiera imaginado, la madre Yackle volvió a deslizarse entre las sombras y cerró la puerta tras ella, esta vez con llave.

La joven golpeó la puerta con los puños e intentó derribarla con el hombro, pero el panel era de madera maciza de pelorroble y estaba reforzado. No podía perder tiempo arañándola con las uñas. Liir se estaba yendo.

Candela dirigió su atención al resto de la habitación. Siendo poco versada en el arte de la medicina, reconoció muy pocas cosas de las que encontró en la alacena: un mortero grande como su mano para moler hierbas; varias plumas con la punta recién afilada junto a hojas de papel, y un tintero con tapón para tomar notas; ungüentos de desagradable viscosidad; el cadáver de un ratón en el estante de abajo, y un manojo de llaves viejas, ninguna de las cuales encajaba en la única cerradura de la habitación.

Se sentó y tocó una sucesión de rápidas corredillas, en modo malicioso, para concentrar su aprensión. Volvió a tomarle el pulso al muchacho y le apartó el pelo de la frente. Hasta el cuero cabelludo estaba frío.

Se quitó la túnica exterior e intentó agitarla por la ventana. Aunque no podía llamar la atención de nadie gritando, quizá alguien en el huerto de las cocinas vería su señal. Pero un viento se llevó la túnica y ya no pudo agitarla más.

Al final, decidió utilizar lo que el destino le había proporcionado. Cogió la más limpia de las plumas y la afiló un poco más, pasándola por la piedra del alféizar de la ventana. Después liberó el brazo de Liir del entablillado y lo apoyó en un travesaño del domingon, para que la mano le quedara levantada en el aire, como en un saludo. Dentro de lo que ella rezaba (que no era mucho, incluso en ese ambiente y en esa dramática circunstancia), rogó tener firmes las manos. Entonces intentó tocar el bíceps de Liir como habría tocado el domingon, describiendo con la mano escalas ligeras y plumosas sobre la piel. Se concentró en un lugar cercano a la cara interior del codo y, utilizando la punta de la pluma a modo de lanceta, le practicó una limpia incisión.

Recogió la sangre en el mortero y, cuando lo hubo llenado, corrió a la ventana y lo vació. «Ahí tienes, luna chacala, si quieres tu ofrenda de sangre, aquí está.» Recogió una segunda porción, después una tercera, y finalmente se quitó el hábito para vendar el brazo de Liir y detener la hemorragia. Vestida únicamente con la túnica interior de velarte, tiritaba y le temblaban los dedos. Aun así, volvió a su instrumento. Sus figuras musicales se tambaleaban, pero ella no cejó.


En cuanto Glinda se hubo marchado, el comandante Cherrystone pasó a prestarle tan poca atención a Liir como a un perro que estuviera durmiendo la siesta. Desapareció detrás de sus periódicos, murmurando para sus adentros. Liir se sentó a esperar en un taburete, porque algo tenía que pasar tarde o temprano. Contempló las cuidadas uñas del comandante sujetando la página y escuchó sus diversos rezongos y chasquidos, mezclados con autoritarios «¡hums!» de tono nasal. El oficial era un hombre sano, sereno y en forma, y su falta de atención a Liir parecía justa y adecuada. Lo que resultaba difícil de comprender era su compostura. Bajo su mando habían secuestrado a Nor y a su familia y, sin embargo, el desprecio de Liir parecía importarle tan poco que el chico empezó a dudar. Quizá hubiera cosas en la familia real de Kiamo Ko que él ignoraba.

Sólo cuando la jornada de trabajo en el Palacio tocó a su fin y las docenas de funcionarios abandonaron sus escritorios para irse a casa, el comandante se incorporó en la silla.

—Tu guía llegará en cualquier momento... ¡ah, aquí está!

Un hombre apuesto, más joven que Cherrystone, de expresión aguda y cautelosa, irrumpió en la habitación.

—No puedo haberte hecho esperar más que un tic-tac-toc, ¿no? ¡Por las agujas de la bruja, cómo vigilan los esbirros del Palacio! Creía que las cosas se habrían suavizado después de la abdicación del Mago. —Dejó caer la chaqueta de los hombros y la arrojó a través de la mesa—. La habrás visto. ¿Bonita, eh? Un pañero en Brickle Lane. Sí, en efecto, es lana de oveja munchkin del mercado negro. Me niego a ponerme otra cosa. Siente el peso.

—Tú llevas los bolsillos un poco más llenos que un militar —observó secamente el comandante.

—Ella no es precisamente joven y yo no soy particularmente exigente: dos condiciones para un buen trato. Un trato equitativo. ¡Mierda, tengo hambre! ¿Así que éste es el chico? ¿No tendrás por ahí un bollo o un panecillo de mantequilla, Cherryperry?

—Éste es Liir. Tienes que llevarlo abajo y ayudarlo lo mejor que puedas. Ya sé que tienes la cabeza en otra cosa, así que no hace falta fingir que vas a desvivirte ayudándolo. Pero inténtalo. Parece buen chico.

El joven le echó una mirada a Liir.

—Parece demasiado verde para ir en busca de lo mismo que yo allá abajo.

—Supongo que está verde, sí —admitió el comandante Cherrystone—, pero todas las cosas buenas acaban por llegarles a quienes saben esperar, y puede que el chico desarrolle su naturaleza sexual antes de salir, si es que sale. Liir, te presento a Caparazón.

—¿El hermano de la Bruja?

Liir sintió que era necesario verificarlo.

—El mismo —dijo Caparazón, flexionando los dedos.

El chico no estaba seguro de ver ningún parecido, pero Caparazón parecía capaz y astuto.

—¿Estás listo?

«¿Sabrá quién soy? —se preguntó Liir—. ¿Habrá oído hablar alguna vez de un tal Liir? ¿De un chico que podría ser su sobrino?»

—Estoy listo.

El comandante Cherrystone se sacudió una mota de polvo del chaleco.

—Para tu regreso, Caparazón, las medidas habituales. Liir, te deseo buena suerte.

Se marchó, dejándolos en la oficina cerrada con llave. Caparazón miró más detenidamente a Liir y arrugó la nariz, como si estuviera oliendo algo. Después se encogió de hombros y dijo:

—Yo estoy listo para beber una cerveza. ¿Tú lo estás para Sudescaleras?

Liir asintió.

Caparazón se acercó a un mural de compartimentos cúbicos para la clasificación de la correspondencia interna. Liir no pudo ver lo que hacía con los dedos ni dónde lo hacía; pero al cabo de un momento, toda la estructura de madera se deslizó hacia un lado sobre unos raíles secretos. Detrás había una puerta corriente, y Caparazón tenía la llave para abrirla.

—¿De aquí viene el nombre de Sudescaleras? —preguntó Liir, señalando el tramo de peldaños de madera que descendían traicioneramente, sin la ventaja de unos pasamanos, hacia la oscuridad.

—No lo sé. Nunca lo he pensado. ¡Vamos! Espero que tus piernas respondan. Mira bien dónde pisas.

—¿Fue una mártir tu hermana? —preguntó Liir, con tanta inocencia como pudo.

—¿Cuál de ellas? —dijo Caparazón, pero antes de que Liir pudiera contestar, siguió hablando—: El martirologio implica fe religiosa, y Nessarose tenía tanta fe que no dejaba respirar al resto de la familia. Elphaba hacía gala de un agnosticismo descarado, que nunca supe si era genuino o no. Para considerarlas mártires, yo mismo debería tener fe, y no la tengo. No creo en el unionismo, la fe de mi padre, ni en las otras variedades que atestan el calendario con su algarabía de días festivos. He tenido que hacer auténticos equilibrios para que no se me tachara de traidor por asociación familiar. Por fortuna, me interesa poco la política, y casualmente soy muy bueno haciendo equilibrios. Mira… Liir, verás… Prefiero no malgastar el aliento. ¿Te parece que dejemos de parlotear como un par de coristas en su día libre? ¿Qué me dices?

Liir no respondió. El viento que se colaba por las hendiduras de las ventanas, más arriba, sonaba casi como una espiral de música. Hubiese querido preguntarle a Caparazón si oía el extraño efecto, pero guardó silencio.

Hacía cada vez más frío, a medida que descendían. Pronto Liir tuvo que tender una mano, no sólo para palpar el camino en la oscuridad, sino porque sentía las piernas a punto de ceder bajo su peso. La pared estaba húmeda, y en distintos puntos crecían cosas blandas y mojadas.

Al cabo de un tiempo, el ruido de sus pasos empezó a despertar ecos, y después se hizo evidente que había una luz ardiendo al pie de la escalera. Finalmente llegaron a un suelo de piedra, desde donde partían varios pasillos oscuros.

—Aquí normalmente hago estiramientos —dijo Caparazón, enseñando a Liir cómo hacerlo.

El chico se frotó los músculos tal como le indicó su compañero. Cuando estuvieron listos, Caparazón cogió un madero del montón que había en el suelo y lo encendió con la antorcha que ardía en el muro.

—Haz tú lo mismo. No creas que vamos a pasar juntos el resto de la eternidad —dijo—. La luz es útil. Estos maderos son de palo de hierro, de modo que arden durante mucho tiempo.

—Si no vamos a estar juntos, ¿cómo haré para encontrar la salida?

—No lo sé, aunque supongo que eres un chico avispado. —La indiferencia de Caparazón era cruel—. Muy pocos salen de aquí. Sólo los guardias.

Liir intentó memorizarlo todo, por si acaso, pero tenía intención de pegarse a su guía, sin importarle lo que Caparazón pudiera pensar al respecto.

El camino era húmedo y de ambiente rancio, atravesado por ocasionales ráfagas sulfurosas. La luz de la antorcha embestía como la marea los pétreos arcos achatados de color gris lechoso. Algunas partes de las paredes estaban revestidas de ladrillos, pero la construcción era antigua y el revestimiento se estaba desmoronando.

Mientras caminaban entre cemento aplastado y escombros dispersos, Liir recuperó el aliento e intentó pensar cómo hablarle a Caparazón. Tendría quizá veintitantos o tal vez treinta y pocos años, y era una especie de petimetre; incluso Liir, que admitía ser un patán ingenuo, era capaz de verlo. Pero la mirada de Caparazón era penetrante, y sus modales, ya fueran elegantes o informales, eran siempre agradables. Era más alto que Elphaba, y resultaba lustroso y pulcro donde ella había sido espinosa.

Sucedió sin embargo que Liir no tuvo tiempo de hacer preguntas. El pasillo terminaba en una abrupta escalera que bajaba aún más. Estaban llegando a la periferia de Sudescaleras, que no era tanto una cárcel como una ciudad subterránea. Había ruido de carros y murmullos de voces. En algún lugar, alguien tocaba un instrumento de cuerda, muy lejos; en alguna parte, alguien debía de estar cocinando, porque había un olor atroz a tocino rancio cocinándose sobre una parrilla caliente.

—El compasivo mozo de cuadras prepara su ronda.

Caparazón se quitó de un manotazo el sombrero y lo dejó sobre una cornisa; el rizo de un penacho amarillo quedó balanceándose en la penumbra.

—¿Me llevarás a donde está Nor?

—He prometido llevarte al registro central, pero antes he de hacer algunas paradas. —Palpó el portafolios que llevaba colgado del hombro—. Hay gente que necesita mi atención, y ni siquiera me plantearía posponer la administración de sus medicinas sólo para llevarte a ti primero. ¿No te importa?

Le importaba.

—No, claro que no.

Doblaron la esquina, bajaron unos cuantos peldaños más y llegaron a un canal grasiento, no muy diferente de los que discurrían arriba, en la Ciudad Esmeralda.

—Vamos, ven, si es que vas venir —dijo Caparazón, mientras abordaba de un salto una barca abandonada. Parecía animarse por momentos.

Al cabo de un buen rato, el estrecho canal desembocó en otro más ancho, que describía una curva bajo un alto techo de piedra, sostenido aquí y allá con vigas y contrafuertes. A ambos lados del canal había puertas cerradas con candado, en el mismo plano que los muros rocosos. Algunas tenían delante una cornisa o un sendero entre celdas, pero la mayoría daban simplemente al agua.

El hedor y el ruido aumentaron. Poco después, Liir y Caparazón se cruzaron con unos trabajadores en uniforme gris, que acarreaban cubos de comida en una dirección y cubos de excrementos en la dirección contraria.

—No creía que un chico de campo fuera a arrugar la nariz por un perfume rural —observó Caparazón mientras amarraba la barca—. Quédate aquí y vigila; más de una vez me han birlado la embarcación mientras cumplía mi misión de misericordia.

Abrió la solapa del portafolios y extrajo de su interior una jeringuilla de vidrio llena de una solución del color de la orina. Limpió la aguja con un paño y le dio un golpecito al émbolo, para comprobar que funcionaba.

—Lista y preparada, sí, señor —murmuró, antes de mirar de soslayo a Liir—. Ayudar a los que sufren es una escuela de humildad.

Con la destreza que confiere la práctica, abrió rápidamente el candado de una de las puertas y la franqueó, cerrándola tras de sí.

Pese a su intención de pegarse a Caparazón como un abrojo, Liir no tuvo el valor de seguirlo, ni tenía tampoco la altura necesaria para espiar a través del ventanuco que se abría en la puerta. Sin embargo, más abajo, entre la puerta y el umbral, había una hendidura, y acostado en el suelo de la barca, Liir pudo distinguir el movimiento de las figuras en el interior. Al parecer, Caparazón había depositado su antorcha en un soporte de la pared. Su voz sonaba tranquilizadora e incluso hipnótica, pero la reclusa agachada contra el muro del fondo había recogido los pies descalzos bajo el ruedo de la falda. Las botas de Caparazón se le acercaron hasta quedar junto a la mujer. Ella gimió y lloriqueó, y recogió aún más los pies. La misericordia no era fácil de aceptar, supuso Liir. Las botas de Caparazón se balanceaban de la punta al talón, con un ritmo consolador, y los talones empezaron a despegarse del suelo.

Al oír que alguien se acercaba, Liir se volvió.

—¡Eh, tú! ¿Por qué estás ahí tumbado?

Era un Simio corpulento, con un llavero, que arrastraba los nudillos por el suelo. Iba envuelto en un microclima propio de agua de colonia para protegerse del hedor, y el cuello de su chaqueta era de carcomida piel de ocelote.

—Estoy de visita —dijo Liir—, con autorización de lady Glinda. Acompaño a un hombre llamado Caparazón, que está ahí dentro, atendiendo las necesidades de los enfermos.

—Claro que sí; te aseguro que hay pocos tan enfermos como él —dijo el Simio—. Pero las órdenes de lady Glinda no significan nada aquí abajo; somos una sociedad autónoma. ¿Tienes un salvoconducto del vicealcaide?

—Ahora mismo íbamos a pedirlo, pero Caparazón tenía que parar antes.

—Ya veo que él mira por sus necesidades. Yo miraré por las tuyas. Ven conmigo.

—Creo que no debería.

El Simio insistió y Liir llamó repetidamente a Caparazón, que al final salió, malhumorado y jadeante.

—¿Por qué molestas a mi muchacho?

—¡Ah, de modo que es tu muchacho! —dijo el Simio—. Nunca dejarás de sorprenderme, Caparazón.

—De momento está a mi cuidado. Déjalo en paz, Tunkle.

—¿Le has dado a nuestra Señorita Serenidad su pinchazo semanal? —preguntó Tunkle, haciendo tintinear las llaves.

Caparazón cambió la jeringuilla.

—Tú me interrumpiste. Seguiré con la próxima.

—Este hombre es un festival de diversión —dijo Tunkle—. Yo que tú, no me acercaría demasiado. Esas misiones de misericordia lo ponen bastante nervioso.

Caparazón no pareció ofenderse.

—Déjalo ya, Tunkle. Sabemos cómo funciona esto. Vamos de camino a ver al vicealcaide, pero nos tomamos nuestro tiempo, eso es todo. ¿Quieres animarte un poco tú también?

—¡Por nada del mundo! Subo una vez al mes y sé buscarme mi diversión; no necesito tu diversión importada. —El Simio escupió en el agua y los dejó marchar—. ¡Ten cuidado, muchacho! ¡No le des la espalda!

Sin hacer ningún esfuerzo por bajar la voz, Caparazón le comentó a Liir:

—Tunkle. Un colaboracionista. Salvó el pellejo durante las campañas del Mago, alistándose para atormentar a los suyos.

Lo dijo en tono neutro, como si la estrategia le pareciera perfectamente razonable.

Liir preguntó en voz baja:

—¿Cuánto falta para llegar a la oficina del vicealcaide?

—Una, dos paradas, quizá tres —respondió Caparazón—. Son muchas las personas que desean recibir mi atención, pero yo elijo y selecciono, intentando ser justo. No puedo cuidar todo el tiempo a toda la gente, ¿no crees?

Se sacudió el polvo de las solapas, dispuesto a proseguir su trabajo misionero.


Liir no supo cuánto tiempo transcurrió hasta que finalmente llegaron a las oficinas del vicealcaide, pero a medida que avanzaban en su navegación, el ambiente en Sudescaleras se iba volviendo más caluroso, pestilente, ruidoso e iluminado. Caparazón hizo dos o tres paradas más, todas las veces —al parecer— para atender a mujeres jóvenes. Liir pudo oír sus voces: suplicando, llorando a veces, y maldiciendo a Caparazón en una ocasión. Pero no las vio, ni habría querido verlas.

Con el paso de las horas, Caparazón parecía cada vez más distraído y con la ropa más desordenada, pero al final llegaron a su destino: una cabaña aislada bajo la elevada bóveda del techo, en el cual, gracias a una mejor iluminación, Liir consiguió distinguir estructuras rocosas, extraños candelabros de piedra líquida, derramada y congelada.

El vicealcaide de la prisión era un hombre cetrino, de piel tersa y pálida como un paño de lino desteñido. Parecía como si llevara años sin ver el sol, y tenía infinidad de sortijas en todos los dedos, incluidos los pulgares, como un expositor de joyas robadas. Se llamaba Chyde.

—Veo que estás llevando a alguien por la senda de la rectitud —le dijo a Caparazón en tono jovial—. No estoy habituado a verte como una persona preocupada por la moral de los jóvenes.

—Hago lo que puedo —respondió Caparazón.

—Creía que tu lema era «Se lo hago a quien puedo», pero es igual. ¿Traes noticias de la diosa luminosa de las estrellas?

—Glinda está bien. Lo sobrelleva. La ciudad allá arriba es un caos, aunque seguramente ya habrás oído todo lo que se dice al respecto.

—Pero tú siempre le das un sesgo especial.

Chyde sacó unas cervezas y varios aros medio rancios de castipodio frito. Liir declinó la invitación, pero Caparazón atacó las provisiones.

—Bueno, después de todos estos años, hay un buen desaguisado allá arriba, de eso no cabe duda —reconoció Caparazón, mientras se le desmenuzaba en la boca el pan del castipodio—. Nadie podía imaginar que el Mago fuera a marcharse, sobre todo teniendo en cuenta todo el tiempo que llevaba en el poder. Pero, aun así, con tantos como habían conspirando en la sombra para derrocarlo, es increíble que no se hubieran puesto de acuerdo sobre lo que iba a venir después. Glinda es una figura glamurosa, pero sólo está de paso, y nadie sabe si tiene una pizca de cerebro dentro del cráneo. Los sindicatos se amotinarán cualquier día de éstos, pero las milicias municipales no estaban preparadas para aceptar a una dama de la sociedad como reina. Así pues, en aparente muestra de lealtad a la monarquía, los guardias han pasado a la ofensiva y se han dedicado a limpiar todos los distritos donde es más probable que la chusma se rebele. Glinda cree que son medidas de revitalización del tejido urbano. Ya lo ves, es una época interesante, con un amplio espectro de fuerzas y todo el mundo poniendo a prueba el poder de los demás. Rodarán cabezas, por supuesto. Solamente habrá que ver en qué orden: quién reirá primero, quién lo seguirá, y a quién le cortará la risa la hoja de la guillotina.

—Y mientras tanto, tú te colarás en las alcobas de las doncellas, las casadas y las viudas…

—¡Las casadas no ríen las primeras ni las últimas, pero son las que ríen mejor!

—Llevo una vida tranquila aquí abajo —dijo el vicealcaide Chyde, dirigiéndose a Liir—. Parte del programa de buenas obras de tu padre consiste en ponerme al día de todos los cotilleos. Podría ir al norte y subir la escalera si pudiera confiar en alguien, pero no confío en nadie. Y en el instante en que esos bastardos egoístas de allá arriba se acuerden de los parientes que tienen aquí abajo, si es que alguna vez lo hacen, puedo darme por capturado antes del alba y por ejecutado antes del mediodía. Nunca sentí que pudiera abandonar mi puesto y ahora menos que nunca, al menos si quiero llegar con vida al final de estos tiempos interesantes.

—Él no es mi padre —dijo Liir con frialdad.

—¿Ah, no? Creí ver un parecido —replicó el vicealcaide Chyde—. Bueno, tanto peor. Estás entrenando a un aprendiz, ¿eh, Caparazón?

Caparazón bostezó y vació el vaso de cerveza.

—No. Le prometí a lady Glinda que traería a este renacuajo a verte. Busca a alguien que está en la cárcel.

—Todos buscamos a alguien —dijo el vicealcaide Chyde arrastrando las palabras—. Me pagan bien para empezar búsquedas que al final nunca consigo terminar. —Hizo un rápido gesto para enseñar las manos enjoyadas—. ¿Te importaría hacer un donativo para la exposición, muchacho?

—El chico no va a comprar tu silencio, ni tus servicios —replicó Caparazón en tono cortante—. Ponte en marcha, Chyde, o informaré a las autoridades de tu negocio paralelo. De hecho, a lady Glinda también le gustan mucho las joyas y el suyo es un interés más decente. Quizá no le guste oír que…

—¿Nombre? —lo interrumpió Chyde.

—Se llamaba Nor —dijo Liir—. Se llama Nor. Tendrá unos… ¿dieciséis años? Fue secuestrada por la Fuerza Galerna en el castillo de Kiamo Ko, en el oeste. En el Vinkus.

—No me suena el nombre, pero la clientela de nuestro establecimiento es muy exclusiva y algunos prefieren mantenerse en un discreto anonimato. Nosotros respetamos sus deseos, obviamente.

—Su padre era el príncipe de los arjikis.

—¿Una testa coronada? Entonces, si está aquí, debe de estar en una de las suites privadas. ¿No has ido nunca a ofrecerle tu peculiar modalidad de consuelo, Caparazón?

El vicealcaide Chyde chasqueó los dedos con un tintineo metálico y dijo:

—¡Yibidí, tráeme los dos libros verdes del registro! ¡No, perdona, los marrones, puesto que la chica es winki!

—¡Pero si es una niña! —dijo Caparazón—. O casi. Yo también tengo mis normas, Chyde.

Un elfo con las orejas en un avanzado estado de descomposición emergió de una alacena y trepó a una estantería raquítica.

—Gracias, Yibidí —dijo Chyde en tono neutro, mientras el elfo volvía a su alacena y cerraba la puerta tras de sí, una vez cumplido su encargo.

—Quizá recuerdes las circunstancias de su inscripción en el registro —dijo Caparazón—. La sacaron del mismo castillo donde hasta hace poco vivía mi hermana.

—¡Ah, de modo que era ese Kiamo Ko! ¿Cómo he podido ser tan lerdo? —Chyde se deslizó hasta la nariz las gafas que tenía en lo alto de la cabeza y forzó la vista—. Mi ex esposa, que el cielo la bendiga, siempre me decía que tengo un corazón demasiado grande. Todas las historias me conmueven y al final las confundo. Mi corazón sangra por todos. Por todos y cada uno. —Se aclaró la garganta—. En parte, eso provocó nuestros problemas conyugales, ¡qué se le va a hacer!

Atisbó por encima de las gafas y por primera vez miró fijamente a Caparazón.

—Siento lo de tus hermanas, Caparazón. Siento que las dos murieran con tan poca diferencia. No debe de haber sido fácil.

—No nos veíamos mucho —contestó Caparazón, mirándose las uñas.

—Las revueltas inflaman el País de los Munchkins, ahora que Nessarose ha muerto. Hay que reconocer que gobernó con mano de hierro, pese a toda su devoción.

—Ahórranos la clase de historia política. Tengo prisa, Chyde —dijo Caparazón—. ¿Puedo dejarte aquí al chico hasta que termines?

—Alguna pobre viuda reclama tu atención, lo sé, lo sé...

Por fin Liir lo comprendió y se asombró de haber sido tan lerdo.

—¿Te acuestas con tus pacientes? —dijo de pronto—. Quiero decir... ya sabes...

—¡Pacientes! —repitió Chyde—. ¡Buena forma de llamarlas!

—Velo por sus necesidades —dijo Caparazón, sin rastro de disculpa ni de vergüenza en su voz, palmoteando el portafolios—. Aprecian mucho el alivio que les llevo y, lógicamente, quieren expresar su gratitud. ¿Qué otra cosa podría ofrecer una dama encadenada? No podría aceptar la caridad, porque eso no está bien visto en los círculos elegantes, de modo que paga con lo que puede dar. ¿Y cómo iba yo a negarles la oportunidad de expresar su aprecio? La transacción me parece justa.

«No pienso seguir con él, por mucho que sea mi quizá-tío. Ni en sueños. Necesito otro plan. Improvisaré.»

—Me das asco —le espetó Liir—. Lo digo de verdad. Eso que dices es un asco. Eres repugnante. No puedo creerlo. Es... es monstruoso.

—¡Oh, tendría que ser mucho más ambicioso para llegar a ser monstruoso! —exclamó Caparazón entre risas—. Chyde, ¿terminarás eso alguna vez? ¿Esta semana?

—Déjalo y vete. —Chyde cogió otro tomo de los libros de registro—. No veo nada. ¿Estáis seguros de que la tenemos aquí?

—Yo no estoy seguro de nada, pero es natural empezar a buscar por aquí, supongo —dijo Caparazón, que se puso de pie, se alisó la ropa y le tendió la mano a Liir—. Creo que ha llegado el momento de separarnos, compañero. Espero que el resto del día te resulte divertido.

El muchacho consideró la posibilidad de morderle la mano, pero Caparazón sólo habría hecho otra broma más, de modo que se limitó a guardarse las manos bajo las axilas y apretar con fuerza.

—Volveremos a encontrarnos —dijo Caparazón—. Probablemente será aquí abajo, ya que no es fácil conseguir un salvoconducto para salir. ¡Dulces sueños, Liir, muchacho!

Giró sobre sus talones y desapareció casi corriendo.

—¡Ah, la energía de los jóvenes —comentó Chyde con un suspiro, mientras seguía pasando las páginas—. ¿Sabes que todavía no he encontrado nada? ¿Cómo dijiste que se llamaba la chica?

# 7

En Las Decepciones occidentales, la última noche de la luna chacala, los pastores scrows enviaron a los perros a recoger las ovejas más temprano de lo habitual, mientras otros trabajadores levantaban una doble empalizada de flexibles matorrales de campanillas en torno al extremo más alejado del corral. A menos que la cubierta nubosa lo impidiera, la bestia celeste iluminaría la noche con más brillo que en ningún otro momento recordado por la última generación. Sería una buena noche para los carroñeros.

La hermana Doctora y la hermana Boticaria habían hecho lo que habían podido. Le habían proporcionado a la princesa un alivio que su servidumbre no sabía darle. Nastoya estaba más feliz, pero el ambiente en su tienda, cuando se quedó dormida, no era agradable. Los scrows eran un pueblo orgulloso (¿qué pueblo no lo es?) y las prácticas médicas extranjeras despertaban su suspicacia.

El intérprete se lo expresó a las mujeres tan suavemente como pudo.

—Deberían seguir su camino —les dijo lord Shem Ottokos—. Ya les hemos dicho lo que han venido a averiguar: que no sabemos nada de los arrancamientos de esas colegas suyas. Si su tarea es difundir la caridad, han cumplido ustedes su misión. Le han hecho mucho bien a la princesa Nastoya. Ya no hay razón para que se queden, y en cambio corren peligro si lo hacen.

—Nos han dicho que los scrows son hospitalarios con los desconocidos —le recordó la hermana Doctora.

—Así es, con los desconocidos; es la tradición de los scrows —dijo Ottokos—. Pero pasados unos días, los desconocidos ya no lo son tanto. Se vuelven más familiares y, como pasa con la familia, menos agradables. Estaré encantado de proporcionarles provisiones para el viaje, pero les aconsejo que partan esta misma tarde de vuelta a su convento, aprovechando una noche inusualmente clara.

La hermana Doctora dijo:

—Respecto a los arrancamientos, no hemos conseguido convencerlo de que los yunamatas son inocentes. ¿Por qué nos envía entonces al peligro?

—Han sido ustedes muy amables. Intentaremos proporcionarles una buena escolta —anunció lord Ottokos, y se marchó en seguida.

—¡Qué descaro! —exclamó la hermana Boticaria—. ¡Nos ha retirado la invitación! Creo que me siento ofendida.

—¿Te estás volviendo como los nativos? —le preguntó la hermana Doctora a su colega munchkin, en un tono que rozaba la crueldad.

—Son unos paganos adorables —dijo la hermana Boticaria con cierta brusquedad.

—Sí, y te parecerán menos adorables cuando logren controlar la aversión a arrancar la cara de los visitantes. Después de todo, tú también fuiste una adorable pagana cuando eras niña, pero lo superaste.

—No me divierten tus gracias, hermana Doctora.

Por un momento, pareció como si las mónacas fueran a desobedecer las instrucciones de su superiora y a separarse. Sin embargo, la princesa Nastoya pidió una última entrevista con ellas; se sentía suficientemente bien como para sentarse en su plataforma con la espalda erguida.

—¿Habéis comprendido la verdadera naturaleza de mi enfermedad? —dijo, a través de lord Ottokos—. Para eludir las persecuciones del Mago contra los Animales, me sumí hace muchos años en una existencia clandestina, tras aceptar el hechizo de una bruja como medio de esconderme. Soy una Elefanta, y como tal quiero morir, pero estoy condenada a permanecer en este cuerpo humano. Antes era capaz de transformarme por unos instantes, pero la edad y las enfermedades han erosionado ese talento y ahora estoy atrapada. Temo que la Elefanta que hay dentro de mí lleve cierto tiempo agonizando e incluso que ya esté medio muerta, pero yo iría hacia ella, si sólo encontrara alguien que pudiera ayudarme. Hace diez años le pedí ayuda al hijo de la Bruja, pero se esfumó. Ahora, con vuestras exóticas habilidades, habéis conseguido que me recupere, por eso debo rogaros que volváis a vuestra colmena a recoger a ese niño, Liir, o a ese hombre. Traedlo o enviádmelo, pero procurad que llegue sano y salvo. Quizá no pueda hacer nada por mí, pero incluso la brujería más benigna se ve obligada a actuar clandestinamente en estos tiempos difíciles, y él es el único a quien conozco que quizá pueda ayudarme.

—¿De verdad cree que es hijo de Elphaba? —preguntó la hermana Doctora.

—Tenía su capa y su escoba —dijo la princesa Nastoya—. Tal vez no sea su hijo, pero estaba interesado en su vida y quizá haya aprendido algo de todos modos. ¿Qué otra cosa puedo hacer?

—Ni siquiera lo hemos visto nunca despierto —reconoció la hermana Boticaria—. ¿Cómo vamos a prometer que lo persuadiremos para que venga, si ni siquiera sabemos cómo es? Todavía no, en cualquier caso.

—A cambio de su ayuda, le prometí que le daría algo.

La princesa empezó a resollar y Ottokos sólo podía transmitir sus frases de forma entrecortada.

—Quiero… decirle lo que oí… acerca de… las palabras en las calles de la Ciudad Esmeralda.

—Estoy convencida de que le fascinará saberlo —dijo la hermana Doctora—, si alguna vez se despierta.

—La amenaza contra los Animales durante el reinado del Mago me empujó hacia la forma humana… y he estado más a salvo que la mayoría. Ahora, cuando nuestro Emperador de sagrada violencia exige todas nuestras almas, quiero ir al encuentro de la muerte como Animal: orgullosa, solitaria y sin consagrar. Encontrad al chico y traédmelo. ¡Daos prisa! Os daré… dos valiosos escarcos machos para que los montéis… y una pantera que os acompañará hasta el bosque. Viajaréis más aprisa cabalgando esas bestias que si vais a pie o a lomos de vuestras mulas. A menos que caigáis en una emboscada de soldados, de lobos o de cualquier otro enemigo, puede que lleguéis antes del alba. En el límite del bosque, la pantera os abandonará, pero los escarcos seguirán con vosotras y, para entonces, lo peor de la luna chacala habrá pasado.

Las mónacas asintieron y se levantaron para marcharse. No esperaban volver a ver a la princesa Nastoya, viva o muerta, Elefanta o humana. No querían cansarla con más charla, pero fue ella quien sacó el último tema, cuando ya se disponían a marcharse.

—Amigas —dijo, y las dos se volvieron—. Habéis sido amables con migo y sois buenas entre vosotras. No estoy tan mal como para no verlo. ¿Cómo podéis hacer esas obras en nombre del Dios Innominado, cuando sus agentes nos desprecian tanto?

—El Dios Innominado no emana del Emperador —explicó la hermana Doctora. Temía que ese punto oscuro de la teología unionista contemporánea escapara a la comprensión de una pagana, pero se negaba a tratar a la princesa como si fuera tonta—. El Dios Innominado, digan lo que digan estos días en la Ciudad Esmeralda, sigue siendo en esencia innominado. Tenemos tanto derecho como cualquiera a obrar en su nombre.

—No parece que merezca la pena creer en él —murmuró la princesa Nastoya—. Pero la vida nos parece manifiestamente inverosímil y aun así creemos en ella, de modo que lo dejaré correr.


El viaje iba a ser vertiginoso pero divertido. Aquellos escarcos eran anchos de pelvis, con las patas traseras más largas que otras variedades de su misma especie. A su alrededor circulaba la pantera, como un remolino de petróleo, pasando constantemente a su lado como una exhalación.

Lord Shem Ottokos las acompañó, asegurándose de que salieran del campamento sanas y salvas. La hermana Boticaria se sintió decepcionada de que tan pocos scrows salieran a despedirlas.

—Habrán visto ustedes a los seres que se mueven en círculos —dijo Ottokos, y las dos mónacas se miraron incómodas—. Me refiero a los que vuelan sobre nosotros.

—¿Buitres? —apuntó la hermana Boticaria—. ¿Quizá intuyen la carne putrefacta de la princesa Nastoya? Ella sola podría proporcionar un suculento banquete de carroña a un ejército de buitres.

—Vuelan más alto que los buitres, creo —dijo Ottokos—. Por tanto, según las leyes de la percepción, deben de ser más grandes que los buitres. Además, los buitres esperan a que el cuerpo muera antes de acercarse. Temo que éstos sean un escuadrón de criaturas de ataque, que no esperarán a que la carne esté muerta. Quizá... Me cuesta decirlo, pero quizá sean dragones.

—Para empezar, los dragones son muy poco comunes, y además

son dóciles —replicó secamente la hermana Doctora—. Los dragones feroces son pura mitología.

—Los mitos encuentran la manera de hacerse realidad —dijo Ottokos—. Sólo les digo que tengan cuidado.

—Es usted muy amable por tranquilizarnos de esa forma, justo cuando vamos a abandonar su protección.

La hermana Doctora estaba lívida.

—Tienen a la pantera. No permitirá que se les acerque nada.

—Adiós, entonces —dijo la hermana Doctora—. Espero que hayan aprendido algo de nosotras.

La hermana Boticaria gimoteó, tapándose la boca con un chal que le había comprado como recuerdo, por un precio excesivo, a una tejedora scrow.

Shem Ottokos las miró marcharse. Les deseaba sinceramente que todo les fuera bien, al menos hasta llegar al convento y cumplir el encargo de su princesa. Aparte de eso, no les deseaba nada en absoluto: que su Dios Innominado siguiera innominándoles las vidas.


El hocico de la luna chacala asomó por encima de la línea de los árboles.

Liir estaba casi gris. La hemorragia se había detenido, pero su corazón iba dando tumbos. Candela forzó la garganta, intentando gritar para pedir ayuda, pero fue incapaz de producir un sonido tan potente.

«No —pensó—, el pobre muchacho frío, no. Éste no.»

Dejó a un lado el domingon y le frotó los hombros. Después le quitó los entablillados y los soportes y le masajeó los brazos y las piernas. La temperatura del aire estaba pasando de fría a gélida, y las mantas suplementarias estaban en el pasillo, del otro lado de la puerta cerrada con llave. Candela sintió que algo se movía dentro del joven (en él, que llevaba tanto tiempo ausente); algo en su interior golpeaba y se resistía a la muerte, que parecía estar aposentándose sobre él. Su respiración era entrecortada. Pasó un largo momento sin que respirara. Y otro.

Candela se inclinó sobre la frente del muchacho, cogió entre ambas manos sus mejillas de barba incipiente, apoyó la nariz contra la suya, le insufló aliento y lo besó además.

–¡Bueno, aquí hay algo para ti! –exclamó Chyde–. Nunca está de más leer la letra pequeña, muchacho. ¡Yibidí, mi bastón! Y el sitio ni siquiera está muy lejos, aunque se trata de una zona que no suelo frecuentar. ¡Vamos!

El elfo le entregó el bastón y Chyde se puso de pie, tan erguido como pudo. Los largos años de trabajo en la oficina le habían aplastado cruelmente las caderas, arruinándole la postura. Aun así, desde un nuevo ángulo, pudo contemplar a Liir con más detenimiento que hasta entonces.

–¡No deberías haberte presentado aquí con esa arma de fuego! –exclamó con repentina brusquedad–. Se la dejarás ahora mismo a Yibidí, jovencito.

–No es ninguna arma de fuego. Es una escoba.

–¡Muéstramela!

Liir abrió el estuche y le enseñó el extremo superior del palo chamuscado de la escoba.

–Déjame verla entera, para asegurarme de que no es un lanzabalas disfrazado.

El chico sacó la escoba del estuche y se la dio a Chyde.

–Una auténtica piltrafa, salvo los brotes nuevos –dijo el hombre, devolviéndosela.

–¿Qué?

Liir no volvió a preguntar, pero lo palpó. El mango de la escoba estaba jalonado con una serie de pequeñas protuberancias, dos de las cuales se habían bifurcado, revelando modestos adornos de hojitas verdes, como diminutos broches de gran valor enganchados a un trozo de madera vieja.

–¡No puede crecer! –exclamó Liir, asombrado–. Es imposible.

–Déjala –dijo Chyde–. Aquí hay gente que lleva veinte años sin ver crecer una hoja verde. No querrás que se pongan a llorar, ¿no? Piedad es el nombre de este oficio.

Y al decirlo, se besó la vulgar esmeralda que llevaba en el nudillo del dedo corazón, rindiéndole homenaje.

Se pusieron en marcha, no en dirección al canal, sino a lo largo del amplio pasadizo que hacía las veces de avenida comercial en la comunidad subterránea. Se veían más humanos que antes; eran parte de la vasta red de empleados que hacía girar los engranajes de Sudescaleras, aunque la mayoría de los comercios y los tenderetes estaban atendidos por elfos, que parecían haber elevado el servilismo a la categoría de arte. De vez en cuando, se veía un enano gruñón como agradable nota contrastante. El ruido era de conversaciones y cháchara corriente, y pasó cierto tiempo antes de que Liir comprendiera por qué le sonaba raro. Por primera vez, no se oía un fondo de música en alguna parte. Bueno, después de todo, ¿quién iba a tocar música en una cárcel?

El techo de la caverna se elevaba aún más y se perdía de vista en la oscuridad. Había más edificios independientes, cada uno con su tejado, como las construcciones de cualquier calle de la superficie. Era como una ciudad de muertos. Finalmente, Liir comprendió la razón: debía de ser el distrito más antiguo de Sudescaleras. Hasta donde había visto, parecía sin duda el más decrépito de todos. De pronto, por encima de todo, la negrura claustrofóbica de la oscuridad cavernaria fue reemplazada por una negrura diferente, la de una noche sin luna, con jirones sueltos de nubes arrastrados por el viento sobre viejas estrellas hostiles. Era el centro de Sudescaleras: la cuenca geológica original, que debió de presentarse como una prisión natural a los ojos de los primeros pobladores de la Ciudad Esmeralda.

—Estrellas. Me dan escalofríos —dijo Chyde—. Detesto venir por aquí.

Llegaron a una escalera que bajaba más todavía. Chyde preguntó el camino una o dos veces, y envió a Yibidí corriendo a mirar las marcas de los edificios.

—Tiene que ser aquí, supongo —dijo—. Es un distrito de Animales, por lo que tendrás que perdonar la pestilencia. Como sabes, la higiene no es su punto fuerte.

Sin embargo, el aire era tan frío, con el viento que los hostigaba desde arriba, que el olor parecía un dato desdeñable. En cualquier caso, Liir estaba demasiado exaltado para prestarle atención. No hacía más que dar saltos, y en una ocasión estuvo a punto de agarrarle la mano a Chyde y estrechársela. ¡Qué importaba que Caparazón fuera un canalla y lady Glinda una dama de la sociedad con la cabeza llena de pájaros! Habían hecho algo bueno: lo habían llevado hasta allí. Iba a encontrarla, iba a encontrar a su única amiga y compañera, a su hermanastra —si era cierta esa versión de la historia—, a la chica que se hacía amiga de los ratones, que compartía su pan de jengibre y se reía por la noche, a la hora de irse a la cama, aunque la amenazaran con unos azotes. Iba a liberar a Nor, y entonces, entonces…

No podía pensar más allá. ¡Solamente verla! ¡Ver a alguien que había conocido antes, cuando el mundo no era trágico, cuando Elphaba rondaba por el castillo con sus ropajes y su mal genio! ¡Cuando su casa todavía era su casa!

Yibidí iba y venía, ansioso e irritable.

—¿Qué? ¿Qué te pasa, pequeño? —le preguntó Chyde—. ¿Te ha comido la lengua el gato? ¡Ja, ja, ja! —Se volvió hacia Liir—: ¡Sí que se la ha comido de verdad! Por eso no puede hablar. Ya le volverá a crecer, pero de momento es un muñoncito sanguinolento.

Se acercaron a un edificio, más parecido a un corral que a un conjunto de habitaciones. Había una Cerda echada sobre la paja del suelo, intentando dar calor a unos Cerditos, que en su mayoría parecían estar muertos. Curiosamente, el más pequeño había sobrevivido, pero no parecía que fuera a quedarse mucho tiempo más en este mundo.

Chyde dijo en voz alta lo que Liir se estaba preguntando:

—¡Qué lugar tan extraño para alojar a una niña humana! ¿En qué estaría yo pensando? ¡Eh, tú, Cerda! Estamos buscando a una chica, una chica humana. Se llama Nor. El registro la sitúa en este lugar inverosímil.

—Tenía problemas de desarrollo —explicó la Cerda sin abrir los ojos—. Algún coordinador de alojamientos pensó que entre mis congéneres no resultaría tan repugnante.

—¿Dónde está ahora?

—Podría inventarme una buena historia, si me sintiera con fuerzas —dijo la Cerda—, pero estoy reservando la energía que me queda para mi camada. En cualquier caso, la historia de la niña ya es de por sí suficientemente buena. ¿Recuerdas cuando vinieron los carniceros, hace una semana o diez días, buscando un buen ejemplar para servir lomo asado? Era para alguna celebración de las que organizan arriba. Quizá el derrocamiento del Mago, ¿no?

Chyde miró de soslayo a Liir.

—Nosotros no sacrificamos Animales para servir en los banquetes, no seas tonta —se apresuró a decir—. Es el delirio puerperal que habla por tu boca, Cerda.

El hombre hizo girar las sortijas, empujando algunas gemas hacia la palma y otras hacia afuera.

—Lo que tú digas —replicó la Cerda—. En mi delirio, recuerdo a un par de Cerdos Cornudos, bastante entrados en años y casi sin dientes, que podían dar mejor lomo asado este año que el año próximo, te lo aseguro. Sabían que sus días estaban contados. Uno de ellos se había roto un cuerno tratando de huir, y el trozo de asta era afilado y útil. ¿No has leído el informe al respecto?

—Tengo mucho trabajo atrasado. La carga es enorme y no hay nadie que me eche una mano. Yibidí casi no me sirve de nada. ¿Dónde está la chica? Es lo que quiero saber.

—Te lo estoy contando. Los Cerdos hicieron una especie de pacto suicida: el macho mató primero a la hembra y después se mató él. Lo hicieron encima del mismo bastidor viejo de puerta que iba a servir para transportarlos al matadero, como una especie de comentario final sobre la calidad de vida en Sudescaleras.

—Sólo lo mejor nos parece suficientemente bueno —dijo Chyde.

—Entonces se dejaron pudrir, y nosotros, sus vecinos, los dejamos también durante el tiempo que conseguimos tolerarlo. De ese modo, todos ganamos tiempo. Pero sabes tan bien como yo que en los intestinos de los Cerdos Cornudos se cría un tipo de gusano que gusta de enterrarse en los orificios del cuerpo humano, especialmente en los que están menos ventilados…

—Basta ya…

—Y hay pocos lugares menos ventilados que Sudescaleras…

—No quiero oírlo…

—Así que tus colegas tuvieron que llevarse arriba a los cadáveres. No les quedaba otra opción.

—Por esto te ganarás un enorme cubo extra de gachas —dijo Chyde suavemente—. Continúa.

—Yo no podía sospechar que la pobre cochinilla Nor conservaba todavía un cerebro en funcionamiento dentro del cráneo —prosiguió la Cerda—. Pero aparentemente así era. Se encaramó al trozo de puerta y se echó encima los cadáveres de los Cerdos. Por su bien, espero que se taponara todos los orificios a conciencia. Una vez la vi masticando cera de vela, tal vez precisamente con ese propósito. Sea como fuere, se la llevaron hace unos días, escondida bajo los cadáveres. Lo que le haya sucedido desde que abandonó nuestro feliz hogar, no puedo decirlo.

—Nada puede importarme menos —dijo Chyde, antes de volverse hacia Liir, que estaba pálido, temblando y haciendo esfuerzos por seguir respirando—. ¿Tan mal te lo tomas, muchacho? ¿Por qué? Por lo visto, la chica ha conseguido salir de aquí, y eso es algo que yo jamás habría permitido, por mucho que intentaras convencerme. No llores, niño tonto.

Después ordenó:

—¡Yibidí, el más pequeño!

—¡No, no lo haréis! —exclamó la Cerda, esforzándose por ponerse en pie.

Pero el elfo era más ágil y ya había rebuscado entre los tablones y la paja, y le había arrebatado el Cochinillo a la Cerda, antes de que ella pudiera situarse en posición de defensa.

—¡Maldito canalla! —gritó la Cerda.

—¡Qué descuido el mío! ¡Pobre Cerda! No me había dado cuenta de que tienes demasiadas preocupaciones. Esto aliviará tu carga.

Chyde agarró al Cerdito, que no dejaba de chillar, y lo arrojó contra una viga. Tuvo buena puntería. La sangre salpicó y el cuerpo cayó con un golpe seco en el comedero vacío.

Conmocionado, Liir cayó contra la valla, y la Cerda enloquecida cargó contra él; pero Chyde, riendo, apartó al muchacho justo a tiempo.

—Deberías haberle contado a alguien que estaban pasando todas esas cosas —le dijo a la Cerda—. Ser una cochina soplona no habría sido tan grave en tu caso. Además, todos tenemos que cumplir con nuestro deber: tú, yo y hasta la más modesta margarita del campo. ¿No crees?

# 8

La pantera había llegado todo lo lejos que podía ir y se había dado media vuelta. Sobre sus cabezas se había formado un dosel de ramas de pelorroble; pero en el poco tiempo que llevaban ausentes del convento, el viento había despojado a los árboles de las últimas hojas. Aunque ya se hundía hacia el horizonte, la luna chacala aún contemplaba a la hermana Doctora y la hermana Boticaria, mientras sus escarcos de altas grupas atravesaban el bosque a paso veloz. Los seres sin nombre aún volaban en círculos sobre ellas, siguiendo sus progresos.

—No me vendría mal parar un momento para orinar —dijo en cierto punto la hermana Boticaria—. Las mujeres munchkins no tenemos la vejiga tan grande como otras.

—En invierno los lobos salen al alba —replicó la hermana Doctora—, así que cierra la boca y controla la vejiga, si puedes, o méate en la montura.

# 9

Candela había visto suficientes muertes como para saber que Liir estaba a punto de morir. Respiró en él y lo besó lo mejor que pudo, frotando sus extremidades contra las suyas, para avivar el poco calor que le quedaba. Su cuero cabelludo parecía de hielo. Se quitó las enaguas e intentó usarlas para envolverle la cabeza, como un turbante, para conservarle vivo el cerebro. De vez en cuando, iba y le daba una patada a la puerta, con la esperanza de llamar la atención de alguna mónaca durante las devociones nocturnas, pero no pudo prolongar mucho tiempo el esfuerzo. No podía separarse de él. A medida que se enfriaba y se alejaba, ella se encendía más de pánico. Trepó encima del joven e intentó rescatarlo con su calor. Lo besó y le lamió los párpados como un gato, tratando de abrírselos. Ni siquiera sabía cómo eran sus ojos y estaba tumbada desnuda encima de él, como una esposa.

Liir se alejó de Chyde tambaleándose, con los ojos cerrados contra las lágrimas y el recuerdo del cerdito inocente. ¡Porque sí, sin motivo! ¿Entonces qué le habrían hecho a Nor, creyendo que tenían motivos para vengarse de ella?

—¡Si te pierdes aquí abajo, será tu responsabilidad! —le gritó Chyde, sin demasiada alarma en la voz—. No llegarás muy lejos y no habrá nadie que te ayude. Vuelve a casa cuando te hayas hartado de rondar por aquí y te daré una comida caliente. No hay razón para que no sea hospitalario contigo, siendo como eres invitado de lady Glinda. No soy una persona poco razonable. Vivo para servir, como mi querida ex esposa siempre me oyó decir.

Liir siguió dando tumbos; primero corrió, después tropezó hasta casi caer de rodillas, y finalmente volvió a correr. No sabía cómo encontrar el canal por donde habían llegado Caparazón y él. Arrojó lejos la antorcha, con la esperanza de que prendiera fuego alguna cosa y convirtiera todo el lugar en el infierno que parecía ser; pero la tea no hizo más que rodar un par de veces y caer al agua, donde chisporroteó hasta apagarse. El palo quedó flotando, como un trozo duro de excremento.

Pero la oscuridad era menos cerrada de lo que había previsto y, al cabo de un momento, pensó en mirar a su alrededor. Se encontraba en una pequeña plaza rodeada de edificios anónimos, con unas pocas puertas cerradas con cerrojos, posiblemente una zona de naves y almacenes. El lugar estaba vacío de transeúntes y era bastante silencioso, para estar donde estaba, y por encima de su cabeza se abría una profundidad de estrellas dispersas.

Su único pensamiento era que no quedaba nada, nada por lo que vivir, nada que esperar y nada que recordar. Las estrellas eran frías y él no podía saltar para aferrarlas, ni podía trepar con los puños por los nudos de su elevada red para llegar a un sitio diferente, que si no era seguro, al menos sería menos espantoso. Las estrellas sólo se burlaban de él, pues para eso habían sido creadas.

Se rodeó con sus propios brazos, porque allí el viento penetraba sin encontrar obstáculos. Se estiró la capa como una manta a su alrededor y aferró la escoba como si hubiese sido el Cerdito y él tuviera la capacidad de devolverle la vida con un esfuerzo de voluntad. Sus lágrimas eran calientes y desesperadas, el único calor del universo.

La escoba se agitó un par de veces y Liir la sacó del estuche. El instrumento se sacudió ligeramente y pareció más firme en su mano. La vieja paja polvorienta del extremo, unida mucho tiempo atrás en un haz desordenado, para que barriera, estaba renovada de verdor. El color se distinguía incluso en la penumbra estrellada. Era espadaña o alguna otra hierba a punto de florecer. Él no conocía la planta.

Pasó la pierna sobre la escoba sin pensarlo, se agarró con fuerza y, así montado, subió por la corriente de aire, desde el infierno hacia la noche.

## 10

Cuando ella oyó que la llave abría la puerta, recuperó la compostura, recogió el pelo que se le había derramado sobre la cara de él y bajó de la cama.

La madre Yackle sonreía, casi como si tuviera algún pensamiento sensato en la cabeza, aunque según las otras novicias estaba senil desde mucho antes de lo que cualquiera podía recordar. La vieja inválida se situó detrás de la puerta y bajó la cabeza, como concediendo a Candela un momento de intimidad para arreglarse.

Liir se agitaba y suspiraba. Aunque sus ojos aún estaban cerrados, los dos párpados temblaban levemente. Una de sus manos se crispó y volvió a aflojarse.

Para cuando la luna chacala se hubo ausentado por espacio de otra generación y la mónaca superiora subió la escalera de la enfermería con la hermana Doctora y la hermana Boticaria —sus agentes que acababan de regresar—, Liir y Candela también se habían marchado.

# EL EJÉRCITO

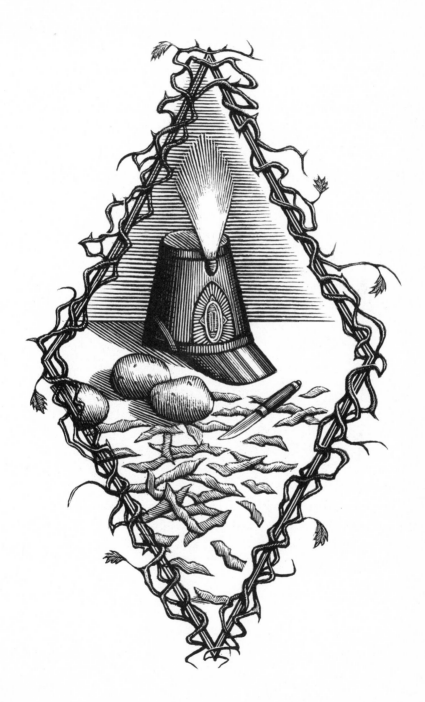

Un concepto de la personalidad que no ha caído tanto en el descrédito como en el olvido sostenía que las personas sólo cobraban conciencia de sí mismas cuando ya habían iniciado el camino de la vida. El despertar les llegaba, si tenían la suerte de ser conscientes, en el acto de hacer algo que ya sabían hacer, como comer moras, pasear al perro, atarse el cordón roto de una bota o cantar antifonías en un coro. De pronto, se decían: ahí estoy yo, la niña que desafina cantando la voz de alto, o el niño que corre detrás del perro, y soy capaz de verme haciéndolo, como presumiblemente el perro no es capaz de hacer. ¡Qué raro! Me pongo de puntillas al final del muelle para zambullirme en el lago porque tengo calor, y aunque los conceptos de «calor», «lago» y «yo» se encuentren aislados como especímenes conservados en la placa de vidrio del verano, los tres convergen en una conciencia de la conciencia, en el instante entre el salto y la caída, antes incluso de que atraviese la superficie del lago como una bala de cañón, destrozando a la vez mi reflejo en el agua y mi anterior concepto de mí mismo.

Eso es lo que antes se creía. Ahora no parece importar demasiado cuándo y cómo llegamos a ser nosotros mismos, ni tampoco lo que llegamos a ser. Se suceden las teorías sobre lo que somos. La única constante es la abjuración de la responsabilidad personal.

Somos lo siguiente que soñará el Dragón del Tiempo y no hay nada que hacer al respecto.

Somos el caprichoso bosquejo de la burlona Lurlina; somos risibles, ornamentales y no más culpables que una ramita de lavanda o la ramificación de un rayo, y no hay nada que hacer al respecto.

Somos un experimento de ética situacional organizado por el Dios Innominado, que al mantener su identidad en secreto esconde también el alcance del experimento y nuestras probabilidades de éxito o fracaso, y no hay nada que hacer al respecto.

Somos vertiginosas secuencias de conversiones químicas y nuestras acciones nos convierten. Somos retorcimientos de genes y nuestras acciones nos retuercen. Somos maleables cirios de ardientes neurosis y nuestras acciones nos vuelven malos. Y no hay nada que hacer al respecto. Nada que hacer.

En algunos de los rincones más humildes de Oz, se rumoreaba desde hacía tiempo que Elphaba Thropp, la Malvada Bruja del Oeste, había nacido sabia, con el alma ya formada y de algún modo consciente. ¿Cómo explicar si no la boca llena de afiladas tajaderas, no tanto perlas de bebé como dientes de pitón, que según algunos presentaba al nacer? Había venido al mundo conociendo de antemano su corrupción, y ya en el vientre materno se había preparado para hacerle frente lo mejor que había podido, desarrollando esos dientes.

Al menos, eso decían.

No todos nacen siendo brujas o santos. No todos nacen con talento, torcidos o afortunados; los hay que vienen al mundo sin ninguna característica definida. Somos una fuente de vibrantes contradicciones, la mayoría de nosotros: hermosos en el concepto, si tenemos suerte, pero a menudo tediosos o lamentables en el proceso de encarnar la idea.

Las institutrices de las clases adineradas solían decir que era preciso proteger a los niños del espectáculo de la crueldad o la fealdad, para conservar mejor algún retazo de inocencia. En cambio, las abuelas campesinas y las tías solteronas (como Nana, que había ayudado a criar a Elphaba) no eran sobreprotectoras ni indulgentes. Creían que era bueno para un niño saber la suerte que corrían los pollos cuando se acercaba la fiesta de la Natividad de Lurlina. Era mejor conocer (de lejos) las maldades perpetradas contra los débiles, los desprevenidos y los desafortunados.

Sin embargo, ambos enfoques pedagógicos partían de un mismo supuesto: considerar el crecimiento y el cambio como reacción a las condiciones encontradas. Pero con igual facilidad se podría argumentar que es obligación del mundo reaccionar ante los niños. Por la fuerza de su personalidad, su perversa belleza y sus modales indómitos, los niños irrumpen en el mundo listos para deformarlo. Los niños no renuncian a nada cuando se enfrentan al mundo; es el mundo el que cede, una y otra vez. Y desde luego, cediendo, se renueva; ése es su secreto. Morir para vivir y ese tipo de cosas.

Habría que catalogar las miles de formas en que la gente evita lanzarse a la vida, como si el azar y el cambio fueran tóxicos por naturaleza, como si fueran a desfigurarles la cara. Elphaba, cuyas simpatías eran mucho más sustanciales que su suerte, al menos había luchado con los interrogantes. Había empujado y gritado, hasta llegar a hacerse verdaderamente incómoda para los demás.

Por el contrario, Candela, la chica quadling, interpretaba las cosas como una autómata, traduciendo el texto de un mundo cuya naturaleza fundamental aún no comprendía y quizá no comprendiera nunca. ¿Sería posible reducir la diferencia entre una Elphaba y una Candela a una mera cuestión de profundidad de campo: el gran panorama en contraste con la atención a los detalles?

Liir, por su parte, no había sido un niño inteligente. Ni siquiera a las puertas de la pubertad se había parado a pensar en las paradojas de su existencia. Se imaginaba a sí mismo más parecido a Chistery, el más importante de los Monos Nivales, que a Nor y sus hermanos, Irji y Manek. El Mono tenía un sentido más bien tambaleante del lenguaje, pero tendía a la solidez. Cumplía con sus obligaciones sin quejas ni olvidos, y nunca pedía nada, más allá de las necesidades básicas. Incluso con catorce años, Liir no había pedido mucho más que Chistery.

Pero recordaba que Nor les hablaba a las estrellas, cantaba en armonía con los torrentes de la montaña y amaba a todas las criaturas, sin importarle si su inicial se escribía con mayúscula o con minúscula, si eran Animales o animales. Estaba como una cabra, pero como una cabra en el campo, en compañía de sus congéneres. Eso había pensado él, sin siquiera darse cuenta de que lo estaba pensando. Esa tonta de Nor era una criatura aparte y no sólo como niña, aunque eso también, desde luego, sino como fragmento de posibilidad humana. Su imaginación era empática. ¿Y Liir? Él apenas contaba.

Con frecuencia los niños se definen en relación con sus padres, ya sea imitándolos o esforzándose hasta el límite de sus posibilidades para no parecerse a ellos de ninguna manera. Puesto que tanto la identidad de su padre como la de su madre estaban en duda, Liir no se veía a sí mismo como heredero del carácter de nadie y mucho menos de Elphaba. En sus últimos meses, encorvada y ensimismada, murmurando y rebuscando entre el escritorio, el atril y el alféizar de la ventana, parecía más un escorpión tembloroso que una mujer. En reposo, sus dedos solían curvarse hacia arriba como una garra, o como los pétalos de una flor que se hubieran desordenado. Su mano estaba siempre tendida, siempre abierta, lista para recibir y aferrar lo que cayera en ella. No se parecía en nada a Liir, que se agazapaba.

En el género humano —pensaban los Animales, incluso los más amargados y hastiados—, hay muchas maneras de estar equivocado, pero relativamente pocas de ser joven. Por su generosa visión del mundo y el insaciable apetito que el mundo les despierta, los jóvenes han de ser perdonados.


En algún lugar de la sulfurosa corriente ascendente, por encima de las grandes fauces de Sudescaleras, Liir fue parido por una oscura y vil matriz, y expulsado a la noche. Volvió en sí montado en una escoba, docenas de metros por encima de la atalaya más alta. Hubo una bolsa de viento que casi lo tumbó de lado y lo obligó a juntar automáticamente las espinillas, mientras sus brazos se aferraban con más fuerza aún a la escoba, por puro instinto. Eran Liir, el viento, la altura y las estrellas; y también la soledad, la soledad, la soledad. Los conceptos eran netos y definidos, y repentinamente se vieron templados y afianzados por un proceso que no pudo identificar. ¡Quizá el miedo a las alturas! De pronto, su *liiridad* entró en acción, y lo hizo en él y en nadie más.

No sabía lo que significaba la *liiridad*, y sintió pena de que Elphaba no estuviera a su lado para arquear irónicamente una ceja o lanzarle un comentario sarcástico. Puede que los punzantes comentarios de la Bruja lo hirieran, pero podría haberse complacido en el dolor de esas heridas, ahora se daba cuenta. ¿Quizá superándolos? No, transformándolos.

Un Liir doliente era un Liir real.

Fuera como fuese que había llegado hasta allí –acomodado sobre el inestable cojín de una corriente térmica, aprendiendo a deslizarse por el pasamanos de la noche–, no había nadie que lo hiciera, excepto Liir.

La Ciudad Esmeralda lo contemplaba boquiabierta, sin entender lo que veía. Él era la mota de ceniza de una hoguera, un fragmento de brasa arrojado al viento. Y el viento era tremendo; le agarró el borde de la capa y la desplegó sobre sus hombros, hasta dejarla ondeando tras él, como una mancha.

Él, por su parte, veía la ciudad como pocos la habían visto. Bueno, ¡Elphaba debía de haberla visto así! Y cualquiera que hubiese tenido la suerte de cabalgar un Pfénix, esa rara criatura. Era como contemplar la maqueta de una ciudad, construida por una mano de una habilidad inverosímil: cientos y cientos de edificios, grandiosos y humildes, de brillante embaldosado y negros de hollín. Una ciudad levantada sobre una suave pendiente, como ahora podía ver: largos y tajantes bulevares, paseos curvos, un laberinto de calles, canales, parques y plazas, miles de pasajes, decenas de miles de callejuelas y cientos de miles de ventanas en broncíneo parpadeo. Un órgano resplandeciente, como el corazón iluminado del mismísimo Oz, hincado en la carne de la tierra, palpitando con vida propia, acicalado con monumentos y desfigurado por los *grafitti* de los árboles rotos, con el palacio del Mago en pleno centro de todo, como un cáncer en el paisaje.

Dolido por haber perdido la oportunidad de salvar a Nor, conmocionado por el imprevisto vuelo y confuso acerca de lo que debía hacer a continuación, era cada vez más propiamente Liir, con cada aliento sucesivo.

Sobrevoló en círculos la Ciudad Esmeralda, temeroso de volver a estar medio muerto si aterrizaba. ¿Cómo era posible que alguien pudiera vivir sin volar?

Así fue cómo comenzó la adolescencia de Liir, o cómo comenzó de nuevo, como si todo lo que había pasado antes le hubiese sucedido a otra persona.

Pero le parecía asombroso haber tenido el valor de viajar a campo traviesa con esa Dorothy. ¿Valor? Quizá había sido solamente mera ignorancia de las dimensiones y la perfidia del mundo.

La escoba lo depositó en el muelle empedrado que había cerca de uno de los canales más pequeños. El viento soplaba con fuerza, por lo que los vagabundos estaban amontonados, con la mirada fija en las hogueras hechas con restos de madera y tablas robadas de las vallas. Nadie lo vio aterrizar.

Coraje no era lo que sentía, pero sentía algo y eso ya era suficientemente raro. Una fría exaltación, tras enterarse de que Nor había escapado y estaba viva. Herida, perseguida y acosada, pero viva.

Anduvo un rato por el muelle, pero advirtió que allí hacía más frío y se escabulló por una callejuela. La escoba iba dando tumbos sobre su hombro, mientras él caminaba en busca de un lugar donde dormir. Los golpes en el hombro se volvieron más fuertes, como si la escoba le estuviera dando palmoteos de felicitación, pero eso no podía ser; simplemente, estaba andando con paso saltarín.

Después de un momento, se puso a brincar, seis u ocho veces seguidas, feliz como un niño que juega a «salta, salta, sapito». Cualquiera que hubiese mirado por una ventana lo habría tomado por idiota, pero a él no le importó.

Toda una noche de sueño profundo bajo una montaña de heno en el mercado no sirvió para aplacar su entusiasmo, ni tampoco para inspirarle un plan. Al final volvió a la casa de lady Glinda, en la plaza Mennipin. Quizá ella pudiera concertar otra entrevista con el comandante Cherrystone, que tal vez fuera capaz de averiguar lo que le había pasado a Nor después de salir clandestinamente de las profundidades. O quizá lady Glinda tuviera una vacante para un limpiabotas o para un hijo.

El lacayo que había hablado la primera vez con Liir le informó de que lady Glinda había partido hacia Mockbeggar Hall, la mansión de los Chuffrey cerca del lago Restwater, para hacer buenas obras entre los campesinos pobres. A la señora le gustaba mostrar su generosidad de vez en cuando: le calmaba los nervios y hacía que se sintiera más feliz en su matrimonio. Se había llevado consigo a los miembros del gobierno, con la esperanza de que una tarde soleada cazando perdices promoviera la camaradería y la comunión de propósitos en el seno del gabinete, o de que al menos uno o dos de los ministros más insoportables fueran alcanzados por un disparo en un desagradable accidente de caza. ¡Había que abatir más de un tipo de perdiz!

Al menos así lo había contado el lacayo, con cara de estar al corriente de todo. No; era imposible saber cuándo iba a regresar la señora. En su ausencia, la casa confiaba su seguridad a una jauría de bratweilers, una raza que no destacaba precisamente por su docilidad. Y por favor, que se quitara Liir esa librea, para que el nombre de la Casa de Chuffrey no se viera mancillado por las tropelías que seguramente acabaría cometiendo.

A Liir le alegró obedecer. Su ropa vieja, rescatada del cubo de la basura, le fue arrojada a la cara. Mientras se metía serpenteando en las viejas prendas, el muchacho notó que le quedaban más pequeñas que de costumbre, como si los miembros le hubieran crecido después de un único vuelo.

El resto de su vida y todas sus posibilidades se abrían ante él como un paisaje, y no pudo evitar hacer tres o cuatro inspiraciones rápidas y profundas para saborear el día. El aire tonificante le aceleró la sangre. Se sentía tan ágil y lleno de energía como aparentaba ser Caparazón. Habría podido cometer un crimen, o... bromear en la calle con un grupo de amigos, o... hacerle un guiño a una chica y pedirle un beso. Es lo que hacía la gente. Él también podía.

Muy pronto. Antes respondió a la llamada de un carrillón y acudió a la ancha escalinata de una iglesia. Conservaba un vago recuerdo de las oraciones de las mónacas, pero no de los servicios religiosos, y esa mañana se sentía digno de sentirse humilde. Se prosternaría ante lo que encontrara allí dentro, fuera lo que fuese, y daría las gracias al Dios Innominado por haberlo conducido tan cerca de Nor. Y le preguntaría qué hacer después.

Las puertas estaban abiertas de par en par y el servicio acababa de empezar. ¿Sería un día de fiesta y él no lo sabía? ¿O estarían siempre tan atestadas las iglesias de la Ciudad Esmeralda? Asomándose entre los hombros erguidos de los caballeros que permanecían de pie en el vestíbulo, Liir pudo ver la sala amplia y luminosa, donde una especie de predicador recitaba desde un púlpito, ante un mar de rostros transfigurados por la emoción o, en cualquier caso, por la atención.

—Estoy seguro de que nuestro Dios Innominado espera de nosotros convicción y perseverancia. Estoy seguro de que nuestro Dios Innominado nos ha otorgado el privilegio de la obediencia. Ante la incertidumbre, lo único seguro es el valor de la certidumbre. Y el Dios Innominado nos concede el bálsamo de la certidumbre.

«Está seguro de muchas cosas —pensó Liir—. ¡Qué consolador es encontrarse dentro del radio de alcance de tanta confianza! ¡Y cómo dice a cada momento "nuestro Dios Innominado"! Lo mismo podría decir "mi Dios", por lo bien situado que está. La gente suele decir "¡Dios mío!" cuando por lo general quiere decir "¡vaya mierda!", pero él se refiere a algo mejor.»

Liir se puso de puntillas. El predicador era un hombre mayor de aspecto afable, ni apuesto, ni vulgar; sus facciones eran corrientes, pero radiantes por el esfuerzo de explicar el Dios Innominado a todas esas personas piadosas, devotamente interesadas. Recordaba en cierto modo a una marioneta animada y los mechones de pelo que le asomaban detrás de las orejas adquirían cierto matiz rojizo, por las vidrieras de colores que tenía detrás.

—Prosigamos con la celebración del Agradecimiento por haber sido librados de la Bruja. Nuestra independencia respecto al Mago y nuestra liberación de la Bruja ofrecen a Oz nuevas oportunidades de grandeza. La señorita Grayling nos dirigirá en el undécimo himno: «Una verdad, sólo una y nada más.»

Liir no estaba seguro de haber oído bien. La sala estaba demasiado repleta. De pronto hubo un rumor de faldas y un movimiento de botas, a medida que la gente se ponía de pie para cantar. Él no conocía el himno, pero la letra era bastante sencilla.

*No hay más que una verdad:*
*tu plan secreto y divino.*
*Con miedo y necesidad,*
*confiamos en Tu camino.*

El coro cantó una estrofa ininteligible y el estribillo empezó de nuevo. Esta vez, Liir intentó unir su voz a la de la congregación, pero un sacristán lo agarró por el cuello y lo arrastró de espaldas hasta la puerta.

—Sé muy bien a qué has venido —dijo el sacristán—. El dinero que encuentre en esos bolsillos irá directo al cepillo.

—¡No soy ningún ladrón! —protestó Liir.

—¿Ah, no? ¡No veo que vayas vestido para ir a misa!

Era cierto lo que decía el sacristán. Comparado con la devota congregación en ruidosa plegaria, Liir parecía un campesino.

—Si vuelvo a sorprenderte ahí dentro, se lo diré al guardia, que está sentado en la última fila, listo para entrar en acción.

—Lo siento —se disculpó Liir.

Sin embargo, descubrió que desde el último peldaño de la escalinata se oía casi igual de bien el servicio y, además, el aire era más agradable fuera, menos cargado de perfumes e incienso.

Al pie de la escalera holgazaneaba un grupo de niños de la calle, el mayor de los cuales debía de ser por lo menos cuatro o cinco años menor que Liir. Los chicos lo miraban como si fuera uno de ellos.

—¿Vosotros tampoco entráis? —les preguntó.

—Nunca nos dejan —dijo uno.

—Nunca hemos querido —añadió otro.

—Ah, ya veo. ¿No tenéis frío?

—No —respondió una niña pequeña que había perdido varios incisivos—. Nos peleamos a menudo, para entrar en calor.

—Es bonita la canción —dijo Liir—. ¿No la oís desde ahí abajo?

—No sabemos cantar himnos.

Liir empezó a tararear la melodía y bajó un par de escalones.

—No hay más que una verdad —declamó con entusiasmo—: tu plan secreto y divino.

A los niños les gustó la idea de un plan secreto y divino.

—¿Cómo es ese plan? —preguntó la niña medio desdentada.

—¡Es secreto, estúpida! —respondió el niño mayor.

—¡Cállate! —dijo Liir, feliz de llevar la alegría y la religión a las masas—. Tu plan secreto y divino… ¿lo habéis entendido? Tarará no-sé-qué, confiamos en Tu camino. Ahora vendrá otra estrofa y después volverán a cantarlo. ¿Todos listos?

—¡Eres un clérigo harapiento! —dijo una niña mayor, pero ella se puso a cantar cuando empezó otra vez el estribillo y los otros la imitaron, con más exaltación que acierto, hasta que el sacristán salió con el guardia y todos tuvieron que dispersarse.

—Gracias —dijo el líder de los niños—, ahora tenemos una canción, pero seguimos sin desayunar. ¡Vamos, saqueadores! ¡Vamos a robarles el pan a las palomas de las fuentes de Ozma!

—Seguramente habrá más comida que llevarse a la boca —dijo Liir—, ahora que han derrocado al Mago.

Los niños se echaron a reír sin dejar de correr, como pueden hacer todos los niños, aunque sean niños de la calle mal alimentados.

—¿Qué? ¿Lo dices porque ya no estará aquí para comerse su porción? ¡Eso habrá que verlo!

Sin amilanarse, Liir estuvo vagabundeando un rato, hasta que llegó a un pequeño hospicio. Había un cartel que rezaba «CIRUGÍA PARA INSENSIBLES» y debajo colgaba la imagen de madera de unas tijeras, en el acto de cortar las cabezas de un ramo de margaritas.

Esta vez no cometió el error de presentarse en la puerta delantera, sino que se adentró por el callejón de atrás hasta encontrar otra entrada. Una agraciada joven vestida con una capa morada de lunares salió a la puerta cuando él llamó.

—Estoy buscando a una chica arjiki de unos dieciséis años que acaba de huir de la cárcel y probablemente se encuentra mal de salud. ¿Por casualidad no habrá venido aquí?

—Aquí sólo recibimos a los viejos.

—Bueno, entonces —arriesgó—, he venido a ofrecer mis servicios.

—No tenemos dinero para contratar a un criado.

—No necesito dinero; sólo un lugar donde dormir y algo de comer de vez en cuando. Puedo ayudar a cuidar a los insensibles. Tuve una vieja niñera, Nana, que necesitaba toda clase de cuidados. Sé hacerlo y no me importa.

—Cuando terminamos con ellos, no necesitan mucha ayuda —dijo la mujer—. Ya no se preocupan tanto por lo bueno o lo malo que pueda pasarles, y eso es una bendición, ¿no crees?

—Supongo que sí. Sólo estoy intentando ser útil —explicó.

«Mi vida ha empezado hoy», le hubiera gustado añadir, pero la joven parecía demasiado malhumorada para asimilarlo.

—No me sorprendería que el notario te haya enviado a espiarnos —dijo ella—. Aquí sólo tocamos a los pacientes, no sus testamentos. Hemos quedado libres de toda sospecha un montón de veces. ¿Por qué nos seguís atormentando? ¿No debería aliviarse la opresión, ahora que el Mago y su gobierno se han ido del Palacio?

—No vengo del Palacio —repuso, en parte ofendido, pero también impresionado. ¿Sería posible que ya pareciera tan mayor y competente?

—Si no te marchas, te suelto al gato. —Se subió la manga y mostró el brazo izquierdo en carne viva, con costras y cardenales—. Al contrario que otros, no se porta muy bien desde que lo castraron —añadió en tono siniestro.

Liir tuvo la sensación de que si había un gato en la casa, sería un Gato. Se echó atrás.

—¿No me permitirías pasar para entrar un momento en calor? —empezó a decir, pero ella ya había cerrado la puerta.

Pasaron los días y se alegró de haber oído hablar del pan viejo que daban a las palomas en las fuentes de Ozma. Gracias a eso consiguió sobrevivir. No era tan ágil para hacerse con la comida como algunos de los niños de la calle, pero tenía las piernas más largas y se las arreglaba bastante bien. Por la noche tenía la ventaja de la capa, que usaba a modo de manta, por lo que dormía más abrigado que muchos.

Preguntaba por Nor, pero la Ciudad estaba llena de niños vagabundos, y para los buenos burgueses de Oz, los niños de la calle eran anónimos, cuando no invisibles. Nadie había visto a una chica arjiki sola, y «será mejor que te largues, antes de que llame a la autoridad».

Pensó en la princesa Nastoya, pero ¿qué podría haber hecho? El famoso Mago de Oz, otorgador de deseos, no iba a escenificar su regreso únicamente para que Liir pudiera rogarle en nombre de la vieja Elefanta. Y no había nadie más a quien pedirle nada.

Decidido a no acobardarse, Liir comenzó a merodear por el cuartel del ejército situado del lado de dentro de la puerta meridional, conocida como la «Ratonera Munchkin», en alusión a la diminuta estatura de los de ese pueblo. Era obvio que los miembros de las Milicias de la Ciudad Esmeralda estaban mejor alimentados que los pobres debajo de los puentes. Al cabo de un tiempo, Liir pensó que el ingreso en las Milicias le aliviaría el hambre, mientras pensaba qué hacer. Y quizá descubriera que dedicar su vida al servicio militar reportaba dividendos.

Después de meter la vieja capa en un saco y apretar hasta dejarla tan compacta como le fue posible, Liir se unió al tropel de muchachos vagabundos que jugaban al bolaganso con los soldados, en la hora de ejercicios libres. Los chicos esperaban merecer el regalo de una galleta, una moneda o un poco de tabaco, pero Liir quería algo más. Aguardó el momento oportuno y reforzó su temple.

Una tarde, una repentina tormenta de granizo se abatió desde los Kells. Todos corrieron en busca de un techo y Liir se metió en un estrecho portal abovedado de techo bajo, donde apenas había sitio para una sola persona. El soldado que ya estaba dentro no era más que uno o dos años mayor que Liir, por lo que trabaron conversación mientras esperaban a que amainara la tormenta.

El soldado, orgulloso de su puesto de pífano menor en la banda musical de las Milicias, le indicó a Liir dónde y cómo presentarse, y qué decir para captar la simpatía de los oficiales de reclutamiento.

—No les digas que no sabes quiénes fueron tus padres —le aconsejó—. Los oficiales son un hatajo de histéricos y creen que todos los supuestos huérfanos que se presentan vienen enviados por sus padres, que pretenden infiltrarlos en las Milicias para una futura insurrección. Si de verdad eres huérfano, miénteles. Diles que como tus padres no pueden parar de fornicar, acaban de tener al duodécimo bebé y te han echado de la pocilga donde vivías con tu familia. Eso lo entenderán. Muchos de ellos tienen hambre de fornicación.

A su tiempo, Liir siguió el consejo y comprobó que era bueno. Aunque otros ocho jóvenes de mejillas macilentas se presentaron a la misma entrevista, sólo las respuestas de Liir fueron lo bastante inteligentes como para que lo admitieran. Le dieron un número, un catre en un barracón, un vale para las comidas, una llave, un rango (pinche segundo) y un trabajo, haciendo lo que su rango indicaba: pelar patatas en la cocina del economato, mañana, tarde y noche. Por lo visto, los miembros de las Milicias comían muy poca cosa, aparte de patatas.

Aun así, ¡ahí estaba! ¡Ahí estaba! Parecía demasiado bueno para ser cierto. Tenía un bonito uniforme, heredado de algún otro (conservaba varias manchas que los lavados no habían podido borrar del todo, y una de las mangas había sido sustituida por otra nueva, hecha con una tela más barata), pero el uniforme era bonito. Venía con una gorra que tenía una absurda visera rígida delante y un arrogante penacho color morado en lo alto. El pertrechador localizó también un par de botas con los tacones gastados y las puntas ensanchadas, pero todavía en uso, porque eran enormes y tenían cabida para un par extra de calcetines en la punta, una excelente protección contra el frío.

De vez en cuando, Liir veía de lejos al soldado parlanchín que se había hecho amigo suyo en el portal, pero él estaba asignado a otra división. En cualquier caso, Liir había resuelto mantenerse en un cómodo anonimato, por lo que no iba buscando amigos, ni en su división ni fuera de ella.

Una mañana, en el patio, mientras bajaba sacos de patatas del carromato que las traía, vio al comandante Cherrystone que llegaba en una berlina. Parecía cansado. Liir se mantuvo apartado y guardó silencio, pero se inventó un sinfín de razones para quedarse por los alrededores. Estuvo observando al comandante mientras éste hablaba con un sargento. El comandante bebió café en un taza de porcelana e inspeccionó un terreno destinado a la construcción de letrinas nuevas, o más cuarteles, o alguna otra cosa. Después desapareció en el interior del cobertizo del capataz, con un rollo de planos bajo el brazo.

Una o dos horas más tarde volvió a salir, con un cigarrillo entre los dedos enguantados. Liir se acercó al comandante Cherrystone y volvió a presentarse, con una discreción y una amabilidad nuevas en él, que ocultaron lo que quedaba de su desaprobación. Cherrystone aún podía serle útil.

—Sí, sí —dijo el comandante, distraído.

Liir ni siquiera estaba seguro de que lo recordara, pero Cherrystone lo escuchó amablemente y le dijo que intentaría averiguar lo que pudiera acerca del procedimiento habitual de eliminación de cadáveres en Sudescaleras.

—Pero no esperes una respuesta inmediata —añadió—. Tengo muchas cosas entre manos. Hay mucho que hacer para la defensa de nuestra ciudad.

—¿Ah, sí? Pero no estamos en guerra, ¿no? Yo creía que habíamos conseguido la paz.

—Tu encumbrada protectora, lady Glinda, piensa que todo es coser y cantar. Le gustaría que así fuera. Pero dada la incertidumbre de la situación política, la economía necesita estímulos, y la amenaza de guerra es un gran incentivo para el gasto. Es el magreo fiscal.

Liir no sabía qué significaba eso. Pero estaban pasando cosas. Durante semanas primero y durante meses después, alimentó con patatas a los fornidos soldados que cavaban fosos y transportaban la tierra desde el lugar de las obras, y que finalmente emprendieron el trabajo aún más fatigoso de colocar en su sitio las piedras enormes de unos cimientos. Liir se alegró de ser esmirriado, porque su físico se prestaba más al trabajo en la cocina que al de cargar piedras. Pero poco a poco fue deduciendo que, pese a su nula infancia en las montañas de un lugar remoto, no era tan obtuso como había imaginado.

Tampoco era como para sentirse orgulloso. Era un zoquete en todo lo referente a la política nacional. Tenía poca instrucción y menos práctica aún en el terreno de la retórica. No se habría atrevido a expresar una opinión sobre la situación actual, porque la desconocía casi por completo. Nadie se molestaba en hacer circular las noticias por el cuartel, y la conversación a las horas de las comidas solía versar sobre putas y magulladuras. Nada más.

Liir descubrió más bien que por el solo hecho de haber vivido cerca de Elphaba, en su compañía, había adquirido… algo. No era poder, ni era la intuición que ella parecía tener hasta en la última de sus pestañas. Tampoco conocimientos. Era otra cosa… quizá buen oído para escuchar. ¡Ojalá hubiese podido encontrar la manera de obrar un hechizo! Era la habilidad máxima del lenguaje, una capacidad que Elphaba tenía a espuertas y que, sin embargo, sólo utilizaba en raras ocasiones y de mala gana. ¿Qué es un hechizo, después de todo, si no una manera de persuadir a las sílabas para que se unan de tal modo que se forme una palabra nueva… se aclare una imprecisión, se nombre algún nombre… y se obre un cambio?

Pese a su vuelo con la escoba, Liir estaba seguro de no tener instinto para la magia. Era la escoba la que había logrado la hazaña; él se había limitado a cabalgarla y nada más. Si en algún momento hubiese sentido el más leve estremecimiento de una intuición o capacidad, habría saltado sobre la escoba como un gato sobre una rata. No, él era más lerdo que los otros chicos de la cocina, incluso para las cosas más básicas. Ni siquiera era capaz de predecir cuándo iba a tener que ir a las letrinas.

Pero a veces se sorprendía redondeando sílabas en la boca, silenciosamente, como cantos rodados. Se sabía tímido y sabía que lo consideraban tonto; sin embargo, estaba empezando a sospechar que no era ningún estúpido. Quizá ni siquiera era lerdo, sino únicamente falto de instrucción. Pero esperaba poder instruirse.


El comandante Cherrystone no volvió a buscar a Liir para contestar a su pregunta sobre Nor. Cuando pasaron varias semanas sin que el comandante diera señales de vida ni su edecán le transmitiera ningún mensaje, Liir comenzó a presentar el asunto a otros miembros de las Milicias. Con mucha cautela, comenzó a hacer circular un rumor que se había inventado: habían sacrificado a una pareja de Cerdos Cornudos en Sudescaleras… porque los Cerdos tenían poderes mágicos. Sus cadáveres habían sido retirados, antes de que contagiaran a los otros reclusos con sus poderes hechiceriles. ¿Sería cierto? Los chicos de la cocina, ávidos de historias de encantamientos, recibieron el rumor como si se tratara de la verdad revelada. Liir esperaba que su invención topara en algún momento con un desmentido que le ofreciera información útil sobre el procedimiento real de eliminación de los Cerdos y, por extensión, sobre el paradero de Nor. Pero la información tardaba en llegar.

El invierno irrumpió con gélida vehemencia. A Liir se le enrojecieron las manos y se le cubrieron de sabañones, por el agua donde dejaba caer las patatas. Al menos no se estaba muriendo de hambre o de frío en la calle, donde la nieve mataba a la gente por docenas. Decidió esperar su momento. Se alegraba de poder dar de comer a los hombres que trabajaban en las obras. Ellos ya habían terminado de acarrear piedras, pero incluso con ese frío los obligaban a izarlas y a colocarlas, usar la plomada y enrasar. Había pocas cosas que les aliviaran el frío.

Los soldados creían que estaban construyendo un cuartel aún mayor, como si en cualquier momento fueran a multiplicarse los efectivos de las Milicias, o quizá hangares para la artillería defensiva que supuestamente se estaba desarrollando. Durante un breve paréntesis sin nieve, montaron y apuntalaron un tejado de abrupta pendiente y, cuando volvieron las heladas, dieron forma al interior del edificio a marchas forzadas. Poco después, un clérigo unionista con las vestiduras ceremoniales ocultas debajo de una pesada capa de pieles se presentó en la escalinata. Con incensarios humeantes y gestos rituales, señaló al Dios Innominado, y la obra inacabada quedó consagrada como basílica.

La basílica estuvo más o menos lista para funcionar en torno a la Natividad de Lurlina. Ciertamente, el culto pagano a Lurlina, el hada a quien se atribuía la fundación de Oz, había caído en desgracia y quedaban muy pocos que lo practicaran, aparte de los campesinos analfabetos. Pero aun así, la vieja festividad se seguía celebrando. El lurlinismo había sido silenciosamente absorbido por la cultura común, entre otras cosas porque las cajas de los comercios funcionaban a pleno rendimiento durante la temporada festiva.

La Natividad de Lurlina fue una agradecida distracción de la angustia que el cambio de gobierno había suscitado en Oz, aunque ya hacía medio año que se había marchado el Mago. A todos les cayó una lluvia de regalos, excepto a Liir. Había preparado una historia sobre la firme devoción unionista de sus padres y su rechazo de toda costumbre pagana, pero no le hizo falta mentir, porque nadie le preguntó por la ausencia de regalos junto a su litera. Sus compañeros recibieron paquetes envueltos en papel dorado, tonterías sin valor, prendas de vestir muy útiles y monederos con pequeñas cantidades de dinero, perfumados con clavo de olor. Él recordó el día en que Nor le había dado la cola de su ratoncito de pan de jengibre y se le hizo agua la boca, pero tuvo que tragarse la saliva.

La basílica tenía capacidad para un millar de feligreses, por lo que todos pudieron asistir al servicio estrictamente unionista celebrado el día de la Natividad de Lurlina. Liir distinguió al comandante Cherrystone en las filas delanteras.

Un capellán invitado, con el labio inferior colgante, subió trabajosamente al púlpito y entonó el comienzo de una homilía. La plegaria cantada se fue apagando, hasta convertirse en una diatriba contra la moral relajada de la época. La mayoría de los soldados se quedaron dormidos al instante, apoyados unos contra otros; pero Liir había oído tan poca retórica religiosa que mantuvo la espalda erguida y escuchó hasta el final. Al intuir quizá el predicador que había alguien en las filas centrales, a la izquierda, que verdaderamente le estaba prestando atención, la prédica mejoró.

El clérigo se agarró a los bordes del atril y empezó a balancearse a los lados.

—¡A cada momento, incluso en el hogar decoroso y decente que os proporciona aquí el ejército, surgen extravagantes rumores de sublevaciones mágicas! ¡Como gorgojos en el trigo, como gusanos en el asado!

Su tono de voz o quizá la mención de la magia sacaron del sueño matinal a la congregación.

Para dejar en evidencia las blasfemias apócrifas, el ministro de la iglesia repitió algunas de las historias que circulaban por la ciudad.

—El atractivo de la magia es puro y simple pfielismo: ¡la fe del placer, que seduce con sus brillos superficiales! —despotricó—. ¿Convertir un pez en un miriñaque o en un plumero? ¡Pura distracción! ¡Nada más que un juego de manos! ¡Pero convierte un pez en un filete de pescado para dar de comer a tu madre hambrienta y entonces sí que aplaudiremos esa magia! ¡La magia de la caridad humana!

Liir habría querido aplaudir. ¿Y quién no? Pero como nadie se movía, volvió a apoyar las manos sobre las rodillas.

—Las leyendas urbanas surgen cuando los tiempos son malos —prosiguió el clérigo—. ¡Dicen que Ozma volverá para gobernar a los pobres! ¡Que en el desierto lloverán tostadas untadas con queso de cabra a las finas hierbas para alimentar a los hambrientos! ¡Que los Cerdos Cornudos, al sacrificarse, confieren inmunidad mágica a los presos de Sudescaleras y los ayudan a sobrevivir su reclusión!

Liir estuvo a punto de saltar de su asiento.

—¡No y no! —prosiguió el capellán—. La Ozma secuestrada hace años está muerta, en una tumba sin nombre, y sus huesos ya están medio convertidos en polvo. Nunca llueven tostadas en el desierto, excepto en las fases finales del delirio por inanición, y ni siquiera entonces saben muy bien. Los Cerdos Cornudos, cuando mueren en Sudescaleras, son conducidos al campo de los Menesterosos, donde se incineran sus cadáveres. De los Cerdos no queda nada, ni siquiera una pizca de consuelo mágico para los habitantes de Sudescaleras. Sería mejor para los reclusos que buscaran en sus despreciables corazones al Dios Innominado y le pidieran perdón por atreverse a imaginar siquiera semejante aberración!

El campo de los Menesterosos. Liir lo confió a su memoria, pero escuchó el discurso del clérigo hasta el final, por si podía averiguar algo más. Las palabras seguían fluyendo, tan sonoras y confiadas, a su manera, como lo había sido el viento la primera noche que Liir se había aventurado a surcar el aire con la escoba.

Al final del servicio religioso, Liir se abrió paso valerosamente entre los presentes y tocó la manga del clérigo. El hombre, mayor de lo que parecía desde abajo, se volvió con gesto cansino para mirarlo.

Intercambiaron unas palabras. Liir le pidió que lo instruyera en la fe unionista. Los comentarios del sacerdote lo habían conmovido. Se preguntó en voz alta si la salida de Kiamo Ko, tal como se había producido, incluso a costa de la muerte de Elphaba, no habría sido la manera del Dios Innominado de llamar su atención. Pero el clérigo le contestó, quizá demasiado secamente:

—¿Por qué? ¿Has visto u oído que se practique magia en algún sitio? ¿Aquí? ¿Tal vez en el cuartel? ¿Te sientes tentado por las fuerzas del mal? ¡Explícate, muchacho!

Alarmado, Liir retrocedió. Había sido un tonto al darse a conocer de ese modo. Sacudiendo la cabeza, puso fin a la conversación con una disculpa y se marchó.

Aún hacía demasiado frío para salir del cuartel. Pero pasarían las semanas y el sol seguiría girando. Cuando lo peor de la estación hubiera pasado, ya pensaría una excusa para escabullirse hacia el campo de los Menesterosos y averiguar lo que pudiera.

Finalmente llegó el día, aunque tardó mucho, y Liir hizo el trayecto con celeridad y casi sin necesidad de quebrantar las normas. (Desde el principio se había inventado una madre enferma y un padre tullido, de modo que al cabo de seis meses en las Milicias, le dieron permiso para ir a llevarles unas monedas y una hogaza de pan.) Pero por lo visto su invención de los Cerdos Cornudos mágicos había funcionado demasiado bien. La leyenda se había difundido entre la población urbana como la noticia de un escándalo y habían empezado a congregarse grandes masas de peregrinos en la pira de los Cerdos. Había sido preciso abandonar y derruir el crematorio del campo de los Menesterosos. Los vagabundos que habían aposentado allí sus tiendas sabían muy poco de lo sucedido antes en ese horrible lugar y no sabían nada de Cerdos Cornudos, ni de que una reclusa fugada de Sudescaleras hubiese sido descubierta.

Aun así, mientras regresaba al cuartel, Liir notó que su ánimo distaba mucho de la aflicción. Si incluso después de tantos años Nor realmente había tenido la inventiva y el coraje para escapar subrepticiamente de Sudescaleras, disimulada entre los cadáveres de dos Cerdos, también habría encontrado un lugar caliente donde pasar el invierno. El día de la reunión los aguardaba, en algún momento del futuro.

Debía tener fe en el Dios Innominado, que probablemente ya estaría disponiendo el lugar y el momento adecuados, en uno de sus planes secretos y divinos. Liir sólo tenía que esperar, hacer su trabajo, pelar sus patatas y conservar la nariz limpia y los ojos bien abiertos, y entonces el gran D. I. (como lo llamaban sus compañeros de cuartel) le diría exactamente lo que tenía que hacer y cuándo hacerlo.

En cambio, sus esperanzas de ayudar a la princesa Nastoya no iban a cumplirse. No se aprende magia en el ejército. No tenía nada que decirle a la princesa, ningún consuelo que darle. De todos modos, era probable que ya estuviera muerta.

Había nuevos hábitos que examinar en la intimidad de su litera. El vicio solitario quedaba casi descartado, ya que actuar aisladamente bajo las ásperas sábanas era un asunto arriesgado en el ambiente de los barracones, y sus compañeros siempre estaban atentos a la mínima señal de que uno de los suyos se sentía acalorado y estaba haciendo algo al respecto.

No, sus distracciones secretas eran ejercicios de memoria y de duda y a veces, también, débiles intentos de plegarias. (Se preguntaba por qué el capellán dedicaba tanto tiempo a ponderar el valor de la oración a los reclutas, pero nunca los instruía sobre cómo rezar.)

Sumergido en el olor denso que despedían una docena de hombres jóvenes dormidos en las literas cercanas, Liir enumeraba sus virtudes y consideraba de qué manera estaban siendo enaltecidas o fortalecidas por la vida en el cuartel.

En primer lugar, la rectitud. La decencia. ¡La vigilancia de los sentidos! Así resistía (casi siempre) la tentación de masturbarse.

Liir descubrió, además, que estaba desarrollando capacidad para el respeto. Era la marca del soldado, por supuesto. En Kiamo Ko no había sido respetuoso, sino únicamente ignorante y asustado. Había una diferencia.

El ejército se complacía en sus reglas. Precisión, obediencia y rectitud de pensamiento. ¿Poseía Elphaba alguna de esas virtudes? Cuando la emoción le desarreglaba el semblante o el dolor y la rabia le encendían el rostro (es decir, la mayor parte del tiempo), no respetaba ningún horario. Se preparaba el café a medianoche, despertando a todos con los portazos que daba en la despensa mientras buscaba la nata. Almorzaba al anochecer, dejando caer migas de pan sobre las teclas del harpsicordio. Salía como una tromba por las puertas del castillo a cualquier hora, hiciera el tiempo que hiciera y sin importarle que Liir le hubiera llevado poco antes un par de huevos duros para comer. Pasaba la noche entera estudiando, cada vez más exaltada, leyendo ese… ese libro que tenía… leyéndolo en voz alta, para oír lo que decían las frases, para ver cómo sonaban. Entonces despertaba a Chistery, que dormía en lo alto de su armario. Impetuosa y egoísta, totalmente egoísta. ¿Cómo era posible que no lo hubiese notado antes?

En cuanto a obediencia, Elphaba era obediente, sí, a sí misma. Pero ¿qué beneficio le había reportado eso a ella  o a cualquier otra persona? Hasta donde él podía recordar (y pasaba noches enteras en vela, examinando con cuidado todos sus recuerdos), casi nunca le había pedido nada a Liir, excepto que no se hiciera daño.

Y ciertamente nunca le había pedido que fuera obediente. ¿Cómo iba a aprender alguien obediencia si no lo obligaban a ponerse firme? Lo habían dejado solo, libre de recorrer los pasillos polvorientos con Nor y sus hermanos. Había aprendido a leer casi por accidente. La ropa se la daban las hermanas de Sarima, esa cuadrilla de solteronas que no tenían otra cosa que hacer más que cavilar y quejarse. Ése sí que era un grupo de personas adultas responsables, pensó Liir, aunque comprobó que en realidad apenas recordaba sus caras.

Aun así, se dijo, ceremoniosamente, que debía ser amable. ¿Qué sabía Elphaba de criar niños? Cuando oía a sus compañeros chismorreando acerca de sus madres (esas mamás acogedoras y acolchadas que nunca abofeteaban a un niño sin hacerle después un mimo), se daba cuenta de que nada en Elphaba sonaba a maternal. Quizá no necesitaba más prueba de que ella no era su madre, ni podría haberlo sido. A su manera, era dueña de un gran poder, pero tenía menos instinto maternal que una rinoceronta extraviada.

Aun así, incluso una rinoceronta extraviada podía concebir y parir una cría, le recordaba su vocecita interior, hasta que él la obligaba a callarse.

Mes tras mes, pasaba los días dedicado a la instrucción. Aprendió a disparar, a correr cargando el fusil sin tropezar y sin ensartarse con el arma, y a marchar en formación. (A montar no, porque los únicos soldados que tenían permitido hacerlo eran los que traían consigo a sus caballos cuando se enrolaban.)

A peinarse con garbo, para encandilar a las doncellas en la plaza.

A saludar y cuándo hacerlo, aunque no exactamente por qué.

A pelar patatas con más rapidez.

Lo que resultaba curiosamente oscuro —pensaba Liir— era la naturaleza de la amenaza contra la cual las Milicias debían servir de protección. Los oficiales al mando no revelaban mucho acerca de posibles amenazas. Cuando charlaban tranquilamente en los barracones o en la cantina, los reclutas hablaban del tema.

Algunos creían que las Milicias existían para proporcionar una sensación de seguridad de puertas adentro a los habitantes de la Ciudad Esmeralda. Si algún día la chusma se rebelaba o los reclusos de Sudescaleras rompían sus cadenas (¡o incluso si un potente cometa se estrellaba contra el Palacio y lo convertía en cenizas!), las Milicias estarían allí, listas para restaurar el orden.

Otros argumentaban que las Milicias no eran una fuerza policial, sino un ejército defensivo. Antes de que el Mago se marchara del Palacio, la provincia conocida como País de los Munchkins había declarado su autonomía como Estado libre. Puesto que la principal reserva de agua de la Ciudad Esmeralda, el lago Restwater, se encontraba por entero dentro de las fronteras munchkins (por no hablar de las grandes extensiones de campos fértiles que alimentaban a la capital de Oz), las hostilidades no habían pasado del plano diplomático. Era inconcebible una ofensiva de la Ciudad Esmeralda al corazón del País de los Munchkins, ya que una guerra civil a gran escala en Oz habría puesto en peligro el abastecimiento de alimentos y agua de la capital.

Pero ¿qué pasaría si los munchkins organizaban un ejército? Si su ejército invadía la Ciudad Esmeralda, las Milicias estarían listas para enviar a todos sus soldados llorando de vuelta a casa. Por eso eran constantes las maniobras y por eso se mejoraban las defensas. Decían que los espías no dejaban de trabajar, intentando averiguar lo que pretendían hacer los munchkins.

—Espías —dijo Liir. Sonaba fantástico, seductor y peligroso.

Aun así, suponía que era una buena política evitar que los hombres enrolados conocieran las razones exactas de sus ejercicios constantes. La información pertenecía a quienes tenían suficiente sabiduría para interpretarla, y Liir sabía que él no figuraba entre ellos.


Aprendió algo más cuando una mañana fue seleccionando con otros cinco de la formación y le dijeron a él y a sus compañeros que se lavaran y se vistieran con uniforme de gala.

—¡Escuadra de Palacio! —dijo el oficial al mando.

¡Escuadra de Palacio! ¡Qué elegante! ¡Realmente estaba ascendiendo! Atendía el trabajo diario, sin perder de vista la meta. ¡Y funcionaba!

Cuando Liir se presentó debidamente uniformado con los otros soldados, comprendió por qué los habían elegido. La escuadra estaba compuesta por seis jóvenes delgados, todos de idéntica estatura y complexión: dos rubios, dos castaños y dos morenos con el pelo negro como ala de cuervo. Liir era uno de los morenos.

Tenían que acompañar a lady Glinda y lord Chuffrey a la Casa de Protocolo, les informó el comandante. Allí, la distinguida pareja iba a ser admitida en la Orden del Derecho, en agradecimiento a lady Glinda, por su período de servicio al país, y a su marido, por sus propias contribuciones. Era un gran honor para los soldados de las Milicias asistir a la antigua ceremonia de los justos recibiendo su justo reconocimiento, dijo el comandante. De modo que tenían que ir bien arreglados, en plena forma, la mirada al frente, la barbilla alta, las nalgas adentro y los hombros atrás. Todo lo acostumbrado.

La fusta del comandante se descargó sobre una de las cabezas rubias.

—¿Te crees que estamos en los establos, imbécil? ¡Péinate esa maraña o de un puñetazo te saco los dientes por el culo!

«Es una ventaja tener el pelo negro como ala de cuervo», pensó Liir.

Volvería a ver a lady Glinda. Eso al menos era seguro. Si ya no tenía nada más que hacer con ella, al menos tenía una historia que contarle. ¡Y quién sabe! Como ministra del trono de Oz, quizá estuviera al tanto de todas las cosas; tal vez recordara su búsqueda de Nor y tuviera información para él que Cherrystone ignorara.

En el Palacio, el comandante Cherrystone cruzó una mirada con él y le hizo un guiño. Liir y sus cinco camaradas formaban una especie de telón de fondo humano, resplandecientes con los uniformes blancos de gala, las botas níveas y los penachos dorados ondeando sobre los morriones, formados a la cabeza del pasillo.

Lady Glinda iba un paso o dos por delante de su marido, entre los vítores de la multitud, saludando con un movimiento ondulante del cetro. Tenía la piel tersa y la barbilla en alto, y sus ojos centelleaban como la primera vez que Liir la había visto. Llevaba soportes de metanita antigua en el vestido y una tiara de cobalto y diamantes, y avanzaba rodeada de su propia niebla de azahar. Llevaba la cara vuelta hacia la multitud, prodigando su amor, y cuando su mirada pasó por la cara de Liir, él tragó saliva, deseando ser reconocido, pero no fue así.

El comandante Cherrystone venía detrás, empujando a lord Chuffrey en silla de ruedas. La cabeza del aristócrata presentaba una peculiar unión con el cuello, como si se hubiera desprendido y se la hubiera vuelto a pegar alguien sin conocimientos suficientes para la tarea. Chuffrey se babeaba en las charreteras. Atendiéndolo como una niñera con impecables referencias, el comandante Cherrystone le limpiaba discretamente la saliva.

La ceremonia fue breve a causa de la evidente mala salud de lord Chuffrey. Quizá se estaba muriendo y habían decidido pasar a toda prisa por esa convención, como agradecimiento por todo el bien que él y su esposa habían hecho al gobierno, lo que en el caso concreto de lord Chuffrey (si Liir estaba entendiendo bien los discursos testimoniales) parecía resumirse en una ingeniosa invención en el terreno de la contabilidad fiscal, que había ayudado al Estado a evitar la bancarrota varios años antes. La contribución de lady Glinda, por su parte, había sido su deslumbrante desempeño al frente del ministerio del trono, en un mandato que lamentablemente estaba llegando a su fin, aunque sus beneficios se seguirían cosechando durante muchos años más, etcétera, etcétera.

Glinda parecía haber aprendido a controlar en público su tendencia a sonrojarse, o quizá simplemente no estaba prestando atención a los discursos.

Hacia el final, cuando los ojos verdes de Liir empezaban a ponerse vidriosos, un bisbiseo de esclavinas y hopalandas entre la aristocracia lo hizo volverse ligeramente hacia una puerta lateral. Ayudado por dos hermosas doncellas que lo sujetaban a cada lado, entró el mismísimo Espantapájaros, con aspecto de estar muy embriagado o quizá aquejado de alguna atrofia muscular; tenía las piernas torcidas y los ojos le daban vueltas, como un par de huevos duros girando sobre una mesa.

Al principio, Liir pensó que se trataría de una broma, como los monigotes que sacan en las procesiones festivas. Pero sonaron los clarines y los grandes y poderosos se dignaron aplaudir. El Espantapájaros hizo una genuflexión tan profundamente torpe que varios de los soldados dejaron escapar una risa ahogada. No dijo nada, sino que se limitó a saludar con la mano, y lady Glinda le hizo una reverencia, con una catarata de tules que se abombaron por la parte delantera y levantaron espuma por los costados.

El Espantapájaros se retiró. Liir se sintió invadir por una fría malicia. Era obvio que ese Espantapájaros era un impostor; no se parecía en nada al otro Espantapájaros con quien él mismo había recorrido el camino desde Kiamo Ko. ¿No lo veían? ¿O serían cómplices del engaño? O quizá era cierto que para ellos el Espantapájaros auténtico era indistinguible de cualquier otro Espantapájaros.

Era preferible no imaginar el paradero del verdadero Espantapájaros, ahora que Liir había conocido las profundidades de Sudescaleras. O tal vez, siendo quizá más astuto de lo que jamás había dejado traslucir, el verdadero Espantapájaros habría conseguido esfumarse y desaparecer en algún sitio. ¡Que tuviera suerte, en la cárcel o en su escondite!

Liir no solía prestar atención a los temas de actualidad, al menos no a los que quedaban más allá de las intrigas del cuartel; consideraba por debajo de su dignidad perder el tiempo con los detalles de las diversiones que escogía la población civil. ¿Estaría lady Glinda dispuesta a abandonar el poder por voluntad propia o habría sido desplazada por una coalición de adversarios? La cuestión le pasó por la mente, pero finalmente, al desecharla como una insensatez, Liir experimentó por primera vez un brote repentino de apatía adulta. Ya era hora.

En cualquier caso, el hecho de que lady Glinda no lo viera y de que la próxima cabeza hueca al frente de Oz no lo reconociera hizo que Liir volviera a sentir la realidad de su aislamiento. No se acercaría a Glinda para pedirle noticias de Nor; no habría soportado la ofensa de tener que presentarse de nuevo.

Al final, los soldados fueron conducidos a una sala lateral, donde pudieron mordisquear unas galletas secas, mientras lord Chuffrey y lady Glinda eran agasajados con un banquete. Para evitar posibles manchas en sus uniformes de gala, les prohibieron a los soldados beber nada que no fuera agua. A Liir le fastidiaba profundamente que lo trataran como un bonito accesorio de lady Glinda, por lo que rechazó incluso el agua.

Cuando acompañaron a la pareja de regreso a su carruaje, Liir ni siquiera se molestó en echarles una mirada al pasar. Si ella lo reconocía, ahora que el trabajo estaba hecho, que fuera ella quien le hablara. Pero no le habló.


Pasó un año y luego otro. Nada era igual, un año tras otro, pero tampoco cambiaban muchas cosas.

Se sorprendía observando a los hombres relacionándose entre sí y, mucho después de haber empezado, comprendió que la vida en el cuartel era en realidad su primera experiencia de conducta masculina. Kiamo Ko había sido monótonamente femenino, al menos en la generación adulta, ya que la espectral presencia de Fiyero −el marido, el amante y el padre desaparecido mucho tiempo atrás− había sido real, pero imprecisa. Liir no había aprendido nada de cómo hablaban y bromeaban los hombres, ni de sus relaciones de confianza o desconfianza.

En el cuartel había juegos, y Liir jugaba bien y con entusiasmo. Había clubes formales y círculos sociales, y él acudía ceremoniosamente. Las tareas que le asignaban impartían orden a sus días y le producían cierta satisfacción. Llegó a ser conocido como alguien que sabía escuchar, aunque eso se debía básicamente a que no estaba dispuesto a revelar los detalles de su estrafalaria infancia, y por eso escuchar le resultaba más fácil que hablar.

Se acostumbró a disfrutar de su intimidad. Cuando concedían permisos, él prefería no utilizarlos. Una vez un cadete le propuso que lo acompañara a la granja de su familia, en algún lugar al norte de Shiz, en el Gillikin. Liir estuvo tentado de aceptar, pero la noche anterior a la partida, el cadete bebió un par de copas de más y empezó a hablar con sentida emoción de sus viejos padres temblorosos y de la dulce mujercita que iba a ser su esposa, y siguió y no paró.

—¡Están tan orgullosos de mí! ¡Es lo mejor que ha conseguido nunca un miembro de la familia! ¡Ser seleccionado para las Milicias de la Ciudad Esmeralda!

Una gente muy poco distinguida, supuso Liir.

Entre ¡ahes! y ¡ohes!, el cadete declaró que la tarta de manzana de su madre haría saltar lágrimas de emoción a cualquiera. De hecho, el muchacho tenía los ojos húmedos, pero los de Liir estaban secos como piedras. A la mañana siguiente, Liir le dijo al resacoso cadete que se fuera sin él. Había cambiado de idea.

—No sabes lo que te pierdes —dijo el muchacho.

—Prefiero seguir sin saberlo.

El cadete volvió con una porción bastante grande de tarta de manzana envuelta en una servilleta de cuadros, y estaba buena. En cierto modo, demasiado buena. Liir nunca había probado algo tan maravilloso. Cada sabroso trocito le dolió por dentro.

Unas semanas después, cuando el fusil de un comandante desapareció del soporte de la pared, Liir pidió una cita para hablar en privado con el oficial. Sabía que el código de honor le imponía hablar, o eso dijo, y hábilmente encaminó las sospechas hacia el cadete gillikinés. Al muchacho lo encerraron varios días en el calabozo de aislamiento. Cuando al cabo de una semana aún no había confesado, lo despojaron del uniforme y lo expulsaron deshonrosamente del ejército.

Nunca llegó a su casa, contó alguien después: se mató en el camino. Se ahorcó en la finca de alguien, colgado de un olmo de tronco negro.

Insensateces, pensó Liir; nada más que rumores de cuartel.

¿Quién iba a molestarse en averiguar los detalles del suicidio de una persona tan patentemente blanda y lamentable?

Se sentó en la capilla.

—Nada convence tanto como la convicción —atronaba la voz del clérigo como advertencia contra la excesiva blandura, lo cual, pensándolo bien, parecía la manera elegida por el D. I. para expresar su aprobación a la maniobra de Liir.

La ausencia de remordimientos que él mismo sentía parecía ya de por sí investida de autoridad. Cuando el fusil fue hallado en otro sitio, simplemente guardado en la taquilla equivocada, la compañía entera se limitó a eludir el tema. Nadie fue a pedirle a Liir que justificara sus anteriores afirmaciones. Parecía como si nadie quisiera ser sorprendido en falta.

La capacidad de interioridad en el adulto en desarrollo se ve amenazada por la tentación de despilfarrar implacablemente esa misma capacidad y deleitarse en la vacuidad. El síndrome afecta especialmente a los que viven detrás de una máscara. Una Elefanta disfrazada de princesa humana, un Espantapájaros con las facciones pintadas o una tiara resplandeciente bajo la cual brillar y moverse con anónimo glamour. El sombrero de una bruja, el espectacular despliegue de un Mago, la estola de un clérigo, la toga de un académico o el uniforme de gala de un soldado. Un centenar de maneras de eludir una pregunta: ¿cómo voy a vivir conmigo mismo ahora que sé lo que sé?

A la siguiente Natividad de Lurlina, Liir se ofreció voluntario para montar guardia en solitario en la atalaya que coronaba la gran capilla. No aceptó que lo relevaran para que pudiera pasar una hora en la cena festiva.

—Yo decido mis deberes y yo los cumplo —le dijo al cadete asignado para reemplazarlo, que se alegró de poder volver a la fiesta. Liir se complació arrojando torre abajo, sin probarla, la cerveza que le pasó a escondidas su compañero en señal de agradecimiento.

Otro año pasó, ¿o fueron dos? Finalmente llegó el día en que la compañía de Liir recibió la noticia de que iba a ser trasladada. Pero ¿adónde?

—No hace falta que lo sepáis —dijo el sargento en la Mesa de Destacamentos, contemplando sus notas—. Ya os remitirán la correspondencia que os llegue aquí.

—¿Es éste... un momento de importancia militar? —preguntó alguien, procurando que su voz sonara resuelta.

—Tendréis una noche libre en la ciudad antes de partir y ocho vales para cada uno. Habrá un tribunal de guerra para vosotros y una multa para vuestra familia si no llegáis a tiempo para la revista de la mañana —les dijeron.

Liir no tenía familia que pudiera ser multada, ni nadie a quien avergonzar con un tribunal de guerra, pero empezaba a tener suficiente sentido del decoro como para no querer avergonzarse de sí mismo. Y como los meses se habían convertido en años y las Milicias eran una institución que honraba la tradición y se resistía a los cambios, había perdido de vista lo mucho que había crecido. ¡Ya tenía edad suficiente para beber un par de cervezas, maldición! Porque ¿quién podía saber lo que vendría después?

Tuvo que pedir prestada ropa de paisano a sus compañeros —unas calzas, una túnica y un chaleco—, porque hacía tiempo que los harapos con que había llegado se le habían quedado pequeños. Todo se le había quedado pequeño, excepto la vieja capa, con la que no tenía ninguna intención de mostrarse delante de sus compañeros, ni de ninguna otra persona.

Guardó la escoba y la capa en una taquilla, a salvo de miradas curiosas. Había dejado de enterrar la cara en los almizclados pliegues del grueso tejido de la capa para cosechar lacerantes recuerdos. No quería pensar en el pasado. Los recuerdos de Nor yacían aplastados como otros tantos pliegos de papel, sin sustancia, entre los dobleces de la capa, entremezclados con los recuerdos de Dorothy, Chistery, Nana y Elphaba, los más antiguos de todos. Ahora no le servían de nada. De hecho, eran un estorbo. Ni siquiera soñaba con su antiguo círculo (no podía llamarlos familia, ni amigos), ni con nadie más.

Los chicos que tenían la costumbre de salir de juerga sabían adónde ir para pasarlo bien. Una taberna —decían— en la plaza Scrumpet, famosa por sus tentacholes de queso y panceta y por sus mujeres con más panceta y pimienta todavía. El suelo estaba cubierto de serrín, la cerveza estaba aguada, el elfo que servía las bebidas estaba castrado y el ambiente era agradablemente canalla. El lugar resultó estar a la altura de su fama y estaba además lleno hasta las vigas del techo, porque se había corrido la voz de que la compañía partía para una nueva misión. Según la sabiduría popular, los soldados a punto de partir soltaban más que nadie la cartera, los pantalones y a veces la lengua, por lo que un amplio surtido de estafadores, mujeres de vida turbia y espías competían por la atención de los camareros con los jóvenes militares.

Después de tanto tiempo viviendo en algo semejante al confinamiento solitario (solitario porque él mismo se había convertido en una persona solitaria, por elección y por naturaleza), Liir encontró que el ejercicio era perturbador, pero no espantoso. Intentó relajarse. Rezó al D. I. para que el espíritu de la relajación quebrara el yugo de la tensión que le ceñía los hombros en ese instante, y, pensándolo bien, en todo momento.

Todos querían saber adónde iban y por qué. Entre todas las teorías que pasaban a gritos de una mesa a otra, una tenía que ser la correcta, pero ¿cuál? ¿Una sublevación de los pocos quadlings que quedaban, allá en Qhoyre? No. ¿La decisión definitiva (y ya era hora de que se tomara) de invadir el País de los Munchkins y reanexionarlo? No, nada tan emocionante; simplemente, un aburrido proyecto de obras públicas: construir una presa a través de uno de los valles de los Escalpes y crear así un pantano lo suficientemente profundo para abastecer de agua la Ciudad Esmeralda y reducir la dependencia externa. Pero tampoco era eso. ¡No, no y no! Algo mucho más maravilloso. La cueva de Ozma había sido descubierta y ella iba a volver a gobernar nuestro Oz, y el imbécil del Espantapájaros ya podía irse a hacer gárgaras. ¡Ja, ja, ja! ¡Qué bueno! ¡Un Espantapájaros haciendo gárgaras!

Liir encorvó la espalda bajo su chaqueta prestada e intentó hacer como que estaba esperando a alguien. Sus compañeros no lo eludían exactamente, quizá porque sabían que aún iban a tener que cargar con él durante un tiempo. La charla y las bromas los desbordaban por los cuatro costados, procedentes de todos los parroquianos. Veía carteras en vías de ser robadas, entrepiernas en proceso de ser acariciadas, cintas de delantal desatándose, velas chorreando cera, ratones buscando refugio en las sombras y el elfo correteando a su alrededor casi ingrávido, con bandejas y vasos de cerveza.

Cuando el elfo se acercó para llevarse el vaso de Liir y volver a llenarlo, dijo:

—Tres ozpeniques, jefe. ¿Cómo te ha ido la vida después de Sudescaleras?

La cabeza de Liir se sacudió. Había detestado a Glinda por no reconocerlo y ver en él nada más que su función, pero ahora él mismo había sido incapaz de reconocer al elfo, ¡y sólo había visto uno en toda su vida! ¿O quizá le sirviera eso de excusa?

De pronto, el nombre le vino a al boca:

—¿Yibidí?

—El mismo. No puedo quedarme a conversar. El dinero está inundando la caja.

—¿Cómo has hecho para salir? Creía que nadie salía...

—¿Nadie? ¡Ja! Tú lo hiciste, ¿no? No estaba previsto que lo hicieras, ni tampoco esa chica que andas buscando, si son ciertas las historias que se cuentan. ¡La gente sale, recuernos! Hay muchas maneras. A escondidas, volando, convenciendo a alguien. En mi caso, fue chantaje. Hace mucho tiempo reconocí una sortija demasiado peculiar para que hubiera llegado legalmente a manos del vicealcaide. Chyde me habría matado, pero no es fácil inmovilizar a un elfo.

Salió despedido hacia arriba como un globo lleno de helio; era cierto. Los elfos pesaban poco. Por eso eran tan fáciles de matar, una vez atrapados.

—De modo que ahora yo estoy arriba —prosiguió el elfo—, esclavizado bajo el yugo del trabajo honrado y demasiado agotado para pensar con coherencia, mientras que Chyde sigue libre como una abeja en Sudescaleras, lejos de toda compañía mortal, de la luz y la belleza. ¿Quién de los dos sale ganando en la lotería de la libertad?

Se fue como un remolino, sin esperar respuesta, pero cuando regresó para dejar caer la siguiente cerveza sobre la mesa, añadió:

—Nunca habría sospechado que estabas hecho para la vida militar.

—Profundidades ocultas.

—Superficialidades ocultas, diría yo.

Pero Yibidí no pretendía ser malicioso. Le sonrió. Los elfos son como los gatos domésticos cuando saben sonreír; el efecto es enervante.

—La cerveza corre de mi cuenta –dijo.

—Insisto –replicó Liir con voz pastosa.

—No te molestes. Tú llevas sobre los hombros el bienestar del país. Yo lo único que tengo que hacer es mantenerme despierto hasta la hora de servir la última ronda y quedarme después a limpiar los vómitos. –Agitó las orejas, que parecían estar en mucha mejor forma que antes–. He oído cómo dicen que escapó la chica que andabas buscando, pero aún no sé cómo lo hiciste tú. Todavía siguen hablando de eso allá abajo. Se quedaron todos estupefactos.

Liir hizo una mueca; no le gustaba recordar cómo era volar. La experiencia había sido grandiosa, y la sensación de mareo sólo había ido estableciéndose a posteriori.

—¿Encontraste a la chica?

—Encontré la manera de ocuparme sólo de mis propios asuntos.

El elfo no se ofendió como Liir esperaba que hiciera, sino que respondió con cierta jovialidad:

—Entonces eres ese raro individuo que conoce la frontera exacta entre sus asuntos y los ajenos.

Se marchó de un salto.

Liir bebió toda la cerveza y dejó que le hiciera efecto: una agradable y desusada pesadez. Imaginaba que podía quedarse toda la noche ahí sentado, con la espalda encorvada, contemplando el circo de la vida humana en su más alto grado. Sin embargo, al cabo de media hora, tuvo que ir a orinar.

Cuando iba de vuelta a la mesa, se topó con un soldado, que se volvió al sentir el empujón. Liir lo reconoció. Era el tipo que le había dicho cómo solicitar el ingreso en las Milicias hacía un montón de tiempo, el tipo del partido de bolaganso que había buscado refugio con él durante una granizada. Suponiendo que Liir se le había acercado intencionadamente, el soldado le dijo:

—¡Ah, eres tú!

—Sí, así es –respondió Liir–. Después de todos estos años, nunca te he agradecido la información que me diste para entrar.

—Si buscas consejo sobre la manera de salir, me temo que ya es tarde —dijo el hombre, que era pulcro y delgado, con el pelo del color de la mantequilla clarificada, peinado a través de la frente y recogido en la nuca. Incluso en medio de esa confusión, llevaba las insignias de su rango en las hombreras de su elegante chaqueta de civil. Amenacero menor, por lo visto.

—Liir —dijo Liir.

—¿Reír? Sí, algunos lo hacen. No pueden evitarlo —dijo mezquinamente el oficial—. ¡Ah, me dices que Liir es tu nombre! —añadió por fin—. ¿Cuánto has bebido?

—No demasiado, ni suficiente.

—Deberías sentarte. No querrás vomitarme en la ropa.

El amenacero les confiscó una mesa pequeña a un par de pelanduscas.

—Trism —dijo, presentándose—. Trism bon Cavalish.

—Liir.

Nunca decía «Liir Thropp», aunque era lo más parecido que tenía a un nombre real. Formalmente, se había enrolado como Liir Ko, adoptando la segunda parte de Kiamo Ko como apellido. Pero en esa ocasión ni siquiera lo mencionó. Aun así, el amenacero menor no pareció notarlo.

—¿Sabes adónde vamos?

—Yo me quedo. Pero si supiera adónde vais y te lo dijera, incurriría en traición. —Dio un largo sorbo a la cerveza—. No, no lo sé.

Se quedaron estudiando al gentío en complacido silencio, como si fuesen amigos desde hacía años. Liir no quería preguntarle a Trism por sus orígenes, por miedo a que él hiciera lo mismo, de modo que le preguntó cuáles eran las obligaciones de un amenacero menor. Quizá algún día él llegara a serlo. Algún día. Amenacero menor. Un día. «¡Valor!», le estaba diciendo la cerveza.

—Desarrollo de la defensa —le dijo Trism—. Es todo lo que puedo decirte.

—¿Y eso qué significa? ¿Una nueva técnica con la espada?

—No, no. Lo mío es la zootecnia.

Liir no supo qué decir al respecto, porque no estaba seguro de saber lo que era la zootecnia.

—Animales —explicó Trism, aunque con el ruido del bar Liir no pudo distinguir si había dicho Animales o animales, si se refería a los que tenían conciencia o a los que no–. Los adiestro para usos militares –aclaró Trism al cabo de un rato–. ¿Eres lerdo o te estás enamorando de mí?

–Es la cerveza –intervino Yibidí, descendiendo una vez más en picado–. Con el debido respeto, creo que me abstendré de llenarle otra vez el vaso, a menos que usted se ofrezca a llevarlo a casa.

–Lo siento; es la cerveza –dijo Liir, repentinamente mareado–. Creo que necesito un poco de aire.

–¿Podrás arreglártelas solo? –Por el tono de su voz, era evidente que deseaba que así fuera, pero cortésmente ayudó a Liir a levantarse y le ofreció su brazo fornido–. ¡Paso, paso! ¡Dejad pasar al príncipe de la cerveza! –iba gritando.

Liir se sentía como aquel Espantapájaros lleno de gorgojos que había visto en el Palacio. Sus piernas parecían tener voluntades contradictorias.

Cuando salía tambaleándose por una puerta lateral, estuvo a punto de llevárselo por delante un carruaje que bajaba por el callejón desde la plaza Scrumpet. El vehículo se detuvo para que descendieran más clientes.

–¡Cuidado! ¡Tu país te necesita! ¡No vayas a resbalar bajo las ruedas de ese carromato! –dijo Trism, tirando de Liir hacia atrás y sujetándolo para que no cayera.

Se abrió la portezuela del carruaje y del interior se apeó un hombre vestido con elegante chaqueta de brocado negro.

–Toda mi pequeña vida, que sigue siendo pequeña y fragmentada, sale a la luz precisamente ahora para que todo el mundo vea que he bebido –dijo Liir–. No es justo.

El elegante caballero era Caparazón.

–¡Ajá! –exclamó Caparazón con ánimo jovial–. ¡Ya sabía yo que aparecerías un día de éstos! ¿Disfrutando de la noche en la ciudad, muchachote? ¿A la caza de oficiales, por lo que veo? ¡Así me gusta!

–Soy miembro de las Milicias –dijo Liir, irguiendo con relativo éxito el espinazo–. ¡Ay!

–Cuidado con la cabeza, quizá la necesites algún día. ¡Me preguntaba dónde te habrías metido! ¡Ese viejo perverso de Chyde estaba absolutamente anonadado! No imaginaba qué podía haberte pasado. Al principio supuso que te habrías caído y ahogado en uno de los canales, pero los suicidas y otras basuras por el estilo suelen acumularse contra la reja en uno de los extremos de la línea, y tú nunca apareciste. Alguien dijo que te habías derretido y de ese modo habías pasado a través de la reja. ¡Ja! Ésa sí que estuvo bien.

—Estaba buscando a Nor —dijo Liir, intentando aferrarse al nudo más pequeño de realidad que consiguió entresacar.

—Claro, lo recuerdo perfectamente. La chica se había fugado de alguna manera, ¿no?, pero entonces resultó que aparecieron noticias suyas. ¿Dónde era...?

—Dejaré que hablen de sus cosas —dijo Trism, comenzando a apartarse de ambos.

—¡Oh, no! ¡Ni soñando separaría a un par de amigos! ¡Disfrutad de la noche! Y mañana: ¡adiós!, según me han dicho. No, no puedo quedarme a conversar. Tengo trabajo que hacer en la próxima hora, ahora que las lenguas se han soltado lo suficiente como para contarme lo que quiero oír. Pero ¿qué hago, hablando de estrategia con las fuerzas armadas? Ahorraré el aliento para besar otros labios, o incluso algún culo, si hace falta. ¡Adiós, chicos! Si queréis, podéis tomar prestado mi carro y llegar a casa en dos minutos; sólo os pido que me lo mandéis de vuelta. Yo también he sido joven y todavía lo recuerdo. ¡Adelante! ¡A disfrutar!

—¡Señor mío! —replicó secamente Trism—. ¡Soy oficial de las Milicias de la Ciudad!

—¡Y yo soy la malvada aguja del oeste! —dijo Caparazón—. ¡Oh, bueno! Sólo intentaba ser útil y ése no es mi fuerte. ¡Cochero! Aquí, dentro de una hora. Y no beba demasiado; no quiero acabar en el hospital. He de estar de vuelta en el Palacio a medianoche para correrme la gran juerga, si puedo pagar con la moneda que me piden.

—¡Nor! —exclamó Liir. Con sólo pronunciar esa palabra, después de tanto tiempo, había recuperado la compostura—. ¿Dónde está?

—¿Acaso soy tu secretario personal? No lo sé. ¿Sería en Colwen Grounds, en el País de los Munchkins?

—Imposible; es un Estado hostil —intervino Trism, irguiéndose en toda su corpulencia.

–Tú sí que te encuentras en un estado hostil, por lo que veo. Y guárdate esa mirada de desprecio, amenacero menor. Me muevo mucho; es mi trabajo. Pero no, no fue allí. Quizá fuera en Shiz. ¿Sería en Shiz? No recuerdo exactamente dónde. Y no me des la lata, Liir; ya veo que me vas a dar la lata. Tengo que irme.

–¡Caparazón! –lo llamó Liir, pero el hombre se había esfumado con un revuelo de la capa y un portazo.

–Bueno –dijo Trism–. No voy a acompañarte al cuartel, si es lo que estás pensando.

–No lo estoy pensando, aunque ahora mismo ese carro no me habría venido mal.

–No aceptaría nada prestado de nadie como él, un hombre sin escrúpulos. Te buscaré un carruaje o una silla de alquiler, si quieres.

Fueron andando hasta el frente de la taberna. La plaza Scrumpet resplandecía a la luz de las antorchas. Mientras Trism le hacía señas a un cochero y el carruaje se acercaba, Liir intentaba enfocar con la vista unas pintadas fragmentarias, garabateadas con pintura chorreante sobre un muro de la plaza. Pensaba que sería un buen ejercicio para recuperarse de la borrachera. Con cuatro caligrafías diferentes aplicadas en cuatro momentos distintos, a juzgar por el aspecto más o menos deteriorado del texto, la pared proclamaba:

¡ELPHIE VIVE!

¡OZMA VIVE!

¡EL MAGO VIVE!

Y más abajo:

TODOS VIVEN, EXCEPTO NOSOTROS

Trism depositó a Liir en el carruaje, pagó la carrera y le dio al cochero las instrucciones del caso. Después desapareció en el interior de la taberna, antes de que Liir pudiera darle las gracias. El muchacho se acomodó en los cojines mohosos.

«Todos viven, excepto nosotros.»

Nor estaba en algún lugar de Shiz. Shiz. ¿Dónde debía de quedar eso?

La encontraría. Tenía que encontrarla. Se dijo que debía saltar en ese momento del carruaje para ir en su busca. Intentó incorporarse, pero el mundo del otro lado de las ventanas de mica era turbulento y se movía como si estuviera apoyado sobre el lomo de un cardumen de terremotos. Cuando lo dejaron en el cuartel, sus pies encontraron el camino a su litera, mientras su cabeza intentaba no dolerle, al tiempo que trataba de recordar qué era eso tan importante.

Ya casi había terminado de hacer el equipaje, a la mañana siguiente, cuando recordó el comentario de Caparazón acerca de Nor. A través del serrucho de la jaqueca, intentó resolver el dilema. ¿Qué hacer? Mientras guardaba sus pertenencias, se paró a pensar en la capa. ¿Debía abandonarla, dejar todo el pasado archivado en sus pliegues? No quiso decidir en ese momento, cuando le dolía la cabeza. Era más fácil guardar la vieja capa; más fácil envolver en un trapo la cabeza de la escoba, para que pareciera menos femenina, y atarla a las cuerdas del morral; posponer el momento de deshacerse para siempre de todas esas cosas. Antes o después, le llegaría la inspiración. Se le formaría una idea y, como por arte de magia, el coraje de seguirla hasta el final se encendería como un destello. ¡Si al menos no le doliera tanto la cabeza!

«Ahora es un buen momento para una idea», se dijo mientras se reunía en formación con sus compañeros, para recibir órdenes.

Por lo que parecía, el comandante Cherrystone no había tenido noticias de su nuevo destino hasta esa misma mañana, al alba. Llegó al frente de la columna de transporte, con el cuello sin abrochar y migas de pan en la barba rala que ya empezaba a encanecer. Su expresión era tormentosa. Impartía las órdenes con voz ahogada. Nadie se atrevía a preguntarle nada. Cuando llegó el capellán, el comandante Cherrystone no se unió a los públicos ritos de expiación ofrecidos al Dios Innominado bajo el cielo abierto, para rogarle el éxito en la misión, cualquiera que fuese su índole.

—Salimos dentro de una hora —dijo el comandante.

¿Qué hacer, entonces? ¡Si hubiese tenido algo más de vigor esa mañana! O si al menos hubiese tenido un lugar donde descansar la cabeza hasta que se calmara el griterío del día...

Terminó de vaciar el baúl. A diferencia de todos los demás soldados, no tenía libros privados, ni grabados enmarcados con los títulos de su familia, ni fajos de cartas escritas en la aldea natal por un padre admonitorio, una madre llorosa o una novia susurrante. Carecía de los efectos personales más corrientes y estaba decidido a hacer de ello un motivo de orgullo.

Se dispuso a esperar en el patio, junto a la basílica. ¿Qué había sacado de sus supuestos padres? Si era cierto que Fiyero había sido su padre, Liir no había heredado de él más que una posible hermanastra. Ningún modelo de comportamiento, ningún consejo, ninguna cartera rebosante de dinero, ninguna bendición.

Si Elphaba había sido su madre, había sacado algo más de ella, de eso podía estar seguro. Pero ¿qué? Ella había actuado para pervertir el destino, para interrumpir la historia y violentarla hasta amoldarla a su gusto: había intentado derrocar nada menos que al maravilloso Mago de Oz, ¿y qué había conseguido? Era una mujer feroz, que había fracasado en todo lo que había emprendido. ¿Qué clase de lección era ésa?

Nunca le hablaba demasiado. Sólo de pasada. Una vez, durante el almuerzo, se había enfurecido, más consigo misma que con él:

—No es que lo hagas bien o mal, ¡es que lo haces todo! —le había dicho mientras tiraba al suelo su intento de huevos escalfados, para volver a los libros y sortilegios de su torre. Ése era su legado y no podía decirse que fuera mucho.

Así pues, quizá Liir debiera interpretar la falta de buenos consejos como una especie de instrucción que le daba el universo: Ve a donde te lleve la vida y usa lo que encuentres. «Quizá el destino se propone llevarte hasta Nor —se dijo—. ¿Acaso no te ha traído hasta aquí?»

Era más fácil optar por una actitud pasiva, al menos era más llevadero para su cerebro. Mientras su compañía se reunía para la partida, él se felicitó por haber resuelto el problema.

Además, no cabía duda de que era emocionante situarse en formación al son de los redoblantes. Los hombres cuadraron la espalda y se convirtieron en Hombres. El viento cumplió con su deber, haciendo ondear los emblemas y los estandartes. ¡Todo era tan glorioso e inmediato!

Las cuatro compañías desplazadas de las Milicias de la Ciudad habían comenzado a ser conocidas coloquialmente como la Séptima Lanza, por el nombre de una arma mágica de algún cuento infantil que a Liir nunca le habían contado. Los militares marcharon en formación entre el dulce aroma de las hogazas de pan matinales, mientras los comerciantes de la Ciudad Esmeralda subían las persianas y limpiaban las aceras.

¡Qué alegría estar en marcha! Liir no había notado cuán mezquino se había vuelto, preocupado a diario por el brillo de sus botas o el filo de sus contestaciones mordaces. La cultura de las Milicias le había enseñado a creer que una sonrisa radiante y una barbilla bien afeitada eran esenciales para la defensa de la nación.

Veía la Ciudad Esmeralda (¿quizá por última vez?) como si nunca la hubiese visto antes. ¡Y qué oportuno le pareció que la Séptima Lanza estuviera marchando por la capital en dirección a la puerta del Oeste, la misma por la que había entrado Liir la primera vez! Desfilaron por delante de las pulidas bóvedas y los contrafuertes del palacio del Mago, que aún seguía llamándose así, incluso entonces. Salió el sol y arrancó brillos al mármol, hasta el punto de que casi era imposible mirarlo. El Palacio era una gigantesca gallina clueca. Desde esa perspectiva, mirando desde el norte, el sombrío espectáculo de Sudescaleras se distinguía detrás de los encorvados hombros de las murallas.

Con esa única excepción, se notaba por todas partes (al menos en ese bulevar) la vitalidad del comercio pujante: cafeterías sirviendo a esas horas a mercaderes que iban de camino a sus almacenes; puestos de libros, de alfarería y de artículos plumosos para adornar sombreros y ruedos de faldas; una exposición de varias docenas de alfombras tribales dispuestas en torno a un arbolito de bentlerramio, como para demostrar que el oeste comerciaba con la capital en esos días, y tapicería de motivos florales confeccionada por artesanos gillikineses, con ramilletes de lima y lavanda, para embellecer los muebles de los salones más elegantes. Un mercader había colgado de la rama de un robusto roble toda una araña de metanita labrada con lágrimas de cristal, y había dispuesto debajo una mesa para dieciocho comensales, con vajilla de porcelana de Dixxi House, cubiertos de plata y servilletas de hilo plegadas para que parecieran cisnes, una en cada puesto.

¡Era alentador ver que los que dirigían la nación podían tomar sus comidas entre tanto lujo! Los hombres desfilaron con paso más firme. La vitalidad de la capital insuflaba vida a su causa.

La Séptima Lanza dobló una esquina, prosiguiendo hacia la puerta del Oeste. Liir reconoció el distrito de almacenes por donde había pasado con Dorothy y sus amigos. La columna se detuvo un momento, para que el comandante Cherrystone pudiera negociar algún arreglo de última hora con un bodeguero, y los soldados recibieron permiso para abandonar la formación. Con la mirada borrosa por los errores cometidos la noche anterior, Liir se dirigió al lado más luminoso de la calle y se recostó en la pared de una especie de granero abandonado. Apoyando un talón contra el muro, cerró los ojos y levantó la cara para sentir el sol.

El calor de la pared que tenía detrás, el placer de encontrarse entre dos momentos de su propia historia… empujaron a su mente inquieta hacia una ensoñación. Sus pensamientos ascendieron errantes por los muros de escayola agrietada del granero. Era como estar mirándose a sí mismo desde la ventana del segundo piso. «Ése de ahí abajo soy yo, ese soldado joven de pelo negro como la antracita, delgado, bastante agradable, que disfruta de un momento de descanso…» ¡Qué apuesto resultaba desde esa perspectiva, con los hombros aceptablemente anchos, el pelo agitado por el viento y la rodilla flexionada! Un soldado que trabajaba para el imperio: uno de los buenos.

Entonces el centro de su atención retrocedió (por el fragmento de ese instante en que una ensoñación implica la eternidad), y Liir tuvo la sensación de que el joven soldado al nivel de la calle ya no estaba al alcance de su vista, ni de su pensamiento, y de que las dos personas que habían podido estar mirándolo desde algún recinto privado en las alturas volvían a dedicarse mutuamente, amorosamente, toda su atención.

Debió de ser el sol. Debió de ser la cerveza. ¡Qué birria de mente tenía, después de todo!

—¡Formación! —ladró Cherrystone, y todos lo obedecieron, y él lo obedeció.


Tras pasar por la puerta del Oeste, giraron al sur. Los soldados conocían suficientemente bien los hábitos del sol como para distinguir al menos eso. Marchaban según el capricho del comandante: más relajados en las zonas rurales y en formación de parada militar cuando atravesaban una aldea. Las compañías acampaban por la noche, encontraban exóticos y suculentos los platos locales de apio y lentejas secas, alternaban cantos patrióticos en honor a Oz con himnos de devoción al Dios Innominado, y sólo sacaban a relucir las cancioncillas subidas de tono cuando el comandante Cherrystone ya se había ido a dormir.

Tras vadear el río Gillikin, se adentraron por un vasto páramo pedregoso, marcado aquí y allá por bosquecillos de arces arbustivos y nogalápices. En una ocasión, se detuvieron a abastecerse de agua en una especie de oasis, un convento tal vez, con la esperanza de que salieran las novicias a ayudarlos, de que se inclinaran para sacar el cubo del pozo y dejaran a la vista alguna delicada curva bajo los hábitos voluminosos. Pero las mónacas que los atendieron eran viejas arpías de carnes secas, sin ninguna curva que enseñar.

Liir esperó por un momento experimentar algún estremecimiento de familiaridad: ¿sería ése el lugar de donde habían partido Elphaba y él? No podía decirlo. Quizá todos los conventos se parecieran. De hecho, todas las mónacas le parecían hermanas gemelas.

—Si vamos al sur o al este, ¿no iríamos más rápido por el camino de Baldosas Amarillas? —se preguntó alguien.

Pero quizá el Estado Libre de los Munchkins no había concedido los permisos necesarios.

Otros sostenían que, como la mayor parte del camino de Baldosas Amarillas que conducía al sur y al este se encontraba dentro de los límites del País de los Munchkins, quizá el destino final de la Séptima Lanza fuera el misterioso oeste: el paso de Kumbricia, o las Praderas Milenarias, o tal vez Kvon Altar, lugares románticos y llenos de intriga, exotismo, magia y sexo. Todo lo que estaba más allá del horizonte era más atractivo y tentador que lo cercano.

Tras pasar al Vinkus oriental, prosiguieron a través del bosque de pelorroble, entre los lagos Kellswater y Restwater. Vadearon también el río Vinkus y se detuvieron en la escarpa de su ribera meridional. A una veintena de kilómetros o más hacia el suroeste, los Grandes Kells desprendían un aliento tenue pero perfumado a abeto balsámico. Más cerca, en los prados de las tierras bajas, los abedulispersos temblaban con sus hojas tiernas, como una cortina de esqueletos. Varios cientos de pajarillos grises pasaron volando a una altura descaradamente baja, cantando hasta hacerse daño en la garganta.

Parecía como si el mundo mismo diera su bendición a la empresa, cuando el comandante Cherrystone dio la señal de no proseguir hacia el oeste rumbo al paso de Kumbricia, la ruta principal hacia la vastedad del Vinkus, sino hacia el sureste. Rodearían las montañas y se dirigirían al sur, para adentrarse en el País de los Quadlings.

Ahora ya sabían el dónde, pero no el porqué.

¿Por qué el País de los Quadlings? Cuando la Séptima Lanza se detuvo para acampar, los soldados intercambiaron los pocos datos que recordaban de la provincia más meridional de Oz. El País de los Quadlings era básicamente un estercolero, una extensión indiferenciada de páramos y pantanos, que en el pasado había estado densamente poblada por chapoteros, un pueblo de las ciénagas conocido por su piel rojiza y su olor a pescado. Pero ¿no había sido prácticamente exterminado cuando el Mago había desecado los cenagales para extraer rubíes de los pantanos? En la Ciudad Esmeralda se veían de vez en cuando familias quadlings. Sus miembros se mantenían dentro de su clan, apenas hablaban en público y se esforzaban muy poco por integrarse. En la capital, habían acaparado el negocio de la recogida de basuras. Muy divertido: la basura se llevaba la basura.

Pero ¿qué habría sido de las dos ciudades más grandes, Qhoyre y

Ovvels? Seguramente quedaría algo de ambas. La rama meridional del camino de Baldosas Amarillas terminaba en Qhoyre, y Ovvels se encontraba más allá, a una distancia casi imposible. Una ciudad construida sobre pilotes: Qhoyre. Una ciudad de calles inundadas de barro: Ovvels. Ahora entendían por qué la administración de la Séptima Lanza los había obligado a cargar botas de goma en los macutos.

Tiempo maravilloso, luz resplandeciente y compañía jovial. De vez en cuando, la granja de un campesino libre o la finca de algún aristócrata recibía a los militares. Con todo un establo de vacas a su disposición, tenían leche para beber, para echar en el café y para salpicarse la cara. Comían flanes de leche, tentaciones de queso, natillas y crema de langosta del lago. ¿Quién necesitaba aquel lujoso comedor que estaba a la venta bajo los árboles en la Ciudad Esmeralda? Los soldados comían como reyes y dormían la siesta bajo los sauces, impúdicos y satisfechos.

Un día, Liir fue enviado con un par de compañeros a buscar agua al pie de una ladera boscosa. Hicieron una pausa para descansar, antes de emprender el camino de vuelta con los cántaros llenos al hombro. Como los otros temas de conversación ya se habían agotado, Liir preguntó a sus compañeros, Ansonby y Burny, qué sabían del papel de la zootecnia en el desarrollo de nuevos sistemas de defensa para la Ciudad Esmeralda.

Casualmente, Ansonby y Burny habían hecho una breve incursión en la zootecnia defensiva. Ansonby tenía experiencia en las artes veterinarias y Burny había ayudado a copiar varios contratos firmados por granjeros de las afueras de la Ciudad Esmeralda.

—Se supone que es ultrasecreto, pero todos hablan al respecto —dijo Ansonby.

—Conmigo no —replicó Liir en tono mordaz.

—Pues entonces, no creo que deba...

—Dragones —lo interrumpió Burny—. Dragones voladores más bien pequeños.

—¡Dragones! —exclamó Liir—. Tonterías. ¿No son bestias míticas los dragones? Como el Dragón del Tiempo y todo eso.

—No sé de dónde han salido —dijo Ansonby—, pero te diré una cosa: yo los he visto con mis propios ojos. Son más o menos así de grandes y sus alas abiertas son del tamaño de un cubrecama. Bestias maliciosas y difíciles de gobernar. Hay un equipo que lleva varios años criándolas.

A lo largo de su carrera militar, tanto Ansonby como Burny habían coincidido en alguna ocasión con el amenacero menor Trism bon Cavalish. No tenían ninguna opinión respecto al oficial, ni mala ni buena, excepto quizá que era un poco distante y algo altanero. Pero bueno en su trabajo.

—¿Qué trabajo era ése?

Ansonby respondió:

—Es una especie de… ¿cómo lo llamarías? Un hipnotizador de animales, supongo. Es sereno y tiene la voz sedosa. Puede arrullar a un dragón inquieto y hacerlo caer en una especie de trance. Después, coge la cabeza del dragón entre las manos. El riesgo es grande, como imaginarás. Con el hocico hendido, un dragón puede atravesarte la piel del antebrazo, engancharte una vena y arrancártela de una sola sacudida. Los he visto hacerlo. De verdad, no te miento. Pero a Bon Cavalish no se lo hacen, porque él los trata con suavidad. Cuando el dragón ronronea, el dragonero hace algo que sugestiona a la bestia. Supongo que todo consiste en sustituir el giroscopio interno del animal, su mecanismo de orientación. O simplemente, en ser persuasivo y amistoso con una bestia de combate. Cuando ha terminado, el dragón se puede dirigir con la voz, al menos durante un tiempo. Como un halcón con su cetrero o un perro con su pastor: aquí, adelante, gira, atrás, quieto, arriba, en picado, despega, ataca…

—Retírate…

—No sé si les ordenan retirarse. Son dragones de ataque.

Liir cerró los ojos.

—No consigo imaginar un dragón, por mucho que lo intente, excepto como un dibujo fantasioso en una revista ilustrada o en una escenografía. ¡Un dragón volador! Parece eficaz… y también da un poco de miedo.

Ansonby comentó:

—Trism bon Cavalish piensa que la idea debe de habérsele ocurrido a alguien al oír hablar de los monos voladores organizados en el oeste por aquella vieja cómo-se-llamaba, la bruja brujienta. ¿Os acordáis de su nombre?

Nadie dijo nada. El viento murmuró entre las hojas, agitándolas unas contra otras.

—¡Vamos! Será mejor que nos movamos —dijo Liir despreocupadamente—. El agua es pesada y nos costará cargarla. Ya hemos descansado bastante.

—¿Quién te ha dicho que eres el jefe? —replicaron los otros, medio en broma. Se sacudieron el polvo y emprendieron el camino de vuelta al campamento.

Llevaban días sin ver un solo poblado, ni siquiera a un simple ermitaño. Tampoco había jalones que marcaran la frontera, pero ellos sabían que habían llegado al País de los Quadlings, por el cambio del paisaje. Poco a poco, la tierra se hundía en una serie de prados descuidados que se extendían durante días y días de marcha, y cada tantos kilómetros se volvían un par de centímetros más bajos. La hierba pasó del verde esmeralda al amarillo de las peras, para luego volverse de un blanco fantasmagórico, como si el campo se hubiera teñido de escarcha en medio del verano.

Por la noche, los soldados colgaban hamacas de las raquíticas juncias arborescentes y trataban de dormir, aunque aparecían trillones de mosquitos y contra eso tenían escasa protección. Además, un tipo de torpe babosa aérea solía caer blandamente en sus caras por la noche, atraída quizá por la vaporosa exhalación del aliento humano. El campamento entero resonaba entonces con un coro de maldiciones y chillidos adolescentes, cuando los húmedos zoquegusanos aterrizaban sobre narices, bocas y mejillas.

—No me extraña que este sitio esté deshabitado —dijo una vez Burny.

—No siempre lo estuvo —señaló Liir—. Antes vivían aquí los quadlings.

—Es un agujero apestoso. Si los lugareños preferían esto al resto de Oz, debían de ser cretinos. O infrahumanos. ¿No creéis que nuestro viejo Mago les hizo un favor, despejando esta tierra?

Pero los zoquegusanos y los mosquitos difícilmente podían considerarse combatientes enemigos, y los hombres de la Séptima Lanza sabían que las cosas podían empeorar. Tenían que empeorar, ¿o por qué, si no, los obligaban a padecer la indignidad de ese clima?

Llegaron entonces a un montecillo bastante singular en la región, de poco más de un kilómetro de diámetro, donde la humedad del suelo más o menos se había escurrido. El comandante Cherrystone les dio permiso para quitarse las botas y orearse los pies. Ochenta hombres se pusieron a rascarse entre los dedos de los pies, donde el picor era más irritante, y miles de escamas de piel blanquecina se abombaron e hincharon, antes de desprenderse y flotar en el aire. Casi parecía nieve.

El comandante Cherrystone les habló de su misión.

—Según mis cálculos, no estamos lejos de los suburbios de Qhoyre —dijo—. La gente de la Ciudad suele hablar de Qhoyre como si se tratara de un pueblucho provinciano, y sin duda lo es, en comparación con la capital de Oz. Pero tiene una historia distinguida, anterior a la anexión por los pueblos del norte. En la época moderna, generalmente ha habido un virrey, establecido aquí para controlarlo todo. Ahora no. Si la situación fuera más tranquila, la Casa de Gobierno nos habría enviado un intérprete para ayudarnos con el idioma del lugar, el qua'ati. Me temo que tendremos que prescindir de esa ayuda. A menos que haya algún lingüista oculto entre mis bravos soldados...

Nadie le respondió.

—Lo que pensaba. Es un idioma muy feo, pero me han dicho que no es difícil de aprender, cuando se pone empeño. Tengo la certeza de que algunos de vosotros lo manejaréis con fluidez en cuestión de semanas, lo que nos será de gran utilidad a su debido tiempo.

Que dijera «en cuestión de semanas» dejó perplejos a los soldados. También «a su debido tiempo». ¿Se trataba de algún tipo de destino permanente? ¿Con qué propósito?

El comandante Cherrystone les explicó. Al parecer, el virrey había sido secuestrado y su esposa había desaparecido. Nadie en Qhoyre admitía conocer al responsable, pero la indiferencia de los lugareños ante la situación resultaba muy inquietante para el equipo de gobierno del Espantapájaros, en la Ciudad Esmeralda. De manera bastante ofensiva, los quadlings se comportaban como si la vida tuviera que seguir su curso normal, con virrey o sin él.

La misión de la Séptima Lanza consistía en entablar buenas relaciones con los nativos, mantener el orden y, en el mejor de los casos, identificar y castigar a los secuestradores. Si era posible encontrar y rescatar al virrey y a su esposa, mejor aún, aunque por lo visto el alto funcionario no era una persona imprescindible, porque de lo contrario no le habrían endilgado un cargo tan poco apetecible. En cualquier caso, la misión de la Séptima Lanza no incluía necesariamente la recuperación del virrey. Era indispensable, sin embargo, hacer una demostración de fuerza.

—Entraremos en la ciudad, recuperaremos la Casa de Gobierno y restauraremos el orden —dijo Cherrystone—. Puede que haya derramamiento de sangre.

Los hombres asintieron y apretaron con fuerza las armas.

—Inclinemos nuestras cabezas y pongamos nuestra misión sagrada de buen gobierno en manos del Dios Innominado.

Y eso, si había que dar crédito a los hechos, fue lo que hicieron.


Para decepción de todos, la recuperación de la Casa de Gobierno no causó ningún derramamiento de sangre. La vieja desdentada que había instalado un telar en el porche oriental se limitó a entregar la llave herrumbrada que llevaba colgada de una cuerda al cuello. Para alguien tan rollizo y arrugado como ella, se marchó a paso rápido e incluso garboso. Antes del anochecer, una cuadrilla de adolescentes, posiblemente nietos suyos, se presentó en la calle para llevarse su telar. Dejaron una bandeja de arroz aromático, todavía humeante, y esparcieron flores rojas sobre el suelo del porche, que a la luz de la luna parecían salpicaduras de sangre.

Así fue como una escaramuza militar se diluyó en un encuentro social. El poder establecido resultó particularmente esquivo, porque la cultura del lugar se basaba en la deferencia, la hospitalidad y la bonhomía.

—Esto va a ser más difícil de lo que pensaba —dijo el comandante Cherrystone.

Como había sido construida lo bastante grande para parecer pretenciosa e impresionante, la Casa de Gobierno prácticamente podía dar alojamiento a todas las compañías de la Séptima Lanza. Sin embargo, había mucho trabajo que hacer en términos de mantenimiento general. Había grietas en la escayola y moho en las paredes. El jardín se había asilvestrado, hasta el punto de convertirse en una molesta selva. ¿Cuánto tiempo llevaría el virrey desaparecido? ¿O quizá simplemente fuera un inepto gobernando una propiedad?

A cambio de un buen pago, los lugareños suministraron hectáreas enteras de redes mosquiteras, que los soldados colgaron de ganchos en el techo, a la manera local, para envolver con ellas pequeños grupos de catres. Para mayor protección, clavaron piezas de red en lo alto de las ventanas y erigieron un pasadizo de mallas desde la puerta de la cocina hasta las letrinas del fondo del jardín. De ese modo, los hombres podían salir por la noche a hacer sus necesidades en paños menores, sin miedo a que los mosquitos se los comieran vivos. Algunos soldados aprendieron qua'ati, tal como había predicho el comandante Cherrystone.


Nunca nevaba en el País de los Quadlings. Los bosques cenagosos conservaban el calor. El tiempo fluía lánguido e inalterable. ¿Cuántos años llevarían allí? ¿Tres? ¿Cuatro? Reabrieron la escuela y construyeron una especie de clínica para dar más trabajo a los médicos del lugar. Algunos de los hombres se habían mudado de la Casa de Gobierno para convivir extraoficialmente con mujeres quadlings. Estaba prohibido hacerlo durante una campaña de ocupación, pero el comandante Cherrystone hacía la vista gorda, porque para entonces él también tenía concubina y no pensaba molestarse en hacer cumplir una norma incómoda.

Liir trabajaba por las mañanas en la antesala del despacho del comandante Cherrystone. Copiaba documentos, los archivaba y recomendaba cuál de sus camaradas debía ser castigado por incurrir en alguna infracción menor. Con suma frecuencia, el comandante se ausentaba del despacho, y entonces Liir podía entrar y alisar los arrugados periódicos de varios meses atrás que envolvían las remesas de vino gillikinés. Así pudo enterarse del desgraciado accidente del Espantapájaros con una probeta llena de algún líquido volátil («¡qué terrible giro del destino, que estuviera precisamente allí!») y del subsiguiente ascenso del Emperador al poder.

—A esa investidura sí que me habría gustado que me invitaran —dijo el comandante Cherrystone, acercándose a Liir mientras éste abandonaba precipitadamente su atenta lectura.

—Mejor recibir noticias viejas que ninguna noticia en absoluto —comentaba apesadumbrado el comandante, más o menos una vez por semana—. Pero quizá sea mejor vivir marginado. Nadie se fija en ti y eso implica cierta libertad, ¿no crees, muchacho?

—¿Quiere que ponga a enfriar una botella de Altosprados blanco en el pozo, ya que espera invitados esta noche?

—Estás en todo. Sin ti estaría perdido. ¿Lo harás?

—Sí, señor.

En realidad, ya lo había hecho.

Una vez llegó una caja pequeña de cigarros de perguenay.

—Benditos sean mis agentes bancarios —dijo el comandante, leyendo una nota—. Esos contables de Shiz son auténticos magos; son capaces de hacer dinero matando ratones. Prueba uno, Liir; no encontrarás otro mejor.

—No tengo habilidad para eso, señor.

—No tiene gracia fumar solo. Deja esos papeles para más tarde y ven conmigo al porche.

Parecía una orden, de modo que Liir obedeció de buen grado.

El humo del perguenay seco sabía a la vez a nueces y a carne de caza. No era desagradable en absoluto, pero Liir no pudo evitar toser al notar en los pulmones su calor perfumado.

—Qué grandiosa es la vida, ¿no crees? —dijo Cherrystone, apoyando las botas en el asiento de otra silla.

–Un herrero podría acostumbrarse a esto, pero para mí es demasiado humo.

–Aprenderás a apreciarlo. Así es, Liir. ¿Has tenido noticias de tu familia?

Liir no estaba habituado a hablar de temas personales con sus compañeros, de modo que esa pregunta directa, viniendo de su jefe, le erizó los nervios. Se alegró de tener los pulmones llenos de humo, porque pudo conservarlo allí mientras pensaba qué contestar.

–Casi nada.

–A veces, cuantas menos noticias tienes, más valor les das.

Los problemas de aritmética sentimental estaban fuera del alcance de Liir.

–Hago mi trabajo día a día, señor, desde el desayuno hasta la hora de dormir. Es mi vida y me basta.

–Eres un buen muchacho. Vas mejorando, no creas que no lo noto. –El comandante Cherrystone cerró los ojos–. Me habría gustado tener un hijo como tú, pero mi buena Wendina sólo me ha dado hijas.

–Debe de echarlas de menos, señor.

–Son chicas –dijo en tono neutro. Liir no entendió si quería decir «Son chicas, ¿para qué molestarse?» o «Son chicas, ¡claro que las echo de menos! ¿Cómo puedes ser tan tonto?».

–Ya que estamos conversando, no sé si será un atrevimiento que yo le haga una pregunta a usted.

–Adelante, pregunta.

–Si usted tenía hijas, ¿cómo pudo irrumpir en el castillo de Kiamo Ko para llevarse a la viuda y a los hijos de Fiyero?

–¡Oh, otra vez con eso! Está bien, te has ganado el derecho a preguntar. Era otra época, otro país… quizá incluso otro yo, Liir. Cuando te envían a un nuevo destino y dejas atrás a los tuyos, tu familia asume en tus diarias reflexiones… unas dimensiones, una importancia… y el solo hecho de pensar en ella te infunde coraje en los momentos de duda. No me gustaron las operaciones en Kiamo Ko, quiero que lo sepas. Pero me gusta ser un hombre de palabra. Me gusta cumplir con mi deber. Como veo que también haces tú. Además –prosiguió el comandante–, delegaba todo lo que podía.

—¿Recuerda haber visto a Nor? ¿La niñita?

—No era ninguna niñita, estaba creciendo. La recuerdo. Era valiente, si es eso lo que preguntas. Posiblemente, no entendía muy bien lo que estaba pasando.

«Posiblemente.» ¡Qué observación! Claro que no lo entendía, ¿cómo iba a entenderlo? La habían criado en la cima de una montaña una madre viuda y media docena de tías solteronas. ¿Cómo iba a entender de maniobras militares?

—Veo que aún te hace pensar.

Quizá menos que antes. Quedarse esperando la intervención del destino no era nada fatigoso, advirtió Liir.

—Pienso en ella de vez en cuando.

—Probablemente albergas un resentimiento juvenil hacia mí. Es normal, muchacho. En aquella época eras un niño y no podías saber nada del deber, ni del honor.

—Ni siquiera estoy seguro ahora de saber lo que es el honor.

Cherrystone se quedó tanto tiempo callado que Liir comenzó a pensar que quizá había sido grosero, o que el comandante había considerado retórica su observación. Pero finalmente, el oficial abrió los ojos y dijo:

—¿Qué te parecería una promoción al grado de amenacero menor?

Liir sintió que se sonrojaba.

—No lo merezco.

—Lo mereces, hijo. Mereces ese honor. No soy hábil con las palabras y no sé definir el concepto. Pero reconozco el honor cuando lo veo y, por la expresión de tu cara, sé que tú también lo reconoces.

Le sonrió a Liir casi con timidez. Los dientes se le estaban volviendo amarillos por culpa del clima.


Llegaron noticias de que el nuevo gobierno en el Palacio estaba disgustado con la blandura demostrada por la Casa de Gobierno y exigía una pronta ejecución de la misión original de la Séptima Lanza.

El comandante Cherrystone se volvió hacia Liir. Aunque sus relaciones aún solían estar marcadas por una fría cortesía, había surgido entre ambos una buena dosis de respeto mutuo. A menudo Liir contemplaba desdeñosamente al comandante Cherrystone, por sus complicados estados de ánimo (que a veces lo hacían presentarse como la cara visible del régimen y otras como un crítico del sistema), pero practicaba la lealtad y la obediencia, dos virtudes que eran la enseña de la Séptima Lanza y que él compartía. Además, le estaba agradecido por el ascenso y por las insignias tan bonitas que lucía en el uniforme.

A algunos de sus compañeros les sentó mal su promoción, pero aun así la entendían. Liir era inusualmente circunspecto para su juventud. Sin llegar a parecer un solitario peligroso, se mantenía en una posición marginal, sólo hacía amistad con otros soldados cuando la situación lo requería y no trataba con quadlings fuera del trabajo. Hasta donde los demás podían ver, era un modelo de militar en el comienzo de su carrera. Y como no tenía ningún vínculo social con los círculos quadlings, era natural que disfrutara de las confidencias que surgían en el transcurso de su trabajo en el despacho del comandante.

—Siéntate y deja que ensaye contigo una idea —le dijo una tarde Cherrystone.

Liir permaneció de pie.

Bengda era un pequeño poblado a veinte minutos al suroeste de Qhoyre, sobre el ancho y tranquilo río conocido como Waterslip. Antes de que el Mago fastidiara la capa freática y pusiera fin a una forma de vida varias veces centenaria, el distrito de Bengda había prosperado en una de las pocas zonas secas, sobre una serie de colinas arenosas en ambas riberas del Waterslip. Un puente entre las escarpadas orillas atravesaba el río. Con el paso de los años, sin embargo, la tala de árboles había acelerado la erosión del suelo. Las colinas habían perdido altura y se habían hundido en el fango. Poco a poco, los bengdaníes se habían marchado o habían instalado sus casas sobre el puente. Ahora el poblado de Bengda subsistía cobrando peaje a los transbordadores y los barcos de pesca que usaban el Waterslip como vía de comunicación entre Qhoyre y las localidades del sur.

—Totalmente inaceptable, por supuesto —dijo el comandante Cherrystone.

—¿Desistirán de seguir cobrando si los amenaza con una multa? —propuso Liir.

—Puede que sí, puede que no. No quisiera darles la oportunidad de someterse a mi autoridad, porque nos conviene que se resistan. ¿Podrías husmear por ahí y averiguar lo que harían?

—No soy el más indicado para esa misión —repuso Liir ceremoniosamente—. Si me permite la observación, señor, usted tiene más influencia que yo en ese campo.

—Si empiezo a hablar, les daré ideas —replicó el comandante con gesto cansado—. Creo que funcionará mejor entre la tropa de menor graduación. Necesito tu experiencia, Liir. ¿Podrías difundir entre los hombres el rumor de que esa información me interesa?

Liir lo hizo y volvió con noticias una semana después. Los habitantes de Bengda eran combativos, al menos en comparación con los otros quadlings, pero probablemente acatarían las órdenes si se les imponía una prohibición o se los amenazaba con una multa.

—Malas noticias, entonces —dijo el comandante frotándose los codos—. Lo que están haciendo es equiparable a una extorsión de los mercaderes que pasan por el río. Quizá podría exigirles que paguen el triple de lo que han recaudado desde que llegamos. Eso los reduciría a la indigencia y tendrían que resistirse. Ve y averigua, ¿quieres?

Liir se volvió y dijo que, con el debido respeto, iba a serle imposible averiguar la respuesta a una pregunta tan concreta sin revelar las intenciones del comandante.

—¡Revélalas, revélalas! ¡Es lo que te estoy pidiendo que hagas! —rugió Cherrystone, de modo que Liir las reveló.

La respuesta fue que las familias extensas bengdaníes se las arreglarían para reunir la triple multa y que los habitantes del puente dejarían de cobrar el peaje.

—Maldición —exclamó el comandante Cherrystone, y de inmediato envió a Liir con una carta de reprobación formal dirigida a los habitantes del puente, acompañada de una declaración pública que les exigía el pago de una suma dos veces superior a la que ya se conocía como la triple multa.

—¡Ni soñarlo! —clamaron los bengdaníes, aunque en qua'ati, lógicamente. Al menos de momento, no.

Abonaron lo que habían podido reunir y no hicieron promesas en cuanto a la fecha de pago del exorbitante saldo.

—Entonces ya está —dijo el comandante—. Asegúrate de que todo el distrito esté al tanto de su resistencia, Liir. De esto tienen que enterarse en la Ciudad, o mi reputación quedará a la altura del betún, como todo lo demás en este cenagal quadling.

Liir se esforzó por hablar mal de los bengdaníes en el comedor, en las tabernas e incluso en las letrinas. El trabajo se le hacía muy cuesta arriba, porque la Séptima Lanza había relajado la disciplina y muchos de sus hombres se inclinaban a pensar que su comandante se estaba volviendo arrogante, por no decir poco razonable.

—Podría darle la tercera parte de su sueldo a su concubina y ella encontraría la manera de hacerle llegar el dinero a los bengdaníes —decían—. ¿Por qué se empeña en que esos infelices sean el chivo expiatorio? ¿Por qué tiene que ser tan triste la vida?

—No nos corresponde a nosotros entristecer la vida, ni evitar la tristeza cuando forma parte de nuestra misión —replicaba Liir—. ¿Qué os pasa? ¿Acaso estáis aquí para esconderos? Vuestra actitud dice muy poco de la disciplina militar que aprendimos.

—Anímate —le respondían.


El comandante Cherrystone le pasó un brazo por el hombro a Liir y le ordenó que quemara el poblado sobre el puente.

—Esta noche —dijo.

La expresión de Liir era pétrea.

—Señor —respondió—, usted sabe tan bien como yo que es casi imposible prender fuego a nada con este clima. La humedad lo impregna todo.

—He mandado traer material de la Ciudad Esmeralda —dijo el comandante—. Tengo seis cubos de alquitrán de flor maya gillikinesa, que ardería en medio de un diluvio. Cuando caiga la noche, irás y pintarás con esa brea todos los pilares y puntales del puente. Empieza por las vigas de los extremos y pinta lo más alto que puedas. Hacia el centro, en cambio, pinta más abajo, cerca del nivel del agua. Enciende primero los extremos, los dos a la vez, para formar a ambos lados una pared de llamas que impida la huida de los bengdaníes y los oblige a concentrarse en medio del puente. Entonces tendrán tiempo de considerar qué hacer y cómo pedir ayuda, antes de que los puntales que estén ardiendo más abajo se inflamen lo suficiente como para ponerlos en peligro.

—¿Quién acudirá en su ayuda? —quiso saber Liir—. Están a veinte minutos de Qhoyre.

—En veinte minutos, alguien los oirá y, más importante aún, llegará a tiempo de presenciar su angustia. Eso es lo más importante. Yo mismo me ocuparé de ello, si sincronizamos nuestros relojes.

—¿A tiempo para verlos pero no para ayudar?

—¡Liir! ¡Es un puente! Pueden saltar al agua.

—Con el debido respeto, comandante, nadie nada por la noche en el río Waterslip y muy pocos lo hacen de día. Hay anguilas mortíferas en las zonas más profundas y caimanes que salen a cazar por la noche.

—¡Yo no les he dicho que se fueran a vivir allí! —exclamó el comandante—. ¿Es una nota de insurrección eso que detecto en tu voz?

—No lo creo, señor —respondió Liir.

Aun así, apartó la vista, inquieto.

Para que no hubiera ninguna posibilidad de que se filtrara una advertencia a los bengdaníes, la operación tenía que empezar de inmediato. Liir reclutó a Ansonby, a Burny y a varios más. Habiendo aprendido la lección del alto mando de la Ciudad Esmeralda, no les reveló la naturaleza de su misión. Tenían que vestirse con ropa oscura, ponerse gorras protegidas con redes mosquiteras y ennegrecerse la cara con barro. No debían hablar con nadie de lo que estaban haciendo.

—Es algo relacionado con el virrey secuestrado —se inventó Liir, cuando uno de los soldados lo presionó—. Ha aparecido una pista. Vamos a hacer humo para sacar de sus guaridas a los secuestradores, pero no podemos dejar que se enteren, porque de lo contrario huirían.

El crepúsculo, con sus acostumbrados manchones caramelo anaranjado, fue fugaz. La noche irrumpió en alas de innumerables insectos insomnes que no dejaban de chirriar. Miles de millones de testigos.

—Ya os indicaré los detalles, camaradas, pero antes que nada, lo más importante: ésta es una misión secreta. —Liir y sus compañeros estaban agazapados junto a las barcazas que había encargado para la operación—. Habéis sido elegidos porque tenéis novias aquí. Querréis volver cuanto antes para meteros en la cama con ellas. Os aconsejo que probéis algo nuevo esta noche. Intentad que sea memorable para los dos, para que dispongáis de una coartada, si os hace falta.

—¿Pero no dicen que no debemos confraternizar con las lugareñas? —preguntó Ansonby.

—Lo que quiero decir es que si los quadlings piden la cabeza de alguien, vosotros estaréis cubiertos. Si alguien necesita consejo en el apartado «sexo», que le pregunte a Ansonby. Háblales de la postura seis, Ansonby. —Liir hizo un guiño—. Algunos la llaman «la sirena ahogada».

No estaba convenciendo a nadie. Era sospechoso de ignorancia sexual y tenía fama de ser anticuado y reticente en todo lo relacionado con esos asuntos. Sus hombres parecían afligidos.

—Si nosotros tenemos coartadas —preguntó Burny al cabo de un rato—, ¿qué pasará con los que no las tengan?

—A todos nos llega la mala suerte —respondió Liir—, antes o después. Quizá se salven por esta vez. Quizá nosotros también nos salvemos. ¡Vamos, en marcha!

En cuanto se hacía de noche, el problema de los mosquitos empujaba a la mayoría de los quadlings al interior de sus chozas, aunque aún se deslizaba por el río alguna ocasional canoa o una barcaza. Nadie prestaba mucha atención. Con la noche sin luna en esa época del mes (seguramente el comandante ya lo habría calculado), la visibilidad reducida era una gran ayuda.

A poco menos de un kilómetro de Bengda, Liir hizo una señal para que se acercaran las embarcaciones. Indicó la raquítica comunidad que se extendía más allá de los bordes del puente —una colmena de ventanas iluminadas, con el ruido de la cháchara a la hora de la cena— y después explicó la misión.

Burny fue el primero en hablar.

—Podría morir gente —dijo.

—No estoy seguro, pero creo que se cuenta con esa posibilidad. Es triste, pero así son las cosas.

—Pero las mujeres… y los niños —dijo Burny—. ¿Qué tienen que ver los niños con los peajes o con el pago o el impago de los impuestos? ¿No son almas inocentes y todo eso?

—¿Siguen siendo almas inocentes aunque vayan a crecer para convertirse en nuestros enemigos? No voy a discutirlo. No estamos en clase de filosofía moral. Somos soldados y éstas son nuestras órdenes. Ansonby, Somes, Kipper: vosotros empezad por aquella punta, y nosotros, los demás, empezaremos por este lado. Aquí están los suministros: brea, brochas, mecheros de pedernal para cuando hayáis acabado… Y cuchillos.

—¿Para qué son los cuchillos? —preguntó Burny.

—Para grabar tus iniciales en los pilares, pedazo de imbécil. ¿Para qué crees que pueden servir? Usadlos si los necesitáis. ¿Estamos listos?

—No puedo hacerlo.

—Roguemos al  Dios Innominado que nos conceda el éxito en nuestra misión. —Cuatro segundos de silencio—. ¡Vamos!

Empujaron las barcazas con las pértigas y se abrieron paso entre los barcos de pesca de los aldeanos, que como de costumbre estaban amarrados formando una larga barrera, bajo el puente, para impedir el tráfico nocturno de embarcaciones sin pagar peaje. Los soldados se sobresaltaron cuando del fondo de una barca se levantó un abuelo quadling, que probablemente se habría refugiado allí para huir de los reproches de su mujer. Le rodearon la cabeza con las manos y lo amordazaron con fuerza. Después lo ataron, lo metieron en un saco de arpillera y lo arrojaron al río.

El comandante Cherrystone había elegido muy bien la hora, porque los niños del poblado ya habían cenado, pero aún no se habían ido a dormir. De ese modo, mientras aplicaban el alquitrán a la estructura del puente, los soldados oían sus risas estridentes, su llanto cansado y algún retazo de canción de cuna filtrándose a través de los suelos cubiertos de esteras que tenían sobre la cabeza. El ruido era una buena cobertura, si es que necesitaban alguna, para el silencioso trabajo de los incendiarios.

La retirada tendría que ser veloz —Liir lo sabía—, no sólo para no ser descubiertos por los bengdaníes que huyeran, sino para ahorrar a sus hombres un espectáculo que seguramente iba a ser desagradable. Todos los tiranos eran despiadados, pero el fuego era más incontrolable que la mayoría.

Sin ruido, moviendo solamente la boca, ordenó:

—Muy bien, listo. ¡Fuego!

Con mano temblorosa, los dos equipos recogieron los trapos empapados en petróleo y envueltos en malla metálica. Ensartaron los trapos con la punta de las espadas y les acercaron los mecheros. Por la longitud de las espadas, los soldados podían llegar lo suficientemente alto como para prender fuego a la brea que sus compañeros ya habían aplicado.

Uno de los equipos terminó antes que el otro, porque Ansonby, en su precipitación, levantó demasiado aprisa el sable. En un momento de peligro, la bola inflamada se desprendió de la espada, pero Ansonby se agachó y los trapos en llamas pasaron silbando a su lado y cayeron en el río.

Fue un trabajo limpio y bien hecho; las dos barcazas ya estaban a más de veinte metros de distancia cuando la madera verdaderamente se inflamó y la noche se templó con la luz del infierno. El río reflejaba la madera chisporroteante y el puente tembloroso, que casi instantáneamente pareció plantado sobre columnas de fuego de diez metros de altura. ¡Qué buen material, el alquitrán de flor maya! Después empezaron los gritos, los trozos de madera que caían y el agua en llamas.

Para entonces deberían haber estado muy lejos de allí, sustituidos por otro contingente, que habría acudido para informar objetivamente de lo sucedido. Pero las barcazas quedaron atrapadas cerca de la orilla, entre las raíces nudosas de unas juncias arborescentes centenarias. Además, los hombres no podían dejar de mirar. Veían a los bengdaníes corriendo de ventana en ventana, de casa en casa, y trepando a las techumbres mohosas de sus chozas. Algunos arrojaban muebles al agua e intentaban saltar encima; unos pocos lo consiguieron, pero el mobiliario quadling, hecho básicamente de paja trenzada, no era famoso por su resistencia ni por su capacidad de flotación.

Un trozo de techumbre cayó perezosamente a través de la negrura, como una estrella fugaz que se apagara, o como una carta ardiente tragada por el silencio acuoso, o como un pájaro de fuego suicida que cayera en picado en un lago oscuro y sin nombre.

Notándose borracho de metáforas, Liir pensó que ya era hora de largarse.

—Creo que será mejor que nos marchemos. Si fastidiamos esta parte del trabajo, muchachos, lo habremos fastidiado todo.

—¿Cuál era el propósito de lo que hemos hecho? —preguntó uno, llamado Kipper.

—Las operaciones son tortuosas y enrevesadas. Por eso se llaman operaciones y no clases de bailes de salón —respondió Liir, pero su voz sonó rara.

Empujó con todo el peso de su cuerpo la pértiga de la barcaza y la embarcación empezó a moverse.

—Las camas de vuestras amigas están frías sin vosotros, muchachos, y si no regresáis a tiempo, habrá otros que ocupen vuestros puestos antes del alba. Lo sabéis mejor que yo. ¡Tened cuidado!

Él también tenía cuidado y miraba atentamente a su alrededor, para asegurarse de que no venía nada río arriba, procedente del puente de Bengda. ¿Cómo iba a venir nada, a menos que fuera un monstruo del río perturbado por la conflagración que se hubiera levantado en toda su ira? Ninguna embarcación volvería a zarpar de ese puente, ni a ninguna se le volvería a impedir el paso entre sus pilares. Se estaba cayendo, madero a madero, y sus habitantes con él, ante sus propios ojos.

Del lado más cercano, que se estaba desmoronando a ritmo entrecortado hacia el agua en llamas, había un hombre y una mujer que sujetaban entre los dos a una niña. La ropa de la pequeña estaba ardiendo, y sus padres o vecinos se la estaban arrancando. Los tres tenían la boca abierta, aunque Liir no podía distinguir entre todos los gritos. De pronto, los padres se apoyaron tan erguidos como pudieron sobre la estructura inclinada y comenzaron a columpiar a la niña, agarrándola de las piernas y los brazos para arrojarla lejos del incendio.

La escena le recordó a Liir un juego al que había jugado cuando tenía, ¿cuántos años?, ¿siete?, ¿ocho?, cuando Irji y Manek columpiaron de esa forma a la pequeña Nor y después lo columpiaron también a él. Pero era para arrojarlos sobre un montón de nieve, entre las cumbres invernales de los Grandes Kells, en Kiamo Ko; no lo hacían para salvar su vida, ni la de Nor. Lo hacían para divertirse.

La niña se retorció cuando la soltaron y sus brazos volvieron atrás, como si la pequeña hubiese querido nadar a través del aire nocturno para regresar a los brazos de sus padres. El fuego que tenían detrás les alcanzó las piernas y les subió por la espalda, mientras la niña planeaba en el aire como una avecilla desnuda, a la luz dorada y broncínea. Después, se estrelló contra el agua. El esfuerzo de sus padres la había llevado hasta allí. Aterrizó entre las manchas de petróleo ardiente donde habían caído todos los demás.

Liir saltó de la barca, mientras decía por encima del hombro:

—¡Volved a la base! ¡Es una orden!

No se volvió para ver si le obedecían. Buscó en vano a la niña. No la vio. No pudo ver si  había nadado hasta la orilla, si se había ahogado, o si había nadado entre las llamas para reunirse con sus padres en su inmolación.


La Casa de Gobierno estaba cerrada con mayores medidas de seguridad de las que había visto nunca, pero Liir no tuvo problemas para señalarle su presencia al guardia nocturno y conseguir que le abriera. Pese a las instrucciones recibidas, Ansonby, Burny y los demás no se habían ido a retozar con sus amigas lugareñas, sino que habían buscado refugio en el cuartel. La compañía de sus camaradas debió de parecerles más consoladora. Liir observó que nadie había abandonado el recinto esa noche. Los otros soldados debían de haber recibido la advertencia de no marcharse. ¿Para defender la posición? ¿Por su propia seguridad? Eso significaba que los hombres asignados a la misión habrían sido los únicos sin protección militar. Liir lo comprendía ahora. Habrían sido blancos fáciles, separados unos de otros, desnudos y metidos en la cama con unas mujeres lugareñas, si corría la voz y alguien decidía tomar represalias.

—¡El héroe del momento! ¿Dónde te habías metido? —exclamó Somes.

Liir empezó a decir algo acerca de la niña. No había podido encontrarla, en parte porque le había resultado difícil acostumbrar los ojos a la escena. Quemaba demasiado para poder interpretarla.

–Aquí hemos estado recuperando fuerzas, bebiendo whisky y dándonos palmaditas en la espalda. ¡El puente ya es historia! Entra para que te demos la bienvenida.

–Historia, historia... En seguida vuelvo –dijo Liir–. Antes tengo que ir a buscar una cosa.

Se escabulló por el porche superior que daba al patio central, manteniéndose entre las sombras y fuera de la vista de los hombres que charlaban abajo, junto a la fuente. Sólo le llevó un momento recoger el morral y las pocas cosas que había guardado en el baúl al pie de la cama. Dejó las botas de gala en el alféizar de la ventana, como símbolo –supuso– de que había saltado. Con las botas de diario tendría suficiente. Después, con la vieja capa medio mohosa y la escoba a la espalda, y una vasija de agua tapada con un corcho colgada del hombro, bajó sin hacer ruido por una escalera del fondo y atravesó una despensa. Luego, saltó el muro de su prisión, literal y figuradamente.

Con la escoba de la Bruja, tenía los medios para viajar rápidamente, pero se sentía tan apesadumbrado que no podía imaginar despegarse del suelo, a menos que fuera para encontrar una altura adecuada desde donde arrojarse.

Caminó sin molestarse en disimular sus huellas ni silenciar sus pasos. Hacia el norte, hasta donde podía ver. Corregía su trayectoria comparándola con el movimiento del sol, y si un día se desviaba demasiado hacia el oeste, al siguiente intentaba desviarse hacia el este.

Era el principio de la primavera cuando se marchó de Qhoyre, o lo era al menos según el calendario, aunque no por el aspecto de la vegetación, ya que en los pantanos las plantas se pudrían, florecían, fructificaban y volvían a pudrirse simultáneamente durante todo el año. Hacía mucho que el clima se había convertido en una segunda piel de la que no podía despegarse, hasta que al cabo de varias semanas el camino comenzó a ascender y de vez en cuando sus pasos empezaron a caer sobre montículos de hierba seca.

No le habría extrañado que algún cocodrilo le arrancara una extremidad mientas dormía, o que un gato de las ciénagas le diera un zarpazo, pero los únicos animales que parecían advertir su presencia eran los mosquitos, y él se dejaba hacer sin una queja. Los imaginaba chupándole hasta la última gota de sangre: un millar de picaduras diarias durante mil días, hasta quedar completamente seco por dentro. Después vendría una fuerte ráfaga de viento (¡otra forma de volar!), le arrancaría un jirón de piel y todo su ser se dispersaría en el aire como una nube de mosquitos diminutos, hasta desaparecer.

Semanas de andar, descansar y andar. No buscaba comida, pero el paisaje amoral le dejaba provisiones a su paso: ramas de bayas verdes, nueces de tierra, alguna ocasional manzana de las ciénagas o un tubérculo espinoso. Se quedó más flaco que nunca, pero su dieta parecía suficiente, porque no sufría pesadillas ni contrajo la disentería.

No conocía mucho la geografía de Oz, pero sabía que su rasgo más destacado era la dorsal de altas montañas en forma de cimitarra que describía una curva desde el centro del sur de Oz hacia el noroeste. Tenía que atravesar los Kells Quadlings, por el camino de Baldosas Amarillas o por otra vía. Cuando estuviera al norte de las montañas, torcería al oeste y mantendría las cumbres a su izquierda. Antes o después, llegaría al desfiladero conocido como paso de Kumbricia, la mejor ruta hacia las vastas praderas del Vinkus. Pero seguiría adelante, hasta que los Grandes Kells levantaran al oeste sus picos coronados de nieve. Cuando llegara al río Vinkus, lo remontaría hacia el norte, hasta el punto donde emergía en una deslumbrante catarata, desde un valle de alta montaña en los Kells centrales. Si subía por uno de los lados de esa catarata y seguía después las riberas de la rama derecha del alto Vinkus, para luego ascender más aún, por la cresta central del pico Tirador, estaría de vuelta.

No en casa. En ningún sitio se estaba como en casa. Sólo de vuelta. De vuelta en Kiamo Ko.

Mientras caminaba, no pensaba en nada, cuando lo conseguía. El mundo en toda su variedad no tenía ningún atractivo para él, y le parecía burlón y altanero. Tras superar los Kells Quadlings con relativa facilidad, llegó al benigno verano de la vertiente septentrional, donde los árboles frutales cargaban kilómetros de algodonosas flores y las abejas aserraban la tarde soleada con su industrioso vuelo. Para él no era música, sino ruido. Robó un poco de jarabe de arce del almacén de un ermitaño en el bosque, pero no por su dulzura, sino para alimentar el estómago.

Finalmente volvieron a verse signos de población humana: una casa aquí, otra allá, un altar en el camino, que podía ser de Lurlina o del Dios Innominado, él no lo sabía ni le importaba, ni tampoco se detenía para rendir culto. Evitaba a la gente siempre que podía y, cuando no podía, se mostraba suficientemente silencioso como para que los otros se alarmaran. Los campesinos más amables le ofrecían a veces una jarra de leche o una manta para dormir en el granero, pero no lo invitaban a compartir su mesa. Ni él tampoco habría aceptado.

Una vez se encontró con una vieja que guiaba delante de sí, con una vara, una vaca de cuatro cuernos. La acompañaba una criatura, un chico por su aspecto, que parecía tener miedo de su abuela y que le lanzó a Liir una mirada desesperada y suplicante. Dirigiendo la vara al niño, la mujer silbó como una serpiente:

—Ahí no hay nada que ver, Tip, de modo que cuida para dónde miras o tropezarás, y no voy a dejar que vayas montado en la vaca, así que deja de pensar en eso. No hemos hecho todo el camino en busca de este ejemplar de campeonato para que tú te quejes y pongas cara de acongojado.

—¿Todo el camino desde dónde? —preguntó Liir, no porque le importara, sino porque pensó que si la mujer hablaba con él, tendría menos aliento para atormentar al niño.

—Desde Gillikin, y nos proponemos volver antes de las primeras nevadas, pero tengo mis dudas —replicó secamente la mujer—, aunque eso no es asunto tuyo.

—Es un largo viaje para una vaca —señaló Liir.

—Una vaca de cuatro cuernos da leche de calidad, imprescindible para algunas recetas —dijo la mujer.

El niño intervino:

—Podrías venderme a este soldado y así tú podrías volver a casa montada en la vaca.

—No se me pasaría por la mente vender a un niño inútil como tú —respondió ella—. El gremio de mercaderes de Gillikin me retiraría la licencia por vender mercancía en mal estado. Cierra la boca, Tip, o lo lamentarás.

—No compro niños —dijo Liir. Después miró al chico a los ojos—. No puedo salvar a nadie. Tienes que salvarte tú solo.

Tip se mordió el labio inferior, sin decir nada, pero con la mirada fija en los ojos de Liir. La contestación habría sido, según le pareció a Liir: «¿Tienes que salvarte solo? ¿Y tú qué ejemplo das de eso, soldado?»

—Aunque si me ofrecieras esa escoba que llevas ahí —dijo la vieja—, creo que podría arriesgar mi reputación profesional. Es un bonito artículo.

Liir pasó de largo sin responder. Uno o dos kilómetros después, se detuvo para atarse los cordones de una bota y, al mirar atrás, vio que la mujer, la vaca y el niño se habían desviado ligeramente hacia el norte, a través de unos prados. La mejor ruta para llegar a la Ciudad Esmeralda y después a Gillikin pasaba entre los lagos Kellswater y Restwater, a través del bosque de pelorroble, por lo que Liir pudo deducir que no se hallaba lejos del paso de Kumbricia. Y así era.

Pleno verano a orillas del río Vinkus. Se bañó en sus aguas. La plaga de mosquitos había quedado atrás, alejada por la brisa constante que soplaba desde las laderas de los Grandes Kells, que como transparentes rodajas de melón comenzaban a flotar insustancialmente a su izquierda. A esa altura, el río Vinkus fluía ancho y poco profundo, y estaba helado incluso bajo un sol ardiente, porque lo alimentaban miles de riachuelos que bajaban en cascada desde lo alto de las montañas.

Pero aún no se veían animales. Ni manadas de danzarines caballitos montañeses, ni tortugas pasando una década o dos en medio del sendero. Muy pocas aves, y todas demasiado lejos como para identificarlas. Era como si él mismo despidiera un olor nauseabundo que ahuyentara a la fauna en su camino al norte y al oeste.

Una noche intentó cortarse el pelo, que empezaba a taparle los ojos. La navaja del ejército se había quedado sin filo de tanto pelar tubérculos espinosos, y sus esfuerzos para afilarla pasándola por una piedra no habían dado resultado. Hizo del corte de pelo una masacre, porque al final soltó la navaja y empezó a tirarse de los mechones, arrancándoselos de raíz, hasta que el cuero cabelludo le empezó a sangrar sobre los ojos. Pensó que quizá la sangre le refrescara los conductos lagrimales estropeados, y por un instante imaginó algo semejante al alivio, pero el alivio no vino. Se secó la cara, se ató el pelo a la nunca y soportó el sudor y la humedad de una pesada mata de pelo.

Las montañas, más cercanas ya, se cernían como una especie de opresiva compañía, con su inconfundible aroma a granito y resina balsámica, diferente de todo lo demás, pero tan poco consolador como el resto de las cosas. Su millón de años de erguir las orgullosas cabezas era sólo un millón de años y nada más. El verano se estaba yendo; el sol se ponía más temprano. Un día Liir distinguió en el viento el olor del zorro y sintió la punzada de un deseo: el deseo de ver un zorro, un simple zorro que pasara como una exhalación, atento a sus propios asuntos. No vio ninguno.

El mundo parecía abusivamente cruel en su belleza y su reserva. «A veces —pensó Liir (su primer pensamiento en varias semanas)—, a veces odio esta maravillosa tierra nuestra. ¡Se parece tanto a un hogar!, pero luego se te resiste.»


Después llegó a un lugar donde el Vinkus discurría junto a una serie de pequeños lagos; ninguno medía más de tres o cuatro kilómetros de largo y todos eran estrechos. Claramente, su formación era fruto de la misma compulsión del paisaje, porque todos tenían un aire familiar. El agua era fresca y cambiante, y aunque no se veían peces, Liir imaginó que habría cardúmenes ocultos. Alerces, abedules y los delgados árboles conocidos como pildoreros formaban un franja rosácea en las costas más lejanas. Por primera vez desde que había salido de Qhoyre, Liir interrumpió su lenta marcha hacia el norte y se tomó un día para admirar el paisaje, porque le parecía misteriosamente agradable y ya no estaba habituado a que nada lo complaciera.

El lago central del grupo de cinco tenía más forma de abanico que los demás y, desde el extremo más estrecho al sur, se abría hacia una amplia vista de colinas bajas, como huevos en una cesta, que atrapaban la luz y creaban juegos de sombras, de una colina a otra. Explorando la costa meridional del lago, encontró un altozano redondeado, no más extenso que un par de prados, poblado de árboles pildoreros y veteado de afloramientos horizontales de granito o trusita, no sabía muy bien cuál de los dos.

La hierba bajo los árboles estaba uniformemente cortada y sembrada de estiércol, por lo que algún rebaño de rumiantes debía de merodear por los alrededores, lo que confería al lugar un ambiente doméstico.

Liir se sentó con la espalda apoyada contra un árbol y tendió la vista sobre el agua, que el viento del sur acariciaba y la luz pintaba a franjas, al incidir sobre la cresta de las olas.

Pensó que ése podría ser su hogar, un lugar suficientemente hermoso para ser tolerable y sin nadie a su alrededor. El más allá del más allá. El otero Trasero, lo bautizó, porque prefería «otero» a «colina». ¡Qué pomposo, dar nombre a un lugar, solamente por  haber apoyado en él durante un momento el propio trasero!

Pero cerró los ojos y cayó en una especie de ensoñación, como ya le había pasado antes una o dos veces. Se vio a sí mismo sentado allí, casi a punto de quedarse dormido, más hombre que cuando se había puesto en marcha, pero perdido aún, como la mayoría de los jóvenes, y más perdido que la mayoría. Sin ningún oficio, sin ninguna habilidad propia excepto la de cometer errores, sin nadie de quien aprender, sin nadie en quien confiar, sin ninguna virtud innata de la que pudiera estar seguro... y sin ningún medio de ver el porvenir.

Ascendió hasta la altura de las hojas de los árboles pildoreros, que empezaban a tornarse ámbar como primer indicio del otoño. Se vio allá abajo, con el pelo mal cortado (¡qué mal lo había hecho!) y las rodillas y los pies vueltos hacia afuera, como si lo hubieran plantado allí. Si hubiese podido dejar de respirar, se habría confundido con el otero Trasero, se habría hundido hábilmente en la hierba. Cuando su repugnante espíritu hubiese abandonado su cuerpo, la oveja montañesa, el escarco lacustre o el animal que pastara en la colina, cualquiera que fuera, finalmente vencería su temor y se acercaría para mordisquear la hierba entre sus extremidades y la mantendría corta a su alrededor.

Después, su atención se dirigió a otra figura, captada a la distancia, aunque suficientemente cercana. Era un hombre con una capa de velludillo malva, con un bastón en la mano y una especie de libro. Emergió del aire como quien sale de la niebla. Al principio pareció perder el equilibrio, pero tanteó el suelo con el bastón, hasta que pudo apoyarse con firmeza. Se arregló sobre la frente el curioso sombrero, se tiró de las cejas como si le molestaran y empezó a mirar a su alrededor. Liir imaginó que estaría hablando, pero no había ningún sonido, sino únicamente la aparición de un viejo extravagante, a la vez sobrio y demencial, que andaba por el borde del otero Trasero.

El viejo pasó junto al cuerpo de Liir, que dormitaba allá abajo, tal como pudo ver el espectro de Liir entre las ramas. El viejo, que quizá era una especie de sabio, se detuvo como movido por la curiosidad y se puso a mirar el árbol en el que estaba apoyado Liir. Después levantó la vista hacia las ramas, pero sus ojos no pudieron enfocar la imagen de Liir descansando, ni de Liir en las alturas, de modo que se encogió de hombros y se dispuso a bajar la colina.

«Una buena manera de evitar a la gente, si quiero evitarla», pensó Liir, mientras su espíritu volvía otra vez a ocupar su cuerpo, o —visto de otro modo— mientras su breve sueño terminaba y un sentido más triste del mundo, incluso en ese bonito rincón, volvía a instalarse.

Había dejado atrás el otero Trasero y se encontraba ya del lado derecho del lago cuando recordó su ensoñación y cayó en la cuenta de algo que en un primer momento no había advertido. Había reconocido el libro que el viejo acarreaba consigo. Era la Grimería, el libro que la Bruja, esa Elphaba, había usado para sus encantamientos.

¿No había buscado él una vez la Grimería? Pero eso había sido antes de abandonar Kiamo Ko con Dorothy. Y de conocer a aquella vieja Elefanta, la princesa Noserag o como se llamara. La que le había prometido ayudarlo a encontrar a Nor, o contarle lo que pudiera averiguar.

Altivo y confiado como sólo pueden serlo los verdaderos imbéciles, había decidido encontrar a Nor sin ayuda. «Buena idea —se dijo

Liir—. Bien pensado. ¡Mira hasta dónde has llegado confiando sólo en ti mismo!»

Bueno, eso ya era algo. Al menos volvía a dirigirse la palabra, en lugar de hacerse a sí mismo el vacío como hasta entonces.

Tardó dos meses más en completar el viaje. No tenía prisa.

Una vez, al llegar nuevamente a orillas del Vinkus, divisó un ciervo solitario. El animal estaba alerta, en medio de una larga hilera de añosas hayas que crecían a lo largo de una cresta montañosa, medio iluminado por un efecto del sol y las nubes del final de la tarde. Hundido en la hierba hasta los corvejones, el ciervo lo contempló mientras pasaba. No se sobresaltó, ni huyó. Ni tampoco lo atacó.

Por fin, algo familiar: los pequeños poblados aferrados a las laderas de los Kells. Aldeas arjikis, algunas con nombres y otras sin bautizar. Fanarra y Alto Fanarra, Pumpernickel Rock y Red Windmill. Era el fin del otoño y el comienzo del invierno; los rebaños habían bajado de las cumbres y alborotaban en los corrales; el hilado de la lana de escarco ya estaba hecho, y las madejas anudadas colgaban de unos ganchos para secarse. El olor del vinagre utilizado para fijar los tintes le puso en tensión la piel de las fosas nasales.

Los arjikis contemplaron su avance por el pico Tirador sin hacer comentarios. Si alguien lo reconoció, no lo dijo. Hacía casi diez años que había partido con Dorothy. En su interior había cambiado todo (había roto su caparazón para descubrirse insuficiente), pero los arjikis parecían imperturbables y eternos.

Él tampoco reconoció a ninguno.

Mientras recorría el último kilómetro, vio erguirse la antigua sede de las obras hidráulicas sobre la poderosa falda de la montaña. Se cernía sobre él con imposible perspectiva y las nubes pasaban por encima a tal velocidad que, al contemplarlas con la cabeza echada hacia atrás, se sintió mareado. ¡Volver a verlo! Volver a ver el viejo montón de piedras que había sido la casa familiar del príncipe de los arjikis y después la fortaleza de la Malvada Bruja del Oeste. ¡Kiamo Ko!

Sus piedras estaban veteadas con el agua de la nieve que se fundía en las almenas. (A veces el tiempo inclemente llegaba a las montañas antes del equinoccio que marcaba el final del verano.) Los tejados parecían encontrarse en grave estado de deterioro; desde los aleros levantaban el vuelo los cuervos, y la ventana de un mirador se había desprendido, dejando un hueco oscuro. Pero salía humo de una chimenea, por lo que el castillo debía de estar habitado.

Liir no había hablado una palabra desde que había encontrado a la mujer en el camino, la vieja con el niño y la vaca de cuatro cuernos. No estaba seguro de ser aún capaz de hablar.

Las atalayas estaban desiertas, el ceremonial puente levadizo de la puerta central estaba levantado, pero la garita de la puerta estaba abierta y la nieve se colaba en su interior. La seguridad no debía de ser la principal preocupación de quienes fueran ahora los habitantes del castillo.

Agarró con fuerza la escoba y se ciñó en torno al cuerpo la capa de la Bruja. Hacía ya varias semanas que la llevaba puesta y se alegraba de haberla guardado todos esos años, porque era una excelente protección contra el frío. «¡Gracias al cielo! –pensó–. Vuelvo de la guerra a mi casa, sea lo que sea lo que eso signifique.» Subió la empinada escalera hasta la garita y entró en el patio delantero.

Al principio no vio ningún cambio, pero estaba mirando con los ojos de la memoria y los tenía nublados por las lágrimas. «Tal vez ella haya regresado aquí –se dijo finalmente–. ¿He tenido todo el tiempo esta esperanza, paso a paso? ¿Ha sido esta esperanza lo que me ha impedido morir? Si Nor realmente ha sobrevivido a la prisión, puede que haya regresado aquí, al igual que yo. Puede que ahora mismo esté metiendo un pastel de carne en el horno y que se vuelva al oír el ruido de mis pasos en el empedrado.»

Después se enjugó los ojos con la base de las manos. El castillo había pasado del deterioro a la ruina y algunas de las aristas más agudas de su diseño utilitario se habían suavizado por la desidia. Las piedras del pavimento estaban cubiertas de hojas secas y aquí y allá habían crecido algo más de una docena de arbolitos, que se mantenían en pie como invitados en una fiesta, del tamaño de un hombre o incluso más altos, agitando las delgadas ramas por el entusiasmo de recibir una visita. Más arriba se golpeó un postigo. La hiedra se agarraba al flanco de la capilla. Había varias ventanas rotas y más arbolitos jóvenes asomaban de su interior.

Todo estaba en silencio, pero la quietud no era completa; había susurros y crujidos casi imperceptibles. Liir podría haber oído a un niño llorando en su cuna en Red Windmill, si algún bebé hubiese necesitado llorar justo en ese momento.

Se volvió lentamente, con los brazos abiertos, girando sobre un solo talón, y dejó que un torrente de emociones lo embistiera desde dentro.

Cuando finalizó su revolución, allí estaban los monos, bajo los árboles, en las escaleras exteriores o asomados entre el follaje amarillo de las ventanas. Habían surgido de ninguna parte, mientras él tenía los ojos empañados. Algunos temblaban, sujetándose las puntas de las alas; un par de ellos se cagaron encima. Su raza nunca había adoptado la higiene personal con un mínimo de convicción.

−¿Liir? −dijo el más cercano.

Tenía que andar con los nudillos apoyados en el suelo. ¿Se le habría encorvado la columna vertebral, después de tantos años de cargar con un par de pesadas alas? ¿O sería sólo la edad?

−Chistery −dijo Liir con cautela, porque no estaba seguro. Pero la cara de Chistery se había agrietado en una sonrisa, al ser reconocido.

Se acercó, cogió la mano de Liir y se la besó con pegajoso afecto.

−No, por favor, no hagas eso −dijo Liir.

Después, Chistery y él franquearon de la mano la puerta alabeada y penetraron en el sencillo y siniestro vestíbulo de techos altos donde estaba la escalera, como habían hecho quince o dieciocho años antes, cuando llegaron juntos por primera vez al castillo, con Elphaba Thropp.


A Liir no le llevó mucho tiempo deducir que Nor no estaba allí. Sin embargo, la repentina oleada de pensamientos sobre ella crujía de manera casi audible a través de sus percepciones de Kiamo Ko. Era casi como si pudiera oír sus chillidos infantiles y sus pasitos inquietos.

Aun así, no podía permitirse la melancolía, aunque quisiera. Entre otras cosas, el olor nauseabundo a estiércol de mono se abría paso a través de los complicados recuerdos de su infancia. Tenía que mirar dónde pisaba. Era un riesgo para la salud pública.

Casi no se sorprendió de encontrar a Nana viva. Debía de tener unos noventa años, ¿o quizá más? Seguramente. El sentido del olfato la había abandonado hacía tiempo, por lo que la fetidez no parecía molestarla. Tampoco podía decirse que su ropa de cama o la bata que se ponía de día estuvieran inmaculadas. Sentada en la cama con la espalda erguida, con un bonete en la cabeza y un bolsito de cuentas entre las manos, lo saludó sin excesiva sorpresa, como si en los últimos diez años sólo hubiera estado abajo, en la cocina, buscando un vaso de leche.

—¡Pero si es ese chico! ¡Es ese chico, cómo se llamaba, en todo su esplendor, si es que podemos hablar de esplendor! —dijo ella, ofreciéndole la mejilla, que se había hundido espectacularmente, convertida en un hueco de arrugas grisáceas.

—Hola, Nana. He venido a visitarte —dijo Liir.

—Los hay que vienen y los hay que no.

—Soy Liir.

—Claro que sí, cariño. Claro que sí.

La anciana irguió un poco más la espalda y lo miró. Después, cogió una trompetilla que tenía en la mesa de noche y la sacudió. De dentro cayó un bocadillo de jamón, que parecía llevar mucho tiempo allí. Nana lo contempló con disgusto y le dio un buen mordisco. Después, se acercó la trompetilla a la oreja.

—¿Quién has dicho que eres?

—Liir —respondió él—. ¿Me recuerdas? ¿El niño con Elphaba?

—Ésa no me visita nunca. Arriba, en su torre. «Con tanto estudio, ahuyentas a los hombres», le decía yo siempre. Pero ella hacía lo que quería. ¿Vas a subir? Si subes, dile que muestre más respeto a sus mayores.

—¿Te acuerdas de mí?

—Pensé que serías la Muerte con su guadaña, pero habrá sido por el corte de pelo.

—Liir. Soy Liir.

—Ah, ¿y qué fue de aquel niño? Era un debilucho tontorrón. Nos costó muchísimo educarlo, según creo recordar. Aun así, ahora no nos vendría mal tenerlo aquí —dijo mirando a Chistery, que estaba a su lado con aire bonachón y los brazos cruzados—. Nunca escribe, ¿sabes? Pero no importa, porque yo ya no puedo leer.

Liir se sentó en una butaca y estuvo un rato sujetando una mano de Nana entre las suyas.

—Chistery, ¿hay algo parecido a jerez en la casa? —preguntó de pronto.

—Lo que no se haya evaporado seguirá en las botellas. Nosotros ni tocamos esa cosa nauseabunda —respondió Chistery.

«Se cree superior», pensó Liir, dándose cuenta de que el lenguaje de Chistery había mejorado enormemente, desde que nadie intentaba enseñarle.

Chistery volvió al cabo de un momento con una botella polvorienta. Era un viejo brandy para cocinar, y ni siquiera para eso había sido bueno; pero el paladar de Nana claramente se había deteriorado, como algunos de sus otros talentos, y ella sorbió el licor con feliz ingenuidad.

Tras una siesta que duró sólo unos instantes, pareció más despierta que antes. Sus ojos tenían el aspecto de antaño, quizá algo menos vivaces, pero igual de astutos.

—Tú eres el chico aquél, un poco más crecido —dijo—. No lo suficiente, por lo que veo, pero todavía tienes tiempo.

—Liir —le recordó él, deseoso de actuar rápidamente, mientras ella pudiera prestarle atención—. Nana, ¿recuerdas cuando vinimos aquí, Elphaba y yo?

Ella tensó los músculos de la cara y de inmediato tuvo una respuesta.

—No, Liir, porque yo vine después. Vosotros ya estabais aquí cuando llegué.

¡Claro! A Liir se le había olvidado.

—Elphaba estaba a tu cuidado, ¿no? Tú fuiste su niñera. Te lo contaba todo.

—No tenía mucho que contar —dijo Nana—. La que tuvo una vida interesante fue su madre, Melena. ¡Qué chiquilla tan descarada! Dio un repaso a toda la parroquia, no sé si entiendes lo que quiero decir. Una auténtica cruz para su marido, Frex. Él sí que era un buen hombre, y como la mayoría de los buenos hombres, un completo aburrimiento. ¡Cuántas horas no habrá pasado el pobre intentando convertirme al unionismo! ¡Como si el Dios Innominado sintiera el menor interés por Nana! Absurdo.

Liir no quería hablar de religión.

—Voy a hacerte una pregunta directa. Si conoces la respuesta, puedes decírmela; ya soy mayor. ¿Elphaba era mi madre?

—Ni ella misma lo sabía —dijo Nana, cuya boca adoptó la forma de una O («¡Oh!»), como si volviera a asombrarse una vez más ante la ridiculez del concepto—. Al parecer, sufrió algún revés espantoso y durante meses estuvo sumida en un sueño sin ensoñaciones. O al menos eso me dijo. Cuando despertó y tras la necesaria convalecencia, se quedó a trabajar con unas mónacas. Después se marchó del convento para venir aquí y las mónacas le dijeron que tenía que traerte. Es todo lo que sabía. Suponía que pudo haberte parido en estado de coma. Es posible. Esas cosas pasan —añadió, levantando los ojos al cielo.

—¿Por qué no hizo ninguna pregunta sobre mí… y sobre ella?

—Supongo que no le interesaba la respuesta. Ahí estabas tú, de una manera u otra. No era importante.

—Lo es para mí.

—Era una buena mujer, nuestra Elphie, pero no era una santa —dijo Nana, en un tono que era a la vez ácido y protector—. No le reproches sus fallos. No todas nacen para ser madres devotas.

—Si pensaba que quizá yo podía ser su hijo, ¿no hubiese sido normal que mencionara alguna vez al posible padre?

—Ella nunca hacía lo que para otros habría sido normal, como recordarás. Pero he de decirte que yo sí conocí a ese tipo llamado Fiyero, hace mucho tiempo, y tú no te pareces nada a él, si es lo que estás pensando. Francamente, podrías pasar más por hijo de Nessarose, la hermana de Elphaba, la Malvada Bruja del Este, como la llamaban a sus espaldas. Si fueras hijo de Elphie, tendrías la piel verde, ¿no? Es un enigma. ¿Queda un poco de ese zumo?

Él le sirvió un poco más.

—¿También criaste a Nessarose? ¿Y a su hermano menor, Caparazón?

—Su padre, Frex, consideró que yo era demasiado pagana para inmiscuirme en la educación de Nessarose. ¡Yo, con mis devociones a Lurlina, nuestra madre hada! Frex ansiaba tener una hija santa y piadosa, y era evidente que Elphaba, con su alarmante coloración verdosa, no era esa hija. En cambio, Nessarose, con su desagraciada incapacidad (muy desagradable, a decir verdad), nació mártir, y como mártir vivió y murió. Si tuvo sólo un segundo o dos para comprender que estaba a punto de caerle una casa en la cabeza, estoy convencida de que murió feliz.

—No la conocí.

—En la Otra Vida, muchacho, la conocerás. Te estará esperando, para hacer de ti alguien mejor.

—¿Y Caparazón? Lo he visto un par de veces.

—¡Ah, ese chico! ¡Las juergas que se corría! Siempre estaba metiéndose en líos, siempre lo mismo, como el caballito de una noria. El pobre Frex no paraba con él. Caparazón era un desastre en la escuela, un payaso, siempre metido en problemas con los profesores y siempre detrás de las faldas. Y dicen que con el tiempo se aficionó al vino. Mentía tan bien a su padre que cualquiera hubiese dicho que había nacido para actor. Claro que todo eso le resultaría muy útil, más adelante, para su oficio.

—¿Qué oficio es ése? ¿Medicina?

—Nunca he oído que nadie lo llame así. Creo que la palabra es espionaje. Curiosear, ajustar cuentas discretamente, vender información y, si hay una pizca de verdad en lo que cuentan, seducir a las damas desde Illswater hasta Ugabu.

Eso explicaba en parte las actividades de Caparazón en Sudescaleras. Sonsacaba información a las presas políticas y de paso satisfacía su libido.

—Yo sé que está muerta —dijo Nana llanamente, mirando por la ventana—. Muerta y enterrada. Al menos una vez al día lo recuerdo. Tú podrías ser su hijo. ¿Por qué no decides simplemente que lo eres?

—No recibí nada de Elphaba, excepto sufrimiento —replicó él—. Era una clase alegre de sufrimiento, ya que los niños no saben otra cosa. Pero ella no me dejó nada. Nada, excepto una escoba y una capa. No me ha dejado ninguna pista. Ningún talento. No tengo su capacidad para la indignación, ni para la magia. No tengo su concentración.

—Todavía eres joven. Esas cosas llevan tiempo. Yo, por ejemplo, no fui capaz de cerrar los puntos hasta después de los sesenta años; pero al final llegué a hacerlo con tanto entusiasmo que una vez me caí de la silla al terminar una labor.

—Creo que si eres diferente, lo notas —arriesgó él—. Creo que si tienes talento, lo sabes. ¿Cómo es posible que no lo sepas?

—Lo sabes si te sientes aislado y marginado —dijo Nana—, pero ¿quién no se siente así? Quizá todos tengamos talento. Es sólo que no lo sabemos.

—No es bueno tener un talento inútil.

—¿Lo has intentado? ¿Alguna vez has intentado leer su libro de hechizos? Por lo que recuerdo, Elphaba tuvo que aprender. Ella estudió, ¿sabes? Fue estudiante en Shiz.

—Chistery ha aprendido a hablar bien —dijo él al cabo de un rato.

—Justo lo que intento decirte —respondió ella, vaciando la copa—. Tuvo que intentarlo durante años y, de pronto, lo consiguió.

Liir iba y venía por la habitación. Los postigos de las ventanas estaban cerrados, contra el viento impetuoso de comienzos del otoño. ¡Qué bien recordaba el viento, que subía desde los valles y obligaba a veces a la nieve a volverse a las nubes de las que había salido!

—¿Vives bien?

—Viví bien —lo corrigió ella—. Chistery viene de vez en cuando y los campesinos apestosos me traen su comida apestosa, que supuestamente tengo que comer como parte de mis relaciones sociales. Hago lo que me mandan.

—¿Alguien más te visita?

—Hace siglos que no. Nadie, desde aquella Dorothy. Y tú y los otros. ¿Dejó alguna vez de lloriquear esa Dorothy? Cuando crezca, necesitará las paredes de un convento, recuerda lo que te digo. O un marido con mano firme. Esas posaderas estaban pidiendo a gritos una buena tunda.

—¿Ha vuelto Dorothy?

—¿Ah, sí?

La mente de Nana empezaba a nublarse otra vez.

—Si subo a la habitación de Elphaba y encuentro algo suyo —dijo Liir con cautela—, ¿podré llevármelo?

—¿Por qué? ¿Qué buscas exactamente?

—Un libro, quizá.

—¿No será ese libro gordo que ella siempre estaba estudiando?

—Sí.

—No te serviría de mucho, aunque alguna vez lo haya perdido de vista. Casi nunca conseguía que funcionaran esas recetas. Recuerdo que una vez intentó lanzar un encantamiento a una paloma que había atrapado. Quería enseñarle a ser paloma mensajera. La soltó por la ventana y la paloma se marchó tan rápidamente como pudo; pero en cuanto ella le dijo «regresa ahora mismo», la paloma dio media vuelta, cayó en picado como un amante suicida y se ensartó en la veleta del tejado. —La vieja suspiró—. A decir verdad, fue bastante divertido.

—Voy a dejarte un momento, Nana, pero volveré. Te lo prometo.

—A mí nunca me han gustado las palomas, excepto para hacer empanadas. La pobrecita Nor, en cambio, estaba desolada.

—Nor —dijo Liir con precaución.

—La niñita que vivía aquí, seguro que la recuerdas. La que vivía con los otros.

Pero Nana se volvió aún más imprecisa y no fue posible hacerle decir nada más sobre los tres hijos de Fiyero.

—Si encuentro ese libro  y nadie se lo ha llevado —dijo Liir—, ¿podré quedármelo?

—Tendrás que preguntárselo a Elphaba.

—¿Y si ella no está?

—¿Por qué no iba a estar? —replicó Nana—. ¿Dónde podría estar? ¿Dónde está? ¡Elphie! —gritó repentinamente—. ¿Por qué no vienes cuando te llamo? ¡Después de todo lo que he hecho por ti durante toda mi vida! ¡Y por la fresca de tu madre! ¡Elphie!

Chistery acudió volando desde la otra punta de la habitación, donde había estado doblando la ropa recién lavada. Le hizo señas a Liir para que se marchara y el joven salió de la habitación, conmocionado.

Liir pasó las primeras semanas poniendo en orden Kiamo Ko. Les recordó a los monos que lo primero era la salud. Con su ayuda, los monos pusieron manos a la obra: cerraron las ventanas que el viento había arrancado y repararon el tejado cuando las ráfagas no ponían su vida en peligro. Liir empezó a desarraigar los arbolitos que crecían en el patio y lo hizo con tristeza, porque incluso con sus ramas otoñales le proporcionaban cierta apariencia de compañía. Pero al final decidió podarlos, en lugar de arrancarlos por entero. No le importaba que el castillo sucumbiera al verde, bajo la hiedra, el musgo y el pequeño bosque domesticado. Se le antojaba un buen monumento en memoria de Elphaba Thropp.

Pero no pudo reunir fuerzas para subir a las habitaciones que ella había ocupado en la torre. Tenía miedo de arrojarse de la ventana más alta, si la pena lo abordaba por sorpresa, como una amante demoníaca.

Visitaba a Nana e intentaba que estuviera en condiciones más cómodas y salubres. En una mesa auxiliar, en el comedor, encontró una lente de aumento y varias viejas novelas polvorientas, escritas muchas décadas atrás. *La maldición del admirable Frock* era una; *Una dama entre los paganos*, otra.

—Basura —dijo Nana nada más verlas, y en seguida comenzó a leerlas con fruición.

Resultó ser que no había perdido la capacidad de lectura, sino simplemente que no veía bien. La lupa fue una gran ayuda.

Liir vio amarillear las hojas otoñales, y después las vio ralear. Procuró no hacer demasiada amistad con Chistery y los demás. El aislamiento era una cosa, pero entablar una relación inapropiada con un Mono Volador habría sido otra muy distinta. Los monos permanecían en su parte del castillo (las viejas cuadras, el depósito de heno y el granero) y él dormía en la habitación que había sido de Nor cuando era pequeña. Cada vez oscurecía antes y, cuando se iba a la cama, no sabía muy bien si tenía doce años o estaba en torno a los veinte.

Poco después del comienzo de las lluvias otoñales, una Cisne hembra cayó en el patio delantero y pasó cuatro días acurrucada en el hueco de una escalera. Él le llevó leche y gachas de harina, y la ayudó a lavarse el pecho ensangrentado, porque había sido atacada. Ella no supo dar el nombre de la fiera, porque no sabía cómo llamarla. Vivió lo suficiente para decir que había convocado un congreso de las Aves en el paso de Kumbricia, y que el mal tiempo la había desviado de su ruta.

—¿Sobre qué era el congreso? —preguntó Liir.

Ella no estaba habituada a hablar con humanos y se resistía a decir nada más, pero cedió al sentir cerca la muerte.

—La creciente amenaza. ¿No lo ves? Al ser criaturas del aire, hemos eludido en gran medida las adversidades que sufren las criaturas de la tierra, pero ahora estamos pagando por nuestro aislamiento y nuestro orgullo.

Antes de morir, habló un poco más con Chistery, sintiendo quizá que al ser una criatura alada era más merecedor de su confianza. Pese a la lluvia enceguecedora, enterraron en el huerto, profundamente, su hermoso cadáver emplumado. Por respeto, Chistery y Liir no la desplumaron para mejorar los edredones de la casa, aunque Liir supuso que los dos habían considerado esa idea.


Había sido una princesa entre los Cisnes, dijo Chistery. Su último deseo era que él, como Mono Volador, ocupara su lugar en el congreso y pronunciara ante los presentes el discurso inaugural que había preparado.

Chistery repitió cuidadosamente sus palabras, intentando recordarlas.

—Dijo que el peligro que amenaza a los yunamatas, a los clanes arjikis, a los scrows, a los ugabusezis y a las otras tribus del Vinkus guarda relación con la amenaza que se cierne sobre los munchkins en sus campos y sobre los habitantes de los Escalpes en sus cuevas. Son desgracias relacionadas entre sí, o el mismo problema con diferentes nombres. Problemas, desgracias, amenazas, peligros: los Animales sufren tanto como los quadlings, y las Aves son simplemente las víctimas más recientes, pero no las que sufren menos, ni las últimas. Aun así, las Aves lo ven todo y se están uniendo para intercambiar información, para contar lo que ven y dar la voz de alarma.

—No entiendo nada de lo que dices, Chistery.

El Mono gimió.

—Sólo intento repetir lo que dijo la princesa Cisne. ¡No me preguntes lo que significa! ¡Por mi cabeza! Dijo: «No se trata de que cada generación cuide de los suyos, de que cada especie proteja a sus crías, de que cada tribu se ocupe de su gente. No se trata de eso.» —A Chistery parecía que fuera a estallarle la cabeza. No estaba acostumbrado a hablar de esas cosas—. «El arribista que se ha coronado Emperador es la Primera Lanza de Dios, o al menos así se hace llamar. Dirige su arma contra todo el mundo, sin distinciones. No nos queda más opción que la resistencia.»

—¿Vas a ir al congreso? ¿Dónde es?

—En la entrada oriental del paso de Kumbricia. No, no pienso ir. —Chistery escupió—. No soy un Pájaro, ni soy casi un Mono. Soy más bien un mono. Además, mis alas ya no pueden cubrir esa distancia. Necesito un buen lugar donde posarme, una taza de chocolate caliente antes de dormir y que me rasquen un poco por la mañana, en privado, o no respondo de mí. No es agradable.

Liir no podía obligar a Chistery a ponerse en peligro. Después de todo, era el jefe de su tribu. Ninguno de los otros había avanzado tanto como él en entendimiento y en dominio del lenguaje, quizá porque a él le había enseñado Elphaba.

¿Qué habría hecho la Bruja? Liir no lo sabía. Atormentó a Chistery, hasta que el Mono gritó:

—¡Déjame en paz! ¿Cómo voy a saber yo lo que habría hecho ella?

—Ella siempre te quiso más que a mí —le soltó Liir.

—Sinceramente, Liir, preferiría estar limpiando los orinales, antes que tener esta conversación contigo.

Chistery se marchó y Liir advirtió que no había desmentido su afirmación acerca de las preferencias de la Bruja. Criatura ladina.

Liir empezó a subir la escalera, para ver si Nana se encontraba en uno de sus momentos lúcidos. Pero estaba dormida con la botella de licor entre los dedos, de modo que el muchacho siguió subiendo, más y más alto, hasta las habitaciones de la torre suroriental, los aposentos que habían sido el estudio, el hogar y el refugio de la Bruja.

El lugar estaba más o menos como lo había dejado diez años antes, pero revestido de una clase de polvo húmeda y fría. Los postigos cerrados de las únicas ventanas, orientadas al este, amortajaban el ambiente de sombras. Los excrementos de ratón lo cubrían todo, pero eso era previsible en un castillo sin gato.

Liir tuvo que apoyar todo su peso contra la barra que mantenía cerrados los postigos, pero al final el metal tembló y cedió. Abrió solamente un panel de la ventana, para que entrara suficiente luz y no tuviera que pelarse las espinillas contra los muebles. Aun así, tropezó con una cajonera baja y destrozó el esqueleto del ala de una cría de roc que la Bruja había estado dibujando poco antes del fin.

La habitación era una rueda y él imaginaba que giraba a su alrededor, pero en realidad quien giraba era él, dando vueltas y más vueltas para poder abarcarlo todo a la vez con la mirada. Ya había buscado una vez la Grimería sin éxito. Ahora era más alto y tenía la vista mejor entrenada; quizá pudiera vislumbrarla, tumbada en algún estante o apilada sobre un armario.

No la vio. Quizá simplemente no quiso verla, porque no habría hecho más que reforzar la oscuridad de sus orígenes. Elphaba había sido capaz de leer ese libro y descifrar de algún modo su cambiante lenguaje, pero poca gente más lo había conseguido, quizá nadie más. Él no lo sabía. Había aprendido aceptablemente el qua'ati, pero dominar un lenguaje extranjero de magia era algo completamente distinto. ¡Si ni siquiera  había sido capaz de atarse los zapatos hasta los diez años!

Sin esperar demasiado, apartó muebles y miró debajo de los cojines del banco que había junto a la ventana. El armario ropero estaba cerrado, pero encontró una llave antigua en una taza desportillada y abrió el cerrojo.

Dentro encontró unos pocos vestidos, casi todos negros, como le gustaban a la Bruja. No había estantes, ni estaba la Grimería oculta bajo un doble fondo secreto. Sólo un par de botas. Las sacó y las miró.

Eran de buena calidad y estaban bien cortadas, hechas con un tipo de cuero suave y bien curtido. Allí donde se habían plegado un poco, sólo se distinguían líneas del ancho de una pestaña. Las botas de un caballero, comprendió Liir. ¿Elphaba guardaba bajo llave un par de botas de hombre?

Metió la mano en su interior. Una de ellas estaba vacía. En la otra había un trozo cuadrado de papel abarquillado, de unos veinte centímetros de lado. Lo llevó hasta la ventana y lo alisó sobre las rodillas, para verlo mejor.

Era un retrato apresurado de Nor. Sin confusión posible. La barbilla no se parecía a la suya y los ojos estaban demasiado juntos, pero la jovial inclinación de la cabeza y el modo en que el pelo se apartaba de la frente eran suyos. No podían ser de otra. Liir distinguía las primeras líneas tentativas del artista, corregidas por los contornos definitivos, trazados con una especie de punta seca, con realces de aguada color café. Quizá el artista había derramado a propósito un poco de café sobre el retrato, para marcar los volúmenes con un dedo. ¿Elphaba?

Dio la vuelta a la hoja. En el dorso, escritas con caligrafía torpe y distintiva, se leían estas palabras:

*Nor, por Fiyero*

*Ésta soy yo, Nor,*
*dibujada por mi padre F.*
*antes de que se marchara.*

Así que Elphaba lo había guardado, tal vez como recuerdo de Fiyero, como algo salido de su mano, o quizá también porque admiraba un poco a Nor, a su manera, en la medida en que Elphaba podía admirar a cualquier niño. Nor había sido una niña valiente.

Liir volvió la cabeza para evitar ese tipo de pensamientos. La luz de la ventana arrancó un destello a una especie de cuenco de cristal. Una bola, en realidad. Le quitó el polvo, y la bola desprendió algo semejante a una cascada de lluvia iluminada por el sol mientras la limpiaba.

Liir encontró una butaca baja de cinco patas, tallada cada una a imitación de la pata de una criatura diferente: un enano, un elfo, un humano, un pájaro y un elefante. Acercó la butaca y se sentó con la barbilla entre las manos.

Levantando la barbilla en diferentes direcciones, se miró en el cristal por el rabillo del ojo. ¿Tenía su mentón un contorno afilado? ¿Era su nariz ganchuda y torcida como la de Elphaba? ¿Era su piel del mismo color que la de Caparazón, el hermano de la Bruja? ¿Habían valido la pena los esfuerzos o accidentes que lo habían traído al mundo, fueran cuales fuesen? Y de ser así, ¿para quién habían valido la pena? Su postura era la de una chica que, al prepararse para su primer baile, intenta descubrir su belleza. No le importaba la belleza, tenerla o no tenerla, pero buscaba algo que pudiera ocupar su lugar. Algo como el mérito. La capacidad.

¡Si al menos ella viviera aún y pudiera decirle algo, cualquier cosa!

Una nube pasó delante del sol. La habitación se sacudió un poco, ajustando sus contornos. La bola se oscureció y volvió a iluminarse. Él la cogió entre sus manos; estaba vieja, desportillada, abollada y agrietada por varios sitios. Parecía como si alguna vez hubiese sido un trozo plano de vidrio, que alguien hubiera calentado, afinado, doblado y modelado, para formar con él una improvisada bola de cristal. Era milagroso que no se hubiese roto en mil pedazos. Las formas en su interior variaban a medida que él la inclinaba en un sentido o en otro, tratando de sorprenderse a sí mismo con un nuevo aspecto. Quería encontrar un ángulo nuevo, descubrir un nuevo remordimiento. Cualquier cosa.

Agachó la cabeza, echó el aliento sobre el cristal y, rápidamente, escribió su nombre con un dedo en la condensación. El nombre se disolvió en formas diferentes y su reflejo dejó de tener contornos definidos y se volvió borroso. Se formaron volutas de colores, como pétalos caídos, que de pronto se resolvieron en imágenes. Las líneas que vio no eran los bordes de madera labrada del armario ropero, ni la intersección entre el techo y las paredes. En lugar de eso, vio una claraboya, unas paredes de escayola agrietada y un gato blanco que contemplaba la escena apoyado en un cajón. Un hombre se apartó del margen del espejo, volviéndose la túnica del revés en su prisa por quitársela. Era moreno y bien parecido; Liir sabía lo suficiente de belleza masculina como para apreciarlo. El hombre rodeó a una mujer con un brazo y la llevó hasta la pared, donde se inclinó para besarla. Después, se volvió para abrir de par en par una ancha ventana, y un torrente de luz que nunca se había visto en la torre de Kiamo Ko incendió la habitación del espejo. («Liir, el joven soldado, soñaba despierto al sol, antes de partir para Kiamo Ko.») Sus siluetas eran imprecisas, a la luz del sol que inundaba el ambiente. La mujer se apartó del marco de la ventana y levantó los brazos para rodear el cuello del hombre. Tenía la cara oculta. Sus brazos eran verdes.

Liir apartó con cuidado la bola y se volvió como para decirle al gato blanco: «¡Chis, eso es privado!», pero el gato estaba en el espejo, claro.

Elphaba. Elphaba y Fiyero. Elphaba hacía mucho tiempo, quizá tan joven como era Liir ahora. Y Fiyero, porque era Fiyero, sin duda. A la luz de aquel distante recuerdo, capturado de alguna forma en un espejo, la trama de rombos azules tatuada en la piel de Fiyero resultaba inconfundible. Liir había envidiado el afecto con que Nor hablaba de los rombos azules grabados en la piel de su padre.

No quería ver nada más. Estaba demasiado cerrado a cualquier tipo de lascivia, y mucho más a ésa. Pero era joven y normal (demasiado normal) y, lógicamente, tuvo que mirar de nuevo. Le alivió observar que la circunferencia de la bola comenzaba a nublarse y que, en todo caso, la escena era diferente. Ahora estaba la Bruja, la mujer que había conocido tan bien, pero se la veía más feroz, menos tolerante, más impaciente, más centrada. Estaba pasando con rapidez las páginas de la Grimería, en busca de algo que no encontraba. Después cerró el libro, dando un golpe tan sonoro que la bola casi tembló en su soporte, incluso ahora, con sólo recordarlo.

La Bruja se volvió y levantó un brazo nudoso por el aire; tenía la boca abierta, pero Liir no oía ningún sonido, y la escoba avanzó rápidamente hacia ella, arrastrando por el suelo las briznas de paja. Elphaba la aferró con fuerza y apoyó firmemente el trasero sobre el lado atado de las cerdas. Las dos levantaron vuelo como un único instrumento y salieron de la habitación por el ventanal. Los Grandes Kells (tal como eran una docena de años atrás, tal como seguían siendo) eran lejanos abanicos de lavanda y hielo, y él pudo seguir durante unos segundos el trayecto de ella, que sorteaba las corrientes de aire en busca de una presa inalcanzable.

Se despidió de Nana, aunque la anciana le pareció afortunadamente ausente esa tarde.

—Diles que se vayan al infierno —le aconsejó Nana—. Y resérvame un buen asiento junto a la pista de carreras, para cuando lleguen.

Chistery lo acompañó a la puerta.

—No es necesario que cargues con esta responsabilidad —le repitió.

—Ella lo haría —replicó Liir.

—Tú no eres ella; ni puedes, ni debes tratar de serlo.

—¿Tratar de ser ella, o de ser yo mismo? Hay una diferencia, claro que sí. Pero ahora tengo la escoba, ¿no? ¿Quién más podría hacerlo?

Chistery se encogió de hombros.

—Si la princesa de los Cisnes estuviera presidiendo un congreso de las Aves, para que las criaturas voladoras del mundo pudieran contarse todo lo que saben acerca de las amenazas que se avecinan, tú sabes muy bien quién estaría allí. Ella. Volaba en una escoba y por tanto cumplía los requisitos, de modo que yo iré en su lugar. Puede que no lleve su sangre, pero tengo su escoba. Sólo quedo yo.

—Ve con el viento —dijo Chistery—. ¿Te guardo la cena?

Liir se puso las botas de Fiyero. ¿Acaso no se las había ganado?

O quizá no. Se las quitó y volvió a guardarlas en el armario. Pero cogió el retrato de Nor, lo dobló y se lo metió en un bolsillo interior de la capa, desde donde no podría volarse.

Se subió al alféizar de la ventana, en los antiguos aposentos de la Bruja, y se arrojó al vacío, confiando en que la escoba recordara su misión. Sus ojos se cerraron para no ver la caída, y los cuervos alojados bajo los aleros chillaron de asombro y terror. La escoba se sacudió y se inclinó, se balanceó y se resistió, pero Liir mantuvo las botas firmemente apoyadas en la paja y las manos aferradas al palo como tenazas. Cuando al cabo de unos segundos aún no se había estrellado contra una de las paredes del pico Tirador, abrió un ojo.

Desde esa altura, el paisaje parecía un objeto tirado y roto. Las montañas se veían como una extensión de légamo, barrida para formar crestas y pintada de blanco, marrón, verde y gris. Las delgadas líneas planas de plata pulida eran ríos que recorrían el suelo de los valles. Casi hasta donde alcanzaba la vista, los Kells se curvaban hacia el norte. El horizonte, más allá, era blanco como los cristales de azúcar, y allí se divertía el sol arrancando brillos.

No se veía el paso de Kumbricia, al sur, oculto detrás de las montañas interpuestas, pero no sería difícil localizarlo desde esa altura.

Liir describió una curva orientada vagamente hacia el sur, dejando Kiamo Ko por segunda vez en su vida. No miró atrás, porque de todos modos la ondulante capa negra le habría impedido la vista. Al este, invisible aún, se erguía la Ciudad Esmeralda y todo lo que sucedía en ella. Pudo ver al sur una llana bandeja de color marrón verdoso. ¿Podría ser ya Kellswater, a lo lejos? Si era así, justo debajo de él tenían que estar el otero Trasero y los cinco lagos al oeste del Vinkus. Pero no tuvo valor para mirar hacia abajo, pues sólo mirar a su alrededor y a lo lejos ya le resultaba casi intolerable.

Vio el primer indicio de la luna, con su curiosa protuberancia semejante a un hocico. La luna chacala, le había dicho Nana, que en su larga vida contaba con ver una luna chacala más. Para él, era la primera, o al menos la primera que podía recordar. Yacía en el horizonte, al suroeste, como un perro con el morro en el umbral de la puerta, obedeciendo apenas la orden de quedarse fuera. Tenía una mirada fría y personal.

El viento creaba ilusiones en sus oídos: primero un susurro, como el jadeo de un hombre en peligro; después, un impreciso *glissando*, casi como si unos dedos se deslizaran sobre unas cuerdas de sonido puro. Desde donde él estaba no se distinguían las obras del hombre en el mundo, y por eso mismo todo era mucho más hermoso. ¡Qué extraño, entonces, que el viento sonara aún como la música humana! ¿O sería que la música humana se parecía al viento mucho más de lo que la gente podía imaginar?

A su derecha, viniendo de los Kells desde el oeste, se veían tres o cuatro grumos de materia oscura, indefinidos a causa de la luz y de la veteada plumosidad del cielo. Liir no prestó ninguna atención a los objetos distantes, hasta que una madeja de nubes se deshilachó y estuvieron más cerca. Eran más grandes de lo que pensaba; ahora podía ver que aún estaban bastante lejos. Pero adquirían velocidad y avanzaban hacia él, surcando el cielo en una amplia curva, como perros sueltos al borde de un prado, como si él fuera el zorro moviéndose ya en medio del claro.

Con la fuerza de los pulgares, empujó hacia abajo el palo de la escoba, y como si ésta tuviera una mente propia, o se hubiera convertido en parte de su cuerpo, la escoba obedeció y rápidamente perdió altura. Liir pensó que a las voluminosas criaturas les costaría mucho más ajustar su altura y su velocidad, y no se equivocó: eran menos ágiles. Pero a menor altura el aire era más denso, por el vapor de agua y el aliento del bosque. Compensando la pérdida de maniobrabilidad con su mayor peso, las aves de presa se precipitaron en picado hacia él.

Liir siguió descendiendo, logrando a cada instante una pequeña ventaja, que en pocos minutos volvía a perder. Finalmente, las cuatro aves lo acorralaron en el aire: dos ligeramente adelantadas y por debajo de él; una por la izquierda, y la última por encima. A ésta, más que verla, la intuía con la percepción periférica. Las dos últimas se estaban echando sobre él, a juzgar por las sombras que veía allá abajo, en la llanura, discurriendo a gran velocidad: su sombra y la de sus perseguidoras.

No tenía nada que perder si intentaba un brusco desvío hacia la izquierda, seguido de una maniobra en zigzag; con suerte, los dos misiles que se dirigían hacia él colisionarían entre sí y se dejarían mutuamente inconscientes. Pero la escoba no respondió todo lo bien que esperaba. De nada le sirvieron las sacudidas y las patadas. Cuanto más descendía, más lentas eran las reacciones de la escoba y mayor la resistencia que oponían los caprichos de la atmósfera.

Ahora, sobre el horizonte, la luna chacala observaba. Había subido a medida que Liir descendía, invirtiendo sus posiciones relativas. La luna era la cabeza de una fiera al acecho, y él era la presa que intentaba sin éxito escabullirse por algún tipo de madriguera.

El primer ataque fue con unos espolones. «Águilas», pensó Liir. Águilas enormes. El segundo fue de un diente o un pico, lo que podía significar cualquier cosa; le arrancaron la capa, como desatándola tranquilamente. Entonces Liir se volvió para golpear con los brazos a la criatura, ya que la confrontación era inevitable, y se encontró cara a cara con un dragón volador. Era aproximadamente del tamaño de un caballo, con alas negras y doradas y ponzoñosos ojos dorados, con estrías negras en lugar de rojas.

El otro dragón se acercó y entre los dos acorralaron limpiamente a su presa. Durante un tiempo, estuvieron arrojándose el cuerpo de Liir, mientras su ropa se deshacía a jirones y su voz se deshilachaba. Después, tras conseguir desmontarlo de la escoba, lo dejaron caer y se retiraron con el botín.

# UNO MÁS UNO, IGUAL A AMBOS

## 1

Tenía toda la intención de morir, pero la música se lo había impedido. Lo había atrapado una melodía no tanto seductora como irritante en su persistencia. Eso pensó, cuando pudo pensar algo al respecto. Aun así, tuvieron que transcurrir varias horas o varios días más (tampoco pudo contarlos) hasta que al menos logró ver eso con claridad.

Lo que recordaba de antes de su caída del cielo era impreciso en el mejor de los casos y con las emociones atenuadas: pánico al ver que arrojaban a una niña desde un puente en llamas; asco al comprender lo que hacía Caparazón en aquellas celdas de Sudescaleras; alivio al divisar la figura de un ciervo del otro lado de un prado, a comienzos del otoño. Pánico, asco, alivio, semejantes a recuerdos baratos comprados en unas vacaciones. Las emociones eran portátiles y obvias: pequeños bocaditos de toda una vida, idóneas para levantarle el ánimo o deprimirlo, según lo exigiera el momento. Falsas, de algún modo.

Pero tanto él como sus recuerdos habían despertado con una capacidad nueva para el dolor y la aflicción. Él había despertado para encontrarse vivo otra vez, ¡maldición! ¿Ni siquiera podía caer de una gran altura y esperar el consuelo de una muerte rápida? ¿Era preciso que volviera a ponerse en marcha Liir el indolente?

En realidad, marchar era lo que menos hacía, en el sentido literal, mientras apartaba con las manos y los pies las mantas rancias, en el molino abandonado, o el taller industrial, o lo que fuera el sitio donde lo habían llevado.

La chica se llamaba Candela, o eso le había dicho. Le hablaba coloquialmente en qua'ati.

Le traía agua de un pozo que había fuera; él podía oír el chirrido de la polea cuando el cubo bajaba y volvía a subir. Le traía nueces y manzanas de musgo, que al principio le causaron una diarrea arrasadora, pero después lo limpiaron por dentro y le dieron fuerzas, hasta el punto de que en poco tiempo pudo sentarse en la cama. Después pudo levantarse y orinar en un cubo, y más tarde, ir andando hasta la ventana, frotar con mano temblorosa el polvo del cristal, dejar un círculo limpio y mirar al exterior.

Su habitación de convaleciente estaba junto a la cocina de un pequeño recinto, compuesto por varios edificios de piedra, que comunicaban con dependencias construidas en ángulo recto unas con otras. En el patio estaba el carro de la lavandería, que habían usado Candela y la mónaca ferozmente vieja para transportarlo. Ahora el asno andaba suelto y pacía cerca de allí, en un huerto abandonado, rebuznando opiniones acerca de nada en concreto. Un par de días después del traslado, Candela había vuelto de una de sus excursiones de exploración con una gallina, y en cuanto el ave se familiarizó con su nuevo entorno, hubo huevos por la mañana.

—¿Es una granja? —le preguntó a la chica.

—Lo fue —dijo ella con su vocecita—. Hay manzanos viejos en el bosque y docenas de toneles en un cobertizo. Creo que fue una sidrería. Pero por lo visto la adaptaron después para algún tipo de industria. He encontrado una… una montaña de maquinaria en el establo principal. La han destrozado a mazazos, por lo que no he podido adivinar para qué serviría. Cuando puedas desplazarte un poco más, ya me dirás lo que te parece.

Más allá de la huerta y de unos prados que había invadido la maleza, el bosque los rodeaba por todas partes, hasta donde Liir podía ver. De día era del color de un centenar de cervatillos y cada tarde se volvía más luminoso, a medida que las hojas caían y la luz penetraba más cerca del suelo. Por la noche ululaban los búhos y, en medio del viento incesante, las ramas producían sonidos semejantes a toses.

Liir dormitaba la mayor parte del día y permanecía despierto junto a Candela casi toda la noche, mientras ella dormía profundamente. La joven no presentaba signos de inquietud, pero bien era cierto que él no podía tocar un instrumento para perturbar sus sueños. El domingon, si era así como se llamaba, colgaba de la pared como un icono.

—¿Por qué me salvaste? —le preguntó una vez.

Ella no pudo responder; no parecía entender el concepto de «salvación», aunque la palabra en qua'ati no podía significar ninguna otra cosa.

—¿Quién eres? —probó él, planteando de otra manera la pregunta anterior.

La respuesta, «Candela» y nada más, le brindó algo parecido al consuelo, pero no era consuelo del todo.

Otra vez le preguntó:

—¿Por qué vinimos huyendo a este sitio?

—La vieja mónaca nos dijo que nos marcháramos. Dijo que vendrían a buscarte, tarde o temprano.

—¿Que vendrían? ¿Quiénes?

—Puede que lo entendiera mal. En cualquier caso, dijo que corrías peligro. Había oído hablar de este sitio abandonado y apostó a que el asno encontraría el camino. Y fue así, lo encontró.

—¿Aún corro peligro? Entonces habría estado más seguro si me hubieses dejado morir.

—Yo no soy la causa de que hayas vivido —dijo ella—. No me atribuyas poderes que no tengo. Yo tocaba música y tú recordabas. La música suele obrar ese efecto. Lo que recordabas estaba dentro de ti; no tenía nada que ver conmigo.

Pero él empezó a dudarlo, a medida que recobraba las fuerzas. Muchos de sus recuerdos tenían una musiquilla de fondo, como ornamentos en los márgenes de una página manuscrita. Casi no se reconoció en el cristal de la ventana, cuando una noche acercó la vela a la negrura del vidrio para ver en quién se había convertido. Demacrado, con la barba crecida, casi paralizado por la debilidad... ¿Lo habría ayudado la música a recordar su vida tal como la había vivido, o lo habría hechizado ella con música para darle un pasado falso?

Podría ser cualquier persona y estar en cualquier sitio. Podría estar loco y no saberlo siquiera. Quizá no hubiera ningún Emperador, ni dragones, ni una escoba; tal vez no hubiese existido ningún castillo de Kiamo Ko, ni una niña llamada Nor, secuestrada hacía toda una vida. Ninguna fuerza de ocupación en la capital provincial de Qhoyre, ni unos padres que hubiesen arrojado a su hija desde un puente en llamas para ponerla a salvo. Quizá Candela había inundado su mente comatosa con una batería de recuerdos falsos, para distraerlo de otra cosa más importante.

Pero ella hablaba qua'ati, y él también. No era probable que fuera tan hábil como para enseñarle todo un idioma nuevo mientras estaba en coma.

## 2

La primera noche que Liir pudo hacerlo, arrastraron dos sillas hasta la puerta abierta, para ver salir las estrellas.

—Háblame de ti —le dijo a ella.

Candela encendió una vela, con gesto encantador. Más maravilloso aún fue que sacara de la nada una botella de vino.

—Me la dio la madre Yackle, junto con algunas cosas más, birladas de la despensa del convento —admitió.

Hizo falta bastante ingenio para quitar el corcho, pero cuando lo lograron, se sentaron con las piernas entrelazadas y bebieron en tazas viejas de barro con las asas rotas.

Ella le habló de su pasado. Él intentó escuchar, pero al cabo de un momento comprendió que sólo prestaba atención a los indicios de que había estado en coma varios años y no sólo unas semanas. Quería que ella fuera la niña quadling arrojada desde el puente en Bengda, mayor y devuelta mágicamente a la vida, pero no sólo a la vida, sino a su vida. ¡Cómo deseaba cuidarla, iniciar la imposible tarea de la reparación!

No era fácil derribar esa esperanza, pero para ser capaz de escuchar la vida real de Candela, tenía que silenciar la voz estruendosa de su culpa.

Candela había crecido en Ovvels, el más meridional de los pueblos de Oz, aunque a juzgar por la descripción que hacía ella, ni siquiera merecía el nombre de pueblo. Era una simple red de cabañas, construidas sobre las gomosas ramas de los blandárboles, sobre la humedad salobre del bosque inundado. De niña, Candela cazaba peces carbón con una lanza. Como casi todo el País de los Quadlings, su aldea había entrado en un declive económico durante los decenios de gobierno del Mago, pero ella creía que la prosperidad debía de haber sido posible en algún momento. Había grandes plataformas escalonadas de bloques de granito, que alcanzaban más de cinco metros en su punto más alto, dispuestas una junto a otra en curvas amplias y alargadas. Ninguna persona viva imaginaba para qué habían podido servir esas enormes estructuras, ni cómo habían sido construidas, ya que no había canteras de granito en los alrededores. Los lugareños usaban las plataformas para reparar sus redes y poner a secar el pescado.

Aparte de eso, Candela tenía poco que decir. Su padre se había marchado hacía mucho tiempo, quizá porque su madre era más inquieta de lo conveniente en una esposa. La comida había empezado a escasear y algunos de sus parientes habían decidido probar suerte con la vida itinerante. Ella había aprendido a tocar el domingon cuando viajaba con su tío.

—Pero ¿por qué entraste en el convento? —preguntó Liir—. Los quadlings no son unionistas.

—En general, los quadlings son poco expresivos en materia religiosa —respondió Candela—, lo que significa que no se ofenden fácilmente con las otras tradiciones. Sin embargo, te equivocas en lo referente a los quadlings del sur. Muchos habitantes de Ovvels se convirtieron a una especie de unionismo hace algunas generaciones, tras la visita de un misionero y su comitiva. Una vez oí a mi abuela hablar de ellos: un grupo enfermizo de ingenuos bienintencionados, propensos a sufrir el moho de nuestro clima. Francamente, es increíble que consiguieran algo. Pero lo consiguieron. Yo fui educada en una variedad más o menos flexible de unionismo, por lo que no me molestan la capilla ni las devociones de las mónacas. Ni tampoco la costumbre de cuidar a los enfermos, que me parece una forma decente de pasar el tiempo.

—Tocabas para mí ese... domingon. ¿Cómo lo conseguiste?

—Fue un regalo de mi tío —fue la concisa respuesta de Candela, que no estaba dispuesta a contestar más preguntas sobre el instrumento, ni sobre su tío.

—Cuidaste muy bien de mí. —Liir advirtió una nota amarga en su voz—. Recuerdo cómo fue caer por el aire y ver que el suelo subía hacia mí a una velocidad que no imaginas. Todo a mi alrededor era una bruma marrón de viento y tierra.

—No podría haber hecho nada por ti si la caída hubiera sido tan terrible —señaló Candela—. Probablemente la imaginas peor de lo que fue.

—Pero mis huesos han sanado; puedo moverme —dijo él—. No me desangré.

—Las mónacas que te atendieron primero eran más capaces de lo que parecían. En cualquier caso, todavía no he entendido por qué ibas volando —dijo Candela.

Liir le arrancó la piel a una naranja silvestre invernal, que ella había encontrado en algún lugar del bosque. El olor cítrico se le hincó en la nariz con eclipsante dulzura.

—Entre todo lo que al parecer reviví durante mi sueño comatoso, hay mucho que no puedo recordar —dijo finalmente.

—¿Recuerdas lo que le pasó a tu escoba?

—Supongo que se caería al suelo. No estoy seguro. Quizá los dragones se la llevaron, aunque no consigo imaginar para qué iban a molestarse.

Ella no le insistió y le llegó el turno a Liir de hacer las preguntas.

—¿Por qué me sacaste de allí? ¿Por qué aquella vieja que tú llamabas madre Yackle nos encerró juntos en la torre y después nos soltó? ¿Qué te dijo al respecto?

—La madre Yackle era conocida por sus derivas mentales. En el poco tiempo desde mi llegada al convento, nunca oí que causara problemas, y ni siquiera vi que hablara muy a menudo. Por algún motivo, tu llegada la sacó del ensimismamiento, aunque no sabría decirte si la sumió aún más en la demencia o le produjo una misteriosa claridad mental. Es posible que nos encerrara para...

–Termina lo que ibas a decir.

Candela no pudo, o no quiso. Se limitó a sonreírle a Liir.

–Es bonito volver a hablar en qua'ati. En el convento me tenían por tonta. En realidad, no me importaba; supongo que es cierto que soy un poco tonta. Además, con mi vocecita, no soy la más indicada para hablar en público. Pero encuentro agradable volver a hablar con palabras y no sólo con música.

–¿Cómo adquiriste tu habilidad para la música?

–Todos tenemos alguna habilidad. Me refiero a nosotros, los quadlings de Ovvels. Se nos manifiesta de diferentes maneras. Podemos... ver cosas. ¿Es así como lo dirías?

–¿Puedes ver el futuro? –le preguntó Liir, agarrándole la mano–. ¿Cómo es nuestro futuro?

Ella se sonrojó ligeramente; él no sabía que los quadlings podían sonrojarse.

–No es eso –respondió Candela–. Puedo decirte algunas cosas sobre el presente, o al menos eso creo. No es el futuro.

–Dime algo del presente –pidió el.

–Ya lo he hecho. –La chica frunció los labios en una mueca de protesta, que en realidad era una broma–. Estuve sentada a tu lado durante días y días, tocando el domingon para ti. Te di el presente.

–Me diste la memoria. Eso es el pasado.

Ella lo corrigió:

–La memoria forma parte del presente. Nos construye por dentro; nos entreteje los huesos a los músculos y hace que nuestro corazón siga bombeando. La memoria le recuerda al cuerpo que trabaje, y también le recuerda al espíritu que funcione; hace que sigamos siendo quienes somos. Es la influencia que impide que nos disgreguemos en muchos trozos separados, como... –Miró a su alrededor–. Como la piel de esa naranja y ese montón de semillas.

–Toca otra vez para mí.

–Estoy cansada de tocar –dijo ella–, al menos por ahora.

Antes de volver a entrar, exploraron el establo de techos altos.

–Vendré a verlo mañana con mejor luz –decidió Liir después de curiosear un poco–, pero creo que era una imprenta.

–¿Aquí, en una vieja granja en medio de la nada? –dijo Candela.

—Quizá la usaban para imprimir pasquines subversivos —apuntó Liir—. A alguien no le gustó el uso que le daban y expresó su opinión con una hacha y un martillo.

—De prensa de sidra a imprenta para publicar panfletos...

—Son dos formas de prensa. Estamos en la granja de la Prensa de las Manzanas. Queda bautizada.

Se retiraron. Candela se quedó dormida en seguida. Liir rodó hasta situarse junto a ella para sentir su calor. «Ya no soy un soldado —se dijo—; ésta no es mi amiga quadling.» Su cuerpo respondió como el de cualquier hombre, pero se esforzó por controlar el deseo. Ella era su salvadora, no su concubina. Quizá él estuviera infectado con algún mal contagioso y no estaba dispuesto a ponerla en peligro.

Cuando el dulce aroma a lechuga del aliento de la joven y el vaivén de su pecho a la luz de la luna se volvieron intolerables porque habría querido hundir en ellos la boca, Liir se volvió a su lado de la cama. Uno o dos minutos visualizando el puente en llamas de Qhoyre fueron suficientes para devolverlo al afligido estado en que había transcurrido la mayor parte de su vida.


## 3


A la luz del mediodía, el caos en el establo principal pareció más grave aún. Docenas de bandejas de letras de las que usaban los cajistas aparecían tiradas por el suelo, en una habitación trasera que probablemente había sido una sala de ordeño. Las ruedas, los pesos y el gran tambor de la imprenta, montados sobre madera de roble bien aceitada, con soportes y patas de hierro, habían sido destrozados, en fecha relativamente reciente, con hachas o espadas. Las muescas producidas en el metal relucían con un brillo todavía impoluto.

No había rastros de sangre. Quizá los misteriosos impresores habían tenido noticias del ataque y habían podido huir a tiempo.

Liir revolvió las cenizas que aún se conservaban en la estufa del establo y consiguió rescatar unos trozos de periódico. Señaló el texto, pero Candela le dijo que no sabía leer esas letras.

—«Actos piadosos del Apóstol» —leyó Liir—. Éste es el titular; debajo dice: «La virtud de los FEOS.»

—No sabía que los feos tuvieran una virtud especial —dijo Candela—, sino únicamente una especie de mala suerte.

Como la letra era pequeña, Liir tuvo que sacar a la luz los restos de periódico para descifrarla.

—Por lo que veo, parece un panfleto religioso bastante inocente.

—Quizá la imprenta se usaba también para otras publicaciones más incendiarias.

—Tal vez. —Liir apartó un poco la ceniza y siguió leyendo el papel chamuscado—: «El Apóstol no se enorgullece de poseer ninguna habilidad especial. Por su humildad, el Dios Innominado lo ha bendecido con la recompensa de una fe sin fisuras.»

—Ya te dicho que nos convirtieron —dijo Candela—. No me hace falta otro catecismo.

Se marchó a recoger leña y, cuando regresó varias horas después, trayendo una cabra, Liir le dijo:

—Estás saqueando sistemáticamente una granja cercana, ¿no? ¿Por eso llevas el domingon cuando sales?

—Hay varias casas de campo en estas colinas, un poco más arriba —reconoció ella—. La mayoría están desiertas a esta hora de la mañana, pero es cierto: el instrumento me sirve para que los abuelos que están en casa concilien su sueño matinal.

—Espero que no les estés mendigando.

—¿Quieres que devuelva la cabra?

Leche. ¿Queso, tal vez, a su debido tiempo?

—No.

Pero ¿qué estaban haciendo ellos allí? ¿Descansar? ¿Para qué?

—He estado estudiando los fragmentos de texto que he podido salvar —dijo él—. He llegado a pensar que este boletín no es un panfleto misionero, sino todo lo contrario. Al principio no lo notas, pero si sigues leyendo, encuentras una crítica a los conceptos del Apóstol. A su manera, es un sagaz instrumento retórico; puede que haya engañado a algunos lectores, o que haya convencido a otros para unirse a la resistencia contra ese… ese Apóstol, quienquiera que fuese. Es un panfleto sedicioso, este pasquín. Seguramente, alguien que no disfrutó leyéndolo rastreó su origen hasta aquí y expresó con claridad sus sentimientos.

—Espero que no vuelva.

—¿Para qué iba a volver? ¿Para llevarse la cabra?

Ella levantó la vista al cielo.

—¿Tienes idea de cómo se ordeña una cabra?

—Aprendí a volar montado en una escoba —dijo, remangándose—. Apuesto a que también puedo aprender a ordeñar una cabra.

Sin embargo, volar montado en una escoba resultó ser la tarea más sencilla, según pudo comprobar.

## 4

Finalmente, Candela dijo:

—Cada día que pasa hace más frío. Si vamos a quedarnos aquí todo el invierno, tendremos que almacenar algo de leña. ¿Te sientes con fuerzas para ir a recogerla?

Se sentía bien y fue a buscar leña. Mientras intentaba orientarse entre los valles y hondonadas donde el verde se volvía castaño, se dio cuenta de que la imprenta había sido instalada en una granja que probablemente llevaba una generación abandonada. Larguiruchos árboles adolescentes colonizaban algunos de los claros y, ya en lo profundo del bosque, el entramado de cercas de piedra indicaba que esas tierras habían sido prados para el ganado, no demasiado tiempo atrás.

Durante la cena, le contó a Candela lo que había visto.

—No sé mucho del uso que se da a la tierra, excepto en Ovvels —reconoció ella—. Había visto esos muros entre los árboles, pero pensé que quizá crecían allí como los líquenes.

—¡Muros de piedra que crecen por influencia de unos guijarros! ¡Qué bueno sería poder plantar toda una granja de ese modo! Aquí, la semilla de un establo; allá, una gota de agua para formar el río que hará funcionar la noria. Plantas un huevo y consigues todo un gallinero, con canto del gallo y tortilla para el desayuno incluidos.

—¿Cómo harías el corral para las ovejas?

—Plantando la cola de un cordero.

—¡Qué horrible!

—No creas. Para evitar que los corderos se agusanen, los pastores a menudo les cortan la cola.

A Candela no le gustaba la conversación. Sacó el domingon, y Liir supuso que lo hacía más que nada por cambiar de tema.

Pero él siguió tomándole el pelo.

—Para cultivar un convento, tendrías que plantar... ¿qué?

Ella tocó una escala descendente y la repitió a la inversa.

—Una plegaria —respondió a su pesar—. ¿Y para cultivar un ejército?

—*Touché*. Bueno, la historia de las Siete Lanzas cuenta que hay que plantar dientes de dragón.

Al final había oído el cuento tradicional, el que había dado su nombre a la compañía de la Séptima Lanza. El tema lo tocaba demasiado de cerca.

—¿Y una melodía?

—Las melodías no se pueden cultivar a propósito —dijo ella y, con expresión astuta, añadió—: Tendrías que plantar un accidente.

Liir supuso que sería una referencia musical, pero no la entendió.

—¿Y para cultivar un recuerdo? —prosiguió ella—. A ver si puede decírmelo, señor granjero mágico.

—Para cultivar un recuerdo... Para cultivar un recuerdo hay que plantar... No estoy seguro. De todos modos, ¿quién quiere cultivar recuerdos?

—Te lo pondré más fácil. Para cultivar un buen recuerdo, un recuerdo feliz.

Él se encogió de hombros, como indicándole que continuara.

—No importa lo que plantes —concluyó ella—, pero debes plantarlo con amor.

Después desgranó una escala ascendente y terminó con varios acordes de manos abiertas. Los sonidos quedaron suspendidos en el aire, como prismas colgados de los árboles con cuerdas invisibles. El asno rebuznó con una voz mucho más armoniosa que de costumbre, que lo asombró incluso a él. La cabra inclinó la cabeza a un lado.

Candela añadió unas notas de apoyo en un modo complementario.

La gallina se acercó, como sorprendida de recibir una invitación para bailar a su edad y condición, y soltó un graznido que se convirtió en el soneto de un ruiseñor, verso tras verso, aunque Liir no pudo imaginar lo que podía querer decir.

Después, Candela añadió un cercado de notas graves, tensas como los cables de un puente.

La cabra abrió la boca y contribuyó a la polifonía con un alto *obbligato*, que habría sonado algo áspero para el público de un teatro, pero que funcionó perfectamente en el ambiente del establo.

Después, la joven quadling cantó algo en qua'ati: una especie de proverbio rural. Liir tuvo que esforzarse, tanto para oírla como para traducir sus palabras. Supuso que estaba cantando «Nadie puede cantar, a menos que recuerde». El trío de animales intentó un gran final armónico, pero era algo que estaba más allá de sus posibilidades, y el momento pasó.

—Puedes hacer cantar a los animales —dijo él—. Eres capaz de obrar milagros.

—Sé tocar un instrumento milagroso —lo corrigió ella—. Para cultivar una canción, hay que plantar una nota.


Al día siguiente, Liir salió a buscar más leña. Como poco a poco iba recuperando su buena forma, subió hasta la cima de otra colina, más alta que la anterior, y vio a lo lejos la línea borrosa que formaban las copas de los árboles, de un matiz diferente de castaño: el bosque de pelorroble, en esa dirección, y en la otra, cuando se volvió para mirar, la insinuación de los Kells.

Recogió lo que podía cargar cómodamente, ya que aún no había recuperado del todo la fuerza, y aplazó un día o dos lo que iba a tener que decir. Pero Candela se le adelantó antes de que pudiera sacar el tema. Le dijo:

—Hace un mes que nos marchamos del convento, y tú caíste del cielo quizá unas dos semanas antes. Te he cuidado lo mejor que he podido y he supuesto que pasaríamos juntos el invierno. ¿Estoy partiendo de una premisa falsa? Tienes que decírmelo, porque debo decidir si quiero pasar todo el invierno aquí sola o regresar al convento.

—¿Por qué voy a marcharme? —preguntó él, buscando una razón.

Ella intentó que el tono fuera más ligero.

—Para cultivar un hombre, no basta con plantar un niño; también hay que cosecharlo —dijo—. Tú todavía no estás listo, ¿no?

Al ver que él guardaba silencio, ella añadió:

—Me preguntas por qué vas a marcharte. Pero yo te pregunto: ¿por qué vas a quedarte?

—Tengo una deuda contigo.

—No me debes nada. —Por su expresión, parecía que realmente lo creía, porque su gesto no era combativo ni posesivo—. Hice el trabajo que me encargó la mónaca superiora, y nada más; aunque quizá al sacarte de esa torre y traerte hasta aquí, me excedí en mis funciones y te hice correr un peligro aún mayor.

—Aquí no puedo estar en peligro. ¡Mira! ¿Crees que las hojas de los olmos van a entrelazarse mágicamente para sofocarme?

—Algo te atacó hace seis semanas y lo hizo por alguna razón —le recordó ella.

—Tenía una escoba voladora, nada menos. No hace falta más razón que ésa.

—También tenías el poder de volar montado en esa escoba.

—Cualquier hormiga tiene el poder de viajar montada en un halcón.

Ella protestó, pero no quiso discutir.

—Ibas a algún sitio. ¿Lo recuerdas ahora?

—Un congreso. Un congreso de Aves, en la entrada oriental del paso de Kumbricia. Pero no tengo modo de saber cuándo se inauguraba formalmente, ni cuánto tiempo iba a durar. Puede que ya haya terminado.

Ella se sentó.

—Si he entendido bien lo que oí en el convento, no estamos tan lejos del extremo oriental de los Kells.

—No. A sólo unas horas con la escoba, supongo. Quizá a varios días de viaje a pie.

—Está el burro.

—Dos semanas, con el asno cantante. El animal parece muy perezoso.

—Todavía estás débil. Deberías ir montado en el burro.

—¿Me estás echando del nido?

Se sentía aliviado, en cierto modo; alguien estaba tomando una decisión por él. O quizá ella quisiera oír de sus labios que no pensaba abandonarla, que ni siquiera consideraba esa posibilidad.

Pero el pensamiento de ella iba más allá.

—No sé si quieres quedarte conmigo un día, o más tiempo, o nada en absoluto —le dijo—, pero tienes que elegir lo que quieres y no acomodarte simplemente a la situación. De algún modo, yo te secuestré. No voy a retenerte.

—Me daré permiso para quedarme aquí.

—Antes tendrás que satisfacer tu curiosidad —replicó ella—. En realidad, no sabes por qué te atacaron. No sabes para qué se convocaba el congreso, ni lo que significó para las Aves que no llegaras. Tienes que averiguarlo, antes de tomar cualquier otra decisión.

—Ya no soy tan altruista. Cada vez que lo intento, fracaso. He aprendido pronto a fracasar y he llegado a dominarlo.

—Entonces sé egoísta. Pregunta a esas Aves si han visto a tu amiga, a esa Nor.

Liir casi no podía creer su generosidad. Quería a Candela, pero no tenía perspectiva suficiente para saber si la quería como a su salvadora, como mujer, como amiga o como alternativa a la soledad. O como todas esas cosas a la vez. O si alguna de esas cosas era una razón adecuada para querer a alguien. ¿Qué experiencia personal de amor había tenido él en su vida? ¿Y qué ejemplos de amor había podido conocer? Muy pocos.

Sabía que en, muchos sentidos, Candela tenía razón, y que además le estaba ofreciendo una salida.

—Necesito leña —dijo ella—. Si me ayudas con la leña, me quedaré todo el invierno y no me marcharé hasta la primavera. Con la fruta y las setas que he puesto a secar, las patatas silvestres que crecen en aquel claro soleado y lo que la cabra y la gallina puedan darme, no me moriré de hambre. Si me expulsa el propietario o las dificultades me obligan a marcharme, volveré al convento. Allí estaré, por si vuelve mi tío a buscarme o vuelves tú. O quizá me quede allí; es una vida tan buena como cualquier otra y las mónacas son amables.

Él la ayudó con la leña, redoblando sus esfuerzos para aumentar la pila y, al hacerlo, recuperó volumen en los músculos y firmeza en el paso. Cuando llegaron las primeras heladas y la chimenea comenzó a desprender su fina trenza de humo a toda hora del día y de la noche, él ya estaba listo para partir.

No quiso llevarse el asno. Ella podía necesitarlo.

—¿Para qué? —le preguntó ella.

—Es mejor compañía que la cabra —respondió Liir.

La última mañana, cogió a Candela entre sus brazos y la besó tiernamente por primera vez.

—No necesito oír hablar de la bondad de ningún Apóstol —le dijo—. Me has dado más cosas que admirar que la mayoría de las personas que he conocido.

—Es evidente que no conoces mucho mundo —replicó ella burlona, casi amorosamente—. Cuídate, cuídate tanto como puedas, querido Liir, y sé valiente.

—¿Somos una pareja? —le preguntó él con la valentía necesaria.

—Somos uno más uno —dijo ella—. Según la forma de pensar de los quadlings, uno más uno no es igual a una única unidad de dos. Uno más uno es igual a ambos.

Durante mucho tiempo, al volverse, Liir pudo ver el suave rizo de humo que flotaba sobre el lugar del bosque donde debía de estar la granja de la Prensa de las Manzanas. El aliento del fuego pendía como un signo de interrogación sobre el lugar que ella misma había plantado, ya entonces, para aguardar el regreso de Liir.

# EL CONGRESO DE LAS AVES

## 1

Si bien el trayecto desde la granja en el bosque hasta la entrada del paso de Kumbricia era relativamente breve, cada paso que daba le mordía los huesos y ponía a prueba sus articulaciones como nunca lo había hecho ninguno de sus viajes anteriores a campo traviesa.

Bueno, era mayor. Pero aún no era viejo. ¿Veintitrés años tenía, o veinticuatro? Algo así. No lo bastante mayor como para sentirse realmente adulto, pero lo suficiente como para parecerlo y para conocer la diferencia entre la despreocupación y el descuido.

De modo que tuvo cuidado. Cualquier montoncito de piedras podía resbalar bajo su peso; cualquier mancha de hierba podía resultar más resbaladiza de lo que debería. Fijaba la vista en el suelo. La confianza y la energía tardaban en regresar.

Pero al final regresaron. Al cabo de un tiempo, ya podía caminar dos horas seguidas, antes de hacer una pausa para descansar. Concentraba la mirada en el horizonte y se obligaba a avanzar fijándose objetivos sucesivos: el pino azul más alto, esa mata de hierba en el prado, aquel afloramiento de granito... En poco tiempo, el paisaje se volvió más grandioso, a medida que la imagen de los Kells se tornaba más definida y el profundo barranco entre ambos parecía decir: «Paso de Kumbricia. Entrad si os atrevéis.»

Recordó el viaje de su infancia, con Oatsie Manglehand y la caravana de la Senda Herbácea, y las historias que se contaban los viajeros. ¡La temible Kumbricia, la bruja de los cuentos más antiguos de Oz! Kumbricia era una figura tradicional tan antigua que parecía libre de toda limitación que pudiera imponer cualquier postura moral. No era exactamente la vieja demoníaca del infierno, dedicada a la destrucción de las almas mortales, ni tampoco el regazo acogedor del mundo, que brindaba consuelo en los momentos difíciles. Quizá fuera ambas cosas. Uno más uno, igual a ambos. Como el más indiferente y juguetón de los terremotos, que derriba ciudades y aplasta poblaciones, los actos de Kumbricia respondían a sus propias intenciones secretas. Para un humano, lo que podía parecer suerte en un momento era un desastre al minuto siguiente, pero ¿qué podía significar «suerte» o «desastre» para Kumbricia? En las historias, era temible, amoral, sólo igual a sí misma. Invencible e incorregible.

Imposible de conocer, en realidad.

Igual, en el fondo, al Dios Innominado.

De vez en cuando, Nana cantaba una cancioncilla infantil, probablemente derivada de la *Oziada* o de alguna otra historia o leyenda barroca.

> *La olla revuelve, el cucharón lame.*
> *Ya sirve la mesa; ya espera*
> *Kumbricia, junto a la cuna vacía.*
> *Años ha de aguardar. Espera todavía.*

Sí, lo mismo que el Dios Innominado.

## 2

Los acantilados se abrieron ante él y se cerraron después a su espalda, porque la senda que se internaba en el paso de Kumbricia describía varias curvas cerradas en el suelo del valle, antes de empezar el ascenso. La tierra exhalaba allí vapores diferentes y la estación avanzaba con retraso: los árboles no habían perdido aún las hojas secas, porque el viento que se colaba no era suficiente para arrancarlas de las ramas.

El brillo del cielo se fragmentaba en glaseadas teselas de mosaico por la greca de las ramas y el follaje. El barranco de altísimas paredes se extendía durante días y días. ¿Acaso no era ése su recuerdo? ¿No continuaba hasta abrirse en la vertiente occidental de los Kells, donde las Praderas Milenarias se extendían tan anchas como el mar imaginario de los cuentos infantiles? ¿Cómo iba a hacer para encontrar indicios de una reunión de Aves en ese refugio secreto?

Pero era un buen lugar para reunirse, tenía que reconocerlo. Las montañas servían de murallas y la vegetación del barranco era convenientemente exuberante. Allí residían los yunamatas la mayor parte del año. Y por allí habían pasado Elphaba y Liir, tantos años atrás, en su marcha hacia Kiamo Ko y el esperado amparo.

Tenía todo el tiempo necesario para la reflexión e incluso más. ¿Qué había entendido él, en aquel entonces, del impulso de Elphaba, de sus necesidades, de la fuerza que la empujaba a actuar? Muy poco. Pero recordaba el día en que había salvado a la cría de Mono Nival que luego sería Chistery. Con su talento innato (o su poder, o tal vez su capacidad de concentración, o simplemente su compasión), había congelado la superficie de un pequeño lago, de modo que medio anduvo y medio se deslizó a través del agua para recoger al afligido animalito abandonado.

Eso le decían sus recuerdos. «El hielo se formaba bajo sus talones. El mundo cambiaba para adaptarse a sus necesidades.» Pero ¿cómo podía ser verdad? Quizá fuera la poca fiabilidad de la memoria o la tendencia de la infancia a pintarlo todo con colores épicos lo que hacía que Liir lo recordara de ese modo. «El lago se congeló. La cría de mono pudo salvarse.» Quizá en realidad ella se hubiera metido en el agua. O tal vez el lago ya estaba congelado.

Quizá lo único importante, en cuanto a su poder, era que «había salvado a la cría de mono».

A orillas de un pequeño lago de montaña, hizo una pausa y fue consciente de una variedad nueva de silencio. Era el sonido de todas las cosas reteniendo el aliento.

Al otro lado del lago había una islita, en cuyo centro se levantaba un bosquecillo de árboles nudosirramios. Los cinco o seis troncos estaban tan juntos que parecían los montantes de una serie de puertas, todas ellas abiertas al mismo espacio interior entre los troncos, de unos tres metros y medio de diámetro. El bosquecillo albergaba lo que quedaba del Congreso de las Aves, y las Aves retenían el aliento.

Se quedó quieto; no estaba preparado aún para llamarlas, porque temía que se dispersaran, pero estaba seguro de que ellas lo habían visto. ¿Cuántos cientos de ojos lo mirarían parpadeando o sin parpadear entre aquellas hojas? No salían para atacarlo, ni huían chillando. Pensó que quizá estuvieran tontas de miedo.

Finalmente, se puso a buscar entre los helechos y localizó un árbol caído, con un tronco suficientemente robusto como para soportar su peso. Lo arrastró hasta el borde del lago y lo empujó al agua. Él no sabía conjurar una pasarela helada. Ayudándose con un cayado, logró equilibrarse y empezó a dirigir su camino a través del agua. Podría haber nadado, lo sabía, pero para eso habría tenido que desnudarse antes o después del chapuzón, y le parecía una manera poco digna de presentarse ante la convención.

Las Aves parecían pacientes y, mientras se acercaba, pensó: «Es como si me estuvieran esperando.»

Resultó que así era, según el Ave que le dio la bienvenida: un macho encorvado y capirotado de Águila de los Acantilados.

—Eres el chico escobista —dijo el Águila—. El pichón. Sabíamos que te derribarían. Un Pfénix Rojo avanzó lo suficiente a través de las líneas enemigas como para pasar esa información, antes de resultar herido y tener que echarse atrás. Confiábamos en que vendrías. Has venido.

El Águila de los Acantilados hizo una pausa para arreglarse con gesto garboso las plumas del pecho.

—Estuve a punto de no hacerlo —dijo Liir—. A decir verdad, ni siquiera fue idea mía.

El Águila hizo un gesto con el pico, lo más parecido posible a una mueca de desprecio.

—Los humanos son inconstantes, ya lo sabemos. Pero has venido. El chico escobista.

—Vengo sin la escoba. —Liir apoyó el cayado en el suelo para que las Aves lo vieran—. Vine andando. A propósito, ¿tienes nombre?

Saltando, las otras Aves se situaron una o dos ramas más cerca, para ver si el Águila de los Acantilados respondía. Casi todas eran grandes; había algunos Pinzones, varios Mirlos, un par de Petirrojos y un grupo de inquietas Currucas que no dejaban de arreglarse mutuamente las plumas, pero la mayoría eran Águilas y Rocs Nocturnos. Había también un Pfénix bastante joven, con su halo resplandeciente, nueve Cisnes esperando a su princesa, una vieja Garza ciega, con la pata izquierda torcida, y otros más.

—Sé lo que le sucedió a la princesa de los Cisnes —dijo Liir, y les contó cómo la había sepultado y cómo en cierta forma había acudido al congreso en su lugar.

El Águila de los Acantilados recibió la noticia sin inmutarse, pero los Cisnes inclinaron la cabeza hasta formar blancos aros con sus cuellos y batieron imperceptiblemente las alas con un sonido semejante al de un ventilador.

—Soy el presidente de la asamblea —dijo el Águila de los Acantilados—. Gracias por venir.

A Liir no le interesaba el protocolo.

—¿Quieres que te llame señor presidente? ¿O solamente Pájaro?

Al Águila se le erizaron las plumas del cuello, pero en seguida dijo:

—Soy el general Kynot, pero mi nombre no tiene importancia, como tampoco la tiene el tuyo. Somos soldados en una reunión del Estado Mayor, no en un salón de té.

—Yo ya he sido soldado y no pienso volver a serlo. Soy Liir, para bien o para mal, y me gusta usar mi nombre. No soy el chico de la escoba.

Kynot agachó la cabeza y se quitó un piojo de debajo del ala.

—Lo siento, este lugar está invadido de piojos —dijo—. Liir.

Era una concesión, y Liir se tranquilizó. Estaba a punto de pedir permiso para sentarse, pero entonces se dio cuenta de que no era necesario. Se sentó, y las Aves bajaron un poco más de sus ramas, y muchas se posaron en la hierba, con el ruido de pequeños panecillos cayendo al suelo.

Kynot resumió brevemente sus inquietudes. El congreso parecía estar formado por unas setenta u ochenta Aves, que para entonces tenían miedo de marcharse. Se habían reunido para hablar de la amenaza que se cernía en el cielo, pero esa misma amenaza las había acorralado e inmovilizado. Habría hecho falta un talento y una astucia muy superiores a cualquiera de sus habilidades para que el cielo volviera a ser seguro.

—Estáis llamando a la puerta equivocada, si lo que buscáis es talento o astucia.

—No seas absurdo —le soltó secamente Kynot, antes de proseguir.

Subrayaba cada punto de su discurso con un enérgico movimiento de las alas. *Visto* que las condiciones de vida bajo el gobierno del Emperador se habían vuelto intolerables, y *considerando* que su ejército aéreo de dragones había impedido sistemáticamente los desplazamientos aéreos, perturbando a las poblaciones de Aves y de aves e interfiriendo con los derechos naturales de vuelo, migración y reunión, se había convocado un Congreso de Aves, lamentablemente asediado por el mencionado ejército hostil, de tal modo que los pocos delegados que habían conseguido asistir habían llegado a la conclusión de que eran incapaces, tanto individualmente como en grupo, de combatir a las cuadrillas enemigas. *Por tanto*, necesitaban ayuda. Pronto.

—Yo he venido para anunciaros la muerte de la princesa de los Cisnes —dijo Liir—, porque es lo que habría hecho Elphaba. Más allá de eso, no puedo serviros de mucho. Si soy vuestra única esperanza, tenéis problemas.

—A diferencia de los otros Animales, las Aves nunca nos hemos rozado mucho las alas con los humanos —replicó el general—. Si no siempre se respeta la prohibición humana de comer carne de Animales terrestres, piensa cuánto menos se respetará el tabú en el caso de las Aves. Antes de saber si somos criaturas parlantes, tienen que dispararnos y derribarnos. Pocos campesinos hambrientos están dispuestos a extender a las Aves la cortesía de la prohibición; por eso, las que tenemos el don del habla solemos concentrarnos en las áreas menos frecuentadas por la escoria humana. Oh, discúlpame. Ha sido una grosería por mi parte.

—No te apresures a disculparte; aún no me conoces —repuso Liir—. Pero todavía no entiendo para qué queréis mi ayuda.

—A diferencia de la mayoría de los humanos, tú has volado —dijo Kynot simplemente—. Tienes poderes únicos entre todos los humanos que conocemos.

—Sé mantener el equilibrio. ¿Y qué? La que tiene poderes es la escoba. La escoba de Elphaba.

—El ala no trabaja divorciada de la pluma, Liir. Trabajan unidas.

—Pero ya no tengo la escoba, ¿no lo has oído? Ya no puedo volar y lo que eso signifique no me concierne.

—A ti también te han atacado los dragones, ¿no es cierto? ¿O me han informado mal?

—Así es, me atacaron; pero eso queda entre los dragones y yo. No tiene nada que ver con vosotros.

—¡Y dicen que nosotros tenemos cerebro de pájaro! —Kynot estaba lívido—. ¿No te das cuenta de que nosotros, seres voladores, y tú, hombre volador, debemos hacer causa común? ¡Eres más tonto que un dodo!

—Protesto —intervino un pájaro Dodo que acababa de despertar de la siesta.

—Lo siento, no debería haber dicho eso. Escucha, Liir. Seguramente tenías intención de ayudarnos. ¿Para qué has venido, si no?

Liir pensó en Candela.

—Por sugerencia de una tercera persona.

—¿Qué te sugirió? ¿Que vinieras a darnos la mala noticia y después te quedaras para reírte de nosotros por nuestra desgracia? ¿Que vinieras a ver a tus semejantes perseguidos, torturados e impedidos de reunirse libremente, del mismo modo que a ti te persiguieron, te robaron y casi te asesinaron? ¿Con qué objeto? ¿Para volver a casa y relatar el suceso como una divertida anécdota a la hora de la cena?

—No me pintes con colores tan sombríos, porque eso ya puedo hacerlo yo solo. Mira, se me está ocurriendo que podría preguntaros una cosa. Llevo muchos años buscando a una persona. Una chica. Quizá podríais ayudarme. Por aquello de las migraciones y todo eso.

—Ya no podemos volar libremente, ¿o acaso no te lo he explicado con suficiente claridad, so cretino? —Kynot estaba al borde de la apoplejía–. ¿Cómo vamos a ocuparnos de tus intereses privados, cuando nuestra población se está reduciendo a ojos vistas?

–Entonces –dijo Liir encogiéndose de hombros–, no hay nada que hacer. Creo que no entiendo suficientemente bien este contencioso de las Aves. Es triste, pero no tiene nada que ver conmigo. Y aunque no fuera así, no puedo hacer nada... No soy Elphaba.

Una pequeña Curruca dio un salto adelante y le dijo a Kynot:

–Por favor, general, te suplico que me permitas...

–¡No me supliques nada! ¡No supliques nunca! ¿Cuántas veces tendré que machacarte esa lección en el cerebro, Dosey?

–Lo siento, general. Te suplico que me perdones eso también. Es que igual aquí al joven le conviene ver las cosas de otra manera y pensar un poco más. –Dosey se volvió hacia Liir y prosiguió, gorjeando–. El problema no es sólo para los Pajarracos, ¿me entiendes, chaval? Esos dragones tampoco son trigo limpio para los humanos. ¡Arrancarles las caras a unas mujeres indefensas en pleno campo! ¿Es que no tienen vergüenza? ¿Es que no la tienes tú? Si no te sale del hígado ayudarnos, al menos haz algo para que dejen de pasarles esas cosas a tu propia gente.

–Bien dicho, Dosey.

Kynot parecía más sorprendido que dispuesto a pedir disculpas.

–Esas mujeres eran misioneras unionistas, por lo que he oído –dijo Liir, dejando caer los hombros–. Fue horrible lo que les pasó, pero yo no soy mónaca y ni siquiera sé si soy unionista.

–¿Entonces, qué? Cuando maten a tu hermano, dirás: «¡Ah, no! Él tenía los ojos grises y yo los tengo verdes, de modo que esto tampoco va conmigo» –dijo la Curruca–. Pero por lo que me han dicho, a ti ya te han atacado, chaval. ¿No te acuerdas?

–Quizá mereciera que me atacaran.

–¡Que alguien nos salve! –murmuró Kynot–. Puede que venga alguien a salvarnos, pero no será este chalado.

Dosey no estaba dispuesta a darse por vencida.

–Vale, quizá lo tenías merecido –le dijo secamente–. ¿Pero no te parece que es darle demasiado mérito a esos dragones, creerlos capaces de conocer los entresijos de tu alma? ¡Ah, ya! ¡Te parecen importantes porque salen volando de los establos del Emperador! ¡Pero ni siquiera son Dragones Parlantes! ¡Son simples sirvientes del Emperador de los Feos! Además, ¿cómo puedes estar tan seguro de que esas pobres mónacas se merecían lo que les pasó? ¡Las caras arrancadas! ¡Espantoso, eso es lo que es!

—No me corresponde a mí decidir qué caras merecen ser arrancadas y cuáles no…

—No —dijo Kynot, retrocediendo; parecía como si quisiera arrancarle los ojos a Liir a picotazos—. No. Eso déjaselo al Dios Innominado, o a su encarnación mortal, el Emperador. Déjaselo a los agentes del Emperador, que dirigen las Milicias para garantizar la seguridad de la Ciudad Esmeralda, a expensas de todo el resto de Oz, o déjaselo si no a los subalternos que cumplen las órdenes de sus superiores. Déjaselo a los propios dragones. Los dragones no matan a la gente; la misma gente se mata. Se mata por salir a caminar sin protección en un mundo donde hay dragones. ¡Me das asco!

—No sé por qué atacaron los dragones a esas mónacas; no tengo la menor idea…

—Cada vez resulta más evidente que tú no tienes ninguna idea. Los dragones atacaron a las mónacas para enfrentar a los yunamatas y los scrows. Esas dos poblaciones humanas finalmente parecían dispuestas a firmar un tratado de amistad, después de un millar de generaciones de enfrentamientos. Empezaba a haber confianza entre ellos. Perpetrando ataques arbitrarios contra humanos aislados, los dragones podían avivar las suspicacias entre las tribus. Las tribus son más fáciles de intimidar si no están unidas. Dices que has sido militar... ¿No has aprendido nada de estrategia?

Liir pensó en el puente en llamas. Aún podía ver la carta de paja inflamada, cambiando de forma mientras caía, hundiendo su mensaje espantoso e ilegible en el agua triunfante.

Pensó en Candela, que esperaba verlo regresar… después de haber hecho algo. Después de cumplir alguna acción. Aunque Liir reconociera que quería a Candela (y ni siquiera lo sabía), tampoco así podría tenerla. No podría, hasta que hubiera una alternativa que también pudiera elegir.

—Mirad —dijo por fin—, todo esto es muy halagador, pero yo ya no puedo volar. He perdido la escoba. Me arriesgué a que me arrancaran la cara, viajando solo por Las Decepciones hasta el paso de Kumbricia. Vine por una mala razón, como de costumbre. No puedo hacer nada por vosotros, aunque sea humano. No tengo ningún talento. Mi escoba tenía un talento enorme, aunque fuera mía. Pero ya no la tengo. O bien se perdió, o se la llevaron los dragones.

»Escuchadme. Escuchadme con atención. Quitaos esa expresión timorata de la cara. ¿Por qué no formáis una bandada para huir volando de aquí? ¡Una gran bandada! Los dragones no podrían con todos vosotros. ¡Algunos acabarían pasando!

—Bonito —dijo un Búho—. Muy bonito. Tengo el ala izquierda un poco deforme y tiendo a volar en círculos, por lo que soy bastante lento. Seré uno de los primeros en caer. ¡Me sacrificaré con gusto por el gran Congreso de las Aves!

No parecía que lo dijera en serio.

—Aquí, en el paso de Kumbricia, hay gusanos que comer y los dragones no nos ven en nuestro escondite, pero esto es una cárcel —dijo Kynot—. Sin embargo, no nos marcharemos, si eso significa poner en peligro la vida de uno solo de nosotros. No correremos ese riesgo. Aunque sólo cayera el más pequeño de los Gorriones, todos perderíamos. Su pérdida nos disminuiría a todos. Creía que ya lo sabías.

—Bueno, sí… no… Mi cultura religiosa es bastante endeble.

—No estaba hablando metafóricamente, sino en términos de estrategia militar. Tú podrías llegar a donde están los dragones, ¿verdad? ¿Un joven brujo haciéndose pasar por soldado? Podrías ir a ver si tienen tu escoba, por ejemplo. Podrías recuperarla. Podrías ser nuestra voz, nuestro embajador. Nuestro representante humano, nuestro agente, nuestro delegado…

Liir lo interrumpió:

—Aunque pudiera recuperar la escoba, ¿qué podría hacer? Volverían a atacarme. La última vez se conformaron con mi escoba y mi capa. Quizá esta vez me arrancarían la cara.

—Acabas de decir que no te corresponde a ti decidir qué cara debe ser arrancada y cuál no —replicó el Águila de los Acantilados—. Si es lo que crees, saca la cara ahí afuera y acepta lo que te depare el destino.

—No servirá de nada —dijo Liir—. No puedo hacer nada por vosotros. No soy Ave, ni tampoco soy brujo. Ni siquiera tengo ya la escoba. Y aunque la tuviera, quizá no esté hecho para volar. Tal vez nunca debí haberme tomado esa libertad.

—Quizá ninguno de nosotros debería tomarse las libertades que nos tomamos. Ya lo averiguaremos, si seguimos como hasta ahora. Pero si nos ayudas a acabar con la amenaza de los dragones, haremos lo que nos pidas. Buscaremos a esa hembra humana que quieres encontrar.

La Curruca volvió a adelantarse de un salto.

—Lo harás —le dijo a Liir—. Vas a intentarlo, ¿verdad? Lo presiento.

—¿Puedes ver el futuro, Dosey? —dijo Liir.

—Te suplico que…

—¡Dosey! —la interrumpió Kynot—. ¡Nada de suplicar!

—¡Oh, perdón! —Dosey prosiguió—: No, Señor Escoba. Vas a hacerlo por una razón perfectamente egoísta: para que busquemos a tu chiquilla. Y eso está muy bien. ¿Por qué no? ¡Mientras hagas el trabajo!

Las Aves guardaban silencio.

—Tú lo has probado —dijo la Curruca en tono más suave—. No muchos lo han hecho, pero tú sí. Has volado, ¿no es cierto? ¡Ahora intenta dejarlo!

Se le acercó un poco más.

—Intenta dejarlo, te lo suplico —repitió—. ¿A que no serías capaz?

Las Aves empezaron a batir las alas y, una a una, fueron levantando vuelo, como exponiendo su argumento más definitivo. Volaron en torno al pequeño lago en sentido antihorario, quizá como deferencia hacia el viejo Búho, cuya ala deforme lo obligaba a escorarse en esa dirección. Había más Aves de las que Liir había visto al principio. Varios cientos. Las más tímidas debían de estar ocultas en las ramas más altas, pero escuchando con atención, escuchando todas. Ahora volaban, y mientras volaban, no había líderes ni seguidores; trazaban todas el mismo recorrido por el aire, cada vez más y más rápidamente. La fuerza de su bombeo rítmico impulsó a la superficie del lago a levantarse en olas propias, cada vez más altas, hasta que las puntas de las alas batieron la blanca espuma, y entonces las pálidas ondas ascendieron aún más, girando en torno al remolino de aves, como una segunda población, como Aves fantasmas, como las que habían sido derribadas antes de llegar al congreso. Pero ¿qué eran los fantasmas sin una voz?

Las Aves guardaban silencio. Ninguna de ellas, ni siquiera los Gansos y los Patos, aficionados a graznar durante el vuelo, querían arriesgarse a atraer atención sobre su refugio.

—¡Ya basta! —exclamó Liir, levantando las manos, pero no por pena, ni por miedo, ni por una nueva convicción moral, sino simplemente por falta de cualquier otra razón para resistirse.

La Garza ciega y coja se adelantó un poco y tocó con el pico la pierna de Liir, para localizarlo.

—Yo tampoco puedo volar, ahora que he perdido la vista —dijo la Garza—. Pero no por eso soy menos Ave, ¿no crees?

# LA CUNA DE KUMBRICIA

## 1

El viaje de vuelta fue más rápido. Ahora que sus huesos estaban compuestos, el ejercicio volvía a fortalecerle los músculos. Le dolía el cuerpo, pero de una manera sólida y constructiva.

Las Decepciones no ofrecían mucha cubierta, de manera que viajaba por la noche tanto como podía, con la esperanza de que a esa hora no salieran los dragones. Intentaba seguir siempre caminos bien marcados, sendas de cabras o riberas, donde la marcha era más cómoda, aunque hubiera menos vegetación donde ocultarse.

Llegó a la granja de la Prensa de las Manzanas cuando aún faltaba una hora para el alba y no quiso asustar a Candela acercándose en la oscuridad. Al borde del huerto encontró un árbol viejo que aún producía frutos pequeños y deformes, y se preparó un desayuno, temblando, con las manos bajo las axilas. Intentó sentir el calor del día, minuto a minuto, mientras el sol asomaba por el horizonte, pero su sistema de percepción no alcanzaba a apreciar semejantes sutilezas.

Entonces el burro rebuznó y un gallo entonó su estridente mea culpa, mientras se levantaba la niebla. ¿De dónde habría sacado Candela un gallo? Seguramente seguiría recorriendo los alrededores, sustrayendo impunemente animales de los corrales. Tenía suerte de que no la hubieran descubierto, y no sería porque el asno y el gallo mantuvieran en secreto su paradero. El gallo parecía un tenor.

Con tanto alboroto, ella ya se habría levantado. Aun así, Liir esperó hasta ver subir hacia el cielo el humo de la chimenea y oír el ruido de un postigo de madera chocando contra la pared de piedra. Se acercó a la casa, listo para llamar a Candela, pero ella estaba en la puerta, en equilibrio sobre un solo pie, mientras con el otro se frotaba la parte trasera de la pantorrilla.

—¿A qué has estado esperando? —le dijo ella, con la cabeza ligeramente inclinada hacia adelante—. ¿No hace frío en la huerta?

—La has estado limpiando de maleza.

—Lo ha hecho el burro. Me facilita la vida. Ha despejado un espacio suficiente como para tener un huerto pequeño. Si quitamos algunos árboles más, tendremos un buen espacio abierto y, por lo que he visto, bastante fértil. Pero tendremos que vallarlo, para que no se meta el burro, ni otros intrusos. ¿Por qué te quedas ahí parado? Entra, debes de estar helado.

Estuvo a punto de decir: «Tenía miedo de asustarte», pero luego recordó que ella tenía una especie de talento para ver el presente. Probablemente, Candela ya sabría que él estaba ahí, y de hecho así lo reconoció cuando se lo preguntó.

Los puños de Liir se tensaron y se abrieron ante la sola idea de tocar su cuerpo caliente aún de sueño, de rodearla con los brazos y deslizar los dedos fríos entre los pliegues de su sencilla bata de dormir. Pero ella bajó la cabeza y desapareció por la puerta oscura, antes de que él pudiera abrazarla, como si el tiempo los hubiera convertido otra vez en extraños.

El lugar parecía más sobrio, simple y agradable. Ella había estado trabajando. Había flores secas en jarrones agrietados de barro cocido, y ramilletes de hierbas puestas a secar colgadas del techo que derramaban su fragancia por toda la cocina. En el hogar, los soportes de metal estaban pulidos, y del gancho colgaba una bonita y redonda tetera, con agua aromática hirviendo en su interior.

—¿Cómo sabías que volvería hoy?

—El gallo cantó con más esmero, por lo que supuse que debía de tener público. En cualquier caso, sentí que eras tú. O quizá fuera sólo la esperanza, ¿quién podría ver la diferencia? Estarás cansado. Descansa, Liir, que yo iré a buscarte un pudín de leche a la fresquera del sótano.

—No te muevas tanto. Ven y quédate aquí sentada —dijo él, dando unas palmaditas sobre una butaca que tenía cerca, y sonriendo.

Las manos de ella se unieron a las de él por las yemas de los dedos, que saltaron suavemente, unas contra otras. Después, Candela fue a buscar el pudín.

—Comerás primero y después dormirás —le dijo, como una madre—, porque no necesito el don de la adivinación para saber que has pasado casi toda la noche caminando.

No quiso ni oír hablar de otra cosa. Él tuvo que conformarse con verla revolotear por la cocina, entrando y saliendo de los haces que formaba el sol. «¿Por qué será que también parece un pájaro?», pensó, y sintió que estaba a punto de descubrir algo importante, pero en seguida la comida lo calmó y resultó que Candela tenía razón, porque empezó a cabecear de sueño. Ella lo condujo a la habitación donde tan castamente habían dormido y, después de quitarle la camisa y pasarle un paño mojado por las axilas y por debajo de la melena cada vez más larga que le cubría la nuca, tiró el paño al suelo y apoyó las manos contra el pecho desnudo de él, como tratando de interpretar el arcano lenguaje de su corazón latiendo.

—Más tarde —le dijo sin sonido, sólo con la boca, y besó el espacio donde habrían estado sus labios, si él no hubiese iniciado ya el movimiento de reclinarse sobre la almohada.

El sueño fue un sueño neutro. Un buen sueño.

Liir se despertó a la hora que para esa época del año era la más calurosa. Ella le había dejado fuera una túnica y unas calzas nuevas. ¡Qué habilidad de carroñera tenía Candela! Las calzas, cortadas para un hombre más delgado, le ceñían demasiado los muslos, pero estaban limpias, y la túnica olía a hierbas aromáticas. Vestido con ropa nueva, se sintió un hombre nuevo, y miró por la ventana para ver si la encontraba.

Ella estaba trabajando con tesón en la huerta que había mencionado. Utilizando como palanca un trozo de la rueda de hierro rota de la imprenta, estaba intentando desalojar la robusta raíz de un manzano. Manchada de barro (cuando él estaba impoluto), se secó la cara con el dorso de la mano y vanamente intentó ahuyentar una nube tardía de mosquitos diminutos que encontraban atractivo el olor de su sudor. Él la llamó; ella lo saludó con la mano, y en ese mismo instante cayó pesadamente sobre las rodillas, porque la raíz había elegido ese momento para ceder.

—Déjame hacerlo a mí —dijo él.

—Ya está hecho. Pero voy a descansar un poco. Ven conmigo.

Caminaron hasta el borde del huerto, turnándose para beber agua fresca del pozo de un mismo cucharón.

—Has hecho un buen trabajo aquí —dijo él con expresión grave.

—Lo he hecho por una buena razón —replicó ella mientras se quitaba un trocito de cera del oído con el dedo meñique—. Ahora tú has vuelto y hay alguien más en camino.

—¿Viene alguien a visitarnos?

—Podríamos decirlo así.

¿Qué vería ella en esa hora soleada que él no podía ver? ¿O sí podía?

—No es posible. No tienes edad suficiente.

Ella replicó:

—Aunque al igual que tú no sé exactamente la edad que tengo, por lo visto es suficiente.

Su expresión era despreocupada y un poco aburrida, pero para entonces él ya la conocía bastante bien, o eso creía, como para suponer que estaba al menos un poco asustada.

Muchos de sus camaradas de la compañía solían hablar de ese tema e intercambiaban observaciones. Al parecer, las mujeres siempre lo sabían y, cuando sucedía, una calma sobrenatural barría en ellas todas las otras consideraciones terrenales. ¡Pero Candela todavía no era una mujer! Y aún no había sido inaugurada en esos misterios. O al menos, no por él.

—Sólo he estado fuera unas semanas —dijo él, intentando no parecer frío—. ¿O ya habías hechizado con tu domingon a algún campesino de los alrededores, cuando yo todavía estaba dentro, recuperándome? ¿Así fue como conseguiste la cabra, el gallo y la gallina? ¿Pagando tus necesidades de granjera con tus habilidades en el granero? ¿Fue por eso por lo que me animaste a que saliera a perseguir Pájaros?

—No hace falta que alborotes tanto. —Candela se mordió un labio y lo miró con expresión serena—. No ha sido otro hombre, Liir.

—¡Ni tampoco he sido yo, Candela! —Por un momento dejó de hablar en qua'ati para llenar de exabruptos el aire de la huerta—. Soy un tonto, un ingenuo y un monstruo, todo a la vez, pero sé muy bien cómo se quedan embarazadas las mujeres. Yo no he sido. No me avergüences con una treta estúpida. ¿Creías que te abandonaría por eso?

—Yo no creía…

—¿O tal vez quieres que te abandone? Pues no lo haré. No tengo el alma tan retorcida. Sólo te pido que no me mientas, porque eso es intolerable. ¡Candela, es imposible que me crea lo que me estás diciendo!

—Yo no te pido nada, Liir. No estamos casados. No me elegiste, ni yo te elegí.

—Tú elegiste salvarme cuando estaba a punto de irme —dijo él en tono abatido—, y fue bueno que lo hicieras.

—Yo elegí tratar de salvar a alguien, a una persona que estaba postrada en una enfermería, eso es todo. No sabía quién era esa persona. No sabía que eras tú. Todavía no te conocía. Aún no te conozco.

—Yo no soy el padre —dijo él—. ¿Es preciso que te recuerde cómo funcionan estas cosas? Mantuve la distancia, Candela. Nunca me he acostado contigo; nunca he entrado en tu cueva. Lo he pensado, sí, pero pensar no es hacer, y no se concibe ningún niño con los pensamientos nocturnos de un adulto que duerme solo.

—Pero tú lo has hecho —repuso ella con los hombros caídos—. Sería más sencillo fingir que no, pero da igual lo que hagamos, porque el bebé seguirá creciendo. Ya no va a salir de su nido.

—¡Yo no he hecho nada! —insistió él, y entonces ella le dijo cómo lo había hecho él, y cuándo, y por qué.

Empezó a lloviznar sobre la huerta y, en un gélido remolino, las gotas se tornaron nieve. El invierno avanzó varios pasos más en un instante, como sucede a veces.

Los dos se dirigieron a la casa sin más comentarios y Candela se puso a hacer las tareas de la cocina. Cogió dos puñados de harina gruesa y la hizo pasar por un tamiz, sacudiéndolo. La luz se volvió gris y atenuada, y él cerró bien los postigos y avivó el fuego. Había que entrar al gallo y la gallina, meter al asno en el establo, y también hacer otras cosas, y él hizo todas las que se le ocurrieron: traer leña, esparcir paja limpia por el suelo y ordenar las estanterías. Había objetos con asas y picos, y objetos que no imaginaba para qué servirían. No podía imaginar nada.

Comieron, y después de comer, ella dijo suavemente:

—Esto es bueno, Liir.

—Entonces no puedo haberlo causado yo.

Por la insistencia de ella y también por pasar el tiempo, él le habló del Congreso de las Aves y del encargo que tenía (o que había tenido, hasta esa mañana en que había vuelto a casa) de encontrar su escoba.

A Candela no pareció perturbarle el concepto de unos dragones voladores, y cuando él le preguntó por qué, ella le dijo que ya había oído rumores de esas criaturas, años atrás. Habían participado en una acción en la capital provincial.

—En Qhoyre —dijo él—. No me sorprende.

—Cuando se esperaban revueltas, solían estallar en Qhoyre —convino ella—. Empezó como una protesta contra los impuestos, o algo así. Las tropas de la Ciudad Esmeralda fueron asaltadas en su cuartel por los quadlings y más o menos aniquiladas.

—¿«Más o menos» aniquiladas? ¿Eso qué significa? ¿Las aniquilaron o no?

Pensó en el gentil y amable comandante Cherrystone y deseó que fuera él uno de los aniquilados.

—No me pidas exactitud. Soy un espíritu simple. Sólo te cuento lo que le he oído decir a mi tío: una de las razones por las que nos marchamos. —Candela prosiguió; era tranquilizador para los dos eludir el tema de su embarazo—. Me dijo que la Ciudad Esmeralda respondió con un torrente de represalias, una reacción desmesurada. Enviaron una pequeña escuadra de dragones voladores contra los quadlings de Qhoyre. Fue terrible. Hubo muy pocos supervivientes, ¿y quién iba a creer lo que dijeran esos pobres lunáticos traumatizados? ¿Dragones voladores? ¡Los quadlings son tan supersticiosos! Nadie sabía qué creer. «De modo que lo mejor será que nos vayamos de aquí», dijo mi tío.

Candela recogió las manos sobre el regazo.

—Por eso no me sorprende que haya resultado cierto todo lo que contaban —añadió.

Liir apoyó la cabeza sobre las manos. ¿Habrían sobrevivido los otros hombres de su escuadrón? ¿Ansonby, Kipper, Somes? ¿Burny, Mibble? ¿Aquel al que llamaban Cabeza Gorda? ¿Y sus concubinas? ¿Las habrían tratado como colaboracionistas?

No era solamente la niña arrojada desde el puente en llamas; eran todos ellos. Sus padres, sus vecinos, la gente del campo. Las fuerzas ocupantes, los oficiales y la infantería, el personal de apoyo, los embajadores. Las repercusiones parecían inacabables y era como si crecieran en fuerza e importancia, en lugar de retroceder.

Candela vio su expresión. Le cogió la mano y él tuvo que esforzarse mucho para no retirarla.

—Recuerda por qué fuiste al congreso —dijo—. Antes de salvar a nadie, tienes que salvarte a ti mismo, Liir. De lo contrario no eres más que un autómata, una marioneta manipulada por el azar y el viento insensible.

—Me quedaré aquí, sin importarme que hayas estado acostándote o no con todo el vecindario. Estamos llamados a ser los brazos de Dios —dijo él.

—Esas sentencias religiosas se marchitan en tu lengua y tú lo sabes. Si no te salvas a ti mismo, Liir, muy bien podrías convertirte en el brazo del mal.

—Uno ha de aceptar su destino.

—Decir que tu destino es la voluntad del Dios Innominado no hace que lo sea. Y, además, es de una soberbia enorme.

Se acostaron en la misma cama que antes habían compartido. Ninguno durmió, pero esta vez no fue por culpa del deseo que los consumía.

## 2

Se levantaron cuando aún estaba oscuro, superando al gallo en su propio terreno.

Té en una taza de loza agrietada; por la raja asomaban diminutas perlas de té alineadas en vertical. Él las miraba fijamente, deseoso de aprender un idioma nuevo.

—¿A cuál salvarías? —dijo Candela cuando el sol hacía un esfuerzo por iluminar la habitación—. Yo no soy esa niña, ya lo sabes. No soy esa niña quadling que viste arrojar al río incendiado. No puedes convertirme en ella, empobreciéndote a ti mismo para satisfacer mis necesidades. No puedes elegirme a mí en lugar de a esa niña.

—Quizá no puedo salvar a nadie —dijo—. ¿Cuántas veces lo he intentado desde que murió Elphaba? Podría haber salvado a Nor, que estaba en la cárcel. A la princesa Nastoya, gravemente enferma. No avancé en ninguna de las dos direcciones. Incluso cuando me encontré por el camino con un pobre niño en compañía de su abuela, que habría estado dispuesta a venderlo a cambio de mi escoba, simplemente pasé de largo. ¿Por qué iba a sentirme en deuda con esas Aves? ¡Ve a buscar esa vieja escoba! ¡Advierte al mundo del peligro que corre! ¿Cómo voy a ser su portavoz, si ni siquiera puedo hablar por mí mismo?

—Puedes hacer lo que tú decidas hacer. No estás a las puertas de la muerte —le recordó ella—. Ya no lo estás, al menos.

—¡Y tú quieres hacerme creer que he perdido la virginidad y ni siquiera lo recuerdo! La vida en coma. Pues bien, te diré que tiene sentido. Es coherente, ¿sabes? Tengo que reconocer tu mérito: has sabido interpretarme correctamente.

—No me debes nada. —Candela se puso de pie y apoyó las dos manos en la base de la espalda—. Tengo comida y leña suficientes para los meses que me quedan. El bebé nacerá cuando ya haya llegado la primavera. La cabra nos dará leche, si la mía no basta. O quizá vuelva al convento para el parto. Las mónacas sabrán qué hacer. No será la primera vez que ven algo así.

—Si yo no te debo nada *a ti* —dijo él—, nadie le debe nada *a nadie*.

—Quizá nadie le deba nada a nadie.

—Excepto al Dios Innominado.

—Puede que no le debamos nada al Dios Innominado —repuso ella—: ni obediencia, ni gratitud, ni alabanzas, ni atención. Puede que el Dios Innominado esté en deuda con nosotros.

La impiedad de Candela hizo atragantarse a Liir, pero ella no parecía sentirse bien, seguramente por las náuseas matinales propias de su estado. La joven salió rápidamente, para dar rienda suelta a su malestar en privado. El patio a las puertas de la casa estaba cubierto de escarcha y el sol recién nacido le arrancaba un brillo descarnado. Liir tuvo que entornar los ojos para ver a Candela alejándose hacia el excusado.

La muchacha estaba temblando. A medida que avanzara el invierno, tendría que hacer más lentamente ese mismo camino, con el suelo helado y más peso en el vientre. Liir se dijo que ataría un haz de paja al extremo de un palo para fabricarle una especie de escoba con la que pudiera apartar la nieve, a falta de algo mejor.

Reunió la paja necesaria y la dejó en el suelo, mientras buscaba una cuerda para atarla. En los dislocados ángulos en que cayó, la paja volvió a formar una carta en llamas, una carta que él no sabía leer.

# DRAGONES

## 1

¿Sería porque había visto más mundo, o sólo porque era mayor? ¿Realmente había cambiado la Ciudad Esmeralda, o sólo su capacidad para percibirla?

A la Gran Capital nunca le había fallado la arrogancia, según podía recordar Liir, pero esta vez se dio cuenta de que en ella todo florecía a una escala desmesurada. Metástasis arquitectónica. Las capillas eran como iglesias, y las iglesias, como basílicas. Los edificios del gobierno dejaban pequeñas a las basílicas, por sus columnas más grandes, sus escalinatas más imponentes y sus torres más altas. Las casas privadas eran aprendices de palacios.

Durante su ausencia, la Ciudad Esmeralda había sufrido una transformación. Habían manado océanos de cal para cubrir las pintadas de los muros. Habían podado los árboles a lo largo de los canales, para estimular la frondosidad de las copas, y les habían pintado anillos de cal líquida para prevenir las enfermedades. La avenida que él llamaba el bulevar de los Indigentes tenía árboles nuevos y volvía a servir de paseo, con vías bien rastrilladas para los ejercicios militares, y senderos que zigzagueaban entre los arbustos, donde los plutócratas podían ver y ser vistos.

Supuso que todo podía resumirse en algo muy simple: la Ciudad Esmeralda ya no era la capital de Oz, sino que era Oz. Sobrevivía con el único propósito de asegurar su propia supervivencia.

Quizá siempre hubiese sido así, pero ya no fingía lo contrario. ¿Había habido siempre tantos ministerios, o simplemente estaban mejor señalizados? Ministerio del Consuelo: ése era para los menesterosos. Ministerio de las Milicias de la Ciudad. Ministerio de la Sinceridad (en el mismo cartel, podía leerse ANTES: OFICINA DE PRENSA).

Ministerio de Licencias Artísticas. Al parecer, ahora había que pedir autorización para ser artista.

Obeliscos, cenotafios, estatuas de mármol, pendones y estandartes ondeando al viento. Recuerdos en los quioscos: ¡Todo OZ! ¡Adoro OZ! Un llavero, un silbato, un monedero, un abrecartas, un estuche para los impertinentes: OZ, OZ. Una banda militar cada quinientos metros, ofreciendo conciertos gratuitos para los habitantes de la colmena esmeralda. La ciudad parecía tener su propio tema musical.

Pero ¿para qué?, se preguntaba Liir. ¿Como música de fondo? ¿Por el espectáculo? Todos parecían tener prisa, más aún de lo que él recordaba. Los cafés se veían prósperos, los tranvías públicos circulaban abarrotados de pasajeros, las plazas estaban llenas de turistas y en los museos no cabían los visitantes. «Músculo Apóstol», la exposición abierta en la Sala de Muestras Lord Chuffrey, aparecía anunciada en carteles pegados a todos los tablones de anuncios de la ciudad. El diseño era brillante, según le pareció a Liir: un pie de hombre, calzado con una sandalia, saliendo de una nube. El paisaje pintado, que se extendía hasta el horizonte, mostraba que allí donde el Apóstol había plantado el pie surgían comunidades semejantes a Ciudades Esmeralda en miniatura, dentro de los precisos límites de su influencia podal, desde el talón hasta el abanico de los dedos.

Liir le volvió la espalda a Sudescaleras, pero no le fue difícil hacerlo. La Ciudad Esmeralda se había vuelto más alta y más próspera. Ahora Sudescaleras estaba más escondida, aunque algún decreto debía de mantener relativamente bajas las construcciones en torno al Palacio, por lo que sus majestuosas cúpulas y torreones podían dominar aún el centro de la Ciudad.

# 2

En cuanto a los habitantes de la Ciudad Esmeralda, los negocios parecían marcharles viento en popa. Las faldas eran más gruesas y los dobladillos más anchos, y todo tenía adornos de pieles, desde los sombreros de las señoras hasta el tapizado de las berlinas. Los chalecos de los hombres tenían un corte más generoso, para alojar barrigas más voluminosas. Las telas que usaban sastres y modistas parecían excesivamente teñidas, como si estuvieran destinadas a ser vistas de lejos, como en un escenario. El efecto habría sido cómico, de no ser por una dubitativa sobriedad que había barrido la Ciudad como una infección.

«Sería cómodo estar aquí –pensó Liir–. En todos los otros sitios, la gente corriente ríe mucho porque está nerviosa. Cundo estábamos destinados en Qhoyre, reíamos como imbéciles; eso nos ayudaba a sobrellevarlo. También hacía que nos sintiéramos más amigos. Pero quizá no te haga falta reír, si has dejado atrás tus privaciones y has aliviado tu angustia. Puedes permitirte ser juicioso, cortés y bienhablado.»

Seguía habiendo chusma, como antes, y era bueno que la hubiera, porque de lo contrario él habría llamado aún más la atención. Todavía no se veían Animales, salvo unos pocos en el sector de servicios: una vieja Facóquera con delantal, empujando un cochecito, y varios Rinocerontes trabajando de guardias de seguridad.

Y niños, niños que parecían tremendamente viejos. Probablemente ladronzuelos vagabundos, los más pequeños. Los mayores eran adolescentes de ojos entornados que le lanzaban miradas oblicuas, intentando determinar si era una víctima, un rival o tal vez un aliado.

Quadlings rubicundos con familias numerosas, y pálidos yunamatas indigentes, que sobrevivían comiendo lo que conseguían y bebiendo cerveza. Enanos de expresión altanera (¿por qué no?), y otros de aspecto furtivo (¿y qué?). Munchkins de todos los tamaños –pequeño, mediano y grande–, emigrados de su Estado Libre, o quizá expulsados por pasar secretos o traficar en el mercado negro. Sucios mestizos envueltos en jirones de mantas, andando descalzos con los pies encallecidos por explanadas de grava rastrillada, tendiendo las manos, hasta que algún comité de recepción con una porra salía a su encuentro.

Elphaba había llegado una vez a la Ciudad Esmeralda siendo joven. Tal vez tuviera incluso la edad de Liir, pero él no lo sabía. Ella nunca le había hablado mucho al respecto.

–Chulos y primeros ministros, sin que sea posible distinguir entre unos y otros –había gruñido ella alguna vez.

¿Habría llamado mucho la atención por su piel verde? ¿O quizá en aquella época la gente fuera más tolerante? Para bien o para mal, él había conseguido pasar.

Pensó que quizá acabaría el día encarcelado en Sudescaleras. Pensó que estaba preparado para eso y que quizá no merecía nada mejor. Pero si era así, ¿por qué se esforzaba para no destacar? ¿Por qué andaba sigiloso cuando era preciso, y con paso confiado cuando el ambiente de la calle así lo requería? Supuso que habría una voluntad más profunda en juego: ¿sería tan hábil esa vieja bestia interior que guiaba a los humanos? Incluso el réprobo que reconoce su cobardía moral quiere seguir respirando.

Pese al auge de la construcción que la reciente prosperidad había hecho posible, la Ciudad Esmeralda seguía pareciéndole familiar. Liir se orientó con relativa facilidad por el Arco del Mago y los muelles de Ozma, a través del distrito elegante de Goldhaven, hasta llegar a la plaza Mennipin, en cuyo extremo más alejado se erguía la casa de lord Chuffrey.

No estaba del todo seguro de lo que podría conseguir, pero tenía que empezar por algún sitio. Lady Glinda, de soltera Tierras Altas y actualmente Chuffrey, era su único contacto en la Ciudad Esmeralda. Incluso retirada de la vida pública, seguramente una ex ministra del trono tendría acceso al ejército, ¿no? A sus cuarteles, a sus cuadras con dragones, al ejército en su totalidad. ¿Sería posible convencerla para que viniera una vez más en su ayuda, después de toda una década?

La plaza Mennipin no había sufrido la menor pérdida de prestigio en los años transcurridos desde su última visita. Las fachadas de las casas estaban decoradas con festones verdes y dorados. Claro, faltaba poco para la Natividad de Lurlina. Había verdes ceremoniales y guirnaldas de dorados invernales entretejidos con los postes de la verja de hierro que rodeaba los jardines privados de la plaza.

Para llegar al patio de las cocinas donde se había presentado una vez, Liir tenía que pasar por delante de la entrada principal de la mansión y doblar después una esquina. Cuando estuvo cerca del portón de la entrada, hizo una pausa. Más allá de la grava del sendero para carruajes, había una escalera de granito. En el rellano, delante de la puerta labrada de doble hoja, había un tigre enorme tumbado en el suelo, absorto en el acto de lamerse los testículos. Una cadena en torno a su cuello lo unía a una de las columnas de mármol que sostenían el pórtico, pero la cadena parecía lo suficientemente larga como para que la bestia se estirara y pudiera atacar. Con sensatez, Liir mantuvo la distancia. Pero no por ello dejó de mirar. Nunca había visto un animal salvaje encadenado en una mansión de tanta alcurnia.

La fiera interrumpió un instante lo que estaba haciendo y desplazó los ojos sin levantar la cabeza, mirando por debajo de sus cejas de tigre.

—¿Qué miras? —gruñó en voz baja.

Era un Tigre. Un Animal con el don de la palabra, atado como el perro de un granjero, para intimidar a los intrusos.

Liir habría querido seguir su camino sin más, pero pasar por alto la beligerante pregunta del Tigre habría sido como expresarle que se sentía superior, cuando en realidad no era así. Además, Elphaba le habría contestado sin el menor reparo.

—Miro a un Tigre enorme —dijo Liir finalmente.

—Buena respuesta —replicó el Tigre—. Una de dos: o eres listo, o eres afortunado.

—Solamente soy valiente —dijo Liir—. Tengo que serlo. Vengo a ver a lady Glinda.

—Entonces no eres afortunado —prosiguió el Tigre—, porque no está en casa.

A Liir se le doblegaron los hombros.

—Está en Mockbeggar Hall, la casa solariega de los Chuffrey, en el camino a Kellswater. Un mes de luto.

−¿Luto?

−¿Acabas de caerte del carro de las verduras? Se diría que sí. Su marido ha muerto, ¿no lo sabías? Lord Chuffrey. Hizo un gran donativo al Emperador y, cuando el cheque del banco aún no había pasado del despacho del primer tesorero, lord Chuffrey ya había exhalado el último aliento alcohólico. Quizá pensara que ya nunca más volvería a estar en tan oneroso estado de gracia y quiso aprovecharlo. Lady Glinda le está guardando luto.

−Lo siento por ella −dijo Liir.

−No hace falta que lo sientas. No es exactamente una viuda menesterosa. Tampoco fue nunca exactamente una esposa para él, de modo que no creo que esté desolada. Lo echará de menos, sin duda, como todos nosotros. Era bueno, a su manera. Mantiene a mi familia, que está en el campo. O la mantenía.

Liir se recostó en uno de los postes de la verja.

−Muy bien. ¿Y ahora qué?

−Yo que tú no me acercaría demasiado −dijo el Tigre−. Me pongo conversador cuando me aburro; pero si charlo demasiado, puede que se me abra el apetito.

Le hizo un guiño a Liir, que retrocedió unos pasos.

−¿Por qué te quedas? −le preguntó Liir al Tigre.

−Bueno, no es por las cadenas, desde luego que no. Las llevo para impresionar −dijo el Tigre, echando atrás la cabeza, mientras se encendía en sus ojos un destello de ira−. Es un rasgo de estilo, ¿o acaso no lo ves? ¿Será que de verdad te has caído del carro de las verduras?

Se puso de pie y lanzó un rugido. El portón tembló sobre las bisagras y Liir se encontró en medio de la plaza Mennipin antes de darse cuenta de que estaba corriendo.

¡Adiós a su primera idea! Tendría que arreglárselas sin la ayuda ni la bendición de lady Glinda, diosa de la buena sociedad. Sólo esperaba poder tomar una buena comida que lo preparara para campañas más difíciles, porque lo único que había comido hasta entonces eran unos pocos trozos de fruta seca y pan que Candela le había puesto a la fuerza en las manos antes de salir.

La última vez que había sido tan pobre en la Ciudad Esmeralda, se había enrolado en las Milicias. Dispuesto a improvisar, se dirigió una vez más hacia el cuartel principal, cerca de la Ratonera Munchkin, al abrigo de la colina baja donde se levantaba el Palacio en toda su opulencia.

Muchos chicos y también algunas niñas correteaban por el mismo descampado donde él había jugado al bolaganso con los soldados aburridos. La hierba era marrón y estaba aplastada, quemada por las heladas invernales antes incluso de que llegara la Natividad de Lurlina, pero los gritos que resonaban entre los niños le parecieron suficientemente verdes. A menos que se adelantara corriendo y robara el balón, para impresionar con su agilidad de movimientos y colarse en algún equipo, seguiría siendo invisible para los niños. ¿Y por qué no iba a ser así? Era un hombre joven, más bien alto, algo demacrado y más flaco y huesudo que la mayoría de los soldados pulcros y lustrosos que jugaban con los chiquillos.

Se vio a sí mismo con los ojos de los niños: el pelo recogido con una cuerda, los ojos verdes y la nueva costumbre de agachar la cabeza y rascarse los codos. No tenía mal aspecto para ser un mendigo, pero no por eso dejaba de serlo; además, era demasiado mayor para que le arrojaran un panecillo por pura caridad, si es que el concepto de caridad todavía significaba algo por allí. Aún no había podido averiguarlo.

¡Ah, pero los niños jugando! Le gustaba mirarlos. Recordó a los niños a los que había cantado brevemente, en la escalera de una iglesia, la primera vez que fue a la Ciudad Esmeralda. Les había sonreído, incluso le habían inspirado simpatía y compasión, pero no se había quedado firmemente con ellos. Cada momento de la vida era una cárcel como ésa, una cárcel portátil. Los niños del descampado y los soldados que se divertían con ellos no eran más parecidos a Liir de lo que pudiera serlo un Tigre, o un elfo, o un…

—¿Conque ignoras a un viejo camarada y te quedas tan tranquilo? ¡Menudo descaro!

Liir sacudió la cabeza para asimilar lo que estaba sucediendo. Tenía un soldado a la espalda, que le echaba el aliento sobre el hombro izquierdo. Debía de ser uno de los que estaban jugando al bolaganso, que se le había acercado por detrás. ¡Ja! ¡Como para fiarse de su sublime percepción de aislamiento!

—Ni tú recuerdas mi nombre, ni yo recuerdo el tuyo. —El hombre se apartó de la frente sudorosa el pelo rubio empapado—. ¿Qué has hecho para que te licencien anticipadamente? A nosotros nos han prolongado indefinidamente el período de servicio, por decisión inapelable.

Liir sacudió la cabeza, preguntándose si le convenía hacerse el tonto y fingir que se trataba de una confusión de identidades. ¿O tal vez sería mejor hacerse pasar por herido de guerra? En cualquier caso, le interesaba ganar tiempo. No había preparado ninguna estrategia detallada; lo único que tenía eran intenciones.

—Soy Bon Cavalish, ¿recuerdas? Trism. Ingresaste al servicio desde este mismo campo y yo fui quien te aconsejó cómo hacerlo.

Liir arrugó la boca en una sonrisa y se encogió de hombros. Debía usar lo que tenía. Trism. ¡Sí! Un amenacero menor... criador de dragones, si no recordaba mal.

Fríamente, Liir le respondió:

—Veo que tienes buen ojo para las caras de los conocidos lejanos. Yo estaba aquí parado, pensando justamente en lo ciegos que somos con los demás, y ni siquiera fui capaz de reconocerte a ti.

—Yo sí te he reconocido, pero no he podido recordar tu nombre.

—Ko, así me conocen, aunque mi nombre de pila es Liir.

—Liir Ko, en efecto. Partiste hacia algún destino, hace unos años.

—Sí, así es —asintió Liir—, pero no quiero hablar al respecto, y menos aquí.

—Claro —dijo Trism, y en seguida añadió—: ¡Ah! ¿Un desertor? ¡No es posible!

—Tendrás problemas si alguien te ve conmigo.

—¿Problemas? Sería divertido. —Trism miró a un lado y al otro—. A menos que hayas vuelto para reincorporarte voluntariamente a filas, cometes un gran error presentándote aquí. ¿O será que quieres que te atrapen? ¿Estás espiando para uno de nuestros enemigos?

—Ni siquiera sé cuáles son nuestros enemigos —replicó Liir—. Nunca lo he sabido.

—Si de verdad te has largado y has desertado, tú eres uno de ellos, por lo que no te conviene dejarte ver en exceso. Pero no te alejes demasiado. Últimamente los mandos son un poco más indulgentes en

algunos asuntos. Han tenido que flexibilizar algunas reglas para poder mantenernos eternamente enrolados. Tenemos cierta libertad en
la ciudad, no sé si me entiendes. Hoy podré salir hasta la medianoche. Date una vuelta por algún sitio y beberemos una copa. No lo olvides. No me olvides. –De pronto, agarró a Liir por la solapa–. Yo no
te he olvidado.


# 3

Trism, que era hombre de palabra, lo estaba esperando en un tugurio
de Burntpork, el distrito de rentas bajas.

–Bien venido a La Guinda y el Pepino –dijo Trism, poniéndole
delante una jarra enorme de cerveza rubia, antes de que Liir tuviera
tiempo de coger una silla–. No han perdido la licencia para vender
cerveza de verdad porque patrocinan las fiestas anuales del Día de
Acción Sagrada.

–¿El qué?

–Veo que estás completamente desconectado. Pero eso podemos
remediarlo. ¡Salud!

El lugar estaba demasiado vacío a esa hora para que Liir sacara el
tema que le interesaba. Las voces habrían resonado demasiado. Sin
embargo, garabateado con tiza en una pizarra detrás del barman, había un mensaje que anunciaba: «Esta noche, en su cuarta gira triun-
fal de regreso a los escenarios, ¡Silipedia! 9.30 horas. Prohibidos los
tomates.» La noticia no prometía multitudes, pero al menos había esperanzas. O también podían irse a otro sitio.

A Liir no le apetecía demasiado hablar de sí mismo y en ese sentido no tuvo problemas, porque su interlocutor no le hizo preguntas.
Trism asumió casi de inmediato un tono relajado y se puso a hablar
extensamente del servicio militar, como si Liir y él hubiesen sido
grandes camaradas: chismes de éste y de aquél, reglamentos recitados
de memoria y anécdotas graciosas acerca de los oficiales más despó-
ticos.

· ¿Y qué se ha hecho del comandante Cherrystone? –preguntó
Liir, en un tono tan ligero como pudo.

No quería ser reconocido como desertor por alguien que tuviera autoridad para cargarlo de cadenas por ello.

—Ni idea.

Trism se volvió para observar la sala, que tal como Liir esperaba se estaba llenando con un montón de clientes ruidosos, algunos de los cuales ya habían empezado a beber antes de llegar.

—No es muy probable que nos encontremos aquí con un oficial del alto mando, ¿no? —preguntó Liir.

—Todo es posible. Los gustos cambian. Pero lo dudo.

Cuando ya iban por la tercera ronda, Liir empezó:

—En aquel entonces tú estabas en unas fuerzas especiales, ¿no?

—A los ojos del Dios Innominado, todos somos especiales —dijo Trism. Liir no pudo distinguir si había sarcasmo en su comentario—. Era amenacero menor, en aquella época.

—Zootecnia, ¿verdad?

—¡Oh, el muchacho es más listo de lo que parece! Sí, zootecnia, durante un tiempo.

—¿Ya no?

—No me gusta hablar de trabajo cuando estoy de fiesta.

—Pero siento curiosidad. ¡Parecía tan importante! Nosotros hicimos la excavación para los cimientos del nuevo edificio... las cuadras.

—Era una basílica.

—Ah, sí. Ahora lo recuerdo. ¿No había unas cuadras debajo?

—Mira, es Silipedia, la auténtica. Una leyenda viva. Debe de andar por los noventa años.

Una criatura angulosa y extremadamente vieja estaba siendo izada a un pequeño escenario. Detrás, sacudiendo la saliva de la embocadura de una flauta de madera de sauce, había una mujer joven, vestida con poco más que unas cuantas charreteras doradas, distribuidas estratégicamente por todo el cuerpo. Un par de Osos abrieron los estuches de sus instrumentos y empezaron a girarles clavijas, para afinarlos: una guitarra de Ugabumish y un violinsolo.

—Quedan muy pocos Animales con trabajos de verdad; pero si despejaran de Animales el negocio de la música, nadie volvería a oír ni una sola nota.

Silipedia empezó a gorjear. Era tan vieja que habría sido imposible distinguir si era hombre o mujer, o si estaba tratando de imitar a su propio sexo o al opuesto. Sin embargo, en su voz jadeante y agrietada, la cantante conservaba aún una potencia considerable, por lo que el alboroto de la sala se aquietó bastante. Liir tuvo que esperar a que terminara la primera canción, antes de proseguir con sus comentarios.

—Me refería, específicamente, a los dragones —dijo a través de los aplausos.

—¡Chis! No seas descortés —replicó Trism—. ¿No te parece increíble, esa cantante?

—Increíble, sí, difícil de creer. Creo que no es de mi agrado. ¿Tenemos que quedarnos?

—¿Y renunciar a estos asientos tan buenos? Tómate otra cerveza y veamos al menos la primera parte del espectáculo.

Silipedia superaba a duras penas los pasajes más difíciles, hablando más que cantando. En medio de una canción, encendió un cigarrillo y se quemó los dedos; entonces les pidió a sus músicos que hicieran una pausa.

—No sé qué me pasa esta noche —le dijo al público—. Será por esa horrible fiesta pagana que se acerca, la Natividad de Lurlina. ¿No os parece increíble que el Emperador, en su bondad, permita aunque sólo sea un vestigio de esas supersticiones arcaicas? ¿Podéis creer que actúa con bondad? ¿Podéis creer en su bondad? ¿De verdad podéis creer? Os estoy haciendo una pregunta.

La sala estaba en silencio. ¿Estaría intentando contar una historia graciosa o habría empezado a desvariar?

—No me interpretéis mal —dijo—. Puedo ver en las caras de aquellos de vosotros que aún la conserváis que os da miedo haberos metido en la madriguera de unos conspiradores y no en un concierto de regreso a los escenarios. Por favor, no os preocupéis. Si hay una redada y acabamos todos en Sudescaleras, prometo dirigir vuestro coro de aficionados los fines de semana. Os lo aseguro. Lo prometo.

La flautista se alivió un picor debajo de una de las charreteras.

—No estoy haciendo proselitismo, ni a favor del Dios Innominado, ni en contra de su sagrado nombre inexistente. Eso sería lisa y lla-

namente sedición, y francamente, a mi edad, ya no estoy para eso.
—Hizo una mueca—. La sedición es impensable. Aunque, lógicamente, para decir que algo es «impensable», antes hay que haber sido capaz de pensarlo. Y yo estoy en esa edad en que se pierde más vocabulario del que se adquiere. Ya no sé lo que significa «sedición». Nunca he usado esa palabra. Tampoco he usado nunca la palabra «chiflada», ¿no? ¿Alguna vez he dicho «complicidad»?

Alguien al fondo murmuró un comentario bastante feo. Silipedia dijo entonces:

—Veo cómo te retuerces ahí al fondo. Tú y tu cara de malas pulgas. No salimos mucho, ¿verdad? Me recuerdas a alguien. Me recuerdas a una persona que me resulta profundamente fastidiosa. ¿A qué vienen tantas quejas? Me estoy tomando un descanso para fumar un cigarrillo y charlar un poco. Si te parece que debería tener más escrúpulos, sólo te diré que me dejes en paz. Soy demasiado vieja para tener escrúpulos. No sabría dónde ponerlos.

—¿Qué está diciendo? —masculló Liir.

—Va a acabar en la cárcel o en el asilo para ancianos con demencia senil —dijo Trism, con la cara enrojecida—. Quizá tengas razón; será mejor que nos vayamos.

Pero no podían levantarse mientras ella desgranaba su monólogo, porque sólo habrían conseguido atraer su atención y convertirse en objeto de sus diatribas. No habría parado de insultarlos.

Silipedia empezó a pasearse entre el público. Por momentos parecía un viejo con maquillaje y, al minuto siguiente, una anciana intentando parecer joven. Más que cualquier otra cosa, su aspecto era humano, aunque eso no significara necesariamente que fuera agradable. Liir rezó para que no se le acercara y empezara a hablarle. Tenía el fuerte presentimiento de que lo haría.

Por debajo de la mesa, Trism le cogió la mano a Liir y se la apretó. Estaba más nervioso que él. Liir supuso que el lugar no debía de contar con la aprobación de las Milicias de la Ciudad y que Trism podía meterse en un grave problema si la situación empeoraba. Liir apartó la mano.

—Soy una vieja reliquia medio loca, no me hagáis caso —dijo Silipedia—. Vosotros, los jóvenes, os lo tomáis todo en serio. Pero vosotros no recordáis los malos tiempos del Mago, la sequía, cómo vivíamos entonces... Cómo reíamos... ¡Ja! Una fiesta. Y casi nadie se alzaba contra él. Sólo alguna bruja estúpida de provincias. Y todos sabemos lo que les pasa a las brujas.

Alguien chistó en señal de desaprobación.

—Esta época es muchísimo mejor —dijo la excéntrica criatura—. Preguntadle a Silipedia. Yo lo sé. Soy tan vieja que recuerdo los tiempos en que el regente de Ozma aún estaba al frente de la nación y la pequeña Ozma era un montoncito de gorjeos y caquitas. Soy tan vieja que ya me había retirado cuando llegó el Mago y puso las cosas en orden. ¡Qué tiempos difíciles! Ahora todo es mejor, ¿verdad? Bueno, supongo que todo depende del punto de vista de cada uno. Pero aunque las cosas ahora no sean mejores, seguramente son más buenas.

»¡Cuánta rectitud en estos tiempos! —prosiguió—. ¡Cuánta moral! ¡Ponte algo para taparte la desnudez, muchacha, o la brigada antidepravación nos saltará al cuello! O al menos te saltarán a ti, si los miras con esos ojos.

La flautista parecía tan perpleja como el público.

—Cada uno ha de aferrarse a sus valores, si aún sabe dónde están —continuó la cantante—. ¡Compra valores, alquílalos, róbalos si es preciso! Y véndelos sacando un buen beneficio cuando cambien los gustos. Haz lo que mejor te resulte. ¿Estoy diciendo tonterías?

Volvió al pequeño escenario y se protegió los ojos de los focos deslumbrantes, haciéndose pantalla con la mano.

—Puedo verte, sé que estás ahí —dijo—. Sé qué estás ahí, en alguna parte. —Y señalando al Oso que tocaba el bajo, añadió—: Una canción-linterna sobre esperanzas perdidas, Skoochums, ¿qué te parece? Por los viejos tiempos. En mi mayor. No, no he dicho do. He dicho mi mayor. Mi mayor bruja: Elphaba. Uno, dos, tres. Lo que quieras.

El Oso inició un perezoso acompañamiento con el bajo y Silipedia tomó aliento, pero en seguida volvió a hablar, interrumpiendo la introducción.

—Y el otro problema: ¡todas esas pintadas! He vuelto a verlo cuando venía hacia aquí, garabateado en la pared de una biblioteca: «¡Elphaba vive!» ¿Qué se supone que significa eso? Os lo pregunto. ¿No es un exceso? ¿Por qué no se guardan para sí sus toscas consignas? ¡Elphaba vive! Como si…

Con un movimiento rápido del dedo, echó la colilla del cigarrillo en la cerveza de alguien.

—Ahora mismo me siento furiosa y viva; no me había pasado desde que dejé de cumplir años de dos cifras. Y, para demostrároslo, voy a cantar un bellísimo himno antiguo. Los que estéis con el Emperador, podéis levantaros y cantar el himno conmigo, para demostrar que aquí no estamos solamente para rascarnos los testículos, ¿verdad que no?

Los músicos improvisaron una introducción y Silipedia atacó con aplomo los primeros compases de una melodía conocida. Los parroquianos estaban irritados y nerviosos por el histrionismo de la cantante y no sabían muy bien si estaba haciendo mofa del Emperador, del Dios Innominado, de sí misma, del público o de cualquiera que fuese suficientemente imbécil como para asumir una posición contraria al Palacio. Pero la canción fue un auténtico bálsamo: piadosa, un poco florida y muy familiar. Las complejidades cedieron el paso a los sentimientos más simples. La gente se puso de pie y cantó, como desafiando la teatralidad de Silipedia. En la penumbra y en medio del movimiento, Liir y Trism huyeron. Trism le agarró la mano a Liir, como si creyera que iba a tratar de escabullirse; Liir no pudo evitar apretársela también con fuerza. Había llegado a la conclusión. «Mi mayor bruja: Elphaba». Era como si, después de tanto años, finalmente asistiera a su velatorio.

## 4

Anduvieron a lo largo de un muelle, en los Barrios Inferiores. En el resto de Oz probablemente estaría nevando, pero con el humo caliente de diez mil estufas de carbón, Liir y Trism sólo percibían una humedad peculiar en el aire, que en parte era lluvia y en parte niebla. Las llamas que ardían en las farolas emitían un resplandor pulsante de color melón.

—No debe de ser tarde, supongo —dijo Liir.

—Las campanas de la basílica se oyen en toda la ciudad. En esta época de Nueva Devoción, suenan todas las horas y a las medias. Todavía tenemos un poco de tiempo.

—Ese sitio te ha puesto nervioso. ¿Adónde vamos?

—Ya había estado allí otras veces, pero no sabía que tenían una Noche de los Traidores.

—¿A eso le llamas traición? —preguntó Liir, estupefacto—. Yo lo llamaría —intentó controlar su lenguaje— solamente estupidez.

—Más le valdría que se guardara sus opiniones. O que al menos las organizara  un poco antes de soltarlas. Yo ni siquiera estaba seguro de lo que quería decir, pero hace falta ir muy cargado de whisky para proclamar tanto escepticismo acerca del Emperador Apóstol. Es un buen hombre. La gente lo adora. Yo mismo he tenido el gran honor de conocerlo personalmente.

—¿Ah, sí? ¿De verdad? ¿Y cómo es?

Trism lo miró con extrañeza.

—¡Claro que es verdad! Estaba contigo la primera vez que lo vi. La noche anterior a tu partida, ¿recuerdas? Nos ofreció su carruaje. En aquella época todavía era cínico y depravado, lo recuerdo muy bien. Aún no se había producido su Despertar.

—El Emperador de Oz... ¡no! ¿Caparazón? ¿Caparazón de Todos los Demonios Thropp?

—La mismísima Primera Lanza. ¿De verdad no lo sabías? ¿Dónde diablos has estado? ¿En la luna?

Hasta los adoquines del muelle parecían de pronto más resbaladizos.

—No lo entiendo. Todo el mundo habla del Emperador, de su virtud. ¡Caparazón era todo lo opuesto a la virtud! Era un espía, ¿no? ¿No lo ha dicho alguien? En cualquier caso, usaba extracto de adormidera para drogar a las mujeres de Sudescaleras y atontarlas para follárselas. Lo sé con toda seguridad.

—Pues bien, ¿quién podría hablar mejor en nombre del Dios Innominado que alguien que ha pecado de una manera tan ruin? ¿No sabes que hay recuperaciones? Conoció el Despertar y oyó la voz del Dios Innominado, que le ordenaba mandar. ¿Sabes que sus hermanas eran las dos brujas? ¿Nessarose y Elphaba Thropp?

Liir sintió náuseas.

—Es demasiado… increíble. Demasiado inverosímil.

—No tanto. ¿Quién puede librarse de las garras de la salvación? Cuanto peores sean tus pecados, más probabilidades hay de que la salvación arraigue en ti. Después de todo, su padre fue un ministro unionista. Un misionero, creo.

—Es un charlatán, ese Caparazón.

—Puede que lo haya sido, pero ahora no creo que lo sea. Según él, le fue dado Despertar para guiar a Oz en estos tiempos de desesperación.

—¿Y estamos tan desesperados que necesitamos que nos guíe alguien como él?

—Dímelo tú —dijo Trism. Su voz se había vuelto más grave e íntima. Se inclinó y casi apoyó la barbilla en el hombro de Liir—. ¿Hasta dónde llega la desesperación de cualquiera de nosotros en cualquier momento determinado, eh? ¿Podemos estar desesperados, por ejemplo, hasta el extremo de atacar por la noche un poblado rural indefenso e incendiarlo hasta hacerlo desaparecer en el río?

Liir se giró en redondo para mirar fijamente a Trism, que estiró una mano, lo agarró por un brazo y se lo torció a la espalda.

—Repugnante alimaña asquerosa —le dijo.

—¡Suéltame! ¿Qué es esto? ¿Un tribunal unipersonal? ¿Una venganza? ¡Suéltame! ¿Dónde estamos? —En la niebla, Liir había perdido el sentido de la orientación—. ¿Cómo sabes esas cosas de mí? ¿Y a ti qué pueden importarte? Yo actuaba a las órdenes del Emperador, Trism, de tu admirado líder. ¡A sus órdenes! ¡Suéltame ya!

—Primero voy a aplastarte la cabeza y después arrojaré al agua tu cadáver patético.

Para entonces, Trism le tenía sujetas las dos muñecas a la espalda y no dejaba de patear adoquines al azar, en busca de uno que estuviera flojo y pudiera servir para aplastar un cráneo.

Liir se debatía. Por el entrenamiento militar, Trism estaba más en forma y contaba además con la ventaja de la sorpresa. Gritar no habría servido de nada, ya que cualquier fuerza policial se hubiera puesto de inmediato del lado de Trism.

—Escucha —dijo Liir, intentando no parecer aterrorizado—, estoy agotado. ¿Qué puede importarte a ti algo que pasó al sur de Qhoyre? ¿No eres un hombre de la compañía? He oído que el Estado Mayor consiguió controlar la situación en un abrir y cerrar de ojos.

—Y yo he oído lo que hiciste tú. ¿Cómo querías que no lo oyera? Los soldados chismorrean más que unas comadres. A raíz del ataque, los quadlings de los alrededores de Qhoyre atacaron la guarnición de Cherrystone. Perdiste algunos de tus camaradas, amigo. Después, el Emperador convocó a su flamante sistema de defensa y lo desplegó contra los lugareños.

Liir comenzó a entenderlo.

—Ah, ya. Pero ésa era tu especialidad. Eran tus dragones.

—Yo formaba parte del equipo. Amenacero primero de la división, cierto. Y me habían dicho que los dragones nunca entrarían en acción, que sólo los teníamos para el desfile del Día de Acción Sagrada. Para asustar a la chusma y reconfortar a los intranquilos. ¡Nada como una buena defensa para que los buenos ciudadanos duerman tranquilos por la noche!

—Y tú te creíste todo lo que te decían y nunca tuviste intención de hacer daño a nadie, ni siquiera a una mosca. Ya me conozco la historia. Suéltame, Trism. ¡Déjame ya, que me estás haciendo daño!

—¿Daño? No he hecho más que empezar. Vete acostumbrándote. Por tu culpa, sacaron a los dragones de sus catacumbas. ¡Y nadie sabe lo que es la crueldad hasta que no ha visto a esas bestias en acción!

Liir estaba a punto de vomitar.

—Sé muy bien lo que es la crueldad, Trism, porque casualmente he sido atacado por tus animalitos amaestrados.

Entonces el sorprendido fue Trism y, al ver que contaba con esa ventaja, Liir intentó soltarse. Lo consiguió a medias, pero acabaron rodando los dos por el pavimento, enzarzados en una lucha. Después de pasar por varias charcas y un montón de estiércol de caballo, Trism terminó encima, con las rodillas sobre el pecho de Liir.

—Voy a matarte. Cuando te vi ahí en el descampado, me dije: «El Dios Innominado existe y me lo ha enviado para que lo mate.» Tus viles acciones me han condenado a una vida más desdichada que cualquiera que puedas imaginar. Cuando los estrategas militares vieron lo que los dragones eran capaces de hacer, sólo pensaron en volver a usarlos. Había que entrenarlos con mayor precisión. ¡Mi vida está encadenada a la tarea de perfeccionar la capacidad asesina de esas bestias!

Estaba a punto de lanzar un alarido y Liir comprendió lo que hasta ese momento no había advertido: Trism bon Cavalish era una persona destrozada.

—Mátame, entonces —dijo—. Te sentirás mucho mejor, ya lo veo. Y quizá yo también, tal como van las cosas. Pero antes, escúchame. Fue la palabra del Emperador lo que puso en marcha todo esto. Él le ordenó a Cherrystone que provocara un incidente. Puede que desde el principio buscara una excusa para lanzar un ataque con los dragones, no lo sé. Yo sólo seguí las órdenes del comandante de mi compañía.

—¿Y qué crees que hago yo? Pero entre los dos tenemos cientos y cientos de muertos, y otros centenares más viviendo en el terror, y muchos más aún dispuestos a asesinarnos, si sólo pudieran encontrar la manera de hacerlo.

Liir dejó que Trism sollozara. En realidad, no podía hacer nada al respecto. Los mocos de Trism empezaron a caerle sobre la cara, pero no podía levantar las manos para limpiarse.

—Estamos en el mismo barco, ¿sabes? —dijo Liir, en un tono de voz tan controlado como se lo permitió la emoción del momento—. Los dos hemos hecho mucho daño.

Trism inspiró profundamente, asintió con la cabeza y retiró las rodillas del pecho de Liir. Éste se sentó y, tan discretamente como pudo, se limpió los mocos de la cara.

## 5

Cruzaron andando el puente de los Tribunales de Justicia y se perdieron entre los callejones y las plazoletas de los Barrios Inferiores. La zona bullía de charlatanes, drogadictos y fugitivos; apestaba a salchichas fritas para la cena y a aguas residuales, y resonaba con la risa de los locos. «No pertenecemos a ningún otro sitio —pensó Liir—; será mejor que me vaya acostumbrando.»

Pero podían hablar sin miedo a que los oyeran y, al no tener que mirarse a la cara, podían decirse más cosas.

Trism bon Cavalish era el domador jefe de dragones. No era el gobernador de los establos, pero entrenaba a las bestias con mano firme y ojo dominante. Era el miembro del equipo con más años de antigüedad. Su trabajo le exigía seguir de cerca las acciones de los dragones, para calibrar mejor su adiestramiento.

Sabía que una escuadra de dragones procedente del oeste había regresado con una escoba y una capa, pero no sabía de dónde habían sacado el botín. ¡De Liir, nada menos! También estaba al tanto de los arrancamientos sufridos por las mónacas misioneras, que por lo visto eran sólo un par de casos entre varias docenas.

—Arrancamientos —dijo Liir con un estremecimiento. Candela había mencionado algo así—. No sé muy bien lo que eso significa...

—Las garras de los dragones son afiladas como navajas y tienen pulgares oponibles, como la mano humana —le explicó Trism—. Del mismo modo que un hombre puede montar un barco en miniatura en el interior de una botella vacía, un dragón puede extirpar una cara con tan sólo nueve incisiones.

Hablaba con brusquedad.

—No me preguntes los motivos —prosiguió—, pero hay una cosa que sí sé: los dragones sólo atacan a los jóvenes. Están adiestrados para eso. —Cuadró los hombros—. Yo los he adiestrado así. Al parecer, cuando los jóvenes mueren en la flor de la vida, su pérdida resulta más alarmante (más útil) que si el muerto era un vejestorio.

¿Entonces por qué los dragones no le habían arrancado la cara a Liir? Él era joven. Quizá pensaron que la escoba y la capa ya eran suficiente botín. O tal vez vieran algo en él que los detuvo.

—Pero ¿mónacas? —dijo Liir—. ¿Mujeres jóvenes que consagran su vida al Dios Innominado? Hay algo que no encaja.

Trism le explicó que los viejos conventos, con su tradición de autonomía, no se adaptaban al estilo de gobierno del Emperador, Apóstol del Dios Innominado.

—¿Qué es toda esa charla sobre el Apóstol?

—Así es como se hace llamar el Emperador. El más humilde entre los humildes ha sido enaltecido por el Dios Innominado, y por eso el Apóstol se siente en la obligación de ejercer la autoridad que le ha sido concedida.

Al parecer, algunos de los conventos de Oz estaban dirigidos por mujeres ancianas, educadas en una tradición escolástica arcaica. Algunas de las superioras estaban perdiendo peligrosamente el contacto con las necesidades del pueblo llano, y a veces caían en el enojoso hábito de formular preguntas molestas sobre la autoridad espiritual del Emperador. Esas provocaciones no podían más que erosionar la confianza de la nación.

—¿Entonces es eso? —preguntó Liir—. ¿Estamos en una época de agitación?

—No sé lo que piensan las altas esferas. Sólo me llega la información estrictamente necesaria, pero he oído que las tribus del oeste estuvieron a punto de cerrar un acuerdo para defenderse contra el interés de la Ciudad en sus territorios. Los ataques con dragones sirvieron quizá para confundir a las tribus y avivar en ellas la desconfianza mutua, si no sabían a quién atribuirlos.

»Las caras de esas misioneras que mencionas —prosiguió Trism, esforzándose por mantener la compostura— han sido curtidas y guardadas. Las sacarán a la calle el próximo Día de los Santos Asuntos, para exhibirlas. Será una parte importante del desfile.

Todavía había más. Los dragones (eran varias docenas) se alimentaban con cadáveres de personas recién muertas, una dieta sangrienta que les permitía acumular la fuerza necesaria para volar cientos de kilómetros hacia el oeste. Los cuerpos venían directamente de la cámara de ejecuciones de Sudescaleras, donde siempre había provisiones frescas, gracias a las campañas de eliminación de reclusos que dirigía el vicealcaide.

—Chyde —entonó Liir—, el tipo de los anillos.

Trism lo miró estupefacto.

—¿Quién es el espía? ¿Caparazón o tú?

—Me muevo mucho y acabo conociendo a la gente que me merezco. Sigue contando.

—Bueno, con todo ese horror de cadáveres humanos recién desangrados y cortados en filetes, ¿te sorprende verme al borde del colapso? Los dragones no fueron idea mía, pero me nombraron para el cargo y ahora son mi responsabilidad.

—¿A quién se le ocurrió la idea? Caparazón no es tan listo.

Trism le echó a Liir una mirada sombría.

—¿Quién puede saber ya cómo es nadie? Pero hace un tiempo volví a ver a Caparazón, siendo ya Emperador, por supuesto. Me concedió una audiencia privada, poco después de su elevación a la dignidad máxima.

Liir se cruzó de brazos y se apoyó en un parapeto. Después, siguieron andando, recorriendo cuesta arriba las calles que salían de los Barrios Inferiores. Las luces del distrito de Burntpork ardían al pie de la ladera.

—Cuéntame qué sucedió.

—Era la humildad personificada. ¡Sí, pon la cara que quieras, Liir! Tú desconfías de todo. El vientre se le ha redondeado un poco; es muy ingenioso y... casi tierno, supongo. El Despertar lo ha vuelto magnánimo y entusiasta. Me habló al respecto. ¿Por qué había de mandar él? «¿Por qué elegir al más ruin de todos?», me dijo, señalándose a sí mismo. «¡Un fornicador, un borracho!», dijo. Parecía bastante perplejo. «¿Qué soy yo, si no un caparazón, esperando recibir en su interior el espíritu del Dios Innominado?»

—¿Cómo fue su Despertar? Me gustaría saberlo. Tenía entendido que a la gente que oye voces por lo general la toman por lunática.

—¡Quién sabe! Pero él creció en el meollo de la acción. Tenía esas dos hermanas tan poderosas, a cuyo lado siempre debió de sentirse como un montoncito de col picada.

—¿Estamos hablando del mismo Caparazón? ¡No me hagas reír!

—No es para reír. Imagina que todos los miembros de tu familia tuvieran fama de malvados; imagina que los llamaran malvados casi como si fuera un título...

«No tengo que imaginarlo —pensó Liir—; también era mi familia, o lo más parecido a una familia que he tenido.»

—¿Qué habrías hecho en el lugar de Caparazón? ¿Qué habrías hecho para compensar el mal? ¿Para reducir los daños? ¡Seguramente Caparazón estaría convencido de que la siguiente casa voladora o el próximo cubo de agua iban a ser para él! ¿No te habrías sometido a una Autoridad Superior, de haber sido él? ¿No lo habrías hecho?

—Caparazón habría sido la última persona sospechosa de tener una pobre imagen de sí mismo. ¡Ah, pero, sorpresa! Ahora exhibe su inferioridad delante de toda la nación...

—Para él, es cosa del destino. Me enseñó una página arrancada de un libro de magia. El Espantapájaros la encontró en los aposentos del Mago después de la abdicación. Estaba escrito en un alfabeto indescifrable, pero con mucho esfuerzo alguien consiguió traducirlo. El Mago, imagino. «Sobre la administración de Dragones», decía.

Una extraña e inquietante sensación invadió a Liir. Sabía que el Mago había querido la Grimería de Elphaba y que ella había jurado que nunca la tendría. Trism parecía referirse a un trozo de ese libro. ¿Cómo habría llegado hasta allí?

—Me convenció de que era lo correcto —prosiguió Trism—. Yo le creí, principalmente porque él también cree en lo que dice. No miente. No es un farsante como el Mago, ni un atolondrado como Glinda la Glamurosa, que iba fundando bibliotecas allí donde plantaba su cetro enjoyado. Tampoco es el hombre de paja de una camarilla de banqueros, como el Espantapájaros. Él es auténtico.

—¿Auténtico para qué? —dijo Liir con desdén—. ¿Te convenció para participar en algo tan atroz?

—Me lo pidió. ¿Qué podría haber hecho yo? ¡Era como la encarnación del Dios Innominado!

—¿Y no será que el Dios Innominado no tiene nombre precisamente para que no puedas confundirlo con alguien llamado Caparazón Thropp?

—Te lo cuento porque me lo has preguntado. Todos hemos oído decir que los banqueros de Shiz llevan cierto tiempo retirando sus inversiones del Estado Libre de los Munchkins. Lord Chuffrey fue el principal arquitecto de esa estrategia. Sanciones contra los munchkins. No basta con que sean pequeños, ¡hay que ponerlos de rodillas! El uso de la fuerza de los dragones se presentó como una preparación necesaria para la anexión del lago Restwater, que está en el oeste del País de los Munchkins. Como sabes, la Ciudad Esmeralda necesita el agua.

—Todo esto me aburre. Pero aun así, tú sabías para qué estabas adiestrando a esos dragones.

—Sí, lo sabía —dijo Trism—. Los dragones eran la Segunda Lanza.

Si la Séptima Lanza había arrasado Bengda, ¿de qué sería capaz la Segunda? ¿Y el Emperador, la Primera Lanza?

—¿No puedes pedir un traslado?

—¿Un traslado para el maestro de dragones Bon Cavalish? ¡No seas absurdo! No pueden sustituirme. Soy demasiado valioso. A mis ayudantes los asignan a las cuadras por poco tiempo y los van rotando, para que ninguno aprenda demasiado. No hay ningún sustituto con la formación necesaria para ocupar mi lugar. Aún no, en cualquier caso; todo es demasiado nuevo. Todavía está en fase de preparación y pruebas.

—Podrías largarte. Desertar. Como hice yo.

—De ese modo me sentiría mejor durante una hora, aproximadamente. Más allá de eso, no me serviría de nada. Los dragones seguirían ahí. Algún otro averiguaría cómo canturrearles para que cumplan sus misiones. Tengo talento, pero no soy un fenómeno; no soy indispensable. Además, tengo una familia. Sería una tragedia y una deshonra para ellos si yo desertara; por otra parte, probablemente habría represalias.

—Una familia —susurró Liir, del mismo modo que habría dicho «nitroglicerina». Sintió frío, como si lo ofendiera que su potencial asesino ya no lo considerara merecedor del esfuerzo de matarlo. Era como volver a caer de una gran altura, y sin previo aviso. «Una familia.»

—¿Por qué me miras así? ¡Claro que tengo familia! Padres. Gente de cierta importancia, de alcurnia. También tengo un hermano mayor, retrasado mental. Por los matrimonios entre primos.

Liir no se estrelló contra el suelo porque lo salvó esa respuesta.

Caminaban en círculos, entre la niebla. Era una noche desapacible para estar en la calle, fría y húmeda, pero ninguno de los dos quería detenerse en otra taberna. La neblina se volvió más espesa y sonaron las campanas. Las diez y media. Alguien vació un orinal por la ventana de un piso alto, y ellos se guarecieron juntos en un portal, justo a tiempo para que no les cayera encima la porquería. A Liir le recordó el día que se conocieron, refugiados en otro portal, para guarecerse de una tormenta de granizo.

Por primera vez desde su estancia en el País de los Quadlings, sintió deseos de fumar un cigarro de perguenay.

Siguieron adelante. Dragones. ¿De dónde habrían salido esas criaturas míticas y misteriosas? ¿Habrían hallado un nido con huevos tras un corrimiento de tierra en los Escalpes, o en alguna ciénaga en el País de los Quadlings? Trism no estaba seguro.

Liir no tuvo que hacer la pregunta más básica: ¿por qué? Si en verdad un dragón era un lagarto volador, el lagarto original de Oz era el Dragón del Tiempo, el mito fundacional de la nación. En una caverna subterránea, más profunda incluso que Sudescaleras, sellada por sucesivos terremotos y corrimientos de tierra, dormía el Dragón del Tiempo, que soñaba minuto a minuto la historia del mundo entero.

Trism estaba pensando algo parecido.

—Puedo decirte cuál fue la inspiración —dijo, y en un tono ligeramente pomposo recitó los versos del anónimo bardo autor de la *Oziada*.


He aquí el suelo de átona roca, donde yace
el tiempo, dormido en su cueva. Un hondo sueño
sin sueño, oscuridad que no muere ni nace.
Dentro o fuera, es el tiempo un dragón marfileño.

Rehúsan clavarse sus garras, que hechas están
para atacar. ¿Para qué si no serán la roca,
la chispa, la llama, el pedernal? Para inflamar
del tiempo la que es a la vez fría y caliente boca.

Esa boca caliente que consume nuestros días...


—Te lo sabes de memoria.
—Y sigue todavía …


Del azufre blanquecino está ardiendo la mecha.
Ya empieza a rugir el horno candente del dragón,
y el tiempo, soñado dentro, echa a andar también fuera.

Liir estaba impresionado.

—Veo que fuiste a la escuela, antes de enrolarte.

—Teníamos que memorizar largos pasajes de la *Oziada* en los primeros cursos del colegio de Santa Právuda —explicó Trism—. Yo era un estudiante externo con beca, pero fui el primero de mi promoción.

—Es realmente... grandioso —dijo Liir—. El Dragón del Tiempo sueña cuándo nacemos, cuándo morimos, y determina si para el almuerzo comeremos el pfénix asado relleno de crema de ostras que sirven en la mesa principal de Santa Právuda o el menú económico que puede pagarse un barrendero.

—Si los campesinos analfabetos del País de los Munchkins y los obreros de las fábricas de Gillikin creen que los sueños del Dragón del Tiempo determinan su destino, entonces no necesitan responsabilizarse de sus acciones, ni hace falta que intenten cambiar su posición en la vida.

—Tampoco tú —dijo Liir—. A ti te trajeron de la escuela al servicio militar y el Dragón del Tiempo te ha soñado al frente de sus horrendos establos. Pero no sabes cómo será su próximo sueño. Quizá sueñe que te marchas y dejas a todos esos dragones librados a su suerte.

—Lo he dicho antes: la familia.

Llegaron a un quiosco de prensa, cerrado para la noche. Sobre sus paneles, podía leerse escrito con carbón: «ELPHABA VIVE.» ¡La familia! ¡Ja!

—Creen que ella les pertenece —dijo Liir, repentinamente disgustado—. ¡La Bruja estaría echando espuma por la boca! Era una solitaria impenitente y una chiflada.

Incluso la caligrafía de la pintada tenía cierta apariencia posesiva e íntima.

—¿Qué más te da?

Liir cambió de tema.

—Quizá tu misión sea matar a los dragones. Puede que estés ahí para eso. Quizá por eso han vuelto a cruzarse hoy nuestros caminos.

—¿Estás loco? ¡No podría!

—En cambio, sí que podías matarme a mí, o al menos eso dijiste.

¡Y yo ni siquiera he sido importante en tu pasado! Si no hubiese sucedido lo de Qhoyre, si aquella estratagema no hubiera funcionado, tus superiores habrían provocado otra sublevación en algún otro sitio. A mí me utilizaron tanto como ahora te están utilizando a ti. Pero yo me marché, Trism. Lo hice. Tú también podrías hacerlo.

—Ya te lo he dicho. Mis padres —dijo—. Estoy atrapado.

—¿Qué habría que hacer para que saliera bien? —prosiguió Liir—. Para que fuera rápido y definitivo. ¿Quemar las cuadras? ¿Cortarles la cabeza?

Las campanas dieron las once y media. Hora de emprender el camino de vuelta al cuartel.

—¿Envenenarlos?

—¿No me has oído? —dijo Trism—. ¡Matarían a mis parientes más directos!

—No matarán a nadie, si no lo haces tú —replicó Liir—. Lo haré yo. Dejaré una nota diciendo que lo hice y que te tengo en mi poder, como rehén. Nadie te culpará. No pueden matar a mis parientes más directos. No tengo.

Se abstuvo de añadir: «Además, según algunos rumores, mi pariente más directo es Caparazón, nuestro Sagrado Emperador. Si tienen que matar a alguien, que intenten matar a la Primera Lanza.»


# 6


—Oye —dijo Liir, cuando estuvieron delante del garito del centinela, intentando darse ánimos—, ¿cómo se hipnotiza un dragón?

—No es hipnotismo, en realidad. Me concentro y… hum…

Liir arqueó una ceja.

—¿Les susurras dulces intrascendencias?

—Nada de dulzuras.

—Vamos.

Trism no parecía dispuesto a avanzar, pero Liir lo empujó. Los dos evitaban el arriesgado momento de intentar entrar en la base.

—¡Oh, muy bien, te lo diré! —dijo por fin Trism—. La verdad es que mi familia no es tan aristocrática, pese al vistoso «bon» de mi apellido. Fueron granjeros hidalgos en Gillikin hace un par de generaciones, pero no les fue posible mantener la hidalguía durante toda la sequía y al final tuvieron que ponerse a labrar la tierra para comer. Yo gané varios concursos de llamar a los cerdos, aunque para mi familia eso fue más motivo de vergüenza que de gloria, y después concursé también con perros pastores. Supongo que tengo talento para eso. Demostré que yo también podía ensuciarme las manos con el trabajo del campo y mis padres se enfadaron mucho. Pretendían que ascendiera en la escala social.

»Pero bueno, te diré cómo se hace —prosiguió—. No puedo contarte toda la historia, porque yo lo he ido aprendiendo a medida que lo necesitaba. En líneas generales, es así: me acerco a un dragón, lo que ya de por sí es bastante complicado. Son muy nerviosos, como los caballos purasangres. Tienes que quedarte absolutamente inmóvil y ausente; tienes que ser como un muñeco de trapo en su corral, hasta que se tranquilizan. Cuando se serenan, les cambia la respiración; se vuelve más lenta. Entonces me acerco y los monto. No, no puedes volar montado en un dragón. Lo que hago es trepar a la base de sus alas y apoyar el pecho en su cuello largo y robusto. Después doblo las rodillas por la parte delantera de las alas y les rodeo el cuello con los brazos, como haría con un hombre si quisiera estrangularlo, sólo que más suavemente, claro. Eso hace que las orejas se les llenen de sangre y se levanten. Básicamente, es una forma de excitación. Son sugestionables, pero también muy inteligentes, y yo les canturreo al oído, por lo general al izquierdo, no sé por qué, quizá porque la oreja izquierda suele inclinarse un poco más hacia atrás.

—¡Entonces sí que les susurras dulces intrascendencias!

—Cállate. Les canturreo, línea por línea, la forma de la misión que han de cumplir. Si le murmuro a un dragón para que se duerma, se duerme, y no se despertará aunque empiece a saltarle sobre las alas, que son muy sensibles. Si susurrando le ordeno que vuele, que se oculte, que cace, que actúe solo, que salga en grupo, que saque las peligrosas garras, que corte, que arranque, que guarde, que vuelva…

—Sin embargo, tú nunca ordenaste a cuatro dragones que atacaran a un muchacho que volaba montado en una escoba y se la confiscaran…

—No, y eso es lo que me preocupa. No lo hice. ¿Cómo iba yo a saber que él estaría allí? ¿Cómo iba a saberlo?

—Bueno —dijo Liir—, éste es el momento justo para actuar, ¿no crees? Pero dime, ¿por qué no les susurras que se vuelvan dóciles o les ordenas que se arrojen a las aguas de Kellswater para que mueran ahogados?

Cartas ardientes de paja hundiéndose en Waterslip.

—No creo que sea posible. Siempre he pensado que los dragones son, esencialmente, antagonistas. Son más proclives a atacar que a cualquier otra cosa, como volar en formación militar, por ejemplo.

—Podrías intentarlo.

—Ahora no. Esta noche no. —Trism le echó a Liir una mirada sesgada—. No creo que fuera capaz de concentrarme con tanta intensidad. Si perdiera la concentración sólo por un segundo, sería su aperitivo de medianoche.

—Entonces no lo intentes esta noche —convino Liir apresuradamente.

Trism le puso a Liir sobre los hombros su capa militar, para completar el camuflaje.

—Adelante, entonces, y veamos qué sucede.


El centinela estaba bostezando, listo ya para la llegada del relevo. Cabeceaba mientras leía un panfleto sospechosamente similar a los «Actos piadosos del Apóstol», el pasquín impreso en la granja de la Prensa de las Manzanas. En cualquier caso, el texto debía de ser plomizo y soporífero, porque en seguida les hizo un gesto a Liir y a Trism para que siguieran adelante, sin mirarlos dos veces.

A esa hora, el patio estaba prácticamente desierto. Sin encontrar ninguna oposición, Liir y Trism se dirigieron a la basílica, en cuyos sótanos se encontraban los establos.

Como los dragones tenían que vivir en cuadras y había que mantenerles las garras afiladas y en perfecto estado para uso militar, era preciso limpiar constantemente los cubículos, ya que los vapores hediondos que desprendían las propias bestias eran corrosivos para sus uñas. Pero unos meses antes —explicó Trism—, un mozo inepto se había dejado olvidado un cubo con la sustancia utilizada para desinfectar el suelo de piedra de las cuadras. Un dragón que había bebido buena parte del líquido había muerto una hora después.

En el cobertizo de la limpieza había varias barricas del germicida, ya abiertas y listas para proceder a su aplicación. Trism tenía las llaves.

Liir no quiso ver a los dragones. El estado de coma que había padecido había erosionado sus recuerdos del ataque, y prefería que todo siguiera así. Sin embargo, se permitió atisbar con la visión periférica la niebla dorada y percibir el calor abrasador, el acre amoníaco del aliento, el olor dulzón de la piel embadurnada de semen y el ronroneo profundo y gutural de los dragones.

Pero el primer dragón desvió la cabeza delante del cubo mortífero.

—¿No tiene sed? —susurró Liir, cuando Trism se lo dijo.

—Los dragones son listos —replicó Trism—. Por eso pueden adiestrarse tan bien; aprenden rápidamente y no olvidan. Puede que este dragón haya visto morir al otro, o que haya olido su cadáver y lo asocie con el olor del desinfectante. Quizá podríamos disfrazar el olor de alguna manera.

Sonó la primera campanada después de la medianoche. Tenían que darse prisa, para tener tiempo de huir.

—Si no quieren beber, quizá quieran comer —dijo finalmente Trism—. Ven. El sótano de las provisiones está por aquí.

Bajaron a un helado almacén. Había bloques de hielo sobre losas de pizarra, para conservar fría la carne, que al menos estaba envuelta en hojas de periódicos viejos y atada con cuerdas, de manera que no fue necesario que la vieran demasiado de cerca. Los paquetes, del tamaño de unas alforjas, no estaban bien hechos, y su contenido se caía por los costados.

—¡Alto, no vomites! —dijo Trism bruscamente—. Los dragones percibirán el hedor y no querrán tomar la cena. No pienses que esto es carne humana; míralo solamente como el vehículo para administrar una medicina necesaria, y nada más. Y que el Dios Innominado se apiade de estos pobres diablos descuartizados y de nosotros mismos.

—Y también de los dragones —añadió Liir, pero entonces quiso verlos y deseó recordar el ataque, su astucia y su fuerza.

Necesitaba bloquear la idea de lo que estaban transportando, paquete a paquete, escaleras arriba, pero cuando ya no pudo hacerlo y sintió de pronto unas lágrimas ardientes que le brotaban de los ojos, se consoló pensando: «Tú creías, pobre cadáver, que habías muerto en vano, elegido por Chyde para el matadero. Pero no ha sido así. Estás derribando la Casa de Caparazón. De la manera más terrible y atroz, estás haciendo el bien. Bendito seas.»

Regaron los paquetes con la poción venenosa. Después, como lanzando brasas ardientes en charcas de un líquido inflamable, Liir y Trism recorrieron una y otra vez el pasillo central de las cuadras de los dragones y los diversos pasadizos laterales, arrojando los aperitivos de medianoche por encima de los robustos portones con refuerzos de piedra. Las bestias que dormitaban se despertaron y desgarraron los paquetes con los dientes. Empezaron a comer con tanta avidez, que de sus fauces salían despedidos pequeños grumos de carne roja.

Sólo cuando hubieron arrojado el último paquete, Liir se permitió subirse a un banco para asomarse al interior de uno de los cubículos.

El dragón irradiaba una tenue luz cobriza. Estaba devorando la comida sin vacilaciones, resoplando de voracidad. Tenía los antebrazos flexionados, con una aterradora capacidad para la elegancia. Las garras se retraían, chasqueaban, se apoyaban unas contra otras en eficiente oposición, y resplandecían con un córneo brillo azul acerado. Después, la bestia se volvió y miró a Liir. Al comer más lentamente, le cayó baba del fondo de las fauces. El ojo de mirada inteligente (Liir sólo veía uno) era negro y dorado, y el iris, más parecido a una vaina que a un guisante, pasó de horizontal a vertical y se ensanchó.

Lo había reconocido. Era justamente una de las bestias que lo habían atacado.

La criatura retrocedió y agitó hacia adelante las pesadas alas, de manera que el cuerpo se arqueó hacia atrás y golpeó ruidosamente contra la pared del fondo del cubículo. El hocico se levantó, se abrieron las fauces, dejando al descubierto los dientes ensangrentados, y surgió un sonido que no era un bramido ni un aullido, sino el comienzo del trompeteo de un dragón.

—¡Maldición, eso es malo! —exclamó Trism, agarrando a Liir por el hombro—. ¡Salgamos de aquí!

—Están dando la voz de alarma —dijo Liir.

—Se están muriendo y lo saben, y al menos uno de ellos sabe por qué.

## 7

Trism y Liir se detuvieron en el rellano. En una dirección, la escalera seguía subiendo, hasta el interior de la basílica abovedada. La puerta al exterior, por la que habían entrado, estaba abierta de par en par. No se oía ningún ruido de nadie corriendo para ver qué estaba pasando. Quizá los dragones rugían y bramaban en sueños toda la noche y el alboroto no era ninguna novedad.

Liir se detuvo.

—¿Qué pasa? —dijo Trism.

—No me iré sin la escoba. Me lo he prometido a mí mismo.

—No hay motivo para que no la recuperes. Pero tendremos que darnos prisa.

Trism introdujo una llave en la cerradura de la otra puerta que se abría en el rellano.

—Aguarda aquí —dijo—. Ahí dentro no hay más que pesadillas.

Liir lo siguió de todos modos. Los dos hombres estaban unidos en su traición, al menos por esa noche, y Liir no quería perder de vista a su cómplice.

El techo inclinado indicaba que la sala estrecha y alargada era un cobertizo anejo a la basílica, probablemente construido bajo —pensó Liir— para no interferir con las vidrieras que iluminaban el sagrado espacio interior. El recinto, sin caldear a esa hora de la noche, hedía a los jugos y ácidos tánicos empleados para adobar y curtir pieles.

Con un mechero de chispa, Trism encendió una lámpara de aceite de mano.

—Mantén baja la mirada si piensas seguirme aquí dentro —murmuró, protegiendo con una mano la llama que ardía dentro del tubo de cristal—. La escoba está en la alacena del fondo y me costará encontrar la llave.

Pasó rápidamente entre unas mesas altas de tapa inclinada, donde podía verse algún tipo de labor manual a medio terminar.

—¿Corremos mucho peligro? —preguntó Liir.

—¿Te refieres a los próximos cinco minutos o al resto de nuestras breves y patéticas vidas? La respuesta es la misma: sí, muchísimo.

La lucecita se alejó con Trism en dirección a la alacena. En la renovada penumbra, Liir se agitó nerviosamente y derribó una pila de aros de madera de unos treinta centímetros de diámetro, que cayeron con estrépito al suelo.

—¡Chis! ¡Silencio, por favor! —exclamó Trism en un susurro ronco.

Mientras recogía el material, Liir prestó atención a los sonidos: los resoplidos y sofocados relinchos de los dragones, en el sótano; el batir de sus alas como fuelles enormes; el tintineo del llavero de Trism, con las antiguas y pesadas llaves de hierro golpeando contra llavecitas de joyero de sonido cristalino; el chasquido de un cerrojo con el pasador deslizándose y abriéndose, y finalmente, el susurro de las juncias y la paja seca. La escoba. La escoba de Elphie. Otra vez.

Tenía que verla, cuando Trism se volvió. Levantó la mirada con algo en los ojos parecido al amor. Trism llevaba la capa de la Bruja descuidadamente echada sobre un hombro y la escoba bajo el brazo, mientras intentaba cerrar de nuevo la alacena y echar otra vez el cerrojo a la puerta. Después se volvió y levantó la lámpara para iluminar el camino hacia Liir. Estaba sonriendo. También lo estaban, en cierto sentido, los remedos de caras que surgieron de las sombras, sobre la pared del fondo del recinto. Eran diez o doce máscaras, inquietantes objetos de magia negra, o al menos eso pensó Liir al principio. Las caras arrancadas, reparadas con hilo quirúrgico allí donde había sido necesario, estaban tensadas sobre bastidores de madera de haya, como los aros que Liir había derribado.

—¡Chis, deja de chillar! —dijo Trism—. ¡Ya te había dicho que no miraras!

# 8

Momentos después, cuando por la insistencia de Liir terminaron de retirar la docena de restos de facciones humanas y los guardaron en dos morrales, Trism dijo:

—Si hablabas en serio cuando dijiste lo de dejar una nota asumiendo toda la responsabilidad, ahora es el momento. ¿Te las arreglas con el papel y la tinta?

—Sé escribir —dijo Liir—. No fui a Santa Právuda, pero sé escribir.

—¡No digas tonterías! Te preguntaba si no estarías temblando demasiado para controlar la pluma.

Tuvo que esforzarse. El tercer pergamino resultó aceptable.

*He secuestrado a vuestro cobarde maestro de dragones y he puesto fin a su abyecta labor. Le haré pagar por sus crímenes contra viajeros indefensos.*

*Firmado: Liir, hijo de Elphaba*

—¿«Hijo de Elphaba»? —dijo Trism—. ¿De *esa* Elphaba, quieres decir?

Miró a Liir con renovado respeto, o quizá fuera solamente incredulidad. ¿O acaso incipiente horror?

—Probablemente no —respondió Liir—, pero si nadie puede demostrar que es cierto, será igualmente difícil demostrar que es falso, ¿no crees?

Trism contempló una vez más la nota.

—¿No te has pasado un poco con eso de «cobarde»?

—Vámonos.

—Espero que eso de que pagaré por mis crímenes sea sólo retórica.

—Pagarás, Trism. Acabarás pagando. Todos lo hacemos. Pagarás, pero no seré yo quien te haga pagar. —Aferró la escoba—. A mí ya me has pagado.

Mientras se alejaban, el ruido aumentó. Los dragones envenenados empezaban a sufrir espasmos, rugían y se arrojaban contra las paredes de sus cubículos. Encima, la basílica temblaba con sus embestidas.

# 9

No se atrevían a presentarse en una posada o un hotel a esa hora de la noche, y todas las puertas de la Ciudad estaban cerradas. Tras vagar un rato entre la niebla, finalmente saltaron la valla de uno de los pequeños cementerios privados de la Ciudad, y encontraron un cobertizo utilizado para guardar las carretillas y las herramientas de excavar. La bruma se convirtió en lluvia tormentosa, envuelta en extraños relámpagos invernales. Allí, bajo la capa, se acurrucaron en busca de calor, temblando. Antes de quedarse dormidos, Liir murmuró:

—¡Nada de canturreos ahora!

Se levantaron antes del alba. Trism llevaba suficientes monedas en el bolsillo para comprar té con leche y bizcochos de nata para ambos, en el primer puesto callejero que encontraron. Discutieron la mejor manera de salir de la Ciudad sin ser descubiertos, pero su valentía había menguado. Eligieron la puerta de Shiz, porque las economías de la Ciudad Esmeralda y la provincia septentrional de Gillikin estaban estrechamente entrelazadas y el tráfico por la correspondiente puerta era más denso.

Dicen que la providencia proveerá, y así es; por eso la llaman providencia. Los dos fugitivos consiguieron salir por la puerta de Shiz, ayudando a un viejo mercader al que se le había roto una rueda de su carromato en el empedrado. Los centinelas les prestaron poca atención, porque estaban muy ocupados intercambiando rumores sobre el ataque a la basílica, la noche anterior. Ya había corrido la voz.

Una vez fuera, Liir y Trism abandonaron al desdichado anciano en busca de alguien que le reparara la rueda y pusieron rumbo al norte, hasta que encontraron un desvío para volver atrás. Sin gorra ni sombrero y vestidos de paisano, recorrieron el zigzagueante camino hacia el oeste, manteniendo siempre el resplandeciente perfil de la Ciudad Esmeralda sobre el hombro izquierdo. Por la noche, llegaron a las afueras de la puerta del Oeste. Liir hubiese querido seguir adelante, en dirección a los médanos Pizarrosos, hasta reconocer una de las sendas que conducían al sureste y atravesaban el bosque de pelorroble, pasando entre los grandes lagos, para volver a la granja de la Prensa de las Manzanas.

Pero para entonces sus piernas se negaban a continuar, de manera que se puso a contar con Trism las monedas que aún les quedaban. Cuando cayó la noche, más fría aún que la anterior, ambos se presentaron en la puerta de una desvencijada taberna y posada, en el camino principal de Kellswater. Había un cartel que rezaba «POSADA DE LAS ARMAS», colgado de una farola con una bisagra medio rota. El río Gillikin gorgoteaba a escasa distancia, y unos sauces sin hojas se inclinaban sobre la corriente como fantasmagóricas arpas.

—No nos quedan muchas habitaciones esta noche; sólo dos —dijo la propietaria, una mujer de cierta edad, flaca y larguirucha, con greñas grises que asomaban bajo la cofia—. Ayer los lugareños estuvieron toda la noche dando una serenata a una pareja de recién casados y me han dejado la mejor habitación hecha una pena. No alojaría allí ni a la arpía de mi madre. Ya me lo pagarán, pero mientras tanto ando escasa de habitaciones. No quiero daros la más grande, porque a menudo vienen clientes de la Ciudad una hora después del cierre de las puertas, ¿sabéis?, y ellos pagan tarifas de funcionarios del gobierno. Es un buen negocio para una viuda que no tiene a nadie en el mundo más que a sí misma. Pero encima de esa habitación hay un espacio que no se usa mucho. No tiene chimenea, os lo advierto, pero os lo compensaré con más mantas. Siendo jóvenes y con la sangre caliente, ni lo notaréis.

En un momento, les preparó una cena con diversos restos: cordero abrochado, con acompañamiento de tralugre fibrosa y reseca, aunque lo bastante caliente como para que quedaran satisfechos. Tal vez porque estaba un poco sola, les sirvió sendos vasos de vino amarillo y se quedó haciéndoles compañía hasta acabar la primera botella y también la segunda, pero para entonces se oyeron caballos en el patio y la mujer se puso de pie, bostezando.

—Son los clientes que estaba esperando, de modo que, si no os importa, os dejaré para que os vayáis a dormir.

Encontraron el camino, ya que la escalera sólo conducía a su cuarto. La pequeña habitación era una ocurrencia arquitectónica tardía, el resultado del fracasado intento de coronar con un altillo abuhardillado la amplia habitación de invitados que había abajo. Hacía frío, desde luego. Era más un trastero con una cama de plumas dentro que una habitación para huéspedes. En medio de cada una de las cuatro paredes inclinadas había una ventana alta con remate en forma de gablete redondeado.

Liir se sentó al borde de un baúl, agobiado por el cansancio y un poco achispado. Se fijó en que el baúl estaba cubierto por una gruesa capa de polvo. No deberían haber pagado ni un céntimo por ese desván.

Trism salió para lavarse en la pila del rellano. Liir se quedó mirando fijamente las sombras, sin ver nada. El olor, la visión, la idea de matar dragones… ¿Qué habría pensado Elphaba al respecto?

Pero él no era Elphaba; casi todos los días, era simplemente Liir.

Había ido a buscar la escoba y nada más, para poder volar en lugar de las Aves y ser su embajador. Después, ellas le pagarían buscando a Nor, o al menos eso le habían dicho. ¿Cómo haría él para identificar a Nor? Ni siquiera sabía qué aspecto tendría después de tanto tiempo.

Pero había hecho algo más. Había matado a un rebaño de dragones. Ahora las Aves podrían volar libremente. No sería preciso que él volara para ellas ni en su lugar. Había eliminado el obstáculo que les impedía volar.

Trism regresó.

—¿Durmiendo sentado?

El agua le resbalaba por el vello rubio de los muslos. No olía a jabón ni a limpio, sino solamente un poco menos rancio. Su túnica verde, desabotonada en el cuello y liberada del cinturón que sujetaba también las calzas, era suficientemente larga como para salvar el pudor y servir de camisón.

—Por el ruido, creo que nuestra anfitriona ha recibido el tipo de clientes que esperaba. Está abriendo más botellas ahí abajo. Espero que nos dejen dormir, porque ellos se alojarán justo debajo de nosotros.

Unas andrajosas cortinas de brocado, que debían de estar allí desde la época del regente de Ozma, colgaban pesadamente a los costados de las ventanas. Liir contempló las cuatro visiones separadas de la noche: la noche al norte, al sur, al este y al oeste.

—Ven a la cama –dijo Trism–. Está helando.

Liir no respondió.

—Ven. ¿Por qué no vienes?

—La luz de la luna –dijo finalmente Liir–. Se ve todo tanto…

—Pues yo no pienso dormirme hasta que no vengas a acostarte. ¿Crees que voy a darme la vuelta para que me claves un cuchillo en la espalda? Recuerdo lo que escribiste: «Pagará por sus crímenes.»

—Eso fue teatro. –Un estremecimiento le recorrió el cuerpo–. Será la luna, supongo.

Trism se levantó y atravesó la habitación, resoplando de irritación.

—Paranoia. Muy atractivo. Nadie puede ver por unas ventanas tan altas como éstas, Liir. Pero te taparé la luna, si es lo que quieres.

Los alféizares de las ventanas se encontraban a un metro del suelo, y la mole columnar de los pesados cortinajes ascendía por lo menos otros dos metros más.

—Muévete –dijo Trism, apartando a Liir de un codazo para empujar el baúl sobre el que estaba sentado hasta la primera ventana. Desde allí, se subió al alféizar con los pies descalzos recién lavados, debatiéndose por no resbalar de la estrecha base cubierta de polvo y piedrecillas.

Se estiró hacia arriba. Las cortinas no se cerraban desde hacía decenios, y opusieron resistencia. Trism gruñó. La luz de la luna le incidía sobre la punta de las orejas y los hombros levantados, mientras con los dedos llegaba al centro de la barra de las cortinas y derivaba hacia el este y el oeste en busca de los bordes de la tela.

—¡Oh, más gente! –dijo–. Esos caballos en el patio… son cinco. Llevan las gualdrapas del Emperador. Estamos en una posada de militares.

—Posada de las Armas. Tiene sentido, supongo.

Liir se acercó por detrás para mirar. A medida que Trism se estiraba, las faldas del camisón se le levantaban por encima del bien formado trasero. Liir levantó las manos y se las apoyó allí, para evitar que cayera, porque el alféizar era angosto, y el equilibrio de Trism, precario. Trism reaccionó con un sonido gutural.

En seguida consiguió soltar un par de pliegues del brocado y entonces toda una colonia de polillas azules salió volando y se posó sobre ellos. Un millar de pellizcos sin dedos.

El brocado se deslizó un poco más. Las cortinas habían sido cortadas de un viejo tapiz. Antaño fucsia, amarillo y rosa, ahora se había vuelto del color del polvo y la ceniza, pero los rostros estragados de diversas figuras de la alta sociedad seguían mirando a través de la mugre, con expresiones bordadas. Las polillas son la muerte de los potentados y las damas de brocado, de los pabellones, las rosaledas y las islas rodeadas de un mar imposible. Las polillas devoran vivas esas caras. En cambio, se limitan a explorar las de los humanos, y las penínsulas de sus antebrazos, y los promontorios de sus esternones, y los médanos de sus timpánicos pechos, que cuando se oyen de cerca atruenan demasiado para que las polillas lo noten.

—Bien —susurró Trism con voz ronca.

—Ven —respondió Liir—. No debemos hacer ruido. Quizá esos soldados no hayan venido a buscarnos. Quizá ella esté demasiado borracha para recordar que estamos aquí. De todos modos, no podemos salir. Al menos hasta que se hayan dormido.

—Podríamos saltar por la ventana al río.

—Demasiado tarde para eso, porque creo que ya hemos saltado. En cualquier caso, pienso saltar encima de ti en cuanto bajes. Ven, vamos a la cama. Es la siguiente parte de la historia, ¿no te parece? Si van a descubrirnos, será mejor que nos descubran en todos los sentidos.

## 10

Pese al cansancio, casi no durmieron. Se aferraron el uno al otro, haciendo el mínimo ruido posible, y cuando ya no podían aguantarlo, hundían la cara en la almohada. Agotados, dormitaron al menos brevemente, y el último pensamiento de Liir fue el de estar durmiendo con un genio. Un hipnotizador de dragones, nada menos. Qué mágico es un cuerpo: todo cuanto jamás podría haber sabido sobre el mundo, concentrado en la carne que reposaba sobre su pecho.

Todas las cosas que Ansonby y Burny sabían, pero no era conocimiento sobre las mujeres, sino sobre la gente: lo que se siente al tenerla más cerca de lo que jamás puede estar la ropa. ¡Qué secreto, aún; qué callado y secreto! Pero aun así, una conexión, resuelta y decidida: una nueva manera de saber, una nueva carta en llamas cayendo por el aire... y no todas sus palabras hablaban de desastre.

Al final, en la hora más negra de la noche, volvieron reptando a su ropa y desafiaron la escalera. De la despensa hurtaron un trozo de jamón, y del prado a orillas del río, dos caballos. Al parecer, la experiencia de Trism con los dragones le había sugerido también un lenguaje para tranquilizar a los caballos.

Se llevaron a los animales conduciéndolos por las bridas y se alejaron con ellos por la ribera, donde el ruido del agua les ofrecía mejor cobertura. A un kilómetro y medio de distancia, Trism le enseñó a Liir a montar en la silla. Él nunca había cabalgado.

—No creo que ésta sea la noche más adecuada para esta lección —dijo—. ¡Ay!

—Es la siguiente parte de la historia. ¿Adónde vamos ahora?

—¿Vamos juntos?

—Eso parece. De momento, al menos.

Liir se encogió de hombros.

—Tenemos que cruzar el río Gillikin y mantener Kellswater a nuestra derecha; después, al sur, por el bosque de pelorroble.

«Hasta la granja de la Prensa de las Manzanas», pensó, pero no quiso decirlo todavía.

—No conozco estos parajes, pero si tenemos que cruzar el río, será mejor no esperar a que lleguemos a un puente. Lo vadearemos aquí, donde podamos, y confundiremos a los soldados si vienen en busca de sus caballos.

La luna ya casi se había ocultado, pero había suficiente luz para que los caballos avanzaran con seguridad por el agua. Llegaron a la otra orilla, que se alzaba en un promontorio. Echando la vista atrás, los dos amigos podían ver la Posada de las Armas, que acababan de abandonar y que desde esa nueva perspectiva, con el segundo piso más pequeño que el primero, parecía una bota vieja y medio torcida.

−La Bota del Emperador −dijo Liir.

−El Apóstol sólo calza sandalias, a juzgar por los carteles que anuncian la exposición, aquella del Músculo Apóstol.

Cabalgaron hasta el alba, a paso lento y seguro, sin salirse de los senderos transitados. Poco a poco, el cielo se fue aclarando, sin gracia ni carácter, y su aspecto de melaza se fue diluyendo en leche. Esperaban que se levantara un viento que removiera la nieve crujiente y borrara sus huellas, pero no se levantó.

Cuando pudieron distinguir su propio aliento en el frío del alba, ya habían llegado a los médanos Pizarrosos y pudieron empezar a moverse más aprisa. Ahora volvían a ser mutuamente visibles, aunque a la luz del día no era fácil mirarse a los ojos. No hablaron mucho.

# ASEDIO

## 1

La hermana Boticaria se estaba secando el pelo con una toalla cuando la hermana Doctora irrumpió corriendo en el cuarto de aseo.

—¡Ha vuelto! —dijo.

La hermana Boticaria no tuvo que preguntarle a quién se refería.

—¿Con la chica? —preguntó.

—No, con un chico. Bueno, con un hombre joven.

Por la escalera, encontraron a la hermana Cocinera.

—Famélicos los dos y quizá medio desnutrido el uno, aunque yo no soy médico, siendo como soy únicamente la cocinera —informó—. Se están acabando el tercer plato de judías con salchichas. La mónaca superiora está esperando en su celda.

Sí que esperaba. Tenía las manos sobre el regazo y los ojos cerrados en una plegaria.

—Perdonadme, hermanas —les dijo, cuando ellas se adelantaron—. La obligación es antes que la devoción, ya lo sé. Sentaos, por favor.

—Hemos oído que Liir ha vuelto —dijo la hermana Doctora—. Nos gustaría tener la oportunidad de verlo.

—De inspeccionarlo. De entrevistarlo.

La mónaca superiora arqueó las cejas y la hermana Boticaria se sonrojó.

—Sólo he querido decir que nos sería muy útil para nuestra práctica profesional averiguar cuál fue la causa de su peculiar padecimiento. Además, aún seguimos en la ignorancia en cuanto al tratamiento aplicado por Candela, que lo ayudó a recuperarse tanto.

—Por supuesto —dijo la mónaca superiora—. Yo también estoy deseando saberlo, pero esta mañana tengo otro compromiso. Los huéspedes inesperados están saciando su apetito en el refectorio, según creo, pero yo tengo que acudir a la capilla pequeña, para ofrecer guía y consejo a nuestra otra invitada. No creo que deba faltar a la cita con ella. Así pues, vosotras dos hablaréis con él y después me informaréis.

—Sí, madre.

La superiora les indicó que se marcharan, pero en seguida las llamó:

—¡Hermanas!

Ellas se volvieron.

—En mujeres de vuestra edad y posición, no resulta decoroso acudir corriendo de esa forma. Tranquilas. Los jóvenes no se irán.

—Perdónenos, madre —se disculpó la hermana Doctora—, pero recordará que la última vez que esperábamos encontrar a Liir, se había ido.

—Aún no ha dicho nada, pero creo que nos pedirá asilo —dijo la mónaca superiora—. Me temo que no tiene pensado marcharse en un futuro próximo. Tenéis tiempo. Ejerced la continencia en vuestra expresión del entusiasmo.

—Sí. Claro que sí. Desde luego.

—Podéis iros.

Se quedaron paradas.

—¡Que os vayáis ya! —repitió cansadamente la mónaca superiora.

La vieja mónaca volvió a cerrar los ojos, pero esta vez no para rezar. Se estaba acercando otro invierno. Otro invierno en el convento de Santa Glinda: fuegos que no le calentarían la piel apergaminada, fruta que se volvería harinosa en la despensa y más agitación entre las mónacas, porque cuando disminuía el trabajo en el huerto, aumentaban las habladurías y los comentarios maliciosos en el cuarto de costura. Habría nuevas goteras que reparar, y las fiebres se llevarían a la tumba a un puñado de las más ancianas. Se preguntó si habría llegado su turno.

No lo esperaba, ni lo deseaba, pero las recompensas de la estación invernal parecían mejores y más generosas en sus recuerdos de la infancia, mucho antes de que tuviera a ese agotador puñado de mujeres que gobernar: las tontas afectaciones de la Natividad de Lurlina, que incluso las mónacas más estrictas recordaban complacidas; el espectáculo del sol proyectando sobre la nieve la sombra de los abedules como ropa tendida; la forma que tenía la nieve de ascender y no sólo de precipitarse hacia abajo, según los caprichos del viento, y al final, el regreso de los pájaros, que volvían a hilvanar la primavera a fuerza de melodías.

Los jardines de su infancia eran los que mejor recordaba, con las primeras flores, narcisos, filarietas y campanillas de invierno, perfectas como las figurillas de porcelana de Dixxi House que adornaban el tocador de su madre. Hacía años que no veía una filarieta, excepto con los ojos de la imaginación. ¡Qué dulce era contemplarlas!

En sus plegarias pedía fuerzas para pasar el invierno, pero hacía tiempo que no era capaz de llegar a la cuarta línea de ninguna de sus epífodas antiguas preferidas sin que su mente se perdiera por un prado o un sendero de los jardines de su infancia.

«¡Atención!», se dijo, y se puso de pie con dificultad. El frío ya empezaba a hacer estragos en sus articulaciones; todas le crujieron, mientras se preparaba para la conversación matinal. Al ver el penoso estado del pañuelo que usaba para enjugarse el sudor de la frente, deseó que la invitada hubiese venido para ofrecer un donativo importante al convento. O incluso uno pequeño. Pero la mónaca superiora no consideraba correcto rezar para ese tipo de cosas, por lo que no gastó ni una sola plegaria en ese sentido.

«La sabiduría no está en entender el misterio —se dijo como tantas otras veces—, sino en aceptar que no se puede entender. Por eso es un misterio.»

Los dos jóvenes casi se caían sobre las tazas de café.

—No habéis dormido, habéis cabalgado toda la noche —dijo la hermana Doctora, en tono desaprobador—. El camino es peligroso en el mejor de los casos y es de locos seguirlo cuando no se conoce. ¿Venís de la Ciudad Esmeralda?

—Hemos dado algunas vueltas —dijo Liir.

La hermana Doctora explicó que ella y la hermana Boticaria habían cuidado brevemente a Liir cuando Oatsie Manglehand, la guía de la caravana de la Senda Herbácea, lo había llevado al convento.

—¿Tienes algún recuerdo de aquello? —insistió.

—Sé muy poco de todo —dijo—. Soy bastante inútil.

—¿Queda algo de queso? —preguntó Trism, vaciando su jarra de cerveza.

—Me temo que pasaste varias semanas aquí —le señaló a Liir la hermana Doctora—, y sin la atención y los cuidados de nuestra comunidad, seguramente habrías muerto.

—No quiero ni pensarlo. Pero estoy vivo, o al menos eso parece.

—Lo que la hermana Doctora está intentando preguntarte, a su manera tan peculiar y resbaladiza, es cómo lo hizo Candela —la interrumpió la hermana Boticaria—. Era muda como un lirio y no parecía precisamente despierta. Aun así, contigo obró un milagro.

—La curiosidad profesional exige que lo sepamos —intervino la hermana Doctora.

—También la envidia profesional —reconoció la hermana Boticaria.

—No lo sé. —La expresión del muchacho era de reserva—. En cualquier caso, nadie me consultó.

—Oh, la chica lo sangró; cogió una lanceta y lo sangró, le chupó el veneno de la herida, lo hizo muy bien —dijo una vieja decrépita sentada en un banco cercano.

Nadie la había visto.

—¡Pero si es la madre Yackle! —ululó la hermana Doctora en tono condescendiente—. ¡Mira qué conversadora está hoy! —añadió, intercambiando con la hermana Boticaria una expresión risueña.

La pobre madre Yackle estaba senil. ¿No debería estar tomando el sol con las otras dulces ancianitas?

—Tiene instinto, esa Candela —señaló Yackle—. Cualquier palurda puede ser agradable en la cama, pero hace falta una auténtica hija de Lurlina para extraer la leche que sólo los hombres pueden producir...

—¡Qué vergüenza y qué escándalo para esta casa! —exclamó la hermana Boticaria—. ¡Chicos, perdonadla! A su edad, ya lo sabéis, la cabeza no funciona muy bien y el sentido del decoro se tambalea tremendamente.

Liir se volvió para mirar a la anciana. Tenía el velo echado sobre la cara, pero aún podían verse las aletas abiertas de la nariz larga y tosca.

—¿Es usted la que nos envió a la granja del huerto abandonado? —preguntó.

—¡Imposible! —exclamó la hermana Boticaria—. ¡Liir, la madre Yackle ya no rige! ¡No le hagas caso!

En voz baja y casi masculina en su aspereza, la madre Yackle replicó lentamente:

—Yo sólo hago caso de mis asuntos.

—Desde luego, desde luego que sí —intervino la hermana Doctora.

—Pero yo, en vuestro lugar, me quitaría de encima los caballos que han traído estos soldados —prosiguió la vieja—. No os interesa que nadie los encuentre en las dependencias del convento, os lo aseguro.

Liir se encogió de hombros, pero después asintió con la cabeza.

—Escuchad —dijo la hermana Doctora—, éste no es sitio para conversaciones. Terminad la comida, muchachos, porque tenemos que hablar largo y tendido.

Pero Trism se había quedado dormido, recostado en el respaldo de la silla, y a Liir se le estaban cerrando los párpados. No hubo nada que las mónacas pudieran hacer, excepto conducirlos hasta los catres en las habitaciones de los huéspedes, buscarles unas mantas y retirarse.

## 2

Casi dormido, Liir se balanceaba de un lado a otro sobre los bultos del colchón de paja. Era como si ya hubiese estado allí.

En realidad, había estado, pero de una manera muy tenue. En la infancia, había prestado más atención a los bordes de las faldas de Elphaba y a la comida en los cuencos de madera: una enorme cantidad de pastosas gachas de avena. Más recientemente, había estado roto e inconsciente, vagando por su pasado en estado febril. Incluso la noche que Candela y él se habían marchado del monasterio, ella lo había ayudado a moverse y prácticamente lo había cargado en brazos por las salas oscuras. Él se había derrumbado en el carro del asno y casi de inmediato se había sumido en un sueño verdadero, un sueño de agotamiento y no de viaje.

Ésa había sido su primera imagen de Candela –ahora lo recordaba–: una muchachita enclenque, con la resistencia y la fuerza de voluntad de una bestia de tiro. Estaba casi desnuda y la madre Yackle le había echado una capa por encima de los hombros. Ahora que estaba otra vez en el convento, Liir intentó apoyarse en ese recuerdo reciente, tal como había aprendido a apoyarse en otros. Quizá aún quedara algo por entender, para saber si de verdad se había acostado con ella, si la había preñado… y más importante aún, si podía quererla y de qué manera.

Ahora –a mil complicados y solitarios kilómetros de Trism, que roncaba al este, a un metro de distancia–, Liir se dio media vuelta, mirando a la pared. Candela era un enigma para él, dulce y esquiva, y la memoria era frágil. No había nada más que pudiera extraer de sus recuerdos, nada útil. Para distraerse, se puso a recorrer con el corazón y la memoria el edificio del convento en una especie de inspección espectral.

El lugar traicionaba sus orígenes militares. Era un edificio fortificado, construido sobre un promontorio ligeramente boscoso, un oasis de árboles en los médanos Pizarrosos. La planta baja no tenía ventanas y la puerta delantera tenía refuerzos de hierro. Al fondo, la cocina daba a un foso grasiento, atravesado por un sencillo puente levadizo. Del otro lado se extendían las parcelas del huerto y el establo de las vacas.

El convento no ofrecía mucha protección en caso de asedio. El lugar era elevado, pero a esa altura de la historia ya no era posible defenderlo por mucho tiempo. Habría sido posible ralentizar el avance de cualquier brigada policial moderna que intentara entrar por la fuerza, pero no detenerla.

Aun así, al menos se podrían alojar algunas vacas en el salón y almacenar heno en el hueco de la escalera. Los frutos de la cosecha atiborraban estantes y alacenas, y la fresquera estaba llena a rebosar de morcillas, carne seca de oveja y nueve variedades de longaniza, por no hablar de los quesos. Había champiñones en uno de los sótanos y un barril lleno de pescado salado. Y también mucho vino, y una rareza maravillosa en un establecimiento rural: un pozo de agua dentro de la casa.

En sueños, abrió los armarios para ver si encontraba fusiles, y pasó como una exhalación por cada estancia, buscando roperos que pudieran arrimarse a las ventanas. No vio a la mónaca superiora haciendo preguntas acerca del calendario de pago previsto para la contribución benéfica anual que su distinguida invitada venía a proponerle. No vio a la madre Yackle, cabeceando al sol en su siesta matinal. No vio ni oyó a las hermanas Doctora y Boticaria, parloteando en voz baja en su cubículo sobre la mejor manera de proceder. Las habitaciones estaban vacías de novicias, mónacas, invitados, arañas, ratones y chinches, así como de cualquier presencia del Dios Innominado que él pudiera determinar.

Lo que vio en la habitación más alta, donde él había yacido, fue a una mujer sentada en una silla de mimbre, alejada de la luz, retorciéndose las manos. Llevaba el pelo oscuro recogido en lo alto de la cabeza, pero no por estética o modestia, sino únicamente para quitárselo de delante. Tenía los ojos cerrados, pero a él no le pareció que pudiera estar rezando; no habría sabido decir lo que estaba haciendo. A sus pies había un capazo grande de paja. Liir no miró dentro, porque no pudo. De vez en cuando, la mujer sacaba el pie descalzo por debajo del bies oscuro de la falda y le daba un empujoncito al capazo, que tenía el fondo curvo y se quedaba un rato balanceándose. Después, el pie verde volvía a aparecer y el balanceo empezaba de nuevo.


Se despertó sobresaltado. Era mediodía y la casa olía a revuelto de puerros y col para el almuerzo. Trism aún dormía, con el pelo apelmazado sobre la almohada. Se oía el ruido de unos cascos a medio galope que se acercaban. Liir hubiese querido besar a Trism, pero tenía la impresión de que el momento para eso ya había pasado.

Lo hizo de todos modos. Trism gruñó, le hizo sitio a su lado, y al cabo de un rato murmuró:

—Esta clase de cosas no se hacen en nuestro círculo.

¿Se refería a su clase de Santa Právuda? ¿A su familia? ¿A las Milicias de la Ciudad? No importaba. Liir replicó:

—Parece ser que tu círculo se ha ampliado, ¿no crees?

—O estrechado —dijo Trism mientras buscaba sus botas.

3

—Están buscando a dos hombres —dijo la hermana Doctora.

—¿Ah, sí? —dijo la mónaca superiora.

—Dicen que uno de ellos ha secuestrado al otro.

—Nuestros huéspedes parecen tener una relación más íntima que la de secuestrado y secuestrador, ¿no crees?

—Pues... sí.

—Diles entonces a los soldados que no hemos visto a los hombres que buscan y deséales un buen día.

—El caso —insistió la hermana Doctora— es que dicen que esos hombres son muy peligrosos. En un acto de profanación, hicieron estallar por dentro la basílica del Emperador, en la Ciudad Esmeralda, provocando que unos dragones inflamables... se inflamaran.

—¡Qué horror! Pero los nuestros no parecen muy peligrosos. Mal alimentados, sí, e indecisos acerca de sus emociones, también, pero no peligrosos.

La hermana Doctora se marchó y al cabo de un momento regresó.

—Me dicen que uno de los dos hombres que buscan se llama Liir.

—Ya veo. Bien, diles que no está aquí.

—Madre superiora, permítame que cuestione su orden. ¿No sería eso una mentira?

—Mira, si uno de los que buscan se llama Liir, el otro no se llama Liir. Respóndele pensando en el otro y dile que no está aquí.

—Eso sería una trampa, madre.

—Me hago vieja y me embrollo; achácalo a eso, si necesitas consolarte —replicó secamente la mónaca superiora—. Pero todavía estoy al mando, hermana, de modo que se hará lo que yo diga.

La hermana Doctora regresó por tercera vez.

—Ahora son más explícitos. El comandante dice que están buscando a Liir Thropp, hijo de la Malvada Bruja del Oeste.

—¡Por mi vida y mi aliento, hermana Doctora! Extiendes tu respeto por mi autoridad más allá de lo que resulta útil y conveniente. ¿Es preciso que acudas a mí por cada respuesta? ¿Es que nunca vas a pensar por ti misma? Hasta donde yo sé, nadie ha demostrado de manera concluyente que Liir sea hijo de la Bruja. Por tanto, como tampoco esta vez podemos responderles con certeza que la persona que buscan está aquí, tendrán que irse a otra parte a realizar sus pesquisas. Dales mi bendición y diles que se den prisa, ¿o tendré que ir a hacerlo yo misma?

La hermana Doctora transmitió el mensaje a gritos, desde la ventana del escritorio. El comandante le respondió, gritando a su vez:

—Si no están dando refugio a malhechores, ¿por qué tienen las puertas bloqueadas?

—Estamos de limpieza primaveral.

—¡Acaba de comenzar el invierno, hermana Cabezahueca!

—Llevamos retraso. Hemos estado terriblemente atareadas.

—¿Dando asilo a criminales?

—Detesto ser grosera, pero tengo mucho que hacer. ¡Adiós!

Al final de la tarde, el golpeteo de las pedradas contra la puerta se había vuelto intolerable, y la propia mónaca superiora salió a la ventana. El contingente armado tuvo que interrumpir el ataque, para poder oír su voz temblorosa.

—Han elegido un mal momento para venir a visitarnos —dijo ella—. Las señoras que viven en comunidad suelen tener la regla todas a la vez, de modo que encontrarán la casa llena de mujeres malhumoradas e intolerantes. No pensamos dar alojamiento a una compañía de soldados, por muy brutalmente que llamen a la puerta. Por favor, márchense de aquí cuanto antes.

—¡Madre mónaca —dijo el comandante—, esta casa recibió del Palacio su carta fundacional y con la autoridad del Palacio vengo a exigir que se nos permita la entrada! Su estudiada resistencia demuestra que están dando asilo a criminales. Sabemos que anoche se alojaron en una posada y que hoy no pueden haber llegado mucho más lejos que aquí.

—El tema de la autoridad es muy complejo, es cierto —replicó la anciana—, y me encantaría quedarme aquí soportando el viento helado sólo para discutirlo a fondo con usted, pero mis arcaicos pulmones no lo resistirían. Nuestra carta fundacional, por la vía indirecta de nuestra casa madre en la Ciudad Esmeralda, procede efectivamente del Palacio, lo reconozco. Pero le recuerdo que el Palacio del que hablamos era el Palacio de la corona de Ozma, hace muchas generaciones, y en cualquier caso nos hemos ganado el derecho a la autonomía.

—El Palacio de Ozma desapareció hace tiempo, y el que hoy llama a su puerta es el Palacio del Emperador, aclamado por el unionismo. En virtud de su apostolado, están ustedes bajo su autoridad.

—El Emperador es un advenedizo y a mí no me habla en nombre del Dios Innominado —gritó ella—. Y a menos que me lo pidiera, yo tampoco le hablaría a él del Dios Innominado. Rechazo su fe, por oportunista y conveniente. Seguiremos aquí, erguidas sobre nuestros pies con sabañones, sin pedirle disculpas al Emperador, ni rendirle pleitesía.

—¿Es ésa una indicación de que el convento de Santa Glinda ha apoyado e incluso supervisado la reciente publicación de unos panfletos traidores que cuestionan la legitimidad espiritual del Emperador?

Por toda respuesta, la mónaca superiora hizo un gesto muy poco característico en ella.

—No creo que ningún tribunal aceptara esa contestación, buena madre mónaca —replicó el militar—. Pero no nos distraigamos con superfluas discusiones teológicas…

—Para mí no son superfluas, se lo aseguro.

—Conozco al muchacho que está ocultando. Lo conocí cuando era niño, en el castillo de Kiamo Ko, en los Kells. Cuando el destino hizo que volviera a cruzarse en mi camino, no una, sino dos veces, empecé a sospechar que una marca de fuego lo diferenciaba de los demás. Me propuse convencerlo para que hiciera suya la causa de la Ciudad Esmeralda. Era posible que supiera cosas de Elphaba o de su perdida Grimería. En Qhoyre, lo nombré mi secretario personal, lo promoví, lo protegí lo mejor que pude, como habría hecho con un hijo. Pero escúcheme bien: ni se comparaba con Elphaba. No creo que sea hijo suyo: demasiado dócil e influenciable. Pero aun así, debería entregarse. Ha secuestrado a un soldado del Emperador y destruido la basílica del ejército.

—Comandante —replicó la mónaca superiora—, puede ahorrarse el aliento y ordenar a sus hombres que dejen de apuntar con esas ballestas antiguas. Tenemos una invitada y no sería correcto que la molestaran.

Se volvió y llamó a alguien. Apareció entonces una figura en la ventana, que bajó ligeramente el chal que le cubría la cara, dejando la frente al descubierto. La purpurina de las cejas resplandeció a la luz cada vez más tenue. El comandante Cherrystone hizo un gesto y los hombres bajaron las armas mientras la mónaca superiora entonaba:

—La viuda de lord Chuffrey, ex ministra del trono de Oz, cumpliendo un retiro espiritual en el convento que lleva su mismo nombre: lady Glinda.

## 4

Una novicia le abrió la puerta a Liir, lo hizo pasar a la sencilla salita con las paredes revestidas de madera y se marchó cerrando la puerta tras de sí, sin hacer ruido.

—Me habían dicho que estaba en el campo —dijo Liir.

—Lo estaba —respondió Glinda—. Lo estoy. Tenía pensado venir desde Mockbeggar Hall, nuestra casa… bueno, en realidad, mi casa solariega, para ofrecer un donativo a este convento. Lord Chuffrey me ha dejado en muy buena posición, como sabes, y consideré que había llegado el momento de ayudar a estas mujeres en sus buenas obras.

»Pero cuando anoche mi vicemayordomo me alcanzó a caballo con noticias del ataque a la basílica, decidí cambiar mis planes y venir aquí directamente. Tengo un compromiso con esta casa y quería que mi donativo quedara registrado, antes de que se produjera cualquier movimiento hacia la desestabilización.

Su glamuroso encanto resultaba doblemente absurdo y atractivo en el ambiente del convento.

—Es bueno ver una cara familiar —dijo Liir.

—Supongo que no debería sorprenderme encontrarte aquí. Después de todo, Elphaba estuvo un tiempo en este convento, ¿lo sabías? Es una de las razones por las que me gusta ofrecerle mi ayuda.

—Ya lo sabía.

—Atendía a los moribundos.

—Y a los que empezaban a vivir —dijo, recordando el sueño del capazo—. Siento lo de su marido.

—Oh, bueno. —Agitó la mano como para restarle importancia, pero después se acercó a la nariz un pañuelito de encaje—. Casi siempre íbamos cada uno por nuestro lado; era esa clase de matrimonio. Ahora él se ha ido definitivamente por el suyo y yo lo echo de menos mucho más de lo que jamás habría admitido mientras vivía. Supongo que lo superaré.

Casi instantáneamente, volvió a animarse.

—Ahora háblame de ti. Lo último que recuerdo es que te fuiste a Sudescaleras, buscando a una amiguita o algo así. Perdí la pista de lo sucedido. Bueno, por esa misma época tuve que ocuparme de los tribunales y de varias intentonas de golpe de Estado. —Lo miró—. Supongo que fue cruel de mi parte olvidarme de ti en cuanto te marchaste. Nunca he sido buena manteniendo el contacto con la gente. Lo siento.

Liir recordó que por un instante había abrigado la esperanza de que Glinda ocupara el lugar de una madre, pero apartó el pensamiento.

—Usted conoce al Emperador —dijo—. Es nada menos que Caparazón, el hermano menor de Elphaba.

—¡Ella se sorprendería tanto si supiera que su hermano ha sucedido al Mago!

Parecía apesadumbrada.

—¿Sorprenderse? —dijo Liir—. Supongo que es una manera de decirlo.

—Sí, también estaría indignada. ¡La devoción religiosa como nuevo afrodisíaco político! ¿Te refieres a eso, no?

Él se encogió de hombros.

—Lo que podría sentir una persona que está muerta no significa mucho para mí. Ahora ella no siente nada. Lo único que queda de ella son ecos y sombras, que de hora en hora se vuelven más tenues.

Glinda cerró de un golpe el breviario, al que de todos modos había estado prestando poca atención.

—Esa fastidiosa consigna que aparece garabateada por todas partes dice la verdad. Es cierto que ella vive, ¿sabes? Es cierto.

—Ese tipo de sentimientos  no tienen nada que ver conmigo —replicó secamente Liir—. También «viven», en ese sentido, todos los asesinos y los imbéciles.

Glinda levantó la barbilla.

—No, Liir. Ella vive. La gente la nombra en sus canciones. Tú no lo adivinarías, siendo como eres, pero la nombran. Hay ruido de música en torno a su nombre; hay cosas que la gente recuerda y que pasan de unos a otros.

—Las mentiras y las esperanzas también pueden pasar de unos a otros como si fueran retazos de recuerdos.

—Rechazas todo consuelo, ¿verdad? Te diré que no necesito más pruebas para saber que realmente eres de su sangre. Ella era igual que tú. Idéntica.


# 5


El problema, según pudo establecer la mónaca superiora, no estaba ni remotamente zanjado. Oteando desde las ventanas más altas en todas direcciones, las novicias informaron de que varias docenas de soldados de caballería parecían estar montando campamento en los médanos Pizarrosos. Habían irrumpido en el huerto de la cocina y se habían metido en el cobertizo, en busca de calabazas y otras provisiones.

—Me parece una desconsideración no invitarlos a comer —dijo la mónaca superiora—, pero me temo que si lo hiciéramos daríamos una falsa impresión.

Liir y Trism pidieron que los recibiera, y ella se sentó con ellos en un banco, al pie de un tramo de escaleras.

—No podemos permitir que toda la casa esté en peligro por nosotros —dijo Liir—. Ya hemos causado suficientes muertes, Trism y yo, mientras servíamos en las Milicias de la Ciudad. No sabíamos que los dragones se inflamarían. No teníamos intención de arrasar la basílica. No sabemos si hubo muertes humanas en esa catástrofe. No queremos causar más daños, si podemos evitarlo. Nos entregaremos a los militares.

—Si os alivia la conciencia, os diré que no ha habido pérdida de vidas humanas en el derrumbamiento de la basílica —dijo la mónaca superiora—. Después de todo, era medianoche. El sitio estaba desierto; ni siquiera había nadie en los cobertizos y los almacenes laterales, que se salvaron de ser aplastados por los escombros que caían. Sospecho, sin embargo, que vuestros enemigos creen que la basílica era vuestro principal objetivo y piensan que la muerte de los dragones ha sido… ¿cómo le llaman ahora…? ¡Ah, sí, un daño colateral! En cuanto a vuestra sugerencia de entregaros, permitidme que la someta a la consideración del consejo antes de que toméis ninguna decisión.

—¿Qué es el consejo? —preguntó Trism.

—No lo sé. Voy a averiguarlo —replicó ella.


Se reunieron en la capilla, la única sala con espacio suficiente para acoger a todos los habitantes y huéspedes del convento. Las devociones nocturnas solían desarrollarse por turnos: algunas mónacas fregaban los platos o se ocupaban de acostar a las ancianas, mientras otras se sumían en callada plegaria o se quedaban dormidas antes de tiempo. Esa noche, la mónaca superiora pidió la asistencia de todas, incluso de mónacas como la madre Yackle, que ya chocheaban.

Pese a ser la benefactora, lady Glinda rechazó un asiento en medio del estrado, y cambió el cuello cuajado de diamantes que solía adornar sus trajes por una gorguera más sobria de hilo. Liir y Trism, poco familiarizados con el protocolo, se quedaron de pie. Las mónacas más jóvenes trajeron a las mayores, algunas en sillas de ruedas, y las novicias ocuparon sus puestos de rodillas, hasta que la mónaca superiora les indicó que podían sentarse.

—No vamos a rezar —dijo—. Haremos algo parecido, pero no exactamente lo mismo.

Se sentó ella también, con dificultad, y al cabo de un breve silencio, la hermana Himnodia entonó un provocatorio en canto llano, aunque su dulce voz de campana no dejaba de temblar. Todas tenían los nervios de punta.

—Hermanas, madres, amigos, familia, seré breve. Nuestra tradición de caridad, reforzada por nuestros votos, nos aboca esta noche a un conflicto que ninguna de nosotras ha previsto ni experimentado antes. Ni siquiera la generosa contribución de lady Glinda sería suficiente para reconstruir este convento si el ejército del Emperador lo atacara.

»Somos una casa pequeña, una misión, un puesto de avanzada a medio camino entre nuestra casa madre en la Ciudad Esmeralda y el resto del mundo. Nuestro aislamiento ha sido a veces causa de soledad, pero también nos ha dado paz y protección... quizá incluso ha parecido una provocación, pero no hablaré de eso. Esta noche no estamos aisladas, ni tampoco en paz. Es una realidad que debemos aceptar.

»Soy una anciana. Me eduqué como novicia en el venerable ejercicio de la obediencia. Bajo la autoridad de nuestra orden, obedecí todas las instrucciones, incluida la que me impuso, hace años, hacerme cargo de este convento y gobernarlo hasta mi muerte.

»Aún creo en la obediencia. Incluso cuando hay soldados acampados a nuestras puertas, que muy probablemente pedirán refuerzos, me debo a los deseos de los poderes que me instalaron aquí.

»Mientras pronuncio estas palabras, queridos amigos, oigo en ellas un eco de las afirmaciones del Emperador. Él proclama su sometimiento a los más altos propósitos e intenciones del Dios Innominado. Dios es la voz y el Emperador es su brazo ejecutor: la Primera Lanza.

»Nunca he visto al Emperador, ni lo veré jamás. Rechazaría una invitación suya si me la enviara. El Emperador se ha apropiado de la gran fuerza de la fe y ha desviado su curso para favorecer la prosperidad y el predominio de la Ciudad Esmeralda. ¿Quién puede discutir con un hombre que tiene la voz del Dios Innominado hablándole exclusivamente al oído? Yo no. Yo nunca he oído esa voz. Sólo he oído el eco que aún reverbera del momento en que el Dios Innominado dejó de hablar y el mundo siguió su curso.

»En nuestra casa, profesamos la creencia en que el Dios Innominado nos ha hecho a su imagen y semejanza, y eso debe hacernos crecer para ser como el Dios Innominado. Me temo que en la Ciudad Esmeralda han rehecho al Dios Innominado a su propia imagen, y de esa forma han empequeñecido y traicionado a la deidad. ¿Es posible empequeñecer al Dios Innominado?, os preguntaréis. No, claro que no. Pero puede suceder que nadie lo reconozca y que vuelva a sumirse en el misterio.

Las hermanas se movían inquietas. Muchas de las novicias ignoraban la apostasía del Emperador y los escollos de la teología excedían su capacidad de navegación. La mónaca superiora lo notó.

Se puso de pie.

—Traedme dos sillas más y poned una a mi derecha y otra a mi izquierda —dijo.

Así se hizo.

—El Dios Innominado se sume en el misterio y no se localiza especialmente en mi corazón, queridas mías, ni tampoco en el del Emperador. El misterio está por igual en vuestro corazón y en el mío, y… en el espíritu de los árboles… y en la música del agua. En esa clase de cosas. En la memoria de nuestros ancianos y en la promesa del recién nacido.

»Voy a romper esta noche con la tradición de nuestra casa, porque las decisiones que es preciso tomar en estos momentos ponen en juego vuestras vidas tanto como la mía. Yo soy vieja, e iría feliz hacia mi dulce recompensa si esta noche me la proporcionara una lanza del Emperador, en su sentido literal. No puedo pediros lo mismo a vosotras. Por tanto, de ahora en adelante, aunque nuestra residencia aquí no dure más allá del alba, es mi deseo que el convento no sea gobernado por una sola voz, sino por un trío de voces. Si los desagradables no estuvieran a las puertas de nuestra casa, os instaría a expresar vuestras opiniones y llamaría a una votación. El tiempo nos lo impide. Nuestra familia de mónacas ha de aceptar in extremis un gobierno tripartito. Hermana Doctora, ¿querrás presidirlo?

La hermana Doctora se quedó boquiabierta. Cogió brevemente la mano de la hermana Boticaria y dio un paso al frente. Temblando, la hermana Boticaria se desplazó hasta el borde de su silla, dispuesta a hacer lo propio.

—Yo me quedaré en el segundo asiento —dijo la mónaca superiora—. Puede que sea vieja, pero no estoy muerta.

Era tal el silencio en la sala que el aire frío transmitía el ruido de los caballos relinchando y piafando fuera.

—Reservo la tercera silla para la novicia conocida como Candela —declaró la mónaca superiora—. Estoy convencida de que volveremos a verla. Por cuánto tiempo, no lo sé. Pero necesitamos la sabiduría de la edad, la fuerza de la madurez y la iniciativa de la juventud. A partir de este instante, queda disuelto mi mando absoluto sobre este establecimiento. Así lo haré constar en el Diario de la Casa, antes de retirarme a dormir. Veamos ahora cómo proceder.

La hermana Boticaria se mordió los labios, intentando sentirse más humilde que humillada.

Se oyó el frufrú de las faldas cuando las mujeres se movieron. Apagados murmullos, sin precedentes en la capilla, sonaron como un viento lejano. La mónaca superiora dejó caer la frente sobre los dedos y suspiró profundamente, sintiendo que el mundo había cambiado de manera radical y preguntándose cuánto tardaría en arrepentirse de su acción.

En el silencio, lady Glinda se puso de pie. La reticencia no era lo suyo y ya llevaba demasiado tiempo callada. Además, ¿no había pedido la mónaca superiora un espíritu de colaboración?

—Si se me permite hacer uso de la palabra —comenzó, dejando implícito en su tono que sabía que no podían negársela—, debo decir que, incluso si el ejército atraviesa las murallas de este convento, los soldados no podrán haceros mucho daño. No habrá derramamiento de sangre ni violaciones. No, mientras yo esté en la casa. Pensad lo que queráis, pero aunque estoy retirada de lo que pasaba por ser servicio público, aún sigo estando considerada como amiga del gobierno. Tengo acceso directo a todas las personas influyentes del país. El ejército sabe muy bien que no puede abusar de vosotras conmigo de testigo. Y a mí no me tocarán. No se atreverían. —En seguida, añadió—: Soy lady Glinda —por si alguna de las novicias más jóvenes aún no se habían enterado.

—No buscan a las chicas —dijo la hermana Doctora—, sino a los chicos.

—No subestime lo que la gente es capaz de hacer llevada por el apasionamiento —dijo la mónaca superiora—. Nuestra rectitud significa muy poco para el mundo más allá de estas paredes, y la consagración de toda nuestra vida vale tan poco como el grano sobrante o los márgenes inútiles de un campo. Aun así, la hermana Doctora tiene razón. El ejército busca a dos hombres jóvenes, pero no saben con certeza si están aquí o no.

Liir intervino:

—No sé si la escoba puede llevar dos pasajeros, pero Trism podría subir a las murallas tarde en la noche y volar hasta un lugar seguro. De ese modo, sólo quedaría yo, y sea cual sea el destino que me he ganado, creo que debería enfrentarlo yo solo.

El ambiente de la sala se volvió decididamente gélido.

—¿Entonces los rumores acerca de la escoba son ciertos? —dijo la hermana Doctora.

La mónaca superiora suspiró y se humedeció las comisuras de la boca. Liir se encogió de hombros, pero no pudo negarlo. Desde un costado, la loca de la madre Yackle dijo:

—Por supuesto que los rumores son ciertos. La escoba salió de esta casa. Yo misma se la di a la hermana Santa Aelphaba hace años. ¿Soy la única con suficiente lucidez como para saberlo?

Una hora antes la habrían hecho callar, y de hecho la mónaca superiora empezó a hablar; pero la hermana Doctora levantó la mano, deteniendo el comentario de la madre, y observó:

—Llevaba diez años sin abrir la boca, madre Yackle, pero últimamente parece haber recuperado el habla. ¿Tiene algo que añadir que debamos saber?

—No hablo cuando no hay nada que decir —aclaró la madre Yackle—. Lo único que tengo que añadir es lo siguiente: Elphaba debería estar aquí para ver este momento.

—Tiene usted una vinculación poco común con... la Bruja del Oeste.

—Así es —dijo la madre Yackle—. Tengo la impresión de haber sido colocada en la periferia de su vida, como testigo, podríamos decir. Estoy loca como una cabra, por lo que no es preciso que nadie me haga caso, pero he podido calibrar el alcance de su poder. ¡Ah, ella debería estar aquí para ver este momento!

—¿La madre Yackle? ¿Un ángel de la guarda? —exclamó la hermana Boticaria.

—Bueno… un ángel que funcionara a espasmos —replicó la anciana.

Temblando, Liir volvió a pensar en su falta de poder y en la ensoñación que había tenido entre esas paredes. Esta vez recordó lo que no había visto antes. Recordó que en un rincón de la habitación donde la novicia de piel verde mecía el capazo había una escoba apoyada contra una estantería.

—¿Alguien tiene algo más que decir? —preguntó la hermana Doctora.

Conmocionadas hasta cierto punto por el giro de los acontecimientos, las mónacas se limitaron a murmurar en voz baja, pero ninguna habló, hasta que la hermana Boticaria se puso de pie y dijo:

—Madre superiora, me gustaría aplaudirla por su coraje y su sabiduría.

Las lágrimas brotaron repentinamente de los ojos de la vieja mónaca, mientras todas las demás, como una sola persona, se ponían de pie para rendirle homenaje. Fuera, los caballos se acobardaron y los hombres se sobresaltaron ante el repentino alboroto que cayó como una lluvia desde las ventanas de la capilla.


Pero la escoba no quiso transportar a Trism. En sus manos, no era más que una escoba.

—Por lo visto, no tengo lo que hay que tener —dijo.

—Quizá haya perdido el poder —comentó Liir, pero al contacto con sus manos el instrumento recobró la vida y comenzó a corcovear como un potro.

—Tal vez podamos hacer un pequeño juego de manos si sólo tenemos a un hombre que esconder —dijo lady Glinda—. Después de todo, como habéis dicho, están buscando a dos de vosotros. Quizá Trism podría pasar por mi guardaespaldas. Al fin y al cabo, no habría sido muy propio de mí aventurarme hasta aquí sin guardaespaldas, aunque lo he hecho. A veces me gusta confundirme incluso a mí misma —explicó—. No me resulta difícil.

—Si los hombres que nos asedian reconocen a Trism por haberlo visto en el cuartel de la Ciudad Esmeralda, nos arrestarán —señaló la hermana Doctora.

—Bueno, yo solía ser buena con el maquillaje —dijo Glinda—. Hago auténtica magia con los polvos de la cara. El chico tiene los hombros demasiado anchos para ser una mónaca, pero tiene facciones bonitas, y con un poco de agua oxigenada para disimular el vello facial, que ya de por sí es convenientemente rubio... —Glinda se apartó los rizos de la cara—. Nunca viajo sin agua oxigenada.

—Será mejor que no —dijo Trism con voz acerada.

—Entonces, tendremos que arriesgarnos a hacerte pasar por mi sirviente —dijo lady Glinda—. Liir se irá esta noche montado en la escoba y mañana por la mañana partiré yo, llevando a Trism a mi lado, sin dar ninguna explicación. Si entonces decidís abrir vuestras puertas, los soldados no encontrarán aquí nada inconveniente. Yo esperaré del lado de fuera de vuestro portón, como testigo evidente, hasta que hayan terminado el registro. Si de verdad están sedientos de sangre, no perderán más tiempo aquí y seguirán de inmediato su camino.

—Pero ¿tú adónde irás? —le preguntó la mónaca superiora a Trism.

Para entonces, se habían retirado al despacho de la vieja mónaca y ella se había dejado caer sobre el cuero gastado de su butaca.

Liir miró a Trism. Todo lo que podrían haberse dicho con una mirada, sin palabras, quedó dicho. Y otro momento de posibilidades se estrelló y ardió.

—Si Trism no puede pasar, debería buscar la granja de la Prensa de las Manzanas —dijo Liir—. Podría llevar a Candela a un lugar seguro. Las tropas del Emperador llevan vagamente esa dirección, y el lugar ya ha sido descubierto y atacado por vándalos por lo menos una vez. Al parecer, se utilizaba como imprenta clandestina, para publicar propaganda contra el gobierno.

—Sí —dijo con modestia la mónaca superiora—, eso me han dicho.

—Por ti, trataré de encontrar esa granja —dijo Trism—, y me llevaré las caras arrancadas, para que el ejército no las encuentre aquí cuando haga su registro.

—En cuanto a mí —prosiguió Liir—, he aprendido algo de ti. —Miró a la mónaca superiora, que empezaba a cabecear—. Prometí tratar de acabar lo que había empezado, y hasta ahora lo he hecho: he ayudado a librar el cielo de los dragones que atacaban a los viajeros y causaban miedo y desconfianza entre las tribus de la periferia. Terminaré mi trabajo antes de que suceda nada más. Iré a anunciar al Congreso de las Aves que ya son libres de congregarse, volar y vivir su vida sin amenazas indebidas. Con la escoba de la Bruja y sin dragones que me lo impidan, lo haré en poco tiempo.

»Aparte de eso –dijo–, tengo otros asuntos que zanjar. Hace años, emprendí la búsqueda de Nor, una chica con la que compartí algunos años de la infancia.

–Pero Liir –dijo la hermana Doctora–, ¡la princesa Nastoya está esperando tu regreso!

Liir se sobresaltó.

–La creía muerta desde hace mucho.

–Ha estado intentando morir e intentando no morir, lo cual es un conjunto de intenciones bastante problemático –dijo la hermana Doctora–. Te mencionó a ti, Liir.

–No sé qué puedo hacer por ella. No tengo las habilidades de Elphaba, ni por herencia, ni por aprendizaje.

Permanecieron sentados en silencio, mientras él reflexionaba al respecto.

–En cuanto a lo que debo hacer ahora, estoy confuso. Por un lado, me dice que la princesa Nastoya está vieja, sufre y quiere morir.

–Sí –asintió la mónaca superiora con gesto cansado–, conozco la sensación.

–Por otro lado, Nor es joven y tiene toda la vida por delante, y quizá sea un bien mayor ayudarla primero a ella, si puedo.

Esperaron. El viento murmuraba en la chimenea.

–Volveré con la princesa Nastoya –dijo finalmente–. Sé que no podré ayudarla a separar su disfraz humano de su naturaleza de Elefanta. No soy una persona de talento. Pero si puedo darle la lealtad de la amistad, lo haré.

–¿Vas a ayudar a una vieja decrépita antes que a una joven desaparecida? –inquirió la hermana Doctora, cuyo sentido de la ética médica lanzaba destellos de alarma.

–La joven Nor consiguió salir sola de Sudescaleras –dijo Liir–. Por mucho más que le hayan hecho a su cuerpo y a su mente, es obvio que aún conserva el espíritu y la agudeza. Tendré que confiar en que su juventud siga protegiéndola. Además, puede que no necesite mi ayuda ahora, aunque no descansaré hasta que lo sepa con seguridad. Mientras tanto, me ha dicho, hermana Doctora, que la princesa Nastoya ha preguntado por mí. Hace diez años, prometí tratar de ayudarla; le debo mis disculpas, si no puedo darle nada más. Y si además consigo informar con seguridad a los scrows de que no eran los yunamatas los que estaban arrancando las caras de los viajeros solitarios, quizá pueda contribuir a que los dos pueblos lleguen a un acuerdo de confianza mutua.

—¿Es arrogancia proponerse un objetivo tan elevado? —preguntó la hermana Doctora.

—No —contestó la mónaca superiora, que para entonces tenía los ojos cerrados.

—No —dijo Liir—. La mónaca superiora me lo ha demostrado esta noche. Si compartimos lo que sabemos, puede que tengamos una posibilidad en la lucha. Puede que sobreviva esta casa, como refugio y santuario. Puede que sobrevivan el país y sus pueblos.

—El país... —dijo la mónaca superiora, cuya mente se deslizaba hacia el sueño—. Ah, sí, claro, el país del Dios Innominado...

—El país de Oz, sea lo que sea —dijo Liir.

En algo semejante a un brindis por la esperanza, levantaron unas copas imaginarias, mientras la mónaca superiora empezaba a roncar.

Un poco más tarde de la medianoche, la hermana Boticaria condujo a Liir y a Trism a un desván. Una ventana se abría convenientemente hacia un lugar donde dos cúspides gemelas del tejado coincidían para formar un valle entre ambas. Un voladizo ocultaba esa porción del tejado de la vista de los que estaban abajo.

La hermana Boticaria dijo:

—La hermana Doctora me mencionó tus intenciones, Liir, y me alegro de tener oportunidad de añadir lo que a ella se le olvidó. La princesa nos dio un mensaje para ti; pero cuando regresamos, tú ya habías desaparecido. Dijo algo a propósito de Nor y de su palabra en la calle. No lo recuerdo exactamente, pero tiene algo que decirte.

Liir metió las manos en el interior de la capa de la Bruja y reconoció al tacto el papel plegado con el dibujo de Nor hecho por su padre. Se le encogió el corazón, recordando la caligrafía infantil: los torpes trazos descendentes y los ganchos redondeados. «Nor, por Fiyero.»

La hermana Boticaria envolvió bien la capa alrededor del pecho de Liir, para que no ondeara en exceso, atrayendo atención indebida durante su huida. Le guardó en los bolsillos unos trozos de pan y un paquete de nueces, y le deseó buen viaje. Después se retiró, para que los dos jóvenes pudieran despedirse en la intimidad.

—Puede que ninguno de los dos lo logremos, ¿lo sabes, verdad? —dijo Trism—. Quizá estemos muertos antes del mediodía de mañana.

—Entonces habrá sido bueno estar vivo —respondió Liir—, no sé, en cierto modo.

—Me temo que he sido yo quien te ha metido en esto —dijo Trism—. Cuando te vi en el campo de la pelota, pensé en vengarme. Pero no era mi intención llegar a una venganza como ésta: que tú murieras, o que tuviéramos que separarnos de esta forma.

—Yo también te estaba buscando, más o menos, de alguna manera, pero tú me viste primero —respondió Liir—. Podría haber sido a la inversa. En cualquier caso, ¿qué importa? Estamos aquí. Juntos por un momento más, de todos modos.

Al cabo de un instante, Trism consiguió decir:

—¿Estás seguro de poder volar en estas condiciones?

—¿En qué condiciones? He estado en estas condiciones toda mi vida —contestó Liir—. Son las únicas que conozco. Amor amargo, soledad, desprecio por la corrupción, esperanza ciega. Es como vivo: un estado de luto permanente. No es nada nuevo.

Volvieron a besarse por última vez y Liir montó la escoba de la Malvada Bruja del Oeste, sintiendo que ascendía debajo de él. No se volvió para mirar a Trism. No tenía muchas habilidades el bueno de Liir, y aunque volar en una escoba era una de ellas, no se sentía con experiencia suficiente como para arriesgarse a romperse el cuello.

Su otro talento era la capacidad para destilar los recuerdos en una sustancia generosa y urgente. Sabía que en las horas o años que le quedaban por vivir recordaría claramente el efecto que Trism obraba sobre él, sin corrupción alguna, como una pulsación secreta guardada en un bolsillo, en algún lugar detrás del corazón.

Sin embargo, la imagen exacta de Trism, su olor y su peso, la sensación de tenerlo cerca probablemente declinarían en la imprecisión: una forma en la penumbra, no vista, sino imaginada, escasamente distinguible de una chimenea más, en el valle formado entre dos torres en el tejado de un convento.

# EL OJO DE LA BRUJA

## 1

Volar por la noche.

Al principio voló bajo, a poco más del doble de altura que los árboles más altos. Los vientos que se abrían paso bajo la cubierta de nubes parecían malhumorados, como si sólo pretendieran derribarlo. Debajo, el bosque de pelorroble temblaba agitado por las ráfagas invernales, semejante al pelaje de una bestia enorme que estuviera dormitando, a la espera del encuentro nocturno que le traería sexo o comida.

Después, las nubes se adelgazaron y el aire se tornó aún más frío. Liir recordaba el ataque de los dragones mejor de lo que hubiese querido; le causaba una sensación enfermiza. No era capaz de ganar mucha más altura de la que había alcanzado hasta entonces. Aun así, con un rápido giro de la cabeza, a derecha e izquierda, pudo distinguir la ensenada más meridional de Kellswater y la bahía donde el río Vinkus desembocaba en Restwater. Desde su perspectiva, los dos lagos parecían sólidos y muertos como la pizarra.

Cruzó la línea oscura trazada por el río Vinkus. Ahora estaba a medio camino del paso de Kumbricia, y eso significaba que ahí abajo, en algún lugar, estaba la granja de la Prensa de las Manzanas. ¿Cómo le estarían yendo las cosas a Candela? Pensó en bajar y averiguarlo.

«Podrías hacerlo —se dijo—. No tendrías que preocuparte por no asustarla, porque si te presentas en mitad de la noche, ella te estará esperando. Habrá adivinado el presente e intuido tu cercanía, y habrá preparado el té para cuando llegues. Y también las mantas, el fuego y la cama, aunque todavía no estés listo para volver a su cama, ni siquiera castamente.

»Pero no, no —prosiguió para sus adentros—, no. ¿Y si está con otro? ¿Y si se ha marchado? ¿Y si el comandante Cherrystone ha reconocido a Trism, lo ha arrestado y lo ha torturado hasta hacerle revelar el escondite de Liir, y de ese modo ha descubierto a Candela? ¡Y se la ha llevado, como hizo con Nor hace tantos años, como una especie de represalia contra la matanza del contingente de dragones y la ruina de la basílica!»

Liir estaba aprendiendo a pensar secuencialmente, y gran parte del mérito correspondía a las estrategias y las maquinaciones del Emperador. En cualquier caso, la preocupación por Candela lo habría distraído de la misión que él le había prometido que completaría. «Esperemos que Trism llegue sano y salvo, y que atienda a las necesidades de Candela, si quiere y puede. Ya habrá tiempo para que yo me deje ver y averigüe lo que pasará en el futuro.»

De momento, iba a terminar lo que había empezado, al menos eso.

Quizá hubiese visto el tejado de la granja en un parpadeo o tal vez estuviera a muchos kilómetros de distancia. No lo sabía, ni le importaba. Mantenía la mirada fija en las estribaciones de los Grandes Kells, que vistos desde esa altura ya empezaban a levantarse, menos como una forma real que como un cambio de gradación en la intensidad de las sombras.

El viento empezó a soplar con más fuerza, bajando por las laderas orientales de la dorsal montañosa de Oz. Liir perdió velocidad y tuvo que esforzarse más para mantener el curso de la escoba. Era como avanzar a caballo por un torrente impetuoso, imaginó, ahora que tenía cierta experiencia como jinete. Finalmente, tuvo que bajar a tierra por puro agotamiento. Encontró la cabaña de verano de unos pastores, abandonada en invierno; se tumbó en el suelo, envuelto en la capa, y no tardó en quedarse dormido, con la escoba entre los brazos y apoyada en la mejilla, como la más huesuda de las amantes.

# 2

Al alba, el viento amainó y las montañas se incendiaron en una luz rosada. Liir consumió las provisiones que le había dado la hermana Boticaria y siguió su camino.

El paso de Kumbricia estaba marcado por un verde perenne, específico del barranco que se abría en abanico en su descenso hacia la llanura del Vinkus. ¡Qué siniestros los acantilados a ambos lados del paso! ¡Qué defensivo era el paisaje! ¡Cuánto más semejante a una fortaleza de lo que Liir jamás había advertido! No era extraño que los yunamatas, los scrows y los arjikis no se hubieran dejado doblegar jamás por la potencia industrial del Gillikin o el poderío militar de la Ciudad Esmeralda. Tampoco era extraño que los dragones se hubieran considerado un importante avance: habrían tenido que esforzarse para cruzar batiendo las alas ese pasadizo azotado por el viento, pero al final lo habrían conseguido. Si la población de dragones se hubiera expandido y hubiese sido posible contar con toda una flota para realizar maniobras, podrían haber llevado la destrucción a las poblaciones más distantes del ancho y extenso Vinkus.

Aún podía suceder, Liir lo sabía. Los conocimientos estratégicos que habían convertido en armas a aquellos dragones no se habían perdido con la deserción de Trism, ni con la destrucción de la basílica. Si no sucedía nada más, era sólo cuestión de tiempo antes de que apareciera otro Trism dispuesto a acatar órdenes de sus superiores y preparar un ejército quizá aún más poderoso.

Pero el día había amanecido y el mañana era imprevisible. Hasta donde Liir sabía, ningún mago del mundo había conseguido dominar el arte de la profecía. Nadie, ni un venerable obispo con su cauce de comunicación directa con la divinidad, ni un sutil mecanismo tiktokista, ni el mejor instruido de los hechiceros, con la más penetrante mirada interior, era capaz de predecir siquiera si la lluvia aguardaría hasta el final del picnic. El Tiempo Aún Por Venir poseía la mayor fuerza de todas, una magia más poderosa que los propios Kells y más verde que todo el verde Oz. Inescrutable, aterradora y embriagadora, todo a la vez.

Descubrió que no podía sobrevolar el paso de Kumbricia. La escoba se agitaba a un lado y a otro, como había oído que hacían a veces los caballos cuando les ordenaban que atravesaran un puente peligroso. No sabía si sería por el cansancio, por un debilitamiento de su voluntad o por alguna clase de obstrucción mágica o magnética que no acertaba a comprender. Se dejó caer en una sucesión de largos descensos ondulantes, hasta encontrar finalmente un lugar donde posarse, en un claro, y continuó su viaje a pie.

Le llevó tiempo localizar el sitio donde había hablado con el general Kynot, la encallecida Águila de los Acantilados: la isla en medio del pequeño lago de montaña. El lugar parecía desierto. No vio nada, excepto unas plumas desperdigadas y los inevitables excrementos. Quizá se hubieran trasladado a una sala de reuniones más limpia, en alguna parte.

Continuó a pie hacia el este, perdiendo el sentido del tiempo. Uno de los inconvenientes de volar montado en la escoba era que se le congelaba la nariz; además, a cierta altura, aunque limpio de polvo, era curiosamente inodoro. El paso de Kumbricia, en cambio, era un festival de olores.

Arropado en la capa, se tumbó un momento para echar una siesta vespertina y no se despertó hasta el alba… y ni siquiera estaba seguro de que fuera el alba del día siguiente o de algún día posterior.

Aun así, por fin estaba descansado, profundamente descansado, y ya fue más capaz de encontrar bayas entre los arbustos, vainas de chichonga y ocasionales nueces dispersas por el suelo. Docenas de torrentes bajaban saltando por las dos paredes del gran barranco y se entrecruzaban de vez en cuando, formando islas y promontorios en el fondo del paso, por lo que no llegó a padecer sed. Sentía que cuanto más tiempo andaba, más fuerte se volvía.

Por fin, el paso de Kumbricia describió su último giro, antes de abrirse sobre la pálida y hermosísima extensión de las Praderas Milenarias, una llanura que continuaba hasta perderse de vista. En las cuevas poco profundas y sobre las cornisas de la vertiente occidental de los Kells, casi ensordecido por el viento constante, Liir volvió a encontrarse con lo que quedaba del Congreso de las Aves.

Su número se había reducido considerablemente en el breve lapso transcurrido desde que Liir había partido del paso de Kumbricia. Cuando el general Kynot lo vio de pie ante él (¡y para eso tenía centinelas vigilando!), torció una de las alas y le indicó, con una severa sacudida de la cabeza, que se internara con él en el barranco para tener una conversación.

Algunas de las Aves adivinaron la intención del general y desafiaron los impetuosos vientos para sumarse al coloquio. Se congregaron varias docenas, entre ellas la Curruca llamada Dosey, que llegó guiando a la Garza ciega y coja.

—Vemos que has recuperado la escoba —empezó el general, sin formalidades—. Debo suponer que ya no funciona como vehículo volador, pues de lo contrario no habrías venido a pie. Y habrías venido antes.

—He venido tan rápidamente como he podido —respondió Liir—. ¿Qué ha pasado?

—Hemos perdido a la mitad de nuestros efectivos —dijo el general—, o casi. Los yunamatas nos atacaron por sorpresa y, como nos daba miedo levantar vuelo, nos atraparon en una serie de redes y trampas que habían tendido en uno de los tramos más estrechos del paso. No hay casi ninguno de nosotros que no haya perdido un pariente o un amigo.

—Eso no es propio de ellos —dijo Liir—, o al menos de su reputación. Son un pueblo pacífico.

El general lo miró fijamente.

—Tuvimos que abandonar el paso por temor a que volviera a suceder. Estamos arrinconados contra el cielo, aquí arriba, a la vista de los dragones depredadores y sin un suministro adecuado de orugas y gusanos.

Liir replicó:

—Siento lo del ataque de los yunamatas. Es la estrategia del Emperador: hacer que sus enemigos se enfrenten constantemente entre sí. Pero esto tiene que acabar. No podremos sobrevivir, si no hacemos las paces entre nosotros.

—Te suplico que me perdones la interrupción —le dijo la Curruca a Liir, y el general estaba demasiado desanimado para molestarse en corregirla–, pero un pueblo no puede hacer las paces con otro a la fuerza.

–Hay muchas posibilidades –repuso Liir–. Los dragones son cosa del pasado, al menos de momento. Ya podéis volar de nuevo. Todos podemos volar. Y antes de que pueda surgir la próxima amenaza, tenemos que maniobrar para hacer de nosotros… una coalición. No, eso no. ¡Una nación!

–¿Qué mala nación sería ésa? –preguntó irritado el general.

–¡La mala nación! ¡La mala nación de la Bruja Malvada! –canturreó un Dodo–. ¡Me gusta!

–Habéis convocado un congreso para hablar de la amenaza de los dragones –les recordó Liir–. La flota de dragones ha sido destruida. Pero esos dragones también eran una tribu: dirigidos con saña, malevolentes, criados para atacar, aprisionados por su adiestramiento. No me causó ninguna alegría envenenar a los dragones, ni siquiera a los que habían atacado a los vuestros y a los míos. Ha llegado el momento de volver a volar, pero no de regreso a casa, todavía no, sino de volar hacia el centro de la tempestad. El Emperador ya ha enviado a sus guardias para atraparme, y él y los suyos destrozarán a cualquiera que se interponga en su camino. Nadie en la Ciudad Esmeralda se le puede oponer, porque él se arroga el derecho divino de quien ha sido elegido, pero no por el pueblo, sino por el Dios Innominado. ¿Quién puede discutírselo? Todos somos elegidos, porque de lo contrario no estaríamos aquí, y ahora tenemos que volar para salvar la vida. Tenemos que demostrar que estamos unidos. Él envió dragones para sembrar el terror en el cielo. Nosotros volaremos hacia él, como una bandera.

El general Kynot fingió que se estaba buscando piojos entre las plumas del pecho. Cuando levantó la cabeza, ya volvía a tener los ojos secos.

–No es fácil confiar en la sabiduría de un humano –reconoció–. Como tantos otros, podrías estar mintiendo, conduciéndonos a una trampa, prometiendo libertad para llevarnos hasta una emboscada con más dragones todavía. Sin embargo, no tenemos más opción que confiar. Después de todo, eres el hijo de la Bruja.

–No bases tus decisiones en una premisa falsa –dijo Liir–. Nunca sabré con certeza quiénes fueron mis padres. Y aunque lo supiera, el hijo de una bruja puede equivocarse tanto como cualquier otro. Si volamos, hagámoslo porque estamos convencidos de que debemos hacerlo, no porque yo lo diga.

—¡Yo voto que sí! —exclamó Dosey.

—Yo también —dijo la Garza—, aunque ya no puedo volar, como bien sabéis.

—¡No he convocado ninguna votación! —dijo Kynot.

—Por eso mismo he votado —replicó Dosey.

—¡La nación de la Bruja! ¡La nación de la Bruja! —dijo el Dodo.


Emprendieron vuelo a mediodía, quizá unas noventa Aves, poniendo rumbo al oeste, hacia los vientos implacables que recorriendo las vastas praderas reunían fuerzas para estrellarse contra los Kells.

La aventura estuvo a punto de dispersarlos nada más comenzar. Las Currucas iban dando tumbos en la ventisca, como cascarillas de pinlóbulo seco; los Patos sufrieron un ataque de diarrea que casi los atonta, y los Rocs Nocturnos no conseguían ver nada, a la luz más deslumbrante de todo Oz, y estuvieron a punto de chocar de cabeza contra las montañas cuando intentaron un giro.

Liir estaba mareado y sufría vértigo. La escoba sobrevoló un peñasco a tan escasa altura que Liir pudo ver con claridad las expresiones asombradas de las cabras monteses. Al minuto siguiente, volaba quince veces más alto que la más alta de las torres de Kiamo Ko, y el río plateado que parpadeaba al sol, bajo sus pies, le parecía estrecho como el cordón de una bota.

Solamente la lucha por mantenerse juntos les ocupó la mayor parte de la tarde. Cuando finalmente alcanzaron el espacio aéreo más allá de las estribaciones boscosas, por encima del extremo más cercano de las inacabables praderas, la potencia del viento menguó y se detuvieron para descansar, comer y contar sus efectivos. Cuatro de los noventa se habían perdido en el primer descenso, al salir del paso de Kumbricia.

Pero había orugas sobre las briznas de hierba y escarabajos, y riachuelos de montaña donde bañarse, de modo que establecieron su primer campamento.

Hicieron falta varios días de prácticas para que los Rocs Nocturnos aprendieran a volar a la luz del día, pero el ambiente de las praderas era benigno. Tras muchas horas de volar sin obstáculos ni amenaza de dragones, las Aves ganaron coraje y comenzaron a volar en formación más o menos abierta.

Al principio evitaron el encuentro con otras criaturas, pero disfrutaban viendo muy por debajo el espectáculo de las tsebras salvajes trotando en su migración invernal hacia el sur: una marea de rayas blancas y negras sobre el terreno pardo, un alfabeto en el acto de escribir la historia migratoria de las tsebras. O notas musicales, cantando una historia mítica.

Unas drafas de largos y ondulantes cuellos castaños los saludaron un día con sus voces agudas. Liir no pudo oírlas, pero Kynot dijo esa noche que había Drafas sensibles viviendo entre las drafas, en aparente armonía.

Una pequeña bandada de Vlecalondras salió volando al encuentro del Congreso (Kynot no permitía que las Aves se hicieran llamar la Nación de la Bruja, pese a la insistencia del Dodo), y al ver a Liir montado en la escoba, las recién llegadas hicieron causa común con los viajeros y se unieron a ellos.

Después, unos Cisnes Angélicos, que normalmente rehuían toda compañía para mantener impoluta la blancura de su estirpe, también echaron a volar. Lo mismo hicieron unos Gansos Grises, que pasaban juntos el invierno a orillas de un ancho lago invernal sin nombre, que aparecía y desaparecía todos los años en un lugar diferente, según dijeron.

El Congreso volaba en oleadas, con las Aves más grandes esforzándose por formar un frente que rompiera el viento, y las pequeñas a la cola, volando más bajo, por si se producía un ataque aéreo. Dosey fue la primera en divisar las tiendas de los scrows, dispuestas con la habitual precisión geométrica sobre la manta sin marcas del suelo.

Liir no quería acercarse aún al campamento; pero el general Kynot, que había aceptado actuar como emisario, salió de la formación, dejándose caer en picado, y sobrevoló el asentamiento scrow hasta determinar cuál de las tiendas pertenecía a la princesa Nastoya.

Esa noche, cuando el Congreso hubo acampado bajo una valla medio destrozada por el viento, Kynot le presentó su informe a Liir.

—He encontrado a alguien con quien pude hablar, un viejo universitario llamado Shem Ottokos —dijo el general—. Le dije que ya podías circular libremente y me contestó que no me necesitaba a mí para saberlo, porque ya te  había divisado a simple vista, debido a que la capa se despliega y ondea como una mancha oscura sobre el telón carmesí del crepúsculo. Había ordenado que levantaran la tienda de la princesa, para que ella también pudiera verte, y aunque está casi ciega, dijo que podía distinguirte en el cielo. Ottokos cree que en realidad la princesa vio al conjunto del Congreso, a su masa entera. En cualquier caso, dice que quiere verte. Tiene algo que decirte, independientemente de que puedas ayudarla o no.

—Si ha aceptado venir a verme más adelante, podrá decírmelo entonces —dijo Liir—. ¿Ha aceptado?

—Los scrows no suelen viajar en esta época del año y no han llegado a un acuerdo de paz con los yunamatas. Ottokos no está seguro de poder convencer a los ancianos de la tribu para levantar el campamento y desafiar el paso de Kumbricia. No sabe cómo hablarle a su pueblo al respecto, pero le he explicado que los dragones han sido exterminados. Puede que Ottokos sea persuasivo.

—Si la princesa Nastoya aún tiene tiempo, nosotros también lo tenemos —dijo Liir—. Es su tiempo el que necesitamos leer, no el nuestro.


Hacia el norte, luchando contra las heladas ráfagas invernales conocidas en algunos círculos como los «pedos de Kumbricia»; hacia el norte y más al norte, sobre unas Praderas Milenarias que se habían vuelto blancas bajo una marea de escarcha… El viento trazaba en la nieve formas semejantes a las escamas imbricadas de los peces. A veces, los Kells dejaban de verse, después volvían a aparecer; de pronto se les unía una bandada de Gansos Nivales de quinientos miembros, y al minuto siguiente, una mística Grulla Pálida, con su compañero y su madre, ya anciana pero aún enérgica.

Al final, como las Aves más pequeñas temían morir congeladas y las reservas de comida empezaban a escasear, el Congreso torció hacia el este. Kynot tenía la idea de que el lugar más seguro para volver a atravesar los Kells era el punto donde los arjikis habían construido sus poblados montañeses. Al menos, allí tendrían la oportunidad de encontrar un granero donde posarse o una hoguera donde buscar calor. Pero era difícil avanzar en esas condiciones. Padeciendo una vez más los embates del viento contra la dura proa de los Kells, el Congreso empezó a volar a menor altura, lo que resultaba más lento, pero les permitía encontrar refugio más rápidamente, si se desataba una tormenta.

Al menos el tiempo les fue favorable. Día tras día, el cielo fue de un azul inigualable, aunque el frío era estremecedor. Bajo cortinas de nieve o torrentes de lluvia, el Congreso se habría disuelto. Pero ellos siempre tuvieron oportunidad de seguir adelante, y de ese modo las Aves más pequeñas conservaron el coraje.

Finalmente llegaron a los valles de alta montaña y los blancos yermos de la fortaleza arjiki de Kiamo Ko. Liir hubiese preferido no aterrizar allí, pero cada vez anochecía antes, y no tuvo más remedio que tomarlo como una bendición.

Con el trasero dolorido y casi incapaz de enderezar la espalda de tanto volar encorvado, se posó en el empedrado del patio, acompañado de las doscientas veinte Aves más pequeñas, mientras las más grandes esperaban fuera a ser invitadas formalmente. Los monos chillaron, pero Liir no supo muy bien si era de miedo o para darle la bienvenida. Chistery salió a su encuentro en lo alto de la escalera que conducía al salón principal.

—Supongo que me pides que me una a vosotros, por los viejos tiempos —le dijo—. Iría si pudiera, pero no creo que mis alas me lo permitan.

—¿Cómo es posible que estés al tanto de nuestras intenciones? —quiso saber Liir.

—Tú eres el mensaje, eso es todo —respondió Chistery—. Nadie puede contemplarte sorteando las columnas de aire que se elevan de las montañas sin saber que deseas ser visto. Te diré que casi se me desboca el corazón cuando te he visto acercarte. Por un momento me dije: «¡Es la mismísima Elphaba!»

—No, solamente soy yo —replicó Liir—. ¿Cómo está Nana?

—En declive, como en los últimos cuarenta años, diría yo. Está comiendo un bocadillo de huevo y garmote seco. ¿Quieres subir?

—Supongo que estoy obligado. ¿Podemos quedarnos?

—No hace falta que lo preguntes —respondió Chistery, levemente ofendido—. Mientras nadie más venga a reclamarla, la casa es tuya.

Nana estaba sentada en la cama, contemplando con ternura sus cortezas de pan. Cuando vio a Liir, sonrió y dio unas palmaditas sobre las sábanas.

—No te preocupes, no las mojaré —dijo—. Acabo de ir.

—¿Sabes quién soy? —le preguntó Liir.

—¿Debería? —No parecía preocuparle la respuesta—. ¿Eres Caparazón?

—Decididamente, no.

—Bien. Nunca me ha gustado mucho Caparazón. —La anciana le tendió una mano con los restos de pan—. He visto venir a las Aves y les he guardado un poco de mi almuerzo.

—Eres muy amable.

—A decir verdad, el pan está un poco rancio, pero quizá ellas no lo noten. Me alegro de verte de nuevo, seas quien seas. Como en los viejos tiempos. —Le dio unas palmaditas en la mano—. Antes tampoco sabía muy bien lo que estaba pasando, pero ahora no me importa tanto.

—¿Nana?

—¿Hum?

La anciana comenzaba a adormecerse.

—¿Has oído hablar alguna vez de una persona llamada Yackle?

Uno de los párpados de Nana se levantó de golpe.

—Tal vez —dijo con cautela—. ¿Quién quiere saberlo?

—Sólo yo.

—Las cosas que sucedieron hace toda una vida se me presentan con más claridad que el día de hoy. Ya ni siquiera sé si soy hombre o mujer, pero recuerdo exactamente lo que me regalaron en la cestita de la Natividad de Lurlina cuando tenía diez años: un tarro de hojalata lleno de cuentas de colores…

—Nana, hablábamos de Yackle.

—Conocí a una mujer llamada Yackle —dijo Nana—. No he olvidado su nombre, porque me sonaba como «chacal», como la luna chacala.

—¿Dónde la conociste?

—Tenía un negocio, una pequeña empresa, si quieres llamarla así, en la Ciudad Esmeralda. En los Barrios Inferiores, en la cuesta que baja a Sudescaleras, no sé si sabrás dónde queda eso...

—Lo sé.

—Fui para que me leyera los posos del té y para hacerle una pregunta sobre Melena, tu abuela.

Liir no se molestó en corregirla.

—Yackle era una vieja decrépita, sin mucha vida por delante, supongo. Pero tenía talento. Me dio algunos consejos, me afeó la costumbre de robar cosillas aquí y allá, y me dijo que Elphaba tendría una historia. ¿Puedes creerlo?

—¿Cómo sabía de Elphaba?

—¡Tonto! Porque yo se lo dije, desde luego. Le dije que Melena había dado a luz una niña verde. Compré lo que Yackle pudo proporcionarme como agente corrector, para asegurarnos de que el segundo bebé no saliera verde. Y no salió verde. Nessarose no nació verde, ni tampoco Caparazón. Sólo nuestra Elphie. ¡Una historia! ¿Puedes creerlo?

—Debe de ser un nombre corriente.

—¿El de Yackle? No lo sé. Nunca he vuelto a oírlo. ¿Por qué lo preguntas?

—¿Crees que Elphaba tendrá una historia?

—¡Ya la tiene, cabecita hueca! Acabo de verla surcando el cielo del valle, grande como una nube. La capa le ondeaba detrás, como un millar de pájaros en vuelo. Casi tocaba las montañas, a la izquierda y a la derecha. Si eso no es tener una historia, ya me dirás qué es.


Chistery salió a despedirlo.

—Eres bienvenido siempre que quieras —le dijo—. Ésta es tu casa.

—Ella siempre te quiso más a ti y lo sabes —dijo Liir, sonriendo, mientras se abrochaba la capa de la Bruja.

—Teniendo en cuenta cómo era, no sé si tomar eso que dices como un cumplido o como un insulto —replicó el Mono Nival—. ¡Buen vuelo!

Cuando llegaron a las proximidades de la Ciudad Esmeralda, quince días después, el Congreso de las Aves contaba con seis mil integrantes. A medida que el grupo había ido creciendo, había tenido que ralentizar su avance, para prevenir los accidentes en vuelo; pero al este de los Kells, el viento era menos impetuoso. Cuando el Congreso cruzó el río Gillikin y pudo ver los coquetos pueblecitos, las colinas de abetos, las fábricas de ladrillos y los molinos que poblaban el ondulado paisaje gillikinés, su sombra fue haciéndose cada vez más definida.

Liir no tenía intención de atacar la Ciudad Esmeralda. Las Aves no eran guerreros, y el Congreso, o la Nación de la Bruja, no estaba organizado militarmente. Liir no quería ver a Caparazón, ni a lady Glinda, suponiendo que ésta hubiera vuelto a instalarse en su casa de la plaza de Mennipin para pasar el invierno.

Sólo quería que los vieran.

Estaba próximo el crepúsculo cuando se acercaron a los muros de la Ciudad desde el norte. El sol se reclinó sobre unas cuantas nubes distantes deshilachadas, en dirección hacia su rosado descanso, y finalmente desapareció detrás del horizonte. El cielo de poniente conservaría aún durante otra media hora un brillo vítreo.

Mientras los funcionarios fichaban a la salida del Palacio, los bulevares se llenaban de gente que volvía a casa para cenar y los indigentes se dirigían a su propio trabajo de suplicar monedas para no morir de hambre, el Congreso ocupó su puesto en el cielo, tras un amplio giro. Todos los que vieron al norte el espectáculo de las Aves, por ejemplo desde la posada de las Armas, a orillas del río Gillikin, interpretaron de una única forma la nube: una invasión, una plaga, un desastre. La misma impresión tuvieron los que desde el noroeste de la ciudad contemplaron las Aves, que parecían nadar en el aire, a un océano de distancia.

Desde dentro de la Ciudad Esmeralda, sin embargo, desde cada una de las ventanas del Palacio orientadas al oeste, la intención resultó inequívoca. El Congreso de las Aves lo había ensayado a la perfección. Volaban en formación para ser vistas desde el este. Eran la Bruja, con su sombrero y su capa, su falda y su escoba, con la cara en la sombra para hurtarla del viento, pero los ojos como dos cuentas brillantes. Liir, montado en su escoba, seguía al general Kynot, cuyo superior sentido de la orientación le permitía situarse. Liir, montado en su escoba, era el astuto ojo negro de la Bruja.

¿Estaría allí Caparazón —se preguntó Liir—, con los nudillos apoyados sobre un alféizar de mármol, el mismísimo Gran Señor Apóstol del Músculo, Caparazón de Todos los Demonios Thropp, la Primera Lanza, el Emperador de Oz, el Caparazón Personal del Dios Innominado? ¿Se inclinaría hacia adelante y entornaría los ojos para ver al sagrado espíritu de su hermana rebelde? ¿Se frotaría los ojos?

Eran seis mil y gritaron todas a la vez, con la esperanza de que el eco de su mensaje se oyera en la celda más oscura y enclaustrada de Sudescaleras, lo mismo que en el más alto despacho del Palacio del Emperador.

—¡Elphaba vive! ¡Elphaba vive! ¡Elphaba vive!

# VOCES QUE SURGEN

## 1

El Congreso había crecido demasiado para que un solo orador se dirigiera a todos sus miembros. Así pues, la mañana en que se disolvió, dos delegados de cada especie se reunieron con el general Kynot y lo que funcionaba más o menos como su gabinete de ministros, entre los que figuraban la Curruca, el Dodo y el más empingorotado de los Gansos Grises, un macho que se había autoproclamado para el cargo.

Liir también estaba invitado. Les pidió a las Aves que estuvieran atentas por si veían a Nor.

—Vosotras vais a todas partes y lo veis todo —dijo.

—Procuramos mantenernos lejos de los humanos siempre que podemos —replicó el Ganso Gris—, excepto en tu caso. De momento.

—Probablemente no servirá de nada —convino Liir—. Pero de todos modos... —Recorrió las filas de las Aves, enseñando el dibujo de «Nor, por Fiyero»—. Antes era así. Ahora estará más mayor, lógicamente.

—A mí todos los humanos me parecen iguales —murmuró una Vlecalondra.

—Es sencillamente preciosa —dijo la Garza ciega.

—Bueno, gracias de todos modos —respondió Liir, guardándose la hoja.

El general pronunció un enmarañado discurso que resultó confuso para todos, incluso para sí mismo.

—Para terminar —dijo por fin—, tenemos ante nosotros nuevas tareas. Las Aves corremos el riesgo de recaer en unos comportamientos que no nos hacen ningún favor. No quisiera empañar el buen nombre de los Avestruces de Arenas Amargas, que al no poder volar no han podido participar en nuestro Congreso, pero todas hemos oído hablar de lo que hacen cuando se enfrentan a una situación crítica. No debemos encerrarnos en nuestras bandadas y nuestras familias. ¿Me decís que debemos actuar con cautela respecto a los humanos? ¡Desde luego que sí! ¡No hemos de ser ingenuas con los humanos! Pero ¿debemos ser precavidas entre nosotras? Un poco menos que ahora, si es posible.

—Y también debemos hablar más entre nosotras —añadió la Curruca Dosey—. De una manera que sólo estamos empezando a comprender, somos los ojos de Oz.

—¿Cuándo volverá a reunirse la Nación de la Bruja? —preguntó el Dodo—. Esto es divertido.

—El chico de la escoba tiene que ir a fabricarse un nido. ¿Y yo? Yo debo ir con mi familia —dijo el general—. Está mi esposa, ¿sabéis?, y toda una nidada de huevos nuevos, que dejé la primavera pasada. Pero también están las familias de todas esas Aves que han sido atrozmente atrapadas y muertas por los yunamatas. Habría que buscarlas e informarles, si se nos ocurre cómo hacerlo.

—Yo me cuidaré de eso, señor —dijo Dosey.

—Tú cuídate de ti misma, pequeña.

—¿Qué os parece si convertimos esto en un encuentro anual? —propuso el Dodo—. ¿Os parece bien que tome notas? ¿Por lo menos notas mentales?

Pero el general ya había levantado vuelo, aprovechando la corriente ascendente de una repentina brisa cálida, y lo que contestó por encima del hombro, fuera lo que fuese, se perdió entre el griterío de la despedida.

# 2

Liir no le pidió al Ganso Gris que lo acompañara, pero el Ganso lo siguió de todos modos. Era un problema. El Ganso era demasiado altivo para ser servicial y demasiado espléndido; hacía que Liir se sintiese como un deshollinador que llevara un mes entero sin ver un baño. Decía llamarse Iskinaary.

Emprendieron vuelo desde el extremo meridional de la Ciudad Esmeralda y fueron directamente a sobrevolar Restwater, dejando al este el istmo entre los dos lagos. Si habían prendido fuego al convento de Santa Glinda, Liir prefería no saberlo aún.

En el lugar donde el río Vinkus caía hacia Restwater por una serie de plataformas escalonadas cubiertas de guijarros, se detuvieron para recuperar el aliento y sorprendieron a un zorro que acababa de salir de una mata de arbustilucho. El zorro se abalanzó sobre Iskinaary y lo agarró por una de las alas, pero Liir lo apaleó con la escoba hasta que lo soltó. Al verse con el ala bañada en sangre, el Ganso se echó a llorar sin el menor pudor, pero un examen atento demostró que el daño había sido leve. Aun así, si querían continuar juntos, iban a tener que hacerlo a pie.

—No me importará hacer un poco de ejercicio con las piernas —dijo Liir.

—Es lo más falso que he oído en mi vida —repuso Iskinaary—. Además, tampoco puede decirse que tengas unas piernas particularmente bonitas.

—Caminan más aprisa que tus patas, por lo que he podido ver.

—Si de verdad quieres ir de prisa, tendrás que llevarme en brazos.

Iskinaary era pesado para llevarlo en brazos, y ni siquiera su espléndida belleza podía impedir que oliera a Ganso. Aun así, a Liir no le preocupó que el viaje durara un poco más. ¡Habían pasado tantas cosas! Agradecía tener una oportunidad para la reflexión.

Estaba regresando, tras haber hecho algo por fin: matar a un montón de dragones; lamentable, sí, pero así estaban las cosas. Estaba ansioso por averiguar cómo serían recibidos sus logros en casa, cómo serían los dos, Candela y él, de ahí en adelante. No tenía experiencia en retornos felices, nunca la había tenido. Seguramente no sabría qué decir, ni cuándo sonreír, y esperaba que no saberlo pudiera parecer maravilloso.

También sabía más sobre la calidez humana, gracias a Trism. La forma en que se esa calidez podía traducirse en presencia de Candela era un enigma cuya resolución esperaba ansiosamente.

Cuando llegaron a Las Decepciones, al sur del río Vinkus, se estaba poniendo el sol y el frío atardecer los hacía tiritar. Pero empezaba a verse la flor diminuta conocida como rompehielos (cuatro minúsculas pétalos violáceos sobre unas hojitas de color esmeralda), lo que significaba que lo más crudo del invierno había quedado atrás y que la primavera, por mucho que tardara en llegar, ya estaba en camino.

El ala de Iskinaary se había curado un poco (no mucho) para cuando llegaron a la serie de colinas boscosas donde se ocultaba la granja de la Prensa de las Manzanas.

—Supongo que no tendrás pensado quedarte y volverte doméstico —dijo Liir—. Lo que quiero decir es… que sería bonito verte… hum… pavoneándote por nuestros prados, pero no creo que eso te proporcionara a ti nada parecido a la satisfacción profesional.

—Tengo mis ambiciones —repuso Iskinaary—. Además de guapo, soy inteligente, ¿sabes? Tú déjamelo a mí.

—Te lo diré de una manera más específica —añadió Liir con cautela—. No tengo pensado necesariamente invitarte a que te quedes con nosotros de forma permanente. Espero que no te ofendas.

Iskinaary se encogió de hombros, en la medida en que puede encogerse de hombros un Ganso Gris.

—Me da igual lo que digas —replicó—. No esperaba una invitación por escrito. Me limitaré a seguir mis instintos, porque nosotros, los Animales, tenemos instintos, ¿lo sabías?

—De acuerdo, tienes razón. ¿Y qué te dicen tus instintos?

—Que haga lo que me parezca.

Se internaron en el bosque, chapaleando torpemente entre blandos montículos de nieve removida.

—Y estando tan bien dotado en el aspecto instintivo, Iskinaary, ¿tienes idea de cuáles son mis instintos?

—No te falta talento —respondió el Ave, sin prestar atención al tono ligeramente sarcástico de Liir—. Incluso eres bastante listo, para ser humano. Sabes elegir muy bien las compañías.

—Tú.

—Exacto. Además, por lo que he observado, tienes talento para ver el pasado.

—¿Qué significa eso?

Iskinaary soltó un graznido.

—Significa lo que oyes. Hay muy pocos capaces de ver el futuro, y tú mismo has dicho que esa Candela tuya es capaz de ver el presente. Pero ver el pasado es una habilidad en sí misma. No es sólo conocer el pasado; es sentirlo. Es derivar nuevas fuerzas y conocimientos de él, es aprender constantemente. Tengo la impresión de que ése era el punto fuerte que el Dios Innominado tenía pensado concederos a los humanos, cuando concibió la idea de crearos. Lamentablemente, como tantas buenas ideas, ésta tampoco ha funcionado muy bien en la práctica.

—Muy amable, gracias.

—No pretendía ofenderte.

—No sabía que creyeras en el Dios Innominado.

—Hablaba metafóricamente. Pensé que lo entenderías. ¿Es éste el lugar que buscas?

Lo era. Las dependencias de techos bajos, la estructura de la casa propiamente dicha y el gran establo que presumiblemente aún albergaría la imprenta destrozada... Quizá fuera posible conseguir que funcionara de nuevo.

Llegaron dando un largo rodeo, para acercarse a la puerta delantera por el prado abierto. Allí vieron que la invitación de Liir había sido aceptada. Había nueve tiendas en el prado y su alineación era tan perfecta como la disposición aleatoria de setos y vallas podía permitirlo. Ocho tiendas subordinadas describían un cuadrado, en cuyo centro se levantaba la tienda de la princesa Nastoya.

Con su perspicacia y estando advertida por el arribo de todo el contingente de scrows, Candela debería haber sabido que Liir estaba a punto de llegar. Sin embargo, pareció sorprendida. Sorprendida, aturullada, grande, lenta y con la cara incluso más enrojecida de lo que hubiese parecido posible, dada su coloración natural. ¿Tendría quizá problemas de presión sanguínea? ¿O habría estado probando los cosméticos autóctonos?

Liir se le acercó cautelosamente, como si Candela fuera una novicia joven y no una novia rural. La cogió de las manos, que mantuvo entre las suyas, comprendiendo que ni siquiera entonces sabía lo que sentía.

—He recorrido el mundo volando —dijo.

—Bien venido a casa, de regreso del mundo.

Tenía la mirada baja, como por timidez. Una timidez nueva.

—Candela —dijo él—, ¿ha venido por aquí un tipo llamado Trism? Ella lo miró por debajo del entrecejo fruncido.

—Dijo que preguntarías por él. Yo no sabía si confiar en él o no; parecía una especie de soldado. Pero has preguntado, y lo has hecho nada más llegar. Esperaba que antes preguntaras por mí, para saber cómo me encuentro. ¡Con todos estos invitados y estando yo en este estado!

—Desde luego, desde luego que sí, pero ya veo que tú estás bien y en cambio no sé si Trism ha sobrevivido.

—Pues sí, ha sobrevivido —dijo ella secamente—. ¡Oh, Liir! —prosiguió Candela, como si él sólo hubiese estado ausente una hora y ella lo hubiese echado de menos cada uno de sus sesenta minutos—. ¡Mira lo que ha pasado! ¡Y yo que quería darte la bienvenida estando solos tú y yo!

Extendió las manos, señalando el prado.

—Lo sé —dijo él—. Yo los he invitado.

—Entonces me alegro de que finalmente hayas venido para recibirlos. Hace una semana que están aquí y la despensa que llené con tanto esfuerzo está casi vacía. El hombre más viejo habla una especie de qua'ati tosco, pero a los demás no les entiendo ni una palabra.

Los scrows estaban intentado preparar alguna clase de infusión con la corteza de los manzanos y la savia que se escurría de los arces. Absortos y arrugando la nariz ante los resultados, prácticamente no advirtieron la llegada de Liir.

—Veo que te encuentras en la dulce espera —dijo Iskinaary con deliberada mordacidad, pasando sin esfuerzo al qua'ati—, ¿o tal vez eres de huesos grandes, querida?

Señalando al Ganso, Liir le dijo a Candela:

—Éste es mi...

Se interrumpió, ya que la palabra «amigo» no le pareció apropiada.

—Ayudante —terminó la frase el Ganso.

—¡Oh, por favor! —exclamó Liir—. ¿Es eso lo que pretendes?

—No me hagas caso. Me quedaré por ahí, con las estúpidas gallinas —replicó Iskinaary.

—No necesito ningún ayudante. No soy brujo, ni nada parecido. —dijo Liir—. Estás dando crédito a los rumores más absurdos.

—Tú sigue trabajando, que yo sacaré mis propias conclusiones —dijo el Ganso antes de desplazarse unos diez centímetros a un costado y asumir una elegante postura inmóvil, que además de proporcionarle aspecto de estatua le permitía escuchar con impunidad la conversación ajena.

Liir volvió a cogerle las manos a Candela. Quería algo más de ella, lo deseaba. Ella lo dejó que le pasara los pulgares por las palmas de las manos por un momento, pero después las retiró.

—¿Entonces Trism llegó aquí sano y salvo? —preguntó él.

—¿El maestro de dragones? Sí —dijo ella, desviando de nuevo la mirada.

—¿Dónde está?

—No podía quedarse.

Con cuidado. Había que actuar con cautela.

—¿Por qué no? ¿Candela?

Ella comenzó a levantar un enorme cántaro de agua de la mesa del patio, pero él se lo quitó.

—Candela, ¿qué ha pasado? ¿Él estaba bien?

De pronto, Liir dejó de tener confianza; ya no confiaba en su propia aprensión respecto a Trism, ni en Trism... ni tampoco en Candela. Después de todo, Trism había intentado matarlo una vez.

—¿Te ha maltratado?

—Hay que llevarle esta agua a la princesa —respondió ella—. Se pasan el día lavándola. La he preparado con esencia de vinagre, como me ha dicho que hiciera ese príncipe con aires de sacerdote.

—¿Qué ha pasado? ¿Qué ha pasado entre Trism y tú? ¡Candela!

—¿Qué podría pasar entre nosotros, Liir? No hablaba qua'ati. Yo entendí lo que él quiso decirme, pero no pude responderle… No sé hablar ese idioma tan autoritario; tengo una voz muy pequeña, una media voz, como sabes.

Liir concibió sucesivamente una docena de crisis: «Ella sabe que lo quise. Que lo quiero. ¿Que él me quiere? ¿Que la quiere a ella?»

¿Lo querría ella a él?

¿Qué significaba después de todo ese verbo, querer, que era capaz de actuar en cualquier dirección?

¿Le habría hecho daño?

—Candela, te lo suplico.

—No supliques —entonó Iskinaary, de pie sobre una sola pata—. Recuerda lo que dice el general Kynot. No supliques, nunca supliques.

—Ya hablaremos luego —dijo ella—. ¿Querrías llevarle ahora el agua a tu invitada? Y después será mejor que hagas lo que has venido a hacer.

—¡He venido para quedarme aquí! Contigo.

—¿Y esa banda de desharrapados que te ha precedido? ¿Qué son? ¿Tus parientes?

Liir sintió que las lágrimas le irritaban los ojos.

—¡No seas absurda y no seas mala, Candela! He estado fuera, haciendo lo que tú me pediste que hiciera. Consiguiendo hacer algo, lo que fuera, averiguando dónde quiero estar.

—Tengo malos momentos —reconoció ella, enjugándose la cara—. No ha sido fácil. Mejor no hablemos. Ve directamente al trabajo y ayuda a esa vieja cerda, si puedes.

—Es una Elefanta.

—Me da igual qué bestia sea.

—¡Candela!

—No lo he dicho por mal, Liir, me has sobresaltado. Me cuesta mucho llevar en el vientre a este niño. Siento que no soy yo misma.

Él también lo notaba.

—¿Ha dejado Trism algo para mí?

—Dos paquetes en la imprenta, colgados del techo con cuerdas, para que no los alcancen los ratones. Los ratones están muy interesados. ¿Vas a llevarle el agua a la inválida o no? Yo tengo otras cosas que hacer ahora. Lavar. La vieja gasta una docena de toallas al día.

Cogió una cesta de ropa recién lavada y salió bamboleándose en dirección a un manzano, en cuyas ramas más bajas empezó a colgar la ropa, para que se secara. «Está dolida —pensó él—. Incluso yo, con lo tonto que soy, puedo verlo. Pero ¿por qué? ¿Por mi larga ausencia? ¿Por mi afecto hacia Trism? ¿O será la criatura que lleva dentro, que la pone enferma, le seca la sangre, le come el hígado y le aporrea la pelvis con los talones hasta hacerle daño?»

3

Aún no se sentía preparado para ir a ver a la princesa Nastoya, y los scrows parecían haberse establecido sin problemas. Después de todo, llevaba una década muriéndose; bien podía seguir muriéndose otros diez minutos más, hasta que él finalmente acudiera a su reunión con ella.

Instigado por la reticencia de Candela, se dirigió al establo para recuperar los paquetes. Si Trism había conseguido llevarlos hasta allí, entonces debía de haber logrado eludir al comandante Cherrystone. El glamour de Glinda había vuelto a funcionar y, cabalgando a su lado como su guardaespaldas, Trism se había hecho pasar por su acompañante en la sombra, una figura bien conocida. De ese modo, había podido salir subrepticiamente del convento, hacia la salvación.

Pero ¿qué había pasado en la granja? ¿Había seguido Trism las instrucciones de Liir y había encontrado a Candela en casa, hermosa, callada y enorme con su embarazo? ¿Le habría molestado la existencia de Candela? ¿Le habría irritado el hecho de que Liir nunca hubiera mencionado su estado? ¿Habría supuesto que Liir era el padre?

¿Se habría comportado Trism con crueldad hacia ella?

Liir bajó los paquetes, pensando que las obras del corazón humano podían ser tan variadas e imperturbables como los actos de los pueblos. No sabía lo suficiente del amor en todas sus formas como para comparar, elegir, sacrificar o lamentar. Entre los brazos de soldado de Trism, se había sentido fortalecido; también había ganado fuerza cuando lo abarcaba la mirada amorosa de Candela. Ahora lo único que lo rodeaba era la capa de Elphaba. ¿Debía también aceptar como propio el manto penitencial de soledad de la Bruja?

Se secó los ojos y abrió los paquetes. A la luz biselada que se colaba por la puerta del establo, sacó las caras montadas en sus aros. Ahora que sabía lo que eran, le parecieron menos grotescas, aunque no menos aterradoras que un dibujo o un rostro visto en sueños. Eran discos planos, no muy diferentes de espejos. Esas caras habían tenido vidas tan intrigantes como la suya, pero nunca nadie sabría cómo habían sido.

—¡Vaya —dijo Iskinaary, que lo había seguido hasta el establo—, por mi vida y mi aliento! ¿Es esto lo que quieren decir cuando hablan de escudos humanos?

—Son caras de muertos.

—¿Y vienes aquí a estudiarlas, cuando tienes ahí fuera, en una tienda, a una mujer moribunda que está esperando tu atención?

Iskinaary estaba indignado

Liir contempló los rostros, meneando la cabeza. A lo lejos, oyó las primeras notas de una melodía. Candela había vuelto a sacar el domingon. ¿A quién estaría llamando con la música? ¿A la criatura que llevaba dentro? «¡Ven, sal!» ¿O al propio Liir, atrapado en su indecisión, en su confusión?

—Soy bastante experto en música, ya que tengo oído absoluto, un rasgo poco frecuente en un Ganso —dijo Iskinaary—. No puede negarse que la chica tiene talento con ese instrumento; con él podría convencer a cualquier Mamá Gansa de que pusiera huevos.

—La he oído haciendo cantar a los animales de la granja —dijo Liir—, pero cantar de verdad, no sólo chillar y graznar.

—Cantar aligera la carga —señaló Iskinaary, que pareció dispuesto a entonar una aria y, de hecho, se aclaró la garganta.

Pero Liir levantó bruscamente los aros del suelo y se volvió.

—Si fuera posible convencerla —dijo—, quizá ella pueda ayudar a aligerar esa carga. Ella ya tiene su carga, ¡pero es tan buena! ¡Qué buena idea has tenido!

—Gracias —dijo Iskinaary, con las plumas erizadas.

Sin público que le prestara atención, empezó a canturrear para sus adentros de cualquier modo, pero al poco se fue detrás de Liir, para averiguar cuál era esa idea tan buena que había tenido.

Liir se presentó ante el hombre llamado lord Ottokos.

—Nos hemos visto antes —dijo Shem Ottokos—, aunque desde entonces, tú has crecido y yo me he hecho viejo.

Liir le explicó lo que esperaba que hiciera Candela. Si ella aceptaba.

Shem Ottokos no pareció encontrar nada extravagante en la propuesta.

—Tu esposa es muy amable, incluso en su pesada condición, y tu marido me ha parecido igualmente amable.

—No es mi esposa, ni tengo marido —dijo Liir—. De hecho, no tengo nada, excepto esta idea, y ni siquiera sé si funcionará.

—Le diré a la princesa Nastoya que has llegado —dijo Ottokos—. Está sufriendo mucho y ya casi no puede hablar. Pero creo que aún es capaz de oír y entender. Debo creerlo: es mi trabajo.

Liir llevó las caras arrancadas y curtidas de las víctimas de los dragones al huerto, donde las plantas ya empezaban a germinar, aunque el suelo todavía estaba húmedo con la nieve vieja. Colgó los trece aros de otros tantos nudos de las ramas del manzano, tan cerca de la altura natural del cuerpo como pudo suponer que estaría cada cara cuando había estado unida a un cuerpo vivo. Las sábanas y toallas húmedas ondulaban más abajo, como piernas y brazos líquidos.

# 4

Ella dejó a un lado el domingon cuando Liir se le acercó para pedirle ayuda.

—No lo hagas por mí —dijo Liir—. Hazlo por ella.

—Ya estoy lavando la ropa por ella —repuso Candela—. No me quedan más fuerzas.

—Conoces a la gente y conoces la gentileza. Tu música me trajo de vuelta a la vida. Tienes ese talento. Se llama conocer el presente. Conseguiste que todo el establo se pusiera a cantar. Sólo te pido que conozcas el presente de la princesa Nastoya y que con la música pongas en su sitio todas las piezas que la componen.

—Piensas como un brujo. Yo no soy bruja, Liir.

—Ni soy brujo, ni pienso como tal. Estoy intentando aprender de la historia. Estoy tratando de averiguar lo que sucedió en el pasado, para que ese conocimiento vuelva a sernos útil. Tú tocaste música en mi pasado y me devolviste la vida. Quizá puedas tocarle a ella para que muera.

—No me siento bien —dijo Candela, frotándose los ojos con las yemas de los dedos—. Sinceramente, hace tiempo que no duermo. No sé si este embarazo marcha como debería, pero no tengo a nadie a quien preguntar.

—No te sientes tan mal como la princesa Nastoya.

—¡Liir!

Él la cogió por los hombros.

—¡Cuéntame lo que ha sucedido! —dijo bruscamente—. ¡Cuéntame lo que ha pasado con Trism!

—Déjame, Liir —replicó ella llorando, pero cuando él le apretó los brazos con más fuerza, dijo—: Me pidió que me fuera con él. Dijo que los que os habían seguido a los dos hasta aquí no se darían tan fácilmente por vencidos. Dijo que quemarían el convento y torturarían a las mónacas hasta que confesaran la localización de esta granja, satélite del convento. ¡Oh, no me mires así! ¡Claro que las mónacas saben de la existencia de este sitio! ¿Cómo si no nos habría enviado aquí la madre Yackle? ¿Cómo habría conocido el camino el asno? ¡Piensa, Liir!

—¿Te pidió que te fueras con él?

—Dijo que tenía que irme con él, por seguridad, que era lo que tú habrías querido que yo hiciera.

Liir estaba perplejo.

—¿Por qué no te fuiste, entonces?

—He confiado en ti —respondió ella con cierta brusquedad—. ¿Cómo iba a saber si debía confiar en otro soldado? Quizá planeara secuestrarme, para matarnos a mí y a mi hijo. Podía estar mintiendo.

Pensé que tal vez sólo quería hacerte daño. Pero ahora me doy cuenta de que significaba para ti más de lo que yo supuse.

Liir reparó sobre todo en el posesivo: «mi» hijo, y no «nuestro».

—Y no se quedó —dijo Liir, en un tono de voz casi tan débil como el de ella.

—No, no se quedó —replicó Candela—. Por lo general, la gente no se queda. Vienen y se van. Él se fue. Los scrows han venido. Y por lo que yo sé, tu comandante Cherrystone podría estar aquí para la hora del té, y la madre Yackle, para cuando freguemos los platos.


## 5


La comitiva de los scrows transportó a la princesa al huerto y la depositó sobre una manta. Estaba gris, con las piernas hinchadas como almohadas cilíndricas y la cabeza casi calva. Había perdido las cejas y las pestañas, lo que confería a sus ojos ausentes un aspecto terrible de huevos. De su barbilla brotaban suficientes pelos como para sacarle lustre a un par de botas de granjero.

A Liir le habría costado mucho relacionar ese amasijo de huesos, músculos y olores fétidos con sus recuerdos infantiles del encuentro con Nastoya en los días posteriores a la muerte de Elphaba. Ni siquiera lo intentó. La princesa estaba más allá del habla; gemía y gruñía, reclinada sobre un vórtice de dolor físico que parecía implicar a todo el huerto. Liir no pudo disculparse por haber descuidado tanto tiempo la promesa que le había hecho, ni ella pudo transmitirle el mensaje que tuviera para él. Ya era tarde.

Lord Ottokos mantenía la compostura y le hablaba a ella sobre cada desplazamiento de las piernas y cada reordenación de las almohadas. Sin éxito, intentó echarle un poco de agua en la boca, pero incluso en ese postrer momento temió ahogarla antes de que pudiera separarse de su disfraz. Tendría que ir sedienta al encuentro de la muerte, si el plan funcionaba.

Nastoya estaba postrada en el suelo, con la cabeza echada hacia atrás, lo que confería cierta prominencia a su barbilla, quizá por primera vez en diez años.

—Estamos listos —dijo Ottokos.

Estaba de pie, empuñando un viejo bastón de mando, un simple palo de madera de oxidendro con unos clavos de hierro hundidos. Parecía una especie de mazo, un cetro, y lord Ottokos estaba listo para asumir la jefatura de la tribu.

Liir le hizo un gesto a Candela, que había acudido provista de un viejo taburete de ordeñar. Se sentó torpemente, abriendo las piernas, pero no tenía espacio para apoyar el instrumento en el regazo, por lo que tuvo que equilibrarlo sobre el fondo de una bañera vuelta boca abajo. Pese a todo, miró a la princesa Nastoya con expresión complicada y por fin empezó a tocar.

El resto de los presentes en el campamento no habían sido invitados, pero se situaron al borde del huerto, con los nudillos enfrentados, posición considerada un signo de reverencia entre los scrows. El Ganso se colocó junto a Liir, uno o dos pasos retrasado, en actitud deferente y llena de significado. No estaba claro si él era el ayudante de Liir o si éste era su intérprete.

Candela empezó por templar las cuerdas y distenderlas en arpegios. Al principio eligió las modalidades más ligeras, pero en seguida derivó hacia variantes más sutiles. La princesa estaba incómoda en el suelo y las mantas empezaban a mojarse en la nieve.

—Para cosechar una muerte —murmuró Liir, cogiendo a Candela por los hombros—, tienes que sembrar una vida.

Ella se sacudió para que él la soltara. Liir empezó a recorrer el perímetro del huerto, intentando mirar desde diferentes ángulos. ¿Había algo más que pudiera hacer? ¿Algo que debería estar haciendo? Candela estaba esforzándose en su tarea y sin duda la princesa Nastoya también estaba haciendo su trabajo, pero ¿era necesario hacer algo más en esa misión de pura clemencia?

Un lado del huerto. Otro.

—Liir —susurró Candela mientras él se le acercaba—. Estoy muy incómoda aquí. No es lo mismo que hace seis meses; no voy a poder seguir por mucho tiempo más.

Hizo rotar el instrumento un cuarto de giro, separó los dedos, ladeándolos ligeramente, y atacó los agudos con la palma abierta, intentando una vivaz cuadrilla, una danza primaveral.

El tercer lado del huerto. Iskinaary se acercó a Liir con paso despreocupado, como si se encontrara en un cóctel organizado para celebrar la obra reciente de un pintor prestigioso.

—Deberías concentrarte en el pasado —dijo.

—No conozco su pasado —replicó Liir—. No sé nada de su pasado, excepto que conocía a Elphaba.

—No me refiero al de la princesa —dijo Iskinaary—. Ella ya conoce suficientemente bien su pasado, en algún lugar ahí dentro. Me refiero a los otros. Después de todo, incluso en la muerte, formamos parte de una sociedad.

Liir se volvió para mirar a los scrows, que estaban de pie a cierta distancia, pero entonces vio lo que quería decir Iskinaary. No era algo que pudieran hacer los vivos. Los humanos muertos eran los mejor preparados para despojar a Nastoya de su disfraz humano. Ellos podrían quitárselo, si Candela conseguía que las caras arrancadas empezaran a cantar.

Tocar música era su talento y cantar correspondía a las caras. El trabajo de Liir era escuchar. Ser testigo de sus historias y conservarlas como un tesoro en la memoria era su único talento. Después de todo, había mirado en la bola de cristal de la Bruja y había visto el pasado de Elphaba, aunque no tuviera nada que ver con él. Se había topado con sus propias ensoñaciones, sin la ayuda de ninguna bola mágica. Quizá su único trabajo fuera escuchar. Eso sí podía hacerlo.

## 6

Yo fui la cuarta de cinco hijos, y me encantaba sentir las piedras calentadas por el sol. Poco antes del almuerzo, sobre la baldosas del patio, solía bailar descalza con mi madre, porque a ella también le gustaba.

Yo fui bastante feliz en mi matrimonio y más feliz aún cuando me quedé viuda, aunque la felicidad no es ingrediente importante para una buena vida.

Yo no quería el bastón que me dio mi padre, de modo que lo cogí y le partí con él la nariz, y a él le dio tal ataque de risa que se cayó al pozo.

Yo hacía objetos con hilos de colores, como pajaritos y cosas así.

Yo siempre quise ir a la universidad en Shiz, como algunos de mis amigos, pero a los chicos como yo no nos admitían.

Yo creía en el Dios Innominado y acepté la misión que me encomendaron, porque Dios se ocuparía de todo, como dijo el Emperador.

Yo una vez me quité toda la ropa y me puse a rodar por un campo de helechos, y tuve una experiencia que nunca le conté a nadie.

Yo estaba en una ceremonia en Center Munch cuando vino el ciclón que dejó caer la casa sobre Nessarose, y lo vi con mis propios ojos, pero perdí la cinta del pelo en el camino a casa.

Yo adoraba el sabor de la leche, la sombra azul de las nubes en las colinas, y también a mi hermanita, que tenía el pelo negro como un escarabajo.

A mí me encantaba estar viva.

A mí también me gustaba mucho estar vivo.

Olvídanos, olvídanos a todos, porque ahora ya todo da igual, pero no olvides que adorábamos estar vivos.


Liir oyó a cada aro decir algo. Cada cara cantó con el acompañamiento de Candela. Los árboles se sacudían con la fuerza de sus voces, aunque las caras no tenían lengua y conservaban muy poco de los labios, y no había aire que pasara por la abertura y les convirtiera la boca en flauta.

Con el recuerdo de la vida humana, la parte corpórea de la princesa Nastoya se disolvió en la nieve. Lo que quedaba de su disfraz humano se desprendió: una espiral de humo de carbón emborronó el aire como el incienso, se irguió buscando pie y finalmente se dispersó, mientras las voces callaban.

No quedó nada sobre la manta, excepto una Elefanta enorme. Todos los scrows cerraron los ojos y empezaron a llorar. Ella abrió los ojos y echó la cabeza hacia atrás. Su mirada se cruzó por un instante con la de Liir. Se oyó el chasquido del cuello.

# COMO EN NINGÚN SITIO

Al cabo de una hora, lord Ottokos pidió que viniera la cirujana armada con una sierra. La menuda y barrigona mujer se puso a trabajar con el colmillo derecho de la Elefanta y se lo extrajo en cuestión de minutos. Después aserró un disco de dos centímetros de grosor del extremo más ancho. Al ser el colmillo hueco del lado más ancho, el disco formaba un anillo con una abertura de varios dedos de grosor. La cirujana ensartó el anillo en la punta del otro extremo del colmillo y le entregó la reliquia a Ottokos, que la aceptó con una reverencia y la unió al bastón de mando que había preparado. Cuando terminó, el cetro era una vara de casi dos metros de altura, coronada por un curvo colmillo de Elefanta, como una sonrisa de marfil sin un rostro alrededor.

—Gobernaré bajo la influencia de Nastoya —dijo con una voz serena que calmó a los scrows y aquietó su llanto.

«¿Qué influencia es ésa —pensó Liir—, un trozo de hueso, un tótem improvisado?»

Eso y la memoria. Quizá fuera toda la influencia necesaria.


Los scrows habían vivido tanto tiempo bajo el liderazgo de la princesa Nastoya que prácticamente no sabían qué hacer en su ausencia. Con esfuerzo, tirando todos a la vez, consiguieron subir su cuerpo al carro que había llevado a Candela y a Liir hasta la granja de la

Prensa de las Manzanas. Después, iniciaron la larga y trabajosa marcha hacia las tierras de su tribu. Iban a quemar el cadáver en una pira en cuanto llegaran, junto a las caras arrancadas, y ni un minuto más tarde. Nastoya nunca había olido demasiado bien en vida, pero muerta era además un peligro sanitario.

Lord Ottokos insistió en que Liir los acompañara en la travesía del paso de Kumbricia, por si la delegación de scrows se topaba con los yunamatas y estallaba el conflicto.

—Es lo último que puedes hacer por la princesa Nastoya, para terminar la tarea que te encomendó cuando la Bruja acababa de morir —dijo—: llevar sus huesos a un lugar seguro.

Liir decidió dejar la escoba y la capa. No iba a volar mientras acompañara a los scrows y, cuando se separara de ellos, quizá tampoco pudiera regresar volando. El paso de Kumbricia siempre se había mostrado refractario a que lo sobrevolara.

Tras guardar los aros con las caras junto al cadáver de Nastoya, Liir se despidió brevemente de Candela e Iskinaary.

—Cuidaos mutuamente —dijo—. Y tú, Iskinaary, vigila.

—Puedo cuidar de mí misma —repuso Candela—. Olvidas que veo el presente.

—¿Puedes ver lo que hay en mi corazón? —preguntó él.

«Porque si es así, quiero que me lo digas —prosiguió para sus adentros—. Dímelo, para que yo pueda decírtelo a ti.»

Candela le estrechó las manos, pero rehuyó su mirada. Tal vez cuanto más se acercaba el nacimiento del bebé, más se arrepentía ella de haberle dicho que era suyo. ¿Sería él capaz de cartografiar alguna vez una pequeña parte del misterio de Candela?

Partió nuevamente, con la sensación de que su vida sería rica en despedidas, pero quizá no tanto en regresos.


No hubo grandes tragedias en las montañas. Una noche aparecieron los yunamatas como salidos de la nada, desnudos como Aves y pintados con sus dibujos tribales. Se acercaron al cuerpo de la princesa Nastoya, portando los tubérculos encendidos de yerbavieja que ellos mismos usaban para sus ritos fúnebres. Cantaron y en seguida desaparecieron, con una prisa que no pareció apropiada para las circunstancias.

En el último barranco, donde el Congreso de las Aves había iniciado su circuito por el oeste de Oz, Liir despidió con una fórmula rápida y superficial a lord Shem, príncipe Ottokos, y emprendió el regreso a casa con el corazón apesadumbrado.

Todo lo que había conseguido en los últimos meses –decidió– carecía de importancia, excepto lo de Nastoya. ¿Era ése el único logro que importaba, no estropear la propia muerte? Todas las demás cosas que habían sucedido en su breve vida adulta habían sido huecas y, en última instancia, sin sentido. Apasionadas, sí, no podía negarlo. Sentidas con pasión, pero sin definición, ni con un resultado que valiera la pena.

Los dragones estaban muertos y había personas que aún iban de aquí para allá, sin saber que de otro modo sus vidas cansadas podrían haber acabado en arrancamiento. Eso estaba bien. Podía servir de contrapeso a las vidas malditas de los quadlings que tenían que recordar diariamente a sus muertos, perdidos en el incendio del puente de Bengda. El trozo de techumbre cayendo, una carta en el aire que ardía y se hundía...

Y sin duda todavía habría presos desconsolados en Sudescaleras y soldados confundidos en los cuarteles, y los pobres abyectos que habían sobrevivido a la limpieza del bulevar de los Indigentes. Y aquel niño llamado Tip, a quien probablemente ya habría vendido su abuela, a cambio de una vaca de mejor raza, o una escoba, o una olla nueva para la lumbre.

También estaba el Congreso de las Aves, que al menos había sido un gran espectáculo. Pero ¿qué significaba? ¿Qué había conseguido? Por lo que Liir sabía, la gran demostración de genio juvenil proporcionaría al Emperador mejores excusas para reclutar más soldados, subir los impuestos para fabricar armas nuevas y dictar más normas represivas en la capital de Oz. ¡Una bruja voladora hecha de pájaros! La generación anterior lo habría considerado una manifestación de la fe del placer, ¡como si el espectáculo por sí solo fuera suficiente para convencer a alguien de algo!

Y sin embargo, el mundo era un espectáculo, un viejo argumento dirigido a sí mismo, inacabablemente expuesto con cada nueva articulación de hojas o patas, de carnes rojas o latas, de panojas o patatas. ¿No habría algo en el mundo suficientemente adorable como para contrarrestar el miedo a la soledad, una figura solitaria, inalterada por la ambición, intocada por el talento y sin ninguna certeza?

¿Cuál era la gran fuerza del mal? ¿Caparazón, el Emperador Tiembla-en-tus-Botas, el que se hacía llamar la Lanza del Dios Innominado? ¿O el siguiente déspota, o el que viniera después?

«¡Qué poder tan colosal el de la maldad! –pensó–. ¡Cómo nos gusta ubicarla totalmente fuera de nosotros! ¡Pero cuánto de su fuerza depende de lo que hacemos cada uno entre el desayuno y la hora de irnos a la cama!»

Recordando a la princesa Nastoya, pensó: «¡Líbranos de nuestros disfraces!» En seguida se sobresaltó, casi disgustado. ¿Había sido eso una plegaria?

¡Ojalá la princesa Elefanta hubiese podido darle el mensaje que según la hermana Boticaria tenía para él! ¡Otra endeble esperanza destrozada, junto a otras muchas débiles esperanzas que aguardaban para brillar en su estela!

Un mensaje sobre Nor y su palabra en la calle. ¿Realmente la princesa Nastoya, con sus enormes orejas, podría haber averiguado algo del paradero de Nor? ¿No habría encontrado también la manera de decírselo a él?

¡Nor, la encantadora Nor, dondequiera que estuviese! Liir no sabía dónde estaba, y quizá nunca llegaría a saberlo. Sólo sabía que ella estaba en su memoria, como todos los demás. En su memoria, y dibujada en el trozo de papel que guardaba en el bolsillo interior de la capa de la Bruja. Podía ver mentalmente el dibujo, claro como el día, con la aguada color café sugiriendo los principales rasgos de la niña, la piel perfecta y las letras trazadas con la peculiar caligrafía apretujada de Nor.

Fue como si la carta en llamas de pronto se hubiera vuelto legible, poco antes de hundirse en el agua negra. La idea surgió en un espasmo, y él la cosechó antes de que se desvaneciera. Entonces abrió el regalo que la princesa Nastoya le había prometido.

La palabra en la calle. «¡Elphaba vive!»

Con la caligrafía de Nor.

Cuando Liir volvió a la granja poco después del anochecer, quizá una semana más tarde, supo de inmediato que estaba abandonada. Esas cosas se saben, tratándose de una vieja granja. Iskinaary ya no estaba, ni tampoco el asno, y las gallinas se habían dispersado. Por un instante, se preguntó si habría regresado Trism para llevarse a Candela, y si esta vez ella no habría cambiado de idea y se habría marchado con él, irritada por su confusa forma de proceder o quizá encandilada por el apuesto Trism.

O tal vez tenían fundamento las advertencias de Trism, y el comandante Cherrystone y sus hombres finalmente habían localizado la granja de la Prensa de las Manzanas y habían encontrado la manera de vengar la matanza de los dragones.

Era importante saberlo y en el futuro le importaría aún más, porque otra vez estaba solo, como antes. Como siempre. La soledad era un estado al que tendría que acostumbrarse, o quizá debería empezar a tolerar el hecho de no llegar a acostumbrarse nunca, lo cual no era exactamente lo mismo, por desgracia.

Recorrió la casa. El domingon ya no estaba, lo que sugería una partida deliberada; pero los platos se habían quedado sin lavar, con una costra de restos de gachas, lo que indicaba precipitación. ¿Se habría llevado la escoba? No, ahí estaba, sobre la repisa de la chimenea, en un lugar seguro.

Liir encendió un pequeño fuego en la cocina para mitigar el frío del ambiente. No había casi nada que sirviera para preparar una comida. Sin embargo, mientras estaba parado, pensando, oyó ruido en el terreno pantanoso que se extendía al sur de la granja. Deslizándose entre los matorrales, encontró a la cabra escondida entre la espesura, atada a un árbol, furiosa y terriblemente necesitada de que la ordeñaran.

La condujo de vuelta al establo y la ordeñó a la sombra de la imprenta rota, alegrándose de haber aprendido al menos a hacer algo.

Después, en el rincón oscuro del salón donde solían dejar la basura antes de llevarla al vertedero del otro lado del huerto, estuvo a punto de tropezar con la capa de la Bruja. La recogió para sacudirla y colgarla de un gancho, y entonces el bulto de materia muerta rodó desde el borde de la capa hacia el rincón.

¡Oh, oh, oh! Entonces era eso. El bebé había llegado; antes de tiempo, supuso Liir, aunque no sabía mucho del calendario de los nacimientos. Debía de haber llegado pronto y había nacido muerto, o había muerto nada más nacer. Y Candela había estado sola, la pobrecita, completamente sola, excepto por un Ganso engreído. ¡Qué gran error había cometido Liir al reconocer la necesidad de honrar el cadáver de Nastoya y dejar en cambio a Candela esperando sola el nacimiento o la muerte de su bebé, sin más ayuda que un Ganso tonto!

Había arrastrado en un carro la mole muerta de una Elefanta a través de las montañas. Había intentado oír los testimonios de personas cuyas caras habían sido arrancadas. Había matado dragones y asesinado humanos. Tenía que poder tolerar entonces el tacto del cadáver diminuto de una criatura humana.

De modo que lo levantó, manteniéndolo a cierta distancia. Empezaron a manar las lágrimas, pero ¿por qué? Antes no había creído que el bebé fuera suyo y no había ninguna razón nueva para que lo creyera ahora. Era sólo otra criatura, una inevitable fatalidad más, otro descarnado accidente del mundo, pero no el último.

Acercó un poco más hacia sí la figura fría. Fría, pero no helada. La muerte debía de ser reciente. ¿Habrían traído su muerte las caras arrancadas, con sus canciones, como habían hecho con la princesa Nastoya?

Quizá el bebé había nacido muerto esa misma mañana, mientras él llegaba. Y qué amanecer tan rosado había sido, con el sol cobrando fuerza y el inane retorno involuntario de un rubor verdoso a la piel del mundo. Incluso se había puesto a tararear alguna melodía, algo muy poco habitual en él; había empezado a canturrear unas sílabas sin sentido, pensando: puede que todo esté bien, puede que Candela, puede que Trism, puede que algo acabe funcionando.

La figura estaba fría. ¿Era normal su tamaño para un bebé, o tal vez más pequeño? No sabía nada de bebés humanos. Se lo puso junto al cuello y creyó sentir que movía la boca.

Con cuidado, pasó del salón a la cocina. ¿Se estaba calentando? ¿O era sólo el reflejo de su propio calor lo que sentía?

A la débil luz del fuego recién encendido, volvió a desplazar el cuerpecito, para apoyárselo sobre el antebrazo. El cadáver era bonito y ahora pudo ver que se trataba de una niña. El cordón umbilical estaba penosamente destrozado. Tal vez Iskinaary había ayudado a cortarlo. No quería ni pensarlo.

El cadáver se estremeció, chilló y se estiró un poco. Él lo arropó de pies a cabeza, de lado a lado, asegurándose de que el pequeño esbozo de nariz tuviera acceso al aire. Después lo acercó un poco más al fuego, por si los cadáveres preferían estar un poco más calentitos antes de que los alimentaran con leche.

Elphaba había balanceado un capazo a sus pies, mucho tiempo atrás. Un capazo era justo lo que necesitaba. ¿Habría alguna cesta vieja de cebollas, en algún lugar de la bodega? Encontraría una cesta.

La encontró.

Le dio de comer, dejando caer gota a gota la leche de cabra a través de un paño, en la boquita ávida. El bebé se agarró sin problemas al falso pecho. Ya tenía las facciones de quadling de Candela: aquellas hermosas figuras romboidales que formaban unos pómulos espléndidos.

¡Claro que Candela había huido, tras dar a luz a una niña y creerla muerta! Debía de haber sentido pánico. ¡Desde luego que había huido! Tal vez había vuelto al convento, como pensaba la mónaca superiora que haría. Al menos por un tiempo, para recuperarse. ¡Qué pruebas tan duras había pasado! La gestación solitaria, el parto a solas, y además... lo que fuese que hubiera pasado con Trism. Y todas las ausencias de Liir. ¡Desde luego que había huido!

Quizá regresara. Quizá.

Liir pasó casi toda la noche sentado con la niña. En un momento extendió la capa e incluso consiguió dormir un poco, aunque a ella la dejó en la cesta, para no correr el riesgo de darse media vuelta y aplastarla accidentalmente.

Con la primera aguada negra del alba, se despertó reconfortado con un pensamiento diferente. Candela podía ver el presente. Tal vez supo que él estaba a punto de llegar a casa. ¿Y si había huido? ¿Y si era verdad que una patrulla del batallón del comandante Cherrystone había encontrado la granja y ella los había conducido lejos, desviando su atención, alejándolos del rastro? La madre ave finge tener un ala rota para que las fieras se fijen en ella y no en los pollos ocultos en la hierba. Candela tenía tanto instinto como una madre ave.

Ella sabía que Liir regresaría a tiempo para rescatar a la niña y darle sepultura si era preciso, o alimentarla si no lo era. Ella había escondido la cabra para que él la encontrara.

No pretendía protegerlo a él del peligro, sino al bebé. Ella era capaz de cuidar de sí misma; después de todo, no era a ella a quien buscaban. Pero confiaba en Liir para que salvara a su bebé, sin que importara si creía o no que era suyo.

Imaginar todo eso, en cualquier caso, lo ayudó a abrir los ojos.

Llovía torrencialmente esa mañana. La luz era grisácea y musgosa, con nubes bajas. Tuvo que reconocer que la niña en realidad no era un cadáver. Estaba viva. Tal vez había nacido fría como una piedra. Pero ahora estaba viva.

Aún estaba embadurnada con la sangre del parto y los comienzos acuosos de sus heces de lactante. La llevó a la puerta y la puso bajo la lluvia tibia. Cuando estuvo limpia, vio que era verde.

Con un poco de paciencia, veremos que queda atrás el reinado de las brujas, que sus hechizos se disuelven y que el pueblo, recobrando su verdadero espíritu, devuelve al gobierno sus auténticos principios.

THOMAS JEFFERSON, 1798

# DE *WICKED.*
# *MEMORIAS DE UNA BRUJA MALA*

Condujeron su relación sentimental en el piso superior del abandonado mercado de cereales, a medida que el tiempo otoñal se acercaba con paso inseguro desde el este: hoy un día caluroso, mañana un día soleado, después cuatro días de lloviznas y viento frío...

Una noche, a través de la claraboya, la luna llena caía pesadamente sobre Elphaba, que dormía. Fiyero se había despertado y había ido a orinar en la bacinilla. *Malky* estaba persiguiendo ratones en la escalera. De vuelta, Fiyero contempló la forma de su amada, más perlada que verde esa noche. Una vez le había regalado el tradicional chal de seda del Vinkus, de seda y con un dibujo de rosas sobre fondo negro, y se lo había anudado a la cintura, y desde entonces, era su atuendo para hacer el amor. Durmiendo, esa noche, ella misma se lo había levantado, y él admiró la curva de su flanco, la tierna fragilidad de la rodilla y el tobillo huesudo. Aún quedaba un olor a perfume en el aire, el aroma resinoso y animal, la fragancia del mar místico, y el olor dulce y envolvente del pelo desarreglado por el sexo. Se sentó junto a la cama y la miró. El vello púbico, más violáceo que negro, le crecía en pequeños rizos relucientes, en un patrón diferente al de Sarima. Había una sombra extraña cerca de la ingle –por un somnoliento instante, se preguntó si en el calor del sexo no se habría grabado uno de sus rombos azules en la piel de Elphaba–, ¿o era una cicatriz?

Pero ella se despertó justo entonces y, a la luz de la luna, se cubrió con una manta. Le sonrió entre sueños y lo llamó:

—Yero, mi héroe.

Y a él se le derritió el corazón.

Del oeste era mi madre, mujer versada en gramática.

K. ESTMERE, 1470, recogido en *Reliquias de la antigua poesía inglesa*, 1765

# AGRADECIMIENTOS

Debo dar las gracias al equipo de Regan Books, empezando por Judit Regan e incluyendo a Cassie Jones, Paul Olsewski y Jennifer Suitor.

Agradezco a David Groff, Betty Levin, Andy Newman y William Reiss sus comentarios a los primeros borradores de *Hijo de bruja*.

Doy las gracias también a Haven Kimmel y Eve Ensler, por las palabras de aliento enviadas en el momento justo.

Gracias a Harriet Barlow, Ben Strader y la compañía del Blue Mountain Center, en Nueva York.

Y gracias una vez más a Andy Newman por defender como siempre las murallas, y a Lori Shelly, por su competente ayuda en cada malevolente detalle.

# ÍNDICE